대원군 4

대원군 4

펴낸날 | 2001년 8월 1일 초판 1쇄

지은이 | 류주현
펴낸이 | 이태권
펴낸곳 | 소담출판사
　　　　서울시 성북구 삼선동4가 37번지 (우)136-044
　　　　전화 | 927-2831~4 팩스 | 924-3236
　　　　e-mail | sodamx@chollian.net
　　　　등록번호 | 제2-42호(1979년 11월 14일)
기　획 | 박지근 이장선
편　집 | 조희승 이진숙 김묘성 김광자 김효진
미　술 | 박준철 김정희
본부장 | 홍순형
영　업 | 박종천 이상혁 안경찬
관　리 | 안근태 변정선 박성건 안찬숙 김미순

사　진 | 박준철

ⓒ 류주현, 2001
ISBN 89-7381-461-3 04810
ISBN 89-7381-457-5 (전5권)

● 책 가격은 뒤표지에 있습니다.

대원군 4

척화斥和의 장章

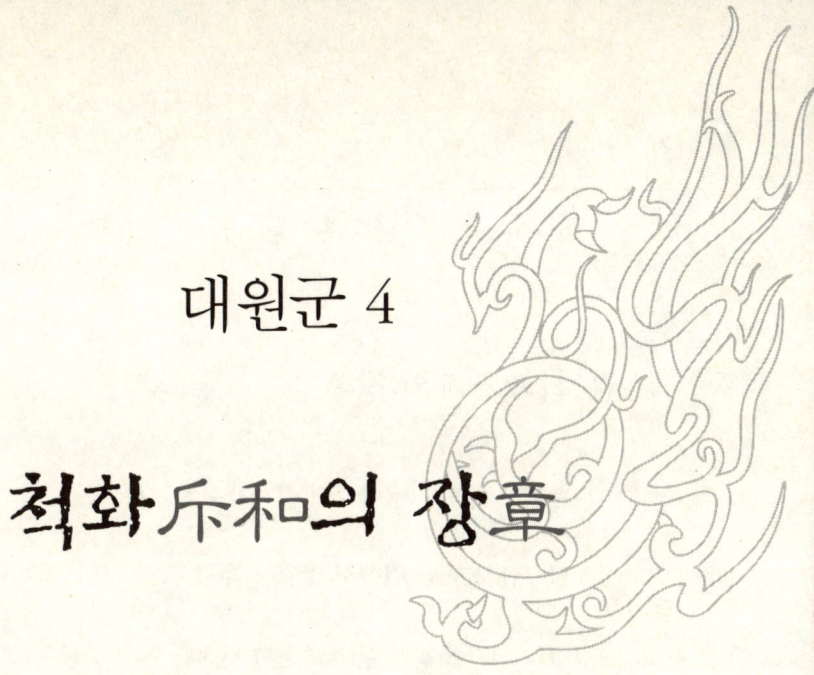

류주현 대하역사소설

소담출판사

차 례

류주현대하역사소설

제4권 척화斥和의 장章

운현궁雲峴宮 용마루에 십자가十字架를	9
절두산切頭山 밑에서 칼춤을 춘다	40
어느 정사情事가 종말終末이 날 때	66
가례嘉禮날 꿈이 괴상도 했단다	99
양함습래洋艦襲來, 비보飛報는 말을 타고	131
집념執念은 병病, 정情은 물일레라	168
외침外侵이다, 한강수漢江水를 막아라	200
나그네 반기는 강도江都 갈매기	249
꿈은 설익어 천년千年이란다	272
뭣인가 잘못돼 가고 있다	308

❖ 제1권 낙백落魄의 장章

나는 왕손王孫이 아니로소이다
대감大監, 차라리 돌이나 되시지요
공명功名도 부귀富貴도 다 잊었노라
양귀비楊貴妃는 석양夕陽에 지는고야
낙엽落葉은 밟지 말라더이다
명주초원明紬草原엔 꽃사슴이 노닐고
가슴을 헤치고 전주全州 이가李哥다
하늘보고 주먹질 허무虛無하구려
동창東窓이 밝느냐 밤이 길고나

❖ 제2권 권좌權座의 장章

행운유수行雲流水, 길이 아득하외다
인왕하仁旺下의 괴노怪老가 말하기를
파계破戒 또한 미덕美德이 아니리까
만백성萬百姓아 내 이름은 대원군大院君
길은 왕도王道, 전하殿下 부르오리다
산山너머에 또 산山이더이다
태산명동泰山鳴動에 서일필鼠一匹이지요
금위대장禁衛大將 나가신다
동매冬梅는 피는데 여정女情 구만리九萬里
나를 따르는 자者엔 복福이 있나니

❖ 제3권 웅비雄飛의 장章

보복報復은 천천히 끈덕지게
꽃샘을 타고 눈보라가 온다
사랑이란 독점獨占하고픈 집념執念
죽은 자者엔 외면外面, 산 자者엔 충고忠告
공功을 세우라 출세出世할 게다
아무도 보지 않았다
궐기하라 왕부王府가 초라하다
치마를 둘렀거든 질투를 하라
장단長短을 쳐라 춤을 출 게다
심상心像이 흐리거든 하늘을 보라

❖ 제5권 실각失脚의 장章

상소上疏를 올려라 권좌權座가 보인다
달도 차면 기운다던가
야로野老는 말하기를, 두고 보자
영화榮華는 짧고 보복報復은 가혹苛酷
노옹老翁 돌아와서 한 일이
수호修好는 일방통행一方通行이었다
군란軍亂과 운변雲變과 왕궁王宮과
영화榮華의 말로末路는 처참했다
정情든 산천山川은 고국故國에 두고
굿도 잦고 괴물怪物도 많은 밤중에
왕비王妃, 왜 여자女子로 태어나서
추선秋仙은 사랑을 앓다가
대문大門을 닫아 걸어야지
아소당我笑堂 주인主人은 웃음이 없었다

척화斥和의 장章

운현궁雲峴宮 용마루에 십자가十字架를

누가 보든지 옷맵시가 이상했다.

도대체 키가 너무 크다. 그리고 목이 너무 길게 쑥 빠졌다. 걸음걸이도 유난히 허위적거렸다.

무명 두루마기엔 곤때가 꾀죄죄하다. 탕건은 없어도 되겠는데 탕건 위에다 갓을 썼다. 행전도 쳤다. 미투리의 맵시도 짓밟힌 개구리처럼 넓적했다.

뒷모습인데 의관(衣冠)이 도통 몸에 붙지를 않고 따로따로 노는 것 같다.

앞으로 보자. 코가 그렇게 클 수가 없다. 눈이 파란 것은 자세히 봐야 알겠지만, 눈자위가 움푹 팬 것은 아무래도 두드러진다.

거기다가 콧수염을 길렀다. 기르긴 했으나 그 수염도 몇십 년을 두고 자연스럽게 자란 것과는 다르다. 중간치였다. 남의 것을 갖다가 붙인 것처럼 어색하게 보였다.

그리고 빛깔이 다르다. 노랗다. 곱슬거린다. 거기 콧김 입김이 서려 하얗게 성에가 붙었다.

이런 사나이와 함께 전동의 골목길을 가고 있는 또 하나의 사나이가 있다. 옷맵시며 걸음걸이며 체구며, 모두가 정상인 사나이다.

역시 무명두루마기에다 미투리를 신었다. 명주 목도리로 목을 둘둘 감아서 턱밑에 매듭을 지었다.

이런 두 사나이가 대화라곤 없이 겨울날의 석양길을 묵묵히 가고 있었다.

어느 기와집 돌담 앞이었다.

아이들이 돈치기를 하면서 놀고 있었다.

돈치기는 돈던지기 놀음이다.

땅바닥에다 반달형의 금을 긋고, 그 안에 엽전이 들어갈 만한 구멍을 파 놓고 열댓 자 거리에서 엽전 한 닢씩을 던져 그 구멍에 넣은 사람이 첫째, 그 다음은 구멍에 가까운 돈으로 순서를 정하고, 첫째가 여럿의 돈을 거둬 합쳐서 한 손으로 구멍을 겨냥해서 던지고, 구멍에 든 돈은 던진 사람이 따는 돈이고, 나머지 돈 중의 하나를 남이 지정하면 그것을 지름 두 치 정도의 납으로 만든 둥근 목대를 던져서 맞히면 또 따고, 못 맞히면 다음 차례가 되는 돈치기는 겨울과 봄철의 놀음이지만 특히 정월 대보름날을 중심으로 성행된다.

여남은 살 된 아이들이 그 돈치기를 하면서 놀고 있다가 마침 앞을 지나는 두 사나이를 봤다.

「양코다!」

한 아이가 기성(奇聲)같은 소리를 지르자 대여섯 아이들의 시선이 일제히 그 두 사나이에게로 집중됐다. 그러나 두 사나이는 그대로 그 앞을 지나간다. 그러자 아이들은 우르르 몰려 그들의 앞으로 내달아 호기심에 가득한 눈초리로 '양코'를 구경한다.

「떼기놈들!」

키작은 사나이가 아이들에게 호통을 치자 아이들은 비실비실 담밑으로 비켜서며 조심스럽게 구경한다.

「이놈들아 뭘 봐!」

키작은 사나이가 또 소리를 질렀으나 아이들은 뒤를 따라서며 수군대고 킬킬댄다.

구경거리가 아닐 수 없다.

이 나라에 들어와 있는 양인이 모두 몇 사람이나 되는가. 선교사에 외교관까지 합쳐야 스무 사람이 안 된다.

대부분의 사람들은 '양코'를 본 일이 없다. 더구나 아이들인데 어찌 신기하지 않겠는가.
「야, 그 키 되게 크다!」
「수염두 노랗다. 눈깔빛은 파랗다.」
「왜 우리 옷을 입었을까.」
「천주학쟁이다.」
아이들이 경계는 하면서도 멋대로 수군대는 것은 당연했다.
그러나 두 사나이는 태연히 걷고 있었다.
뒤따르던 아이들이 떨어져 나가자, 비로소 키작은 사나이가 상대와 대화를 시작했다.
「우리나라 서북지방은 날씨가 매우 찹니다. 봄이나 되거든 떠나시지요!」
이 말에 서양인은 어깨를 추스르며 대답했다.
「괜찮습네다. 추면 얼마나 춥겠습니까.」
두 사람은 마주치는 행인을 보자 또 입을 다물며 고개를 숙였다.
마주치는 행인은 영락없이 발길을 멈추고는 멀어져 가는 그들의 뒷모습을 멀거니 바라봤다.
「황해도는 이곳과 대단한 차이는 없죠만 평안도는 매우 찹니다. 겨울이나 가거든 떠나시죠! 장주교님.」
「오호 고맙습네다. 염려해 주셔서. 그러나 나 가는 길엔 항상 주님의 은총이 있으시니까 염려 없습네다.」
장(張)주교란 불인(佛人) 베르뉘 신부였다. 장경일 주교라고도 불린다.
함께 가고 있는 사람은 남종삼이다. 남종삼은 이따금씩 신중하게 입을 열었다.
「하루빨리 우리나라에도 선교의 자유가 와야 할 텐데, 그래야만 장주교님을 떳떳이 모시고 선교를 할텐데, 늘 이렇게 고생만 하시는 것을 보고도 속수무책이니 죄송합니다. 주교님.」
「오호, 머잖아 그럴 날이 오겠지요. 주님의 성총이 좀더 이 나라 선남선녀에게 고루 뿌려지면 말입네다.」

「주교님!」
「지금 이 나라 조정에선 아라사인의 교린(交隣) 요청을 둘러싸고 여론이 분분한 것 같습니다.」
「아라사 사람들은 경계해야 합네다.」
「홍교우하고도 여러 번 얘기가 있었습니다만 아라사를 견제할 수 있는 건 법국과 영길리(영국) 밖엔 없는 줄로 압니다.」
「하긴 그렇지요. 국제세력을 견제할 수 있는 건 강력한 국제세력뿐이니까요.」
「대원군께서도 그런 의견에 귀가 솔깃해지고 있는 눈치가 보입니다, 주교님.」
「박말타 교우의 힘이라지요?」
「부대부인과 박말타 교우가 같은 의견으로 대원군에게 은연중 힘을 쏟고 있으니까요.」
「오호 그렇다지요?」
「신앙과 정치는 구별돼야 하는 게지만, 우선 이 나라에서 선교의 자유를 확보하려면 정치에 무관심해서는 안 되는 줄로 압니다. 서로간 좋은 의미로 도우면 역시 좋은 일이니까요.」
「옳은 말씀입네다. 정치가 발전하면 선교의 자유는 자연히 확보되는 것입네다.」
「주교님!」
「예?」
「그런 의미로 주교님께서 대원군을 한번 면담하시는 게 좋을 줄로 저희 교유들은 알고 있습니다.」
「그러하지만 이 사람은 외국인입네다. 외국인 신부로서 정치적인 목적을 가지고 남의 나라 고관과 접촉하는 건 옳지 않습네다.」
「선교사업을 위한 불가피한 방법이라두 말씀이오니까, 주교님?」
「아직 불가피한 방법이 아니잖습네까. 조급해서는 안 됩네다. 저쪽에서 우리의 힘이 필요할 때까지 기다리는 게 좋을 것입네다.」
두 사람은 침묵했다. 그들은 몇 차례 골목길을 돌아 목적하고 간 집

앞에 이르렀다. 미리 내통이 돼 있었던 것 같다. 주인 내외가 대문간에서 그들을 정중히 영접했다.
묵주를 손에 든 아낙네는 기품 있는 미소로써 베르뇌 주교를 쳐다보며 입을 열었다.
「주교님, 저희집엘 이렇게 찾아 주시니 영광이옵니다.」
음성에도 말씨에도 그 미소보다 더 은근한 기품이 깃들어 있었다.
교인 홍봉주 내외였다. 박말타였다. 박소사(朴小史)라고도 불렀다.
국왕의 어릴 적 유모로 더 알려져 있다.
잠시 후 별실에 네 교인이 자리를 함께 했다.
순 한국음식이 조촐하게 준비돼 나왔다.
「주교님께선 수정과를 좋아하시지요.」
「나, 수정과를 참 좋아합네다. 겨울의 맛이며 한국의 맛이지요.」
베르뇌 주교는 주인 아낙네가 내놓은 수정과 대접을 그 푸른 눈으로 그윽히 들여다보며 기쁜 낯빛으로 말했다.
「어머나, 주교님두. 언젠가는 나박김치를 잡숴보시고 그런 말씀을 하시더니.」
베르뇌 주교는 껄껄거리고 호탕하게 웃었다.
「사실입네다. 그 나박김치도 진정한 한국의 맛입네다. 그 차가우면서도 매콤한 맛이 아주 좋습네다. 미련있게 두세 알 섭히는 잣입네까? 그 고소한 잣의 맛이 참 좋습네다.」
「음식에 들어간 잣은 실백이라고 하지요.」
「오호, 실백. 실백맛 참 고소해 좋습네다. 그리고 배도 들어가지요? 김치에 든 그 배맛은 담담해서 참 좋습네다. 서양음식에선 그렇게 담담한 맛이 없습네다.」
「주교님, 수정과와 나박김치를 많이 담갔어요. 많이 드세요.」
「오호, 고맙습네다.」
남녀의 눈길은 다정하게 교환됐다. 서로 존경하는 정감이 그 눈길에 어려 있었다.
「고생스럽고 먼길을 떠나신다기에 하루 저녁 모시고 싶었습니다.」

주인 홍봉주가 새삼스럽게 인사를 했다.
「저의 생각엔 장주교님께서 당분간 서울에 계셔 주기를 바랐는데.」
남종삼의 말이었다.
「아라사 문제에 대해서 저희가 좀더 극력 손을 쓰면 대원위대감과 좋은 의견을 나누실 기회가 있을 듯 싶기로 장주교님께서 서울에 계시기를 원했습니다.」
홍봉주가 남종삼의 말을 좀더 구체적으로 뒷받침했다. 그러자 베르뇌 주교는 나박김치의 무조각 하나를 어색한 젓가락질로 집어서 입에 넣고는 앞니로 오독오독 씹으며 고개를 끄덕였다.
「이 사람 아니래도 여러 신부님들이 계시니까 안심입니다. 또 이 사람 어디에 가 있든지 여러분이 부르시면 두 주먹 불끈 쥐고 달려올 것입네다, 하하하.」
남종삼이 안주인의 아름다운 눈썹을 보고 있다가 불현듯 입을 열었다.
「그동안 박말타님이 운현궁에 자주 출입하시며 기회를 충분히 익혀 놓으셨습지요. 며칠 후엔 제가 직접 대원군을 찾아뵐 작정입니다.」
홍봉주가 남종삼의 말을 거들었다.
「남승지께서 대원위대감을 적접 면담하시고, 남침의 기회만 노리는 아라사의 세력을 꺾기 위해선 천주님의 은총을 온실히 입고 있는 법국이 나서는 도리 이외엔 좋은 방도가 없음을 역설하실 작정입니다. 주교님.」
떡국이 상 위에 나와 있었다. 섣달 초순이지만 외국인을 위해서 떡국을 준비한 것 같았다.
베르뇌 주교는 은숟갈로 떡국을 건져 떠서 입 안에 넣고는 역시 앞니로 오물오물 씹고 있다가,
「그러나 여러분, 경계해야 합네다.」
그는 별안간 안면 근육을 굳히면서 세 사람을 번갈아봤다.
「경계하다뇨, 주교님?」
남종삼이 두루마기 앞자락을 뒤로 젖히면서 물었다.

베르뉘는 근엄한 낯빛으로 말했다.
「어느 나라에서든지 정치하는 사람들은 종교가 세력을 뻗는 것을 좋아 않지요. 물론 경우에 따라서는 이용하려고도 하지만.」
그는 푸른 눈알을 굴리면서 다시 말을 이었다.
「이 나라에서 우리 천주교는 이미 심한 박해를 받은 쓰라린 경험을 가지고 있습네다. 일본에서도 그랬지요. 도꾸가와 막부(德川幕府)는 우리 천주교도들을 무자비하게 학살하지 않았습니까. 우리는 정치인을 늘 경계하지 않을 수 없습니다. 정정(政情)이 불안해져서 민심을 수습하기 어려울 때는 흔히 종교탄압 같은 수단으로 인민의 관심을 돌리려고 하는 게 정치인들의 술수(術數)이지요.」
모두들 침묵했다.
「이 나라에서 선교의 자유를 확보하는 일은 우리의 당면한 목표이긴 하지요. 그러나 조급하게 서두르다간 화를 입기 쉽습네다. 이 사람 생각엔 되도록이면 정치에서 초연해야 합네다. 그 사람들의 힘을 빌려 하지도 말고 힘을 빌려줄 생각도 하지 않는 게 현명합네다.」
「주교님!」
남종삼이 베르뉘를 쳐다봤다.
「말씀해 보시오.」
「주교님, 제 생각은 좀 다릅니다.」
「그래요?」
「주교님, 천주님의 뜻으로 이 나라 이 백성을 구원할 수만 있다면 물불을 가리지 않고 싶습니다. 지금 우리 조정은 남침의 기회와 구실만 노리는 아라사를 어떻게 견제할 것인가에 대한 문제로 부심하고 있습니다. 저희들은 이 나라에서 태어난 신자(臣子)로서 나랏일을 근심하지 않을 도리가 없습니다. 그 점에 대해선 아마도 주교님의 처지와는 다르지 않겠습니까.」
베르뉘는 고개를 끄덕했다.
「물론 처지가 다르지요. 그러나 우리 주님의 뜻은 어떤 나라 어떤 민족을 초월해서 훨씬 원대하고 근본적인 것이 아닙네까. 눈앞에 보이는 목적을 위해서 주님의 큰 뜻을 그르치게 해서는 아니 됩네다. 이 사람 구태여 남교우가 대원군과 만나는 것을 원치 않지는 않습네다. 그러나 대원군은 우리를 이용해 보려는 것만이 목적일 것입네다. 이용이 안 된다고 생각될 땐 우리를 아주 미워할 것입네다. 그 미움의 요인을 우리가 자진해서 만들 필요는 없다는 것입네다.」

베르뇌는 정치인을 철저히 믿지 않는 말투였다.

홍봉주가 말했다.

「요는 대원군으로 하여금 우리 교문에 들어오도록 할 수만 있다면 되지 않을까요?」

「그게 가능한 일입네까?」

베르뇌가 물었다.

「불가능한 일도 아닌 줄 압니다. 주교님. 우리 이 사람 말에 의하면……」

홍봉주는 자기 아내를 돌아봤다.

「천주님의 은총은 태양의 빛과 같지 않습니까? 태양의 빛의 침투를 피할 수는 없습니다. 우리 이 사람의 말에 의하면 운현궁 부대부인이 천주님을 믿고 있는 이상, 대원군 또한 그 은총에 끝까지 눈을 돌리고 있지는 못할 것입니다. 남교우께서 대원군과 만나는 일은 여러 가지로 뜻이 크다고 봅니다.」

「그래 언제 만나기로 했습네까?」

「며칠 후에.」

「천주님의 은총으로 좋은 성과가 있기를 기구합네다.」

남종삼의 대원군과의 면담은 그들의 공식적인 일로 됐다. 그날을 고비로 해서 천주교도들의 움직임은 더욱 활발해졌다.

구국(救國)이라는 명분이 강렬하게 작용했다.

― 아라사의 야욕을 꺾으려면 한·영·불(韓英佛)의 삼국이 동맹하는 길밖엔 없다.

그들의 결론이고 목표였다.

원래 아라사로 불리는 제정(帝政) 러시아가 동남쪽으로 그 세력을 뻗쳐 내려와 그 판도를 연해주에까지 확장한 것은 1860년 경이었다.
 그들의 동남침(東南侵) 정책은 시베리아를 거쳐 동해에까지 뻗어내렸다.
 그래서 우리나라 두만강 대안을 국경으로 삼은 것이 바로 1860년 경이다.
 그들은 계속해서 강 건너 대안에 눈독을 들이고 중앙아시아의 광활한 땅에 대해서 군침을 삼켰다.
 이번에 그들이 우리 경흥에 나타나 교린을 목적으로 한다는 소위 국서를 함경감영에 직접 바치겠다고 으르렁 딱딱거린 것은 결코 우연한 일은 아니다.

 이번에 90일의 기한을 핑계 삼아 저들을 쫓아 버린 것은 고식지계(姑息之計)에 불과하옵니다. 반드시 저들은 다시 나타나 우리 국경을 침범할 것이온데 앞으로 어찌해야 하오리까.

 함경도 관찰사 김유연의 품신 내용이다.
 ─정체도 알 수 없는 외국인이 벌써 몇차례나 국경을 침범토록 했느냐. 너희들이 한 일이 뭐냐. 그들이 어디로 어떻게 침범했으며 어떤 내용의 봉서(封書)를 가지고 왔으며, 어디에 속해 있는 종족인지도 분명히 파악을 못 했으니 한심하구나.
 정부의 현지 관리인들한테 이렇게 답답한 힐책을 해야 했다.

 앞으로 저들이 또 봉서를 가지고 오면 그 봉서만 감영으로 보내 도신(道臣)이 뜯어보고 그 내용을 보고해서 조정의 처분을 기다릴 것이지, 감영까지는 저들의 접근을 금해야 할 것이다.

 현지의 관리도 중앙의 정부도 결국은 속수무책이었을 뿐 아니라 뱀의 혓바닥만 보고 미리 놀라 자빠진 형국이었다.
 이런 판국이니 그래도 서양의 문물을 호흡하고 있다는 극히 소수의 천주교 지도자들이 안 나설 수도 없다.
열 명의 천주교 선교자들이 있었다.
남상교, 남종삼, 홍봉주, 김면호, 이신달, 전장운, 최형, 정의배, 우세영, 황석두 등이 이 나라 2만여 명을 헤아리는 천주교 신도들의 지도급 인물이다.

서양인 선교사들도 그 정도의 수효였다.
베르뉘와 다블뤼의 두 주교를 비롯해서 새로 입국한 부레티뉘르, 볼류, 도오리, 유일 등이 각기 장(張), 안(安), 백(白), 서(徐), 김(金), 민(閔)의 한국인 성을 가지고 있고, 부르추, 부치니쿨라, 오메톨 등이 역시 제각기 신(申), 박(朴), 오(吳)의 성으로 행세하면서 전국으로 퍼져 선교사업에 힘을 쓰고 있는 중이다.
그들은 이미 비밀로 활판인쇄도 가졌고, 성서를 언문으로 번역 중에 있었고, 선전책자와 라틴어의 강습소도 개설했다.
그리고 서울에는 두 군데에 진료소도 마련해서 우선 불우한 신도들의 질환 치료에도 힘을 쓰고 있었다. 말하자면 그들은 이 나라 근대화의 전위적인 존재들이다.
베르뉘 주교가 평산 지방으로 떠난지 며칠 안 되는 어느 날 세 사람의 천주교 신도들이 운현궁으로 대원군을 찾아갔다.
남종삼, 홍봉주, 김면호 등 세 사람이었다.
이날 대원군의 표정은 처음부터 쌀쌀했다.
「어쩐 일들이시오?」
세 사람이 함께 찾아온 것이 이상하게 여겨졌던 것 같다. 아니면 세 사람이 다 함께 너무나 긴장했기 때문에 대원군은 벌써 무슨 눈치를 챘는지도 모른다.
「저하께 긴히 여쭐 말씀이 있어서 외람되이 찾아왔사옵니다.」
남종삼이 읍하면서 말하자,
「긴히 할말이 있다?」
대원군은 세 사람을 번갈아 가며 훑어보고는 사방침에 팔꿈치를 괴면서 허리를 펴는 것이었다.
「어디 무슨 말인가, 말씀들 해 보시오!」
그는 당연히 이렇게 반문을 해야 할 순서인데 입을 꽉 다문 채로 침묵을 지키고 있다.
그 침묵이 찾아간 세 사람을 위축시켰다.
특히 김면호는 담대하지가 못했다. 입술이 마르고 하체가 가냘프게 떨리고 있었다.
홍봉주는 고개를 푹 수그리고 있었다.
그는 무릎 위에 놓은 두 주먹에 힘을 주면서 곁눈질로 남종삼을 훔쳐봤다.
남종삼은 비교적 태연했다. 두루마기의 앞자락을 헤치고는 속주머니에 넣고 온 봉서(封書) 하나를 꺼내었다.
「저하.」
그의 음성은 약간 떨리긴 했으나 금속성에 가까운 날카로움이 번뜩였다.
「듣자옵건대 근자 북방에 아라사인들이 자주 나타나 우리 국법을 무시하고 저들의 탐욕을 충족시키기 위한 무엄 무례한 행패를 감행한다는 풍설이 항간에 파다하옵니다. 그래 혹시 저하께오서 그런 외이(外夷)를 물리치시는데 한줌 힘이 되는 방도가 없을까 궁리하다가 이렇게 외람되이 찾아뵙기로 한 것이올시다.」
남종삼은 단숨에 이런 전제를 하고는 가지고 온 봉서를 대원군 앞으로 밀어 놓으면서,
「저희들 서학(西學) 신도들이 막중한 정사에 대해서 어찌 용훼할 자격인들 있겠사옵니까만 그러나 왕은(王恩)을 두터이 입고 이 나라에서 생을 영위하는 민초(民草)인지라, 방역(邦域)에 어려운 일이 있음을 보고 좌시(座視)하는 것 또한 도리가 아니겠기로 어리석은 의견을 필묵으로 초해서 저하께 바치기로 한 것입니다.」
지나칠 만큼 유창하게 심방(尋防)한 뜻을 설명하고는 대원군의 안색을 살폈다.

순간 남종삼은 아차하는 뉘우침으로 가슴이 철렁했다.

(실수를 했는가?)

실수를 한 것 같았다. 너무나 다변이었다. 흐르는 물처럼 지나치도록 줄줄이 쏟아 놓은 언변이 대원군의 비위를 건드렸음을 직감하지 않을 수 없었다.

「저하, 황감하옵니다.」

남종삼은 저도 모르게 머리를 조아렸다.

대원군 앞에 나가서 할말을 미리 마음 속으로 준비했던 게 탈이었다. 긴장했기 때문에 연설투가 되고만 것이다.

「그럼 이건 서학교인들의 의견을 적은 것이란 말인가?」

「예에, 일종의 건의서(建議書)올시다.」

「건의서라?」

「예에.」

대원군은 봉서를 집어 내지(內紙)를 뽑아 펼친다.

세 사람은 잔뜩 긴장을 하면서 대원군의 표정을 지켜봤다.

그들은 차츰 불안해지기 시작했다.

대원군의 미간이 갑자기 찌푸려지면서 눈썹이 두세 번 꿈틀거렸기 때문이다.

(기여코 그의 비위를 건드렸구나!)

생각한 김면호는 온몸을 부들부들 떨었다.

홍봉주도 입술에 핏기가 가셨다.

남종삼은 어금니를 주근주근 씹으며 대원군의 눈치를 살폈다.

(불쾌할 까닭이 없잖은가. 자기의 일을 돕겠다는데 불쾌할 까닭이 없다.)

그러나 남종삼의 판단과는 달랐다.

대원군은 완연히 불쾌한 낯빛이었다. 당장 호통이 터질 것 같은 표정이었다.

그는 건의서의 내용을 대강 훑어본 다음 아무말도 하지 않고 먼저대로 착착 접더니 다시 봉투 속에다 꽂아서 깔고 앉은 보료 밑에다 밀어넣는 것이었다.
「저하.」
남종삼이 두 손을 모아 방바닥에 짚으면서,
「저하, 열(熱)을 열로 다스려야 하듯이 외세를 견제하려면 외세를 이용하는 게 첩경인 줄로 아룁니다.」
정중하게 건의서의 내용을 다시 강조해 봤다.
그러나 대원군은 묵묵부답이었다. 담뱃대에 담배를 담고 있었다.
홍봉주는 떨리는 손으로 부싯돌을 쳤다. 자꾸 헛쳤다. 손톱을 자주 쳤다.
남종삼은 비교적 의연한 태도로 강조했다.
「시생들이 알기로는 지금 세계에서 영국과 법국의 힘을 당해낼 나라는 없는 줄로 압니다. 음흉한 아라사는 남침의 구실만 찾고 있습니다. 그들의 야욕을 견제하려면 법국과 영길리의 힘을 비는 도리밖엔 없습니다. 선교사들을 이용해야 합니다. 저하께서 명령하신다면 그들은 기꺼이 나서서 교량구실을 할 것입니다.」
그는 건의서의 주장을 되풀이해서 강조해 봤다.
그동안 홍봉주는 간신히 부싯깃에 불을 댕길 수가 있었다.
대원군은 남종삼의 주장을 듣고 있는지, 안 듣고 있는지 담배만 빨아댔다.
나랏일에 대해서 의견을 이야기 못할 신분들이 아니다.
남종삼도 홍봉주도 승지 벼슬을 지낸 바 있는 정신(廷臣)들이다. 그리고 천주교를 통해서 외국문물에 눈을 뜬 전위적인 지식인들이다. 그리고 나랏일을 근심하는 우국의 젊은이들이다. 왜 생각한 바를 건의 못하겠는가.
그러나 대원군은 벌레 씹은 표정이었다.
(제깐 놈들이!)
아니꼽다는 것인가. 언감생심 누구에게 뭣을 권고하겠다는 것이냐로 생각한다면 옹졸한 사나이다.
남종삼은 한마디 더 덧붙였다.

「저하, 본래 서학의 종지(宗旨)는 모든 인류가 평화롭게 사는 데 있사옵니다. 약육강식은 서학이 가장 배척하는 금기올시다. 아라사의 침략 세력을 막아 달라면 서학을 숭상하는 법국이나 영길리는 기꺼이 나설 것입니다. 통촉합시오.」

그러자 대원군은 비로소 입을 열었다.

「물러들 가게나!」

그는 싸늘하게 선언을 하고는 카악 하고 가래를 타구에 뱉었다.

세 사나이는 더는 말을 붙이지 못한 채 운현궁에서 물러나왔다.

「어째 뒷맛이 쓴걸!」

구름재를 내려오면서 김면호는 말할 수 없이 불안했다.

「건의 자체를 달갑게 여기지 않는 모양이죠?」

홍봉주도 불안한 것은 마찬가지였다.

「그가 현명한 사람이라면 불일내에 무슨 반응을 보이겠죠.」

남종삼은 목도리를 고쳐 매면서 고개를 돌려 운현궁의 용마루를 되돌아봤다.

그들은 끝내 대원군이 그 건의서를 받고 왜 비위를 상했는지를 짐작 못했다.

원인은 그들 자신한테 있었다.

건의서로서의 문맥이 대원군의 비위를 건드린 줄을 그들은 몰랐다.

원체 문안(文案) 작성이 서툴렀다. 이런 귀절이 있었다.

모름지기 저하께서는 이 지구 위에서 우리나라가 어떤 위치에 놓여 있는지를 아셔야 할 것입니다. 그리하여 우리나라가 스스로의 힘만으로는 사해에서 뻗쳐오는 외세를 막아낼 길이 없사옵고, 오직 문물과 군력이 우리보다 월등하게 개화한 법국이나 영길리의 위대한 힘을 빌지 않을 수 없다는 사실을 저하께서는 알고 계십니까, 모르십니까, 마땅히 통촉하셔야 될 줄로 아옵니다……

논리는 그런대로 정당할 수도 있다.

그러나 '모름지기'라든지, '아셔야 할 것'이라든지 '알고 계십니까, 모르십니까'라든지, '마땅히 통촉'하라든지 하는 말은 대원군을 전적으로 무시한 나머지 경고라도 하는 언투로 오해를 받기가 쉽지 않을 수 없다.

오해까지는 아니더라도, 천하를 호령하는 오기가 아니더라도, 전능(全能)의 패기와 긍지로 이 강토에 군림하고 있는 대원군으로서는 불쾌한 게 당연했던 것이다.

그날 운현궁을 찾아갔던 세 사람의 전교사 중에선 김면호가 가장 겁쟁이였다.

그는 대원군의 그 불쾌해 하던 표정을 연상하면 아무래도 후환이 없을 수 없다는 불길한 예감이 들었던 것 같다.

그는 그날 저녁으로 행방을 감추고 말았다. 원비고주(遠飛高走)란 말이 있듯이 남종삼과 홍봉주도 모르게 들고 뛰었다.

남종삼은 김면호의 그런 행동이 적잖이 섭섭했으나 이튿날 홍봉주와 만난 자리에서 껄껄 웃었다.

「대원군에게 칭찬을 받으려고 건의문을 낸 것도 아닌데 행방을 감추다니, 김면호도 어지간히 속셈이 없는 친구군요.」

사실 남종삼은 투철한 주관이 서 있는 사람이다.

나라에 어려운 일이 생겼을 때, 번연히 타개될 수 있는 길을 알면서도 모른 체하고 있는 것은 국록을 먹은 일이 있는 전직 고관으로서 취할 바 태도가 아니라고 믿었다.

정적(政敵)이라도 도와야 한다. 대원군이 정적이라도 그를 도와서 국난을 타개하는데 힘을 쓰는 것이 신자(臣子)의 도리라고 생각하는 한편,

「이번 기회에 우리 천주교도들의 힘을 과시하는 것은 여러모로 보아 뜻이 크다 할 것이오..」

그는 홍봉주에게 그런 말도 했다.

「만약 천주님의 힘으로 아라사의 마수를 떨쳐버릴 수만 있다면 운현궁 용마루에다 십자가를 꽂은 거나 진배 없는 게 아닙니까.」

홍봉주도 이런 말을 하면서 흥분했으나, 그러나 그도 역시 어제 대원

군의 태도로 미루어 보아 뒷맛은 개운치가 않다고 생각하는 사람이다.
그의 아내 박말타는 하루도 빼지 않고 운현궁엘 드나들었다.
부대부인 민씨를 움직여 대원군으로 하여금 천주교인들의 힘을 빌게 하기 위해서다.
「나도 그길밖엔 없다고 생각해요. 밖에서 하시는 일에 대해서 참견을 한 일이 없지만 이번에만은 내가 대감께 권고를 해 보겠소.」
박말타가 부대부인의 이런 언질을 받고 운현궁의 내실을 물러나온 지 사흘만에 대원군의 분부가 남종삼에게 전해졌다.

승지 남종삼은 급히 운현궁으로 들라.

12월 6일 아침 남종삼은 단독으로 운현궁에 들어갔다.
대원군은 아재당에서 측근을 물리고 남종삼을 맞이했다.
그는 전날의 그 불투명한 태도는 완전히 씻어버리고 아주 밝은 낯빛으로 남종삼을 대하는 것이었다.
「저하, 부르심을 받고 달려왔습니다.」
남종삼 역시 불안을 떨어버리면서 정중하게 인사를 하자,
「내 귀공한테 의논해 보고 싶어서……」
대원군은 부드럽게 한마디 하고는 그 날카로운 눈초리로 남종삼을 지그시 쏘아봤다.
「예에.」
「저번의 건의문을 잘 검토해 봤네.」
「예에. 황감하옵니다. 저하.」
「자네네들의 우국충정도 알만 할세.」
「예에, 황감하옵니다.」
「그러나……」
대원군은 갑자기 말을 끊고 연죽에다 담배를 담기 시작했다.
그의 그런 태도에 남종삼은 긴장하지 않을 수 없었다.
「불순한 외세를 다른 외세의 힘으로 견제해 본다는 것은 생각해 볼

만한 방법이네만, 글쎄, 그 양인 선교사들과 우리의 목적이 반드시 일치하리라고는 어렵잖을까 모르겠네.」

대원군은 담배를 뻑뻑 빨다가 말고 그런 말을 꺼내는 것이었다.

「저하, 무슨 말씀이온지?」

남종삼은 청석(靑石) 재떨이를 그에게로 밀어주면서 물었다.

「우리는 순전히 아라사의 힘을 물리치기 위해서 영국과 법국의 힘을 빌려는 것이지만, 한편 저들의 처지로 보면 힘을 빌려주는 것을 기화로 해서 저들대로의 목적을 들고 나올 우려가 있지 않겠느냐 말일세.」

대원군은 이 말을 하면서 남종삼의 눈치를 필요 이상으로 세심하게 관찰했다.

순간 떨었다. 남종삼은 그의 그런 말이 어떤 의도에서 나오는 것인지 재빨리 판단하기도 어려웠지만 분명히 이쪽의 의중(意中)을 들여다 보면서 하는 말이라면 어떤 바람의 전초임을 각오해야 했다.

따지고 보면 대원군이 지적하는 그런 부차적인 목적이 분명히 있는 것이다.

그에게 천주교도들의 힘을 이용시키고, 그 댓가로 교세의 확장과 자유 포교의 계기를 잡자는 속셈이니까 말이다.

「남승지의 생각은 어떠시오?」

대원군은 당황의 빛을 보인 남종삼에게 비교적 유한 말투로 물어 왔다.

「옳게 보셨습니다. 저하.」

남종삼은 실토할 것을 각오했다.

「저하, 불순한 의도는 있을 수 없사옵니다. 솔직히 말씀드리자면 그들은 우리나라에서 자유로운 포교를 하게 되는 것이 당면한 소망이올시다. 시생의 어리석은 생각에도 그들이 나서서 아라사의 저 음흉한 야욕만 꺾을 수 있다면 세계의 종교인만큼 공공연히 포교해서 이 나라 백성들로 하여금 주님의 뜻대로 착하게 의롭게 살아가도록 하는 것은 오히려 일석이조의 얻음이 있는 줄로 압니다.」

숨김도 속임도 없는 실토였다.

대원군은 담뱃통으로 재떨이를 딱딱딱 늘어지게 두드리면서 또다시 남종삼의 얼굴을 흘끔 살폈다.
「남공은 그들 선교사를 진심으로 믿고 있겠지?」
「물론입지요? 저하.」
「남승지!」
「예에.」
「그 뭐라던가? 무슨 주교?」
「베르뉘 주교입니다.」
「그 사람을 나하고 만나게 해 줄 수 있겠나?」
「그야 분부만 내리신다면 언제든지 그로 하여금 사후토록 하겠습니다, 저하.」
 남종삼은 기쁨에 넘쳐서 허리를 쭉 꺾었다.
 대원군은 기뻐하는 남종삼을 잠깐 바라보다가 질문을 하기 시작했다.
「그래, 귀공이 믿는 그 천주교는 법국이나 영국 사람들의 거개가 다 믿는가?」
 남종삼은 선뜻 대답했다.
「우리나라에서 풍수설이나 주정학(朱程學)을 신봉하듯이 법국이나 영국인들은 거의 다 천주교를 믿습니다.」
「그래 그 베르뉘라는 사람은 우리말로 지껄일 줄 아는가?」
「좀 서투르긴 합니다만 뜻은 통할 정도입니다. 그리고 또 한 사람 다블뤼라는 주교가 있사온데 그는 우리말이 아주 유창해서 신도들을 감탄시킵니다.」
「남공은 그들과 기거(起居)를 함께 하는 일이 있다면서?」
「왕왕 있사옵니다. 그들의 일상은 지극히 근엄합니다. 아침·소세 후에는 반드시 천주님께 기도를 올리며, 남에게 적악하지 않고 남의 어려움을 돕고, 남을 미워하지 않고, 남의 잘못을 책하지 않을 뿐 아니오라 항상 자신의 부덕을 책하고, 인색과 음심(淫心)과 과욕(過慾)을 자계(自戒)하며, 술과 담배를 가까이 아니하고, 남을 위해서 평생을 봉사하는 것을 사명으로 알뿐더러, 적을 사랑하라, 남에게 오른편 뺨을 맞으면 왼뺨마저 돌려 대라는 주님의 말씀을 실천하는 사람들이올시다.」
「오른뺨을 맞으면 왼뺨마저 돌려 대라?」
「폭력을 다스리는 데 폭력을 쓸 게 아니라 상대편으로 하여금 폭력을 뉘우치게 하라는 정신입니다.」
「그 사람은 모두 홀아비라지?」
「홀아비가 아니라 처음부터 육신을 깨끗이 해야 정신이 깨끗하다는 교지(敎旨)로 여색을 멀리하고 있습니다.」
「그럼 장가를 안 간단 말이지?」
「동정(童貞)으로 평생을 오로지 주님의 뜻에 충실할 뿐입니다.」
「그래? 술담배도 안 하고 여색(女色)을 모르면 무슨 재미로 산단 말인가? 그것도 인생인가? 고자들인 게로군?」
「그대신 만인(萬人)을 사랑하는 박애정신이 있습니다. 남을 미워하기 전에 사랑합니다. 남의 어려움을 돕는 희생정신을 사랑합니다. 여자를 사랑하는 게 아니라 삼라만상 모든 것을 사랑합니다. 심지어는 원수도 사랑하는 게 천주교의 교리.(敎理)올시다.」
「사랑병 환자로군. 모든 것을 사랑한다는 것은 아무것도 사랑하지 않는단 말이 아닌가. 하늘이 있어야 땅이 있고, 바다가 있어야 산이 있는 게 이 세상 법칙이 아닌가. 미움이 있어야 사랑이 있고, 추한 계집이 있어야 아름다운 계집이 있고, 쓴맛이 있어야 단맛이 있잖은가.」
「지당한 말씀이십니다. 그렇기 때문에 미운 사람을 사랑하고, 추함을 아름다움으로 고치고, 쓴맛을 단맛으로 바꿔 놓는 게 인간의 소망이 아니겠습니까, 저하.」
「남자를 여자로 바꿔 놓고, 여자를 남자로 바꿔놓을 수도 있겠소그려?」
대원군은 분명히 의식적으로 짓궂은 질문을 하고 있다.
남종삼은 어쩔 수 없이 모욕감을 얼굴에 나타내며 좀 성깔 있게 말했다.
「저하, 천주교에는 수많은 계율이 있사옵니다. 몇 가지만 들어 보시면 천주교의 교리를 이해하실 줄 아옵니다.」

대원군은 빙그레 웃었다.

「어디 몇 가지 들어 보게나, 그 계율이라는 걸.」

「사계(四誡)를 외어 드리겠습니다. 저하! 일, 자녀의 본분──부모에게 불공한 행동을 했는가. 부모가 구차하고 병들었을 때 도와 주었는가? 부모의 일에 대하여 나쁘게 생각하고 말했는가. 부모를 거슬렀는가. 싸웠는가. 무례했는가……」

남종삼은 말을 끊고 대원군의 눈치를 살폈다.

대원군은 뜻밖에도 두 눈을 지그시 감은 채로 조용히 귀를 귀울이고 있다.

「일, 부모의 본분──자녀를 고집대로 맡겨 뒀는가, 허물을 벌줬는가. 분노하여 욕설로 책했거나 악형으로 다스렸는가……, 도리공부에 보냈는가. 가르쳤는가. 정직과 양선함과 정결함을 교육했는가. 부도덕한 위험을 막았는가. 가족에 대한 본분을 게을리했는가……」

남종삼은 다시 오계(五誡)의 일부를 외기 시작했다.

「남을 미워하는 마음을 두었는가. 오랫동안 미워했는가. 욕설을 했는가. 남의 불행을 빌었는가. 불친절하지 않았는가. 원수 갚을 마음을 가졌는가. 남의 마음을 상케 했는가. 남을 죄악으로 인도했는가. 싸웠는가. 때렸는가……」

남종삼은 오계도 대강대강 외고는 또 대원군의 동정을 훔쳐봤다.

대원군은 역시 두 눈을 감은 채로 경건하리만큼 조용히 귀를 기울이고 있다.

남종삼은 육계와 구계로 넘어갔다.

「마음에 음란한 생각을 두었는가. 음란한 말을 했는가. 이야기를 즐겁게 들었는가. 음란한 짓을 혼자 했는가. 남과 했는가. 남이 내게 음행하는 것을 막았는가. 음행하기를 원했는가. 남과 하기를 원했는가 결혼한 자와 하기를 원했는가. 자기나 남의 추잡한 데를 나쁜 장난으로 만지거나 만질 원의를 두었는가.」

남종삼은 스스로도 좀 지루해졌다.

「저하, 칠계와 십계에선 남의 재물을 훔치는데 대한 경계이고, 팔계에선 거짓말에 대한 계율이옵니다.」
　대원군은 감았던 눈을 떴다.
　그의 얼굴에선 야유의 빛이 사라져 있었다.
「불교의 설법과 유사하군그래!」
　뇌까린 그는 불쑥 묻는 것이었다.
「그래, 그 선교사들이 아라사의 세력을 능히 막아낼 수 있겠는가?」
　남종삼은 자신 있게 대답했다.
「저하, 국조(國祚)를 무궁케 하기 위해서는 반드시 법국과 영국 두 나라와 손을 잡아야 합니다. 그러기 위해서는 불가불 선교사들의 힘을 빌어야 할 줄 아옵니다.」
　순간 대원군의 표정은 지극히 순진했다. 그리고 진지했다.
　그는 드디어 남종삼에게 분부를 내렸다.
「그럼 그 사람을 수일내로 나와 만나게 해 주게나, 내 직접 면담해 보겠으니.」
　이만하면 천주교 만세다.
　홍봉주의 표현대로 운현궁 용마루에 십자가를 꽂은 셈이다.
　남종삼은 선뜻 대답했다.
「저하, 분부대로 그들로 하여금 저하께 사후해서 직접 국난의 타개책을 품신하도록 하겠습니다.」
　실로 중요한 계기가 마련된 것이다.

　그날 이후 서울 장안의 천주교 신도들은 거리를 활보하며 낮이고 밤이고 무시로 공공연한 집회를 가졌다.
　―서울 한복판에 웅장한 성당도 지을 수 있다.
　―성경과 성가를 소리높이 외치며 조석으로 미사를 드릴 수 있게 됐다.
　지방의 신도들도 서울로 몰려 들었다.
　―대원위대감도 천주교 신자가 됐다더라.
　―머잖아 국왕도 신도가 되리란다.

─운현궁에서 특별 미사를 드리기 위해 베르뉘 주교님을 모셔 오라는 명이 내렸단다.

와전된 풍문은 엉뚱한 결과를 맺게 했다.

일반, 특히 부녀자들의 천주교 입문이 날로 늘어나게 됐다.

연일 그들은 모이기에 바빴고, 기도 드리기에 바빴고, 설교하기에 바빴다.

그러는 사이에 실로 엄청난 재화(災禍)의 요인이 싹터 가고 있는 줄을 그들은 몰랐다.

무위(無爲)의 세월이 가고 있었던 것이다.

그들 천주교인이 당연히 서둘러야 할 일에 등한한 채 20일이 넘도록 그저 세상 만난 것처럼 법석들만 떨었다.

왜 모두 그토록 등한했을까. 누구의 영이었는데 20일이 넘도록 시간만 허비했는가. 무서운 재화를 자초(自招)한 것이다.

베르뉘 주교를 곧 운현궁에 들게 해서 대원군과 대아(對俄) 문제를 의논하기로 한 남종삼은 그동안 고향인 제천엘 다녀오느라고 보름을 허비했다.

그의 아버지 남상교가 신병에 허덕인다는 소식을 듣고 급히 내려갔던 것이다.

1866년 병인(丙寅)년이었다.

음력 정초를 앞두고 그는 제천 묘재에 있는 향제(鄕第)에서 급히 서울로 왔다.

서울 새문밖에 있는 자기집에 돌아와보니 많은 신도들이 초췌한 모습으로 그를 기다리고 있었다.

그동안 행방을 감췄던 김면호도 와 있었다.

홍봉주도 있었다. 이선이라는 평신도도 있었다.

김면호가 두 손을 싹싹 비비면서 그에게 말했다.

「큰일났습니다, 남교우님.」

정말 큰일 난 것 같은 표정들이었다.

「왜 무슨 일이 생겼습니까?」

남종삼은 물었다.
「무슨 일이라뇨. 대원군이 대노했다는 소식입니다.」
홍봉주의 대답이다.
신도 최형이 설명했다.
「운현궁에서 새어나온 소식에 의하면 남교우께서 장주교님을 들여보내겠다구 하신 지 20일이 가깝도록 감감소식이라 해서 천주교도들은 모조리 때려죽일 놈들이라구 했다는군요.」
아차!하고 남종삼은 속으로 탄성을 발했다.
홍봉주가 무릎을 까불면서 말한다.
「내 집사람 말에 의하면 부대부인께서두 책망을 하더랍니다. 모두 어찌 그리 무심하냐구.」
일은 심상치 않다고 남종삼도 생각했다. 말없이 커다란 눈만 껌벅거리고 있었으나 오십평생 처음으로 크나큰 낭패를 자인했다.
양반 태생이다. 일찍이 등제(登第)해서 지방의 군수직을 거쳐서 정원의 승지 벼슬을 역임했다.
말하자면 경륜이 부족했던 것도 아닌데 아버지에게 효도를 하려다가 크나큰 일을 저질렀음을 자인하지 않을 수 없었다.
「오늘이라두 당장 서북 지구루 사람을 보내 장주교님을 모셔 와야겠습니다.」
홍봉주의 의견이었다.
「그러나 이미 일은 그른 것이 아닐까요.」
김면호는 언제나 비판적이었다.
「어쨌든 모셔 와야 하지 않겠소!」
홍봉주의 말에,
「남교우님 때문에 우리 모두가 무슨 일을 당하는 것 같소이다.」
이선이가 남종삼에게 책임을 추궁하는 말투로 대들었다.
남종삼은 개의치 않고 홍봉주에게 물었다.
「노비(路費)를 마련해야겠소. 홍교우님, 돈 마련을 좀 하실 수 있을까요?」

「내가 어떻게?」
　모두 넉넉잖은 살림살이다. 갑자기 서북지방으로 파견할 연락원외 노비를 마련하기란 수월치가 않은 게 사실이다.
「노비구 뭐구 다 틀렸에요. 대원군의 성질을 모르시오. 낙동바람이 안 불면 내 손톱에 찌개를 끓이시오. 도대체 세 분이 다 흐리멍덩해요. 김교우는 제 방귀에 놀라서 미리 들구 뛰질 않나, 남교우님은 때아닌 고향엘 안 가시나, 홍토마스씨는 오뉴월 쇠 뭐 늘어지듯 늘어지질 않나, 이래가지구야…….」
　이선이는 말을 가리지를 않았다. 눈알이 교활하게 마구 굴렀다.
　이선이는 계속해서 핏대를 올렸다.
「말씀들은 좋습니다. 뭐 운현궁 용마루에 십자가를 꽂은 거나 진배없다구요? 십자가를 자알들 꽂으셨소! 아마 우리 모두가 본의 아닌 십자가를 져야 할 거외다.」
　모두 심각했다. 한숨들만 토했다.
　그러나 남종삼은 침착했다. 그는 말했다.
「내 내일 운현궁엘 들어가 보리다. 며칠 늦었다구 설마 무슨 일이야 있겠소? 그보다두 노비 마련을 해야겠는데, 어차피 주교님들은 모셔와야 할 테니까.」
　그도 역시 불안하긴 마찬가지였으나 교우들을 달랬다.
　이튿날 남종삼은 비장한 각오를 하고 운현궁을 찾았다. 역시 천주교를 신봉하는 조기진을 앞세운 것은 그가 대원군의 사돈이었기 때문이다.
　이틀 후가 음력으로 정월 초하루였다.
　아침이 일렀는데 운현궁 아재당엔 손님들이 꽉 찼다.
　조기진이 앞장을 서서 협실을 통해 대원군에게 문안인사를 드렸다.
　남종삼은 정중히 대원군에게 절을 하고 말했다.
「진작 들어와 뵈어야 했을 텐데 가친(家親)이 향리에서 병환중이라서 다녀오느라고 늦었사옵니다.」
　뭐라구 응답은 해줄 줄로 알았다.

그러나 대원군은 묵묵부답인 채 허털만 뽑고 있었다.
남종삼은 잔등에 식은 땀이 흘렀다.
「저하, 시일이 천연돼서 송구하옵니다만 불일간에 지방에 가 있는 베르뉘 주교와 다블뤼 주교가 저하의 분부를 받들기 위해 상경할 것입니다.」
그래도 대원군은 반응을 보이지 않는다. 턱수염을 쓰다듬으면서 입맛을 한번 쫙 다셨을 뿐이다.
초조해진 것은 남종삼뿐이 아니라 그를 안내한 조기진도 마찬가지였다. 그도 한마디 거들었다.
「대감, 대감께오서도 친교가 있으셨던 남승지의 춘부장이 그동안 노환으로 퍽 위태로웠던 듯싶습니다. 통촉하십시오.」
좌중의 모든 손들도 더할 수 없이 긴장하고 있었다.
무슨 내막인지를 자세히 알지 못한다. 하지만 대원군과 천주교도들 사이에 어떤 거래가 있었던 것만은 짐작했다.
그리고 그 거래가 천주교인들에 의해 파탄이 난 것도 알았다. 모두들 숨을 죽이고 귀추를 주목했다.
대원군은 자기의 침묵이 상대편을 얼마나 위축시키는가를 누구보다도 잘 알고 있는 사람이다.
그는 한참만에 남종삼을 흘겨보고는 조기진에게 물었다.
「사돈, 지금 우리나라에 서학꾼의 수효가 얼마나 되오.」
심상찮은 물음이었다.
「2만 명 가량으로 헤아립니다, 대감.」
조기진이 불안스럽게 대답했다.
「꽤 많군요!」
대원군은 혼자 고개를 끄덕거린 다음 비로소 전 승지 남종삼을 쏘아봤다.
「남승지!」
「예에.」
「내일 모레가 명절이니 또 고향에 내려가야겠소그려?」

남종삼은 대원군을 흘끔 쳐다보고는 대답했다.
「엊그제 다녀온 길이오라…….」
다시 안 가도 된다고 했다.
그러자 대원군은 냉담하게 말하는 것이었다.
「명일이니 다녀오는 게 좋겠지. 가거든 춘부장께 안부나 전해 주시오.」
엄청나게 싸늘한 선언이었다.
(무슨 뜻인가?)
남종삼은 물론 좌중이 다 그 말뜻을 얼른 헤아리지를 못했다.
그러나 이내 짐작들을 하고 남종삼을 주목했다.
(큰일 난 것 같구나!)
운현궁에서 물러나온 남종삼은 실망한 나머지 교우들에게 말했다.
「장주교님이 상경하실 때까지 나는 다시 고향에 내려가 있어야겠소. 대원군도 내 가친과의 친교를 생각해서 그렇게 권하니까…….」
조기진도 남몰래 그에게 귀띔했다.
「대원위대감 말씀대로 잠시 고향에 가 계시오. 그 어른도 남교우께만은 특별한 호의를 베푸실 겝니다. 아마 건의문을 바친 몇몇 사람은 좀 위태로울 듯싶소이다.」
평산에 가 있던 베르뇌 주교와 남도지방에 가 있던 다블뤼 주교가 연락원의 급보를 받고 서울에 돌아온 것은 정월 이십 오일 전후였다.
그날 밤 홍봉주의 집에선 특별미사를 겸한 긴급회의가 소집됐다.
이 자리에서 대원군과의 면담 권고를 받은 베르뇌 주교는 전연 뜻밖의 답변을 해서 신도들을 실망시켰다.
「교우들의 의견에도 일리는 있읍네다만 외국인 선교사가 남의 나라 국정(國政)에 간여하는 것은 본분이 아닙네다. 여러분은 모르십네까. 이 사람의 힘으로 프랑스 정부를 어떻게 움직일 수 있습네까. 그리고 프랑스와 러시아와의 관계는 대단히 복잡 미묘합네다. 여러분, 여러분은 우리 선교사업 이외에는 신경을 쓰지 않는 게 좋을 것입네다. 그것이 천주님의 뜻입네다.」

일은 자꾸 틀어져 갔다. 갈팡질팡한 것은 한국인 전교사들뿐이었다.
　이 소식을 유모 박씨한테 전해 들은 부대부인 민씨조차도 울분을 터뜨렸다.
　「이미 저질러 놓은 일을 어떻게 하라구! 주교님들이 그렇게 무심하다니 뜻밖이오!」
　뜻밖이었다. 외국인이라 해서 전연 무심하지는 않았겠지만 하여튼 그들은 며칠 후에 다시 선교행각을 떠났으니 기대했던 것과는 달랐다.
　다블뤼 주교는 충청도 내포 방면으로, 베르뇌는 부평, 제물포 지구로 떠나버렸다.
　폭풍전야와 같은 불쾌하게 조용한 며칠이 또 지나갔다.
　홍봉주는 자기 아내를 통해 매일 운현궁의 기맥을 염탐하기에 여념이 없었다.
　김면호는 또 어디론가 자취를 감춘 채 나타나지를 않았다.
　남종삼은 제천 묘재에서 다시 서울로 올라올 채비를 차렸다.
　그의 아버지 남상교는 해소 기침을 콜록이며 서울로 떠나려는 아들에게 간곡히 말했다.
　「나는 네가 천주님을 받든 것을 책망하진 않겠다. 허나 어느 어버이가 자식이 제 명에 죽지 못하는 걸 원하겠느냐. 주님을 믿더라도 표면에 나서지 않았어야 했을 텐데 이제 틀린 것 같다. 난 대원군의 성품을 안다. 그는 지금 한껏 오만하다. 어차피 모면 못할 죽음이라면 비루하지 마라. 믿음을 욕되게 하지 말고 당당하게 천주께 귀의하라.」
　우연의 일치였을까. 흩어졌던 그들은 묵계도 없었는데 전후해서 서울길에 다시 올랐다. 베르뇌 주교도 다블뤼 주교도 서울이 궁금해서 서울로 돌아오고 있었다.
　그것은 마치 그물을 향해서 모여드는 고기 떼의 운명과 다를 바 없었다.
　그들은 그 무렵의 분명한 정세를 몰랐으나 그물은 이미 쳐지기 시작했던 것이다.
　창덕궁 희정당에선 연 이틀째 중신회의가 열렸다.

대원군이 직접 나가 주재(主宰)했다. 아직도 영의정은 조두순이다. 좌의정은 김병학이었다.

좌우포장(左右捕將)을 겸임한 이경하가 참석했음은 물론이다.

모두들 유교 사상에 젖은 보수주의자들이다.

서학은 사교(邪敎), 조상의 제사조차도 안 지내는 서학은 망국의 사교라고 대기(大忌)하는 시임대신들이 한자리에 모여 뜻을 모았다.

어떤 결론이 나오겠는가. 천주교 금압에 대한 마지막 결론이 좌의정 김병학에 의해서 단안은 내려졌다. 놀랍고 무서운 단안이었다.

영의정 조두순은 너무 늙었다.

조정을 대변하는 것은 좌의정 김병학이었다.

김병학은 은근히 대원군의 비위를 건드리는 발언을 했다.

「듣건댄 요새 서학꾼들이 무엄하고 방자하기 그지없는 소리를 한다 하오. 아라사의 남침세력은 저들만이 막아낼 수 있음을 국태공께서도 인정하셨다는 허무맹랑한 소문을 퍼뜨리고 있을 뿐 아니라 심지어는 운현궁 용마루에다 십자가를 꽂았노라고 기고만장(氣高萬丈)한다니 그들의 음험한 속셈이 뻔히 들여다 보입니다. 즉 저들이 양인 선교사들과 모의 협잠을 해서 되지도 않을 한·영·법(韓英法)삼국 동맹을 미끼로 이 나라를 서학 천지로 만들려는 매국 음모에 광분하고 있으니, 조정으로서는 좌시할 수 없는 위경(危境)을 맞은 셈이외다. 더구나 근자 항간에선 국태공 앞에선 아뢰기조차 황감한 말씀이오나 운현궁에 천주학쟁이들이 무상출입을 한다는 빈축도 있고, 대왕대비께오서도 그런 풍설을 들으시고 심금을 몹시 상하신 듯하오니 신자(臣子)된 도리로 송구하기 이를 데 없습니다.」

도도히 토해 내는 김병학의 변설에 누구도 이론(異論)이 있을 수 없었다.

조정 대신들은 예외없이 공맹(孔孟)을 숭상하는 유교에 젖어 있었고, 또 김병학의 발언은 대원군의 비위마저 건드리는 강경한 어조였으니 아무도 경솔히 입을 열려고 하지 않았다.

그러나 시임이 아닌 판돈령 이경재는 벌떡 일어섰다.

그의 발언은 좀더 격렬했다.

「서교는 단연 금압(禁壓)해야 할 줄로 아뢰오. 서교는 서양인의 종교지 우리 동방예의지국에서 믿을 만한 게 아닙니다. 본시 서교가 동방으로 침투해오고 있는 것은 서이(西夷)가 동방침략의 수단으로 앞세운 것인만큼 무서운 독소를 내포하고 있음을 알아야 합니다. 우리는 동방에서 서교가 무슨 일을 저질렀는가를 똑똑히 보아 왔어요. 저 중원(中原)에 상륙한 서교가 북경성을 초토화(焦土化)한 것은 남의 나라 일이지만 순조조(純祖朝) 신유(辛酉) 3월에 있었던 청인(淸人) 신부 주문모 사건은 잊을 수 없습니다. 여러분이 아시다시피 당시 주문모는 얼핏 알려지기엔 성인과 같았습니다. 그 풍채 그 학식은 말할 나위도 없고, 그 유창하게 구사하는 우리말과 온화한 성품, 예의바른 언동, 자애에 넘치는 표정은 이 나라의 젊은 남녀를 사로잡은 바 있습니다. 허나 그가 국법에 의해서 체포된 곳이 어딥니까. 화동에 있는 어느 젊은 과부의 내실이었어요. 그는 심지어 이 나라 왕족의 아낙네들까지 희롱한 치한(痴漢)이 아니었습니까.」

그것이 악의에 찬 허문(虛聞)이었음을 이경재는 모른다.

온갖 고문 끝에 참수형이 처해졌다. 그는 형장에서 유유히 천부(天父)를 부르며 일찍이 천애고아로 일곱 살 때부터 50년 동안을 교계에 봉사할 수 있었던 것을 감사하며, 억울함을 원망치 않고 순교한 고결한 포교자임을 이경재는 모른다.

이경재는 다시 열변을 토했다.

「황사영의 백서 사건은 또 어떠했습니까. 그는 이 나라에 태어난 백성이면서 천주학에 미친 나머지 청국의 무안사를 평안도 안주에 설치할 것과 청국의 왕족을 맞아 들여 제 나라를 감국(監國)시킬 것과, 심지어는 서양놈의 군함 수백 척에다 정병(精兵) 오륙만에다 대포 수백 문을 끌어들여서까지 자유포교를 획책하려고 했잖습니까.」

이경재는 주먹을 불끈 쥐고 눈알을 부라리면서 어세에 더욱 힘을 주었다.

「내 판단으로는 서학은 지금 당장 금압해야 합니다. 듣건댄 지금 우리

나라에 침입해 있는 양인 선교사는 10여 명이나 되고 신도수는 2만이 넘는다 해요. 신도들은 다행히 부녀자가 그 태반의 수효를 차지하고 있지만 그중엔 남종삼, 홍봉주와 같은 근지 있는 사람들도 있고 또 그들의 목표가 운현궁과 왕궁까지를 포함해서 저들의 교세를 부식(扶植) 하려고 책동하는 모양이니 실로 놀라운 일이 아닐 수 없습니다.」

이경재는 국제정세도 풀이했다.

「미상불 아라사인의 범월(犯越) 행위는 경계해야 할 국가방위의 중대사입니다. 그러나, 보아하니 그들은 무조건의 무력침범이 아니라 통상교린을 목적으로 하는 외교 절충의 요구예요. 우리는 덮어놓고 공포심만 가질 게 아니라 그들과 대화로써 일을 해결할 수 있습니다. 반드시 천주학쟁이들의 힘이 개입돼야 된다는 것은 어불성설입니다. 어디 그뿐입니까. 최근 연경으로부터 들려오는 믿을만한 소식에 의하면 청조(淸朝)도 양이론(攘夷論)이 승세(勝勢)해서 서교 탄압을 시작했다지 않습니까. 그들도 비로소 서교의 독소를 깨닫고 중원천지에서 양인과 천주학을 소탕하기에 이르렀습니다. 다시 말하면 서교는 침략자의 앞잡이에요. 우리보다 개화했다는 왜국(倭國)도 몰라서 서교를 금했겠습니까. 내 들건댄 왜국은 예수상이나 십자가를 땅에다 던져 놓고 천주학쟁이들로 하여금 발로 밟고 넘게 했답니다. 그래서 주저하는 자는 모조리 처형했다더군요. 동양삼국에서 서교는 마땅히 말살돼야 합니다.」

이경재의 열변은 끝났다.

누가 이 기울어진 묘론(廟論)을 뒤엎을 것인가.

이젠 대원군의 공식적인 결론만 남아 있다.

대원군은 한동안 말을 하지 않았다.

그는 생각하고 있었던 것이다.

운현궁에도 천주학의 촉수가 뻗쳐 있다는 이경재의 지적이 몹시 신경에 걸렸다.

그는 알고 있다.

아내인 민씨가 천주교를 신봉하고 있으니 운현궁에도 그들의 세력이 심어진 것은 사실이다. 그리고 국왕의 유모였던 박씨가 왕궁에도 드나

들고 있으니 왕궁침투설도 무근(無根)한 것은 아니다.
　그는 자기가 공개적으로 비난을 받고 있는 것 같았다.
　그는 또 알고 있다. 대왕대비 조씨가 서교를 철저히 싫어하고 있음을 알고 있다. 근거는 없는 소리지만 왕궁에도 서교가 침투했다는 말을 들으면 대왕대비가 진노할 것이며, 그렇게 되면 대비는 자기를 불신임하게 되기가 쉽다.
　그렇게 되면 어떤 결과를 예상해야 하는가.
　서교를 배척하는 요로대관들이 대왕대비를 중심으로 뭉쳐서 서교탄압 운동을 일으킬는지도 모른다.
　그때는 대원군 자기가 고립된다.
　대담하게 이이제이(以夷制夷)의 방아책(防俄策)을 시도하려다가 남종삼을 비롯한 천주교도들에게 희롱당한 것도 분한데, 그들과 한통속으로 몰리면 중대한 정치적인 문제로 발전할 것이 뻔하다.
　사실, 대원군은 남종삼을 비롯한 몇몇 사람에 대한 분풀이만을 생각하고 있었다.
　그러나 이제, 일은 그런 정도로 끝나지 않을 것을 깨달았다.
　그는 단호하게 선언했다.
　「이 나라에서 서교는 금압해야 한다는 게 여(余)의 지론이오. 요로는 주저말고 교령 반포를 서두르시오!」
　드디어 역사적인 '대원위 분부'가 떨어졌다.

절두산切頭山 밑에서 칼춤을 춘다

 1866년 2월 14일은 음력으로 을축(乙丑)년 섣달 스무 아흐레였다.
 달이 작아 그믐날이었다. 한해의 마지막 날인데 뉘집이라고 부산하지 않을까.
 떡치는 소리가 집집마다 철떠덕거렸다. 지짐질 냄새가 골목마다 충만했다. 아이들이 몰려 다녔다. 솔가리짐이 담장 위로 넘실거렸다. 푸줏간이 붐볐다. 가리(갈비)짝이 거리에 떴다. 북어쾌가 지겟목발에 매달려 다녔다. 묵은 세배꾼들이 종종걸음을 쳤다. 하늘에는 연도 떴다. 있는 사람은 있는 사람들대로, 없는 사람은 없는 사람들대로 하여간 부산했다.
 그런데 하필이면 이날, 섣달 그믐날, 포도청은 아연 긴장했다. 포교들이 비상소집됐다.
 정오가 좀 지나자 자그마치 20여 명의 포교들이 태평동 골목에 범람했다.
「뉘 집이 무슨 벼락을 맞느냐?」
「낙동바람이 불었구나!」
 행인들은 발길을 멈추며 수군거렸다.
 천주교의 전교사 홍봉주의 본집이 태평동에 있었다.
 전동엔 가우(假寓)를 가지고 있고 태평동엔 본집이 있었다.
 그 홍봉주의 본집이 돌연 포교들의 급습을 받았다.
「무슨 일인데 함부로 남의 집엘 들어오오?」

마침 집에 있던 주인 홍봉주가 대문을 가로막으며 항거했으나,
「당신집 가산 조사요. 경복궁 짓는 데 원납전을 궐했다지!」
포교들은 그를 밀치고 집 안으로 쏟아져 들어갔다.
그들은 홍봉주의 집 안을 이잡듯 뒤졌다.
특히 베르뇌 주교의 행장(行裝) 도구를 발견하자 면밀히 점검하고 기록했다.
그뿐이었다. 포교들은 벌벌 떨고 있는 주인에게 엉뚱한 한마디를 남기고 돌아갔다.
「새해엔 복 많이 받으슈!」
이 소문은 즉시 천주교인들 사이에 파다하게 퍼져버렸다.
그들은 해가 바뀌어 병인(丙寅)년이 되자 불안에 떨었다. 행방을 감추는 사람들도 생겼다.
음력 정월 초닷샛날이 됐다. 다시 비보(悲報)가 날았다.
전교사 최형과 전장운이 체포됐고 베르뇌 주교의 측근인 이선이도 끌려갔다는 소식이었다. 서울의 수많은 신도들은 더욱 떨었다. 성서를 감춰라. 십자가나 묵주도 숨겨라. 무슨 일이 나는가 보다. 모두들 전전긍긍했다.
어수선한 나흘이 지났으니까 아흐렛날인가.
밤이 꽤 이슥했을 무렵이었다.
홍봉주의 집 안사랑엔 주인 홍봉주와 주교 베르뇌가 묵묵히 마주앉아 있었다.
「주교님, 우리도 각오는 하고 있어야겠습니다.」
홍봉주가 침통하게 입을 열었다.
베르뇌는 고개를 끄덕이며 대꾸했다.
「여러분에게 화가 돌아올 것 같아 미안합네다. 그렇지만 모두 하늘에 계신 주님의 뜻이 아니겠습니까. 우리는 이번 시련을 이겨내야 합네다. 주님 뜻에 충실하도록 노력합시다.」
홍봉주는 차라리 두 눈을 감았다. 핏기가 가신 얼굴엔 가벼운 경련이 흘렀다. 그는 뇌까렸다.

「……그대의 적을 사랑하고, 그대를 저주하는 자를 축복하고, 그대를 미워하는 자를 미워 말 것이며, 그대를 괴롭히는 자를 위하여 기도할지니라……주교님, 천주님의 뜻이시라면 무슨 시련이든지 달게 견딜 수 있습니다.」

「오호, 고맙습니다. 우리 모든 신도들을 위해서 기구합시다.」

두 사람이 경건한 자세를 취했을 때였다.

밖에서 쿵 하는 소리가 들렸다. 쿵 쾅 하는 소리가 계속해서 들렸다.

주인 홍봉주의 얼굴빛이 해쓱해졌다.

주교 베르뇌는 두 눈을 지그시 감아 버렸다.

그러나 신경은 바짝 긴장하고 귀들은 바깥으로 쏠렸다.

「운명의 순간인 것 같습니다, 주교님.」

홍봉주가 뇌까렸다.

「천주님께 기도합시다.」

베르뇌도 체념했다.

「이리 오너라!」

안마당에서 호통이 터졌다.

「홍봉주 나오너라!」

다시 우람한 고함이 터졌다.

마루로 올라서는 발소리들, 한두 사람이 아니었다. 방문이 밖에서 화닥닥 열렸다.

포도대장 이경하가 직접 나타났다.

수많은 포교들을 거느리고 담장을 뛰어 넘어 방문 앞에 우뚝 섰다.

홍봉주가 일어섰다. 안간힘처럼 한마디 했다.

「밤이 깊었는데, 아무리 포도청 군사들이라도 너무 무법하지 않습니까. 월담을 해서 민가에 침입하다니」

그러나 소용없었다. 이경하의 그 꽹과리 음성이 다시 터졌다.

「왕명이다. 사교도 홍봉주는 오랏줄을 받아라!」

왕명이라면 항거할 한마디의 말도 없다.

홍봉주는 베르뇌 주교를 돌아보며 마지막 인사를 보냈다.

「주교님, 그럼…… 안녕히.」
그러자 이경하는 또 외쳤다.
「왕명이다! 법국인 선교사 베르뉘도 오랏줄을 받아라!」
홍봉주는 당황해서 소리쳤다.
「주교님은 이 나라 백성이 아니십니다. 외국인이십니다.」
소용없었다. 포교들은 벌써 베르뉘한테도 홍봉주한테도 포승을 지르고 있었다.
이경하는 다시 눈알을 부라렸다.
「듣거라! 부인을 비롯한 권속 하인들까지 모조리 불러 내라!」
「처자 권속들이야 무슨 죄가 있기로?」
소용없었다. 포교들은 집안을 샅샅이 뒤지기 시작했다.
부인 박말타만은 마침 운현궁에 들어가 있어서 체포되지 않았지만 그 밖의 10여 명의 식솔들은 남김없이 오랏줄에 엮어졌다.
「굴비두름 같구나!」
포교 한 사람이 그런 소리를 했다.
「홍토마스 씨, 우리 모든 불쌍한 양들을 위해서 십자가를 지고 천주님 뜻에 순종합세다.」
베르뉘 주교는 또 말했다.
「……목숨을 얻으려는 자는 이를 잃을 것이며, 나를 위하여 복음을 위하여 목숨을 잃은 자는 이를 얻을 것이다……아멘.」
이때 홍봉주가 별안간 발작처럼 소리를 질렀다. 매도했다.
「저놈이! 저놈이 반역자로구나! 이 유다 같은 놈아! 네가 주교님을 배신하고 밀고를 해? 저런 때려 죽일 놈이…….」
베르뉘 밑에 있던 신도 이선이가 포교들 틈에 끼어 있었다.
주교 베르뉘는 조용히 말했다.
「홍토마스 씨, 우리 불쌍한 그를 위하여 함께 기구합시다.」
포도대장 이경하는 껄껄거리며 웃었다.
「……아 하하, 당장 죽어도 연극들은 자알 하는구나! 아하하.」
골목 안이 뿌듯했다. 구경꾼 하나 보이지 않았다. 상현달은 구름 속에

절두산切頭山 밑에서 칼춤을 춘다 43

숨어 있었다. 어디선가 개가 요란하게 짖어댔다.

이튿날은 눈이 제법 많이 내렸다.

11일 아침에는 창덕궁의 정문인 돈화문이 뻔질나게 여닫혔다.

또다시 희정당엔 시원임 중신들이 회동했다.

살벌한 분위기다. 영부사 정원용, 영돈령 김좌근 등 원로급의 면면이 보이는 것을 보면 심상치가 않다.

물론 대원군도 위의를 갖추고 나타났다.

시임 영의정인 조두순, 좌의정 김병학, 판돈령 이경재와 같은 먼젓번의 서교 탄압 강경론자들도 참집했다.

또 새로운 인물들이 있었다. 부호군 남이륜, 호군 남성교, 승지 남종순 등은 이상하게도 다 남씨였다.

잠시 후 서교 금압에 대한 마지막 회의가 열리자 가장 강경하게 남종삼의 처형을 주장한 것은 남이륜이었다.

관직을 유지하기 위해서라면 종문(宗門)이 아니라 친동기라도 팔아야 하는 것이었다.

그는 말했다.

「사교도 두령격인 남종삼을 비롯한 양인 선교사들을 모조리 체포해서 효수해야만 그동안 사교로 해서 혼탁해진 민심이 순화되오리다.」

이것은 이 중신회의에 참집한 세 사람의 남씨는 물론 모든 사람들의 의사였다. 이론을 말하는 사람이 있을 수 없었다.

좀 늦게 대왕대비 조씨가 시녀들의 부액을 받으며 근감하게 참석했다.

미리 준비된 교명이 승지 조성하에 의해서 낭독됐다. 간단했다.

우리나라는 자고로 동양의 예의지국인데 근자 서교라는 해괴망측한 종교가 들어와 순박한 우리 백성에서 경조(敬祖)하는 인자(人子) 기본사상마저 흐려 놓고 있을 뿐 아니라 소위 저들의 천주라는 것을 군왕 위에다 모시는 무군무부(無君無父)의 불경을 범하고 있으니 이는 용납 못할 일이다. 마땅히 그 근원을 뿌리 뽑아 존왕경조(尊王敬

祖) 애민충국(愛民忠國)의 사상을 회복시킴이 조정의 시급한 일인즉 내외국인을 가림없이 사교도는 엄중치죄하라.

결국 천주교 탄압은 조정의 당면한 과업으로 결정이 됐다.
총지휘는 대원군이었다.
포도대장 이경하에겐 천주교도 색출의 전권이 맡겨졌다.
— 우선 남종삼을 체포하라.
— 양인 선교사를 모조리 색출 검속하라.
— 서교도는 2만 명이란다. 한 놈도 빼놓지 말고 잡아들이라.
좌우 포도청은 총동원이 됐다.
남대문밖 남묘 뒤에는 전교사 정의배의 집이 있다.
주인 정의배를 비롯해서 신부 브레티니르와 몇몇 신도들이 타진됐다.
신부 볼뤼는 용인 땅에서 잡혔다.
도오리 신부는 광주에서 포박돼 왔다.
불과 이삼일 사이에 세 명의 서양인 신부와 한 명의 주교가 투옥되고 300명이 넘는 내국인 신도들이 체포되는 실로 전광석화와도 같은 검거 선풍이었다.
그러나 남종삼의 행방은 묘연했다.
「남종삼을 속히 잡아라!」
포도대장 이경하의 불호령은 포도들을 혈안이 되게 했다. 남종삼은 10일에 서울로 잠입했다가 베르뉘 주교와 홍봉주가 잡혔다는 정보를 듣고 발뒤꿈치를 돌려버린 것이다.
그는 베옷에다 방갓으로 변장을 하고 일단 서울을 벗어나는 데는 성공을 했다.
그러나 그가 고양 땅 잔버들이라는 마을에 이르러 잠시 주막집에서 쉬고 있을 때 뒤따르던 포졸들이 그의 덜미를 잡았다.
「당신이 남종삼이지?」
포졸 한 사람이 반말로 물었을 때,
「나는 박삼봉이오!」

남종삼은 시치미를 뗐다.

그러나 그순간 포졸들 사이에서 소리치는 사람이 있었다.

「저분이 바로 남종삼이외다!」

남종삼은 그 소리친 사람을 돌아다 보자 소스라치게 놀랐다. 그리고 기가 막혔다.

같은 신도인 이선이가 아닌가.

서로 너무나 잘 알고 있는 바로 베르뉘 주교의 종복인 이선이가 유다로 둔갑을 해서 포졸들을 이끌고 있지 않은가.

남종삼은 차라리 분노하지 않았다.

(유다는 예수마저 배반했다.)

이선이가 이 남종삼을 배신했다고 해서 분노한들 뭣하겠는가.

남종삼은 그런 생각끝에 조용히 두 손을 내밀어 포박됐다.

그는 이선이가 베르뉘 주교까지 밀고한 줄을 미처 짐작하지 못했다.

포도청은 남종삼을 체포함으로써 더욱 기세를 올렸다.

이날 이후 포졸들 중에선 장난질을 생각해 낸 패거리가 있었다.

「오늘밤엔 우리 좋은 구경이나 좀 할까.」

두 사람의 포졸이 새문안 골목길을 가고 있었다. 밤이 깊었다.

정월 대보름이 갓 지났으니까 하늘에 달은 휘영청 밝았다.

그들은 어느집 담장을 서슴없이 뛰어 넘었다.

도둑처럼 내실 쪽으로 숨어 들었다.

그들은 방 안의 동정을 살폈다.

「젊은 내외구나. 이제 시작하나 보다!」

그들은 문구멍을 뚫었다.

그리고 방 안의 광경을 엿봤다.

젊은 내외의 정사가 시작되고 있었다.

몸에는 실오리 하나도 안 걸친 복숭아빛 나신들이었다.

포졸들은 흥분을 억제해 가며 구경을 하다가 남녀의 정사가 절정에 이르렀을 때 방문을 박차고 뛰어 들었다.

「고대로 꼼짝 마라!」

그 자세대로 꼼짝을 말라 해 놓고,

「너희들은 천주학쟁이지? 다 알고 왔다. 불쌍하게 됐구나. 그 아까운 나이에.」

위협을 하면서 빈들거리다가,

「남의 방사를 훼방하는 놈은 지옥에 간다더라. 우리도 지옥만은 싫으니까 어서 하던 짓을 계속해라. 그러면 눈감아 줄 것이다.」

강요하는 것이었다. 더할 수 없는 치욕이다.

그러나 어쩔 것인가. 천주교의 신도거나 아니거나 항거했다간 온 가족이 멸망한다.

그렇다고 해서 그들 눈앞에서 정사를 계속할 수야 있을까.

남녀는 파랗게 질린 채 부들부들 떨 뿐이다.

수시 도처에서 이와 유사한 부작용이 일어나고 있었다.

눈물을 흘리는 포졸들도 있었다.

무고한 부녀자나 어린애까지도 서교도의 집안이라는 죄목으로 차별없이 끌어낼 때, 그 울부짖음에 고개를 돌리고 눈물을 머금는 포졸도 있긴 있었다.

사원(私怨)을 가지고 분풀이를 하거나 무고를 하는 따위의 비행도 적잖았다.

금품을 뜯어내 사복을 채우는 무리들도 많았다.

하여간 서교 금압령은 전국을 발칵 뒤집어 놓았다.

그리고 의금부에서는 잡아들인 서교도들에 대한 재판을 지체없이 진행하고 있었다.

전례가 없이 이 사건은 크게 취급됐다.

재판장에는 영의정 조두순이 임명됐을 정도다.

영돈령 김좌근, 판돈령 이경재, 좌의정 김병학, 우의정 유후조 등도 재판장으로 등장했으니 실로 어마어마한 사건이 아닐 수 없다.

16일에는 벌써 제4차 심문이 있었다.

이날은 대원군이 큰아들 재면을 앞세우고 직접 의금부에 나타났다. 부대부인 민씨의 간청이 주효한 것이다.

그는 베르뇌 주교를 몸소 심문하는 것이었다.
대원군의 심문하는 음성은 웬지 예상보다도 훨씬 부드러웠다.
「그대의 성명은 무엇인가?」
베르뇌 주교는 대답했다.
「한국명은 장경일입네다.」
「어느 나라 사람인가?」
「프랑스인입네다.」
「언제 누구를 의지해서 입국했는가?」
「교우 홍봉주의 인도로 내한했습네다.」
「현재 신부는 몇 사람이나 되지? 우리나라에 와 있는 수효가……」
「잘 모르겠습네다.」
「몰라? 모르다니?」
대원군의 심기는 사나워졌다.
베르뇌는 고개를 숙인 채 눈을 감았다.
상피고(相被告)로 나와 있던 이선이가 자진해서 입을 열었다.
「소인이 알기로는 이 나라에 와 있는 외국인 신부는 모두 열 두 명입네다.」
대원군은 다시 베르뇌에게 물었다.
「그대는 뉘집에 기우하고 있는가?」
「교우 홍봉주의 집에 신세를 지고 있습네다.」
「그대가 직접 교화를 준 신자는 모두 몇 사람이나 되는가?」
「수효가 적잖아 그 통계를 기억 못하고 있습네다.」
「그래? 그럼 그대의 교화를 받은 신도들은 지금 어디에 있는가?」
「대감, 그들은 사면팔방으로 흩어져 있으니 내가 그 거처를 어떻게 알겠습네까.」
대원군은 잠깐 심문을 중단했다. 호락호락하지 않은 베르뇌의 태도로 말미암아 또 심기가 사나워졌음이 분명하다.
그는 다시 물었다.
「그럼, 신부 아홉 사람의 거처는 알고 있으렷다?」

언성이 높아졌다.
그러나 베르뇌는 고개를 가로저었다.
「지금 함께 갇혀 있는 교우 이외는 알 길이 없습네다. 모두 헤어져 선교 중에 있으니까요.」
대원군은 잠깐 생각에 잠겼다.
불쾌한 감정을 억제하려는 것 같다. 어금니를 주군주군 씹었다.
그는 부대부인의 간절한 호소를 뇌리에 떠올린 게 아닐까.
착하게, 죄짓지 말고 남과 이웃을 사랑하며 살라는 신앙이니, 과격하게 다루지 말아 달라고 눈물로 애원한 부대부인의 호소를 생각한 게 아닐까.
그는 결단성 있게 베르뇌를 향해서 말했다.
「듣거라. 실재하지도 않은 소위 천주를 대군대부로 섬기라는 서교는 이 나라의 국법을 무시한 것이다. 대역죄에 해당하나 그대가 외국인이라 관대히 처분해서 즉각 출국할 것을 명한다. 출국하겠는가?」
낭청에 열좌한 판관들은 너나없이 놀랐다.
대원군의 그런 선언은 전연 뜻밖이었던 것이다.
모두들 동요의 빛을 보였다.
(대원군은 천주교에 동조하고 있다!)
몇몇 사람들은 이런 의혹을 품으면서, 그러나 추이를 주목했다.
「출국하겠는가? 내일이라도 즉각.」
대원군은 다시 다그쳐 물었다.
그러나 베르뇌 주교는 고개를 반듯하게 가누면서 태연하게 대답한다.
「관대한 처분엔 감사합네다. 그렇지만 이 사람은 하늘에 계시며 여러분 가슴 속에 계시는 천주님의 복음을 전하려고 이 나라에 온 것입네다.」
그는 침을 꼴깍 삼키면서 언성을 가다듬었다.
「대원위대감, 대감께서 이 사람을 강제수단으로 추방하시면 불가항력이겠지만, 이 사람 스스로 쫓겨 가는 것은 원치 않습네다.」
순간 분위기는 살벌해졌다.

태도가 의연하다는 것은 경우에 따라 크나큰 화를 초래한다.
베르뉘의 태도는 옥정에서, 대원군 앞에서 지나치게 의연했다.
화를 초래했다.
「어허, 무엄하구나! 저놈을 장형으로 다스려라!」
격노한 대원군은 자리를 차고 일어나 퇴장했다.
큰아들 재면이 묵묵히 그의 뒤를 따랐다.
이날 이 소식을 큰아들을 통해 소상히 듣고 있던 부대부인 민씨는 조용히 고개 숙여 기도했다.
그리고 눈물을 흘렸다.
(주교님이 너무하셨다!)
누가 모를까. 신자들치고 주교에게 신부들에게, 그리고 모든 천주교 신자들에게 죄가 없는 줄을 누가 모를까.
(그런 경우에선 일단 후퇴하는 게 이 나라 2만 여 신자의 운명을 등에 진 장주교님으로서 취할 바 온당한 태도였다.)
부대부인 민씨는 큰아들 재면에게 간청했다.
「아버님으로 하여금 역사에 남을 폭군이 되시지 않도록 그 분노를 사그러뜨려야 해요. 권세는 세월따라 가는 것이지만, 천주님의 복음은 영원히 모든 인간이 찾아 헤매는 빛이니까.」

이틀 뒤에 대원군은 다시 의금부에 나타나 베르뉘 주교를 다시 직접 심문했다.
「이 나라의 풍습으로는 원래(遠來)의 나그네는 후히 대접해 보낸다. 여, 그대를 법에 의해서 처단하기가 마음에 걸리는 바 있어 그대 본국으로 송환하게 되기를 원하노니 그대는 여의 뜻에 따르는 게 어떤가?」
베르뉘 주교는 그동안 혹독한 고문으로 몸을 제대로 가누지 못했으나 대답했다.
「이 사람 이 나라에 체류하기 이미 10여 년입네다. 이 나라의 언어를 배우고, 풍습을 익혔을 뿐 아니라, 많은 교우와 고락을 함께 하며 주님의 복음을 전도해 왔습네다. 만일 허락하신다면 이 나라에 안주함이 소망이며, 새삼 내 나라로 돌아갈 뜻은 없습네다. 만일 이 나라의 법률이 그것을 허락하지 않으면 나의 죽음은 천주님의 뜻이니 달게 받을 것입네다.」

베르뇌 주교는 사생의 기로에 서서 그 자세를 허물지 않았다. 대원군은 입을 꽉 다물었다가 다시 베르뇌에게 물었다.

「그럼 그대는 법국의 힘으로 아라사의 세력을 견제할 수 있다고 지금도 믿고 있는가?」

「그것은 허황한 방편이 아니며, 가공의 계책이 아닙네다. 그것은 남종삼 교우의 선견지명입네다.」

대원군은 이날도 앞 무릎에 열 대의 장형을 맞은 베르뇌 주교를 설복시키지는 못했다.

음력 정월 20 일에는 남종삼에게 30 대의 장형을 친 다음 죄목을 열거했다.

1. 서교를 국법이 금한 바 있는데 남종삼 일파는 거리낌 없이 국법을 어기고 서교를 전파했다.
2. 그는 사교를 정도라고 속여 민심을 현혹시켰다.
3. 그는 군부(君父) 있음을 주창했으나 체포령이 내리자 도망을 꾀했으니, 망군기친(忘君棄親)의 죄를 범했다.
4. 그는 이이제이를 주창했으면서 시일을 천연시켰으니 필경 매국의 위계였음이 분명하다.
5. 그는 홍봉주와 공모해서 무법으로 양인들을 입국시켰으니 국사범이 아닐 수 없다.

우의정 유후조가 그에게 물었다.

「위에 열거한 사실에 대해서 변백할 말이 있는가?」

남종삼은 대답했다.

「있으나, 말하지 않겠소이다.」

그의 이 한마디는 처절한 피바람을 불러 일으키기에 충분했다.

이날 저녁 무렵 그들에 대한 결심이 내려졌다.

영의정 조두순이 재판장의 자격으로 판결문을 낭독했다.

「죄인 남종삼은 듣거라!」
그는 기침을 한번 쿨룩 하고는 엄숙하게 목청을 가다듬었다.

　　죄인 남종삼은 나이 오십. 그의 아비는 상교, 아비의 아비는 이우, 어미는 이소사, 어미의 아비는 세기, 충청도 충주 출생으로서 그 어버이를 닮아 그 성품이 사납고, 불륜을 즐기고 상스런 짓을 능사로 하고, 화(禍)를 피하지 않으며, 난(亂)을 즐기며, 엉뚱한 속셈으로 이른바 서교의 무부무군의 사술을 전파시켰다. 그는 벼슬이 승지에 올랐으나 오히려 국법을 어기고 금교를 펼치려다 저에 대한 나명(拿命)이 내린 줄을 알자, 성명을 고쳐 도피하면서까지 양인 장경일(베르뇌) 등과 계속 국역의 비계를 음모하였으니 그 죄는 마땅히 백번 죽어 오히려 경한 것이다. 따라서 죄인 남종삼은 모반부도(謀叛不道)로써 참수형에 처한다.

　이 판결문이 낭독되는 동안 남종삼은 눈을 지그시 감은 채 조용히 귀 기울이고 있었다.
　피고인에 대한 변호는 없다. 일방적인 심문과 일방적인 판결이 내리면 그것으로 모든 것은 끝난다.
　물론 항고심도 없다.
　계속해서 홍봉주에 대한 결안도 있었다.

　　죄인 홍봉주의 아비는 자영, 아비의 아비는 낙민, 어미는 정소사, 어미의 아비는 약전, 전라도 광주 태생임, 그의 아비의 아비인 홍낙민과 어미의 아비인 정약전은 일찍이 저 신유교안(辛酉敎案)의 관련자들임을 주목할 것이다. 죄인 홍봉주는 그런 혈통이라 스스로 바다를 건너 강남 땅에까지 가서 양인 장경일을 인도해 온 사도의 두령격이므로 이 역시 모배잠종(謀背潛從)의 율을 면치 못할 것인즉, 남종삼과 함께 즉각 참수형에 처한다.

실로 추상 같은 판결문들이었으나 내용은 한결같이 유사했다.

이미 체포돼서 고문을 받은 다섯 명의 외국인 신부들도 참수형의 언도를 받았다.

국내 신도들 최형, 전장운, 정의배, 우세영 등도 역시 똑같은 운명이었다.

저녁에 조두순과 김병학의 보고를 받은 대원군은 뇌까렸다.

「음, 기어코 그렇게 되는 게군!」

밤에 내실에 든 대원군은 눈이 퉁퉁 부어 있는 부인에게 한마디를 했다.

「그들은 그렇게 되기를 자원했단 말이오!」

대원군은 주기(酒氣)가 짙었다.

그는 부인에게 명령조로 말했다.

「부인이 몸에 지니고 있는 십자가도 버리시오! 그 십자가 때문에 앞으로 많은 피를 볼 것 같소! 잡시다!」

남편은 잠자리에 들었으나 아내는 단정히 무릎 꿇고 앉아서 순사하는 사람들을 위해 기도했다.

한잠 들었던 대원군은 여일하게 기도하고 있는 부인에게 말했다.

「고만 잡시다! 보기가 싫소.」

새벽녘이 되자 대원군은 또 기도하고 있는 부대부인에게 말했다.

「아직도 안 자오! 정말 청승이구려!」

그러자 부대부인은 대원군을 바라보며 한숨처럼 말했다.

「대감의 힘으로도 아무래도 그분들을 살려 낼 수가 없군요!」

대원군은 대답했다.

「천주의 힘으로도 안 되잖소. 잡시다!」

촛대에선 촛불이 뿌지직 소리를 내고는 그냥 꺼졌다.

음력 정월 스무하루라면 눈이 내릴 때가 아니다. 눈이 희뜩희뜩 내리고 있었다.

거리엔 많은 사람들이 쏟아져 나오고 있었다.

구경거리가 생겼다는 풍문이 파다하게 퍼져 있었던 것이다.

절두산(切頭山) 밑에서 칼춤을 춘다 53

「서소문 밖으로 가자!」
많은 사람들이 서소문 밖으로 몰려가고 있었다.
서소문 밖과 한강변 새남터는 형장이 있는 곳으로 유명했다.
용산 쪽 주민들은 한강변으로 몰려들 갔다.
「새남터 모래사장에서 양인 선교사들의 목을 친다더라.」
이촌동을 거쳐 강둑에는 수백 명의 군중들이 웅성거렸다.
오정 때가 가까워 올 무렵에야 구경거리는 거리에 나타났다.
함거라면 죄수를 태워 나르는 수레다.
수레 위에 통나무로 우리[檻]를 만들었다. 돼지울처럼 통나무가 가로세로 못박혔고, 그 속에 머리를 풀고 포박이 된 죄수가 짐승모양 갇혀 신음을 하고 있는 것이다.
소가 끈다.
덜거덕거리며 느릿느릿 끌고 간다.
전후좌우엔 금부의 군사들이 호위하며 따른다.
두 대의 함거가 무교동에 있는 의금부 앞을 떴다.
철퍼덕거리는 길을 덜커덕거리며 두 대의 함거가 제각기 한 사람씩의 사형수를 싣고 경운궁 앞길로 나섰다.
수백 명의 남녀노소 군중들이 두 대의 수레 뒤를 따르고 있었다.
인간들의 성정은 근본적으로 잔인한 일면을 가지고 있는지도 모른다.
불구경들을 즐긴다.
사람 죽이는 구경들을 한다.
눈살을 찌푸리며 차마 못 볼 것이라 하면서, 그러나 악착같이 구경을 하려고들 한다.
「죽으러 가는 사람들이 저렇게 태연할 수가 있나!」
사람들은 함거에 실려 가는 두 사람의 사형수를 보고 수군댔다.
「저 사람들은 죽는 것두 뭐 천주라든가, 하느님이라든가의 뜻이라구 무서워 않는다는군요.」
「천준가 뭔가가 불러서 간다는 거랍디다요.」
빈정거리는 사람들도 많았다.

「어디, 가 봅시다. 망나니가 칼춤을 출 때에두 저렇게 태연한가 봅시다!」
그러니까 다른 죄수와 달리 그 죽는 꼴을 구경해야 한다는 것이었다.
두 대의 수레는 서소문 길로 접어섰다.
영문의 긴 담장을 끼고 덜거덕거리며 형장을 향해 가고 있었다.
철늦은 눈발은 여일하게 퍼뜩퍼뜩 지분거리고 있었다.
바람은 서북풍, 꽤 거센 바람이다. 하늘의 구름은 조만간 걷힐 성싶었다.
서소문 네거리에 가까워지자 연도의 민가들은 모두 게딱지 같은 오막살이였다.
「천주학쟁이들을 죽이러 간다오.」
구경꾼들은 자꾸 불어만 갔다.
「오늘 그 난쟁이 망나니란 녀석이 또 한몫 보겠군!」
서소문 밖 형장에는 난쟁이 망나니가 유명한 모양이었다.
「승지 벼슬을 했다는데 저꼴이 됐다는군입쇼.」
맞았다. 지금 함거 우리 안에 갇힌 채 끌려 가고 있는 것은 남종삼과 홍봉주였다.
바로 어제 선고를 받았는데 오늘 사형장으로 끌려가는 것이었다.
드디어 형장에 이르렀다.
두 대의 수레바퀴는 삐거덕 소리를 내면서 서서히 멈췄다.
준비가 미처 안 됐는가, 사형수들은 얼른 수레에서 끌어 내리지 않았다.
그저 허허벌판 넓은 광장이었다.
그래도 형장이다. 광장 남쪽엔 세검정이 이었다.
사람 죽인 피묻은 칼을 씻는 곳이라 해서 세검정이라 불린다.
북쪽으로는 민가들이 있었다. 그 민가들의 남창에는 두 겹의 발이 쳐져 있었다.
가난해서 사형장 근처에 살고는 있었으나, 자식들의 교육을 위해서도 사형장 쪽의 창문은 모두 가려야 했던 것이다.

절두산切頭山 밑에서 칼춤을 춘다 55

그 민가의 남창을 가린 발들도 하나 둘씩 걷히고 있는 게 보였다.
역시 봐서는 안 되는 참혹한 꼴이지만 구경들은 하고 싶은 것이다.
기어코 수십 명의 군사들이 두 대의 함거를 에워싸기 시작했다.
「저게 남종삼이라오!」
남종삼이 앞 수레에서 끌려 내리고 있었다.
풀어 허뜨린 머리털이 얼굴과 목덜미를 가리고 있었다.
동저고리바람이었다.
손은 뒤로 묶여 있었고 발목에는 사슬이 절그렁거렸다.
수레 앞에 세워졌는데 그는 고개를 반듯하게 가누고 있었다.
가슴엔 '참형수 남종삼'이라는 쪽지가 붙어져 있었다.
뒷수레에서 홍봉주도 끌려 내렸다.
그는 고개를 숙인 채 비실거렸다.
그러나 겁에 떠는 것은 아니었다.
혹독한 고문으로 몸이 말을 안 듣는 것 같았다.
옷에는 피가, 선혈이 낭자하게 배어서 딱딱하게 말라 붙어 있었다.
「저 사람의 아내가 나랏님의 어렸을 적에 유모였다오.」
「그런데 남편이 어쩌다가 저 꼴이 됐을까.」
「그렇다고 빼놀 수도 없잖겠소. 천주학의 우두머리였다니까.」
하나의 행사 같았다. 형식이라도 된다.
사형수 두 사람을 포박한 그대로 넓은 광장을 한바퀴 돌리기 시작했다.
걸음을 제대로 걸을 턱이 없다.
그들은 무릎을 꿇린 채로 압슬형을 받은 것이다. 무거운 돌로 무릎을 찍어 누르는 형벌이다.
그래서 무릎뼈가 성할 리가 없으니 걸음을 어떻게 걷겠는가.
하지만 무리로 걸렸다. 지름 백 척 가량의 둘레로 걸렸다.
두 사형수는 쓰러지며 걸으며, 걸으며 쓰러지며 했다.
눈이 내리고 있다고는 하지만 땅을 덮은 것은 아니다. 질척거렸다.
두 사형수는 핏자국과 흙이 뒤범벅이 돼서 그 몰골이란 말이 아니었다.
 쓰러지면 군사들이 발길로 차면서 일으켰다. 두 팔이 뒤로 꽁꽁 묶였으니, 쉽게 일어설 수도 없다.
 이리저리 구르다가 간신히 일어나면 또 호통을 쳐 걸린다.
 한 바퀴 조리를 돌리는데 시간이 얼마나 걸렸을까.
 먼저 남종삼을 넓은 마당 한가운데로 끌고 가 꿇려 앉혔다.
 이제 그의 목은 땅에 떨어지게 되는 것이다.
 이른바 세검정 쪽으로, 군중의 시선들이 일제히 쏠린 것은 순간이었다.
 드디어 사형 집행인들의 모습이 보였다.
 네 명이었다. 청룡도와 비슷한 모양새였다. 날이 넓고 길었다.
 그런 칼을 가진 네 명의 집행인이 나타났다. 망나니라고 부른다.
 네 명의 망나니 중엔 난쟁이 하나가 섞여 있다.
 그 키는 석 자쯤이나 될까. 남달리 큰 머리통이 무겁게 목을 누르고 있었으나, 동작은 민첩했다.
 앞장을 서서 나오는 것이었다.
 난쟁이가 들고 있는 칼은 유독 커 보였다. 키가 작으니까 칼만 커 보이는지도 모른다.
 걸음거리도 괴팍했다. 무릎을 척척 꺾으며 성큼성큼 내딛는 발은 하늘로 치켜진 것 같았다.
 네 명의 망나니들은 넓은 마당 중앙으로 나왔다.
 꿇어앉은 남종삼에게로 접근했다.
 그들은 사형수를 가운데에다 두고 한 바퀴 비잉 돌다가 우뚝 섰다.
 난쟁이 망나니가 집행관 쪽을 돌아봤다.
 형 집행의 주무는 총융사 이현직이다.
 집행관의 오른손이 번쩍 쳐들렸다.
 그것을 신호로 해서 어디선가 북소리가 둥, 둥, 둥, 그리고 또 한 번 둥, 네 번 울렸다.
 사형집행의 신호라서 네 번을 울리는지도 모른다.

절두산切頭山 밑에서 칼춤을 춘다 57

군중은 일제히 발돋움을 했다.

난쟁이 망나니가 어깨 위로 그 큰 칼을 번쩍 쳐들었다.

나머지 세 명의 망나니들도 일제히 칼을 하늘로 치켜 올렸다.

마침 하늘을 덮었던 구름이 갈라지면서 햇빛이 쏟아져 내렸다.

망나니들이 치켜든 칼날이 번쩍번쩍 빛났다. 더욱 음산하고 소름이 끼쳤다.

다시 북소리가 둥, 둥, 둥, 둥, 네 번 울렸다.

난쟁이 망나니가 한쪽 다리를 번쩍 쳐들면서 머리 위에서 칼날을 한 바퀴 돌렸다.

다른 세 사람의 망나니들도 똑같은 동작을 동시에 취했다.

칼춤이 시작됐다.

네 사람의 망나니들은 일제히 칼춤을 추기 시작한 것이다.

사형수 남종삼을 가운데 두고 주위를 빙빙 돌면서 처절한 칼춤을 추기 시작한 것이다.

어깨와 엉덩이가 제각기 노는 춤이었다.

몇 바퀴 돌았을까. 별안간 망나니들은 둘레를 좁혀가고 있었다.

사형수를 중심으로 바짝바짝 둘레를 죄면서 더욱 신바람이 나게 칼춤을 췄다.

햇볕은 제법 쨍쨍했다.

칼날들은 번쩍번쩍 빛났다.

망나니들은 시커먼 옷차림들이었다. 벙거지엔 붉은 솔이 달렸다.

사형수는 흰 바지저고리였다.

푸른 하늘 밑에서 죽이는 자와 죽는 자의 모습이 판이하게 두드러졌다.

사형수 남종삼은 자세를 반듯하게 가누고 그림 같이 앉아 있었다.

그 흐트러진 머리털이 유난히 검게 보였다.

옷에 묻은 핏자국들이 두드러지게 붉어 보였다.

대개의 경우 이쯤되면 죄수는 이미 반죽음을 하게 마련이다.

고개를 푹 숙이고 한편으로 몸을 뉘어 가는 것을 보게 된다.

그러나 남종삼은 기도하는 자세였다.

턱은 오히려 하늘로 치켜져 있었다.

만약 손이 자유롭다면 그는 두 손을 앞으로 모아 기도의 자세를 취했을런지도 모른다.

그가 지금 자유로운 부분은 목밖엔 없었다.

턱은 목 위에 있다. 턱을 하늘로 치킨 것은 그가 기도를 하기 위해 취할 수 있는 유일한 동작임에 틀림이 없다.

또 북소리가 네 번 울렸다.

인근의 주민들은 이 북소리의 차례로 지금 망나니들이 무슨 짓을 하고 있는가를 알고 있다.

난쟁이 망나니의 칼날이 별안간 다른 망나니의 칼날을 쳤다.

쩽! 하는 금속성의 높은 음향이 공간에 울려 퍼졌다.

그러자 네 명의 망나니들은 일제히 서로 칼날을 부딪쳤다. 그러면서 또 신바람나게 돌아간다.

쩽! 책, 쩽쩽, 책책.

북춤에서 북채를 맞부딪치는 소리를 들을 때 뭣을 느낄 수 있을까.

인간의 오뇌가 헝클어져 맞부딪는 음향이 있다면 그런 소리일는지도 모른다.

지금 망나니들이 서로 칼날을 맞치는 그 쩽책, 쩽쩽, 책책 하는 소리는 뭣을 연상시킬 수 있을까.

남종삼은 자기 머리 위를 빙빙 돌면서 네 개의 칼날이 맞부딪는 그 쩽책, 쩽쩽, 책 책 하는 음향이 청각을 흔들 때마다 심각한 감회에 잠겨 있을 것이었다.

쩽! 소리는 칼날끼리 부딪는 소리, 책! 소리는 칼등끼리 마주치는 소리, 그런 구분을 하느라고 조용히 명복하고 있지는 않을 것이다.

그는 아버지 남상교의 마지막 타이름을 회상하고 있을까.

신앙을 욕되게 하지 말고, 당당하게 죽으라던 여든 네 살 늙은 아버지의 그 타이름이 머리에 떠올라 그토록 의연한 자세를 견지하고 있다면 그저 단순한 효자다.
그렇지는 않을지도 모른다.
사람인 이상 그도 죽음과 처절하게 대결하고 있을 것이었다.
심각하게 대결하고 있을 것이었다.
무슨 죄로 죽어야 하는가, 정말 이것이 천주님의 뜻인가, 뜻이라면 너무 가혹하지 않은가, 천주님이 전능하시다면 왜 이런 관력의 횡포를 벌하지 않고 당신을 따르는 죄 없는 양의 피를 보려고 하는가, 이런 착잡한 상념으로 죽음과 처절하게 대결하고 있을 것이었다.
죽음에 대한 공포는 죽음 이전의 본능인 것이다.
그리스도가 십자가에 못박힌 마지막 순간에 부르짖었다.
― 하나님, 나를 이대로 죽어가게 내버려 둘 것입니까…….
그리스도를 존경할 수 있는 것은 그런 인간적인 면을 구태여 감추려 하지 않았기 때문이다.
그러나 사람은 미련을 버리지 않을 수 없는 순간이라고 깨달으면 깨끗해야 한다.
남종삼도 생각했을 것이었다.
(이제 나는 살아날 길이 없다. 이제 내겐 기적이 있을 수 없다!)
그는 자기의 죽음이 불가피한 순교라고 생각하자 삶에 대한 미련을 깨끗이 포기했을 것이었다.
그는 경건히 기도하고 있었다.
쨍 책, 쨍쨍 책책.
그의 머리 위에서 망나니들의 칼춤은 더욱 처절해지고 있다.
언제 어느 칼이 그의 목을 뎅겅 잘라 머리를 땅에 떨어뜨릴지 모른다.
운집한 군중은 숨도 크게 못 쉬고 무르익어 가는 그 처절한 살기에 휩싸여 있었다.
그때였다.
아무도 주목하거나 관심을 갖지 않았지만, 그 군중의 틈바구니를 다급하게 비집는 젊은 여인 하나가 있었다.
흰 옷이니까 소복이라고 봐도 좋고, 상민 여자의 평복으로 봐도 좋다.

흰 옷에 연옥색 쓰개치마를 썼다. 깊숙하게 써서 얼굴은 알아볼 수가 없다.
그런 여인 한 사람이 군중 틈을 비집고 앞으로 나섰다.
그뿐이었다.
그네도 그저 구경을 하는 것이었다.
아마도 그 여자를 주목하지는 않았지만 만약 주목을 해서 그 거동을 관찰했다면 몹시 떨고 있는 것을 발견할 것이다.
쓰개치마의 고름이, 치맛단이 발작적으로 파르르 떨고 있다.
누가 두 개의 눈총을 본 사람이 없을까.
봤다면 그 슬픔과 분노와 자애가 착잡하게 얽힌 두 개의 눈총에서 광란 직전의 여자임을 직감할 것이다.
당장 앞으로 뛰어나갈 듯한 위험스런 자세였다.
이제 망나니들의 칼춤은 절정인 것 같았다.
쩽쩽 책책, 채채책.
군중은 숙연했다.
알만한 사람들은 목이 잘리는 과정을 알고 있는 것이다.
이제 남종삼의 목숨은 찰나에 있음을 알고 있는 것이다.
칼춤을 추는 망나니들은 저들만의 암호가 있다.
어떤 찰나가 되면 누구의 어떤 암호에 의한 것인지는 몰라도 죄인의 목은 눈 깜짝할 사이에 땅에 떨어진다.
대개의 경우 망나니들은 형집행에 나서기 전에 술을 마신다.
지금 칼춤을 추고 있는 그들도 술기운이 있는 게 분명했다.
그러나 그들의 칼춤은 신기에 가까울 만큼 구경꾼들의 혼을 사로잡고 있다.
쩽 채채책책.
갑자기 칼 부딪는 소리가 달라졌다.
순간 구경꾼들은 너나없이 눈들을 감아 버렸다.
그들이 눈을 다시 떴을 때 사형수의 머리는 땅바닥에서 뒤 번 펄떡펄떡 뛰었다.

어느 칼에 베어졌는지는 아무도 모른다.
한 사람 칼에 베어졌는지, 두 사람 이상의 칼날이 같은 곳을 쳤는지도 알 길이 없다.
그것은 모든 사람들이 두 눈을 감지 않고 똑바로 뜬 채 노려봤다 하더라도 분별을 못한다.
그만큼 망나니들의 서로 어우러진 칼날들은 민첩했으며, 그리고 사람들의 눈을 호리는 것이다.
한 사람의 인생은 끝났다.
오십 평생을 생각하며 행동하며 살다가 타의에 의해서 완전히 끝났다.
군중은 소리없이 동요했다.
망나니들은 마치 지금까지의 행동의 여세인 듯 그대로 칼을 휘두르며 난장이를 앞장 세운 채 세검정 쪽으로 사라져가고 있었다.
그들은 사람들이 보는 앞에서 네 사람이 일제히 우물물에 칼날을 담갔다.
피묻은 칼날을 씻는데 네 사람이 일제히 물에 담그니 구경꾼들은 역시 어느 칼이 사형수의 목을 잘랐는지 짐작할 길이 없다.
이때 군중을 비집고 앞줄에 서 있던 먼저 그 여인은 경건히 기도하고 있었다.
그러나 아무도 거기 한 여자가 있는 줄은 몰랐으며 기도를 하고 있는 줄은 더더구나 누구도 눈치채지 못했다.
그리고 아직 과히 많은 주름이 잡히지 않은 아름다운 얼굴에 눈물이 뒤범벅이 된 줄도 몰랐다.
물론 그 여자의 얼굴 살갗이 귀부인답게 곱고 기품이 있다는 사실도 아는 사람이 없었다.
참형 집행관인 이현직이 시신 앞으로 다가섰다.
남종삼의 주검을 확인하고는 제자리로 돌아왔다.
잠시 쉬었다가 이번엔 홍봉주가 끌려 나왔다.
남종삼의 경우와 똑같은 행사가 시작됐다.

그리고 그의 목도 무참하게 땅에 떨어졌다.
망나니들은 또 난쟁이를 앞에 세우고는 우물 쪽으로 사라져 갔다.
군중은 동요하기 시작했다.
그러나 쓰개치마를 쓴 여인만은 돌같이 움직일 줄을 몰랐다.
두 어깨를 들먹이는 것을 보면 소리 없이 통곡을 하고 있는 게 분명했다.
군중은 그렇게 슬퍼하는 여자가 한 사람쯤 있거나 말거나 아랑곳없었다.
망나니들이 다시 나타났다.
난쟁이가 두 개의 목 잘린 머리통을 발끝으로 툭툭 차 보고는 차례로 집어서 말뚝에다 걸었다. 피가 뚝뚝 떨어졌다.
남종삼의 머리 나무판엔 새로운 팻말이 붙여졌다.
—남종삼. 신조도 없는 반역죄인의 말로.
이날 노량진 모래밭에서도 같은 일이 벌어졌다.
베르뉘 주교를 비롯한 네 사람의 외국인 신부가 망나니들 칼춤에 목이 땅에 떨어졌다.
외국인 신부들에겐 훨씬 가혹했다.
베르뉘 신부 일행은 함거에 실린 채 서울 시내를 한 바퀴 조리를 돈 끝에 형장으로 끌려갔다.
그들의 순교 태도는 좀더 의젓했다.
제각기 얼굴에 미소를 머금은 채 기도하는 자세로 죽어갔다.
이곳의 형 집행은 서소문 밖보다 한 시각쯤 뒤졌던 것같다.
서소문 밖에 나타났던 그 쓰개치마의 여인은 노량진 형장에도 나타나 있었다.
형장 바로 앞의 산은 절두산이라고 불린다.
형장 앞에 있기 때문에 '목잘리는 산'이라는 이름이 붙은 모양이다.
여인은 그 절두산 밑에서 신부들의 순교를 지켜보고 있었다.
이날 밤 운현궁의 깊숙한 내실에서는 두 여인의 소리 없는 통곡이 새어 나왔다.

부대부인 민씨가 유모 박소사와 단둘이서 슬픔에 잠겨 있었다.
「용케 그런 참혹한 광경을 눈앞에 보면서 견디어 냈소!」
부대부인의 울음 섞인 말이었다.
「모두들 깨끗하게 죽음을 당했사와요. 천주님 곁으로 떠나는 홀가분한 마음새로.」
박여인은 눈이 부어 있었다.
또 말했다.
「견딜 수 없을 때는 자꾸 마리아님을 불렀어요. 그러니까 자신을 지탱할 수 있더군요.」
「이제부터 더 많은 피를 보게 되나 보오.」
사실 그랬다. 같은 달 그믐까지엔 모두 9명의 외국인 주교 신부들이 체포되어 처형됐다.
전국적으로 피의 선풍이 불었다.
천주교를 믿는 집안은 모조리 참살을 당했다.
서울에서만도 천여 명이 잡혀 형장의 이슬로 사라져 갔다.
평양에서도 몇백 명인지 모른다.
대구에서도 그랬다. 광주에서도 그랬고, 전주에서도 그랬다.
남종삼의 집안도 아버지 남상교를 비롯해서 모조리 처형됐다.
양반이라 아낙네와 어린애들은 다른 고장으로 떠돌면서 학대 받는 노비가 돼야 했다.
서울의 수구문 밖은 천주교도들의 시체가 산더미처럼 쌓였고 그 썩는 냄새가 인근 사람들의 코를 막게 했다.
평양에선 그 많은 시체의 처치가 어려우니까 모두 대동강 흐르는 물에다 던져서 물고기 밥을 만들어야 했다.
세계사에 일찍이 없었던 대량학살이었다.
관의 횡포로 억울하게 죽어간 사람도 그 수를 헤아릴 길이 없었다.
'미운 놈'은 '천주학쟁이'로 몰아 죽였다.
무고가 성행되고, 보복이 잇달고 가렴주구에 말 안 듣는 사람도 몰려 죽는 수가 허다했다.

3년 동안에 죽은 자가 8천 명을 넘었다니까 나중엔 망나니들이 칼춤을 출 겨를도 없었다.
 조정에선 처음부터 그렇게 하려던 것은 아니다.
 지방관헌의 횡포가 곁들여서 그런 결과가 되고 만 것이다.
 그러나 이런 북새통에서도 용케 살아 남은 외국인 신부들이 있었다.
 세 사람이었다. 그중의 한 사람이 서해를 건너 상해로 망명하는데 성공했다.
 그들도 천주교 신자 이전에 한낱 사람이었다.
 이 나라 조정에 대한 무서운 보복책을 꾀했다.
 황해의 거센 파도를 타고 습격해 오는 보복의 화신으로 변해 버렸다.

어느 정사情事가 종말終末이 날 때

꿩 대신 닭이 된 격이었다.
묵동 기생 초월은 대원군과 다시 한번만 더 동품할 수 있다면 제2의 나합이 될 수 있다는 집념에 사로잡혀 있었다.
세상은 어수룩했다.
대원군이 쥐도 새도 모르게 자기한테 와서 자고 갔다는 헛소문만 퍼뜨렸는데도 한자리 하려는 어중이 떠중이들이 온갖 뇌물들을 들고 와서 아첨을 떨었다.
초월은 벌써 치부(致富)를 하고 있었다.
머잖아 대원군의 기첩으로 들어 앉는다는 헛소문도 초월 자신이 퍼뜨린 것이었다.
세상엔 웃을 일이 많다.
그 헛소문으로 해서 운현궁 청지기의 한 사람인 이만복이 녹록찮게 걸려들었다.
운현궁에선 희미한 존재지만 신수는 희멀겋게 생긴 장년이었다.
좀 모자라는 인물이었다. 초월을 통해서 한자리 해 보려고 엉뚱한 사람들의 등을 쳐다가 초월에게 바쳤다.
초월은 초월대로 속셈이 있었다.
이만복을 통해서 대원군을 끌어내리려는 속셈이었다.
몸도 줘 왔다.
홀아비라고 다 그렇지는 않을 것이었다.

절륜(絶倫)의 정력을 가진 사나이였다.
그런 면으로야 초월이 누구에게 꿀릴 것인가.
이만복은 초월 앞에서 오금을 못 펴게 돼 있었다.
이만복이 초월한테 드나든 지는 벌써 일 년이 가까웠다.
그런데 그는 오늘날까지 대원군을 끌어내 오지를 못했다.
이유는 추선의 존재 때문이라는 것이었다.
대원군은 틈만 있으면 추선이한테 가서 묻혀 있다고 둘러대 왔다.
초월은 그대로 믿었다.
추선을 없애 버리면 되겠느냐고 물으니까 이만복은 서슴없이 대답한 일이 있다.
「물론이지. 추선이만 없어 봐, 그 어른은 나를 불러 어디 재미 볼 계집 없냐 하고 물으실 거란 말야.」
정조란 밑천이며 수단이라고 믿어 의심치 않는 초월이었다.
우선 꿩 대신 닭이라고 대원군 대신 이만복을 품에 품어 오면서 때를 기다린 초월이었다.
밤이 깊었다. 묵동 일대에는 천주교도들도 없는 모양이었다. 포졸들의 내왕도 없어서 밤이면 지극히 조용했다.
방에는 촛불이 밝았다.
남녀는 어우러져 있었다.
남녀의 교합(交合)은 정과 사랑이 두터울 때만 숭고하고 아름답다.
서로 다른 속셈일 때는 아름다운 게 아니다. 추행이라는 말도 있다.
초월은 이왕이면 적극적으로 라는 속셈이 작용하고 있는 듯하다. 그러다가 저 자신이 욕정의 소용돌이 속으로 휘말려들고 있었다.
「어떡허다가 이렇게 됐는지 모르겠어.」
초월의 말이지만 정사의 진행 중에 그런 것을 따지려는 여자는 없다.
황홀과 고통은 백지 한 장의 차이보다도 훨씬 근소하다.
여자가 감각적으로 황홀할 때에 찡그리는 얼굴과 고통스러울 때 찡그리는 상(相)을 구별하기란 어렵다.
「만약 대감이 아시면, 이서방은 당장 목이 달아나는 거야!」

어느 정사情事가 종말終末이 날 때 67

초월은 왜 이런 말을 꺼냈을까.

정과 사랑의 교합이라면 남자고 여자고 그 순간에 꼭 필요한 언어 이외에는 입 밖에 내지 않는다.

초월은 한곬으로 집중되는 정신을 분산시키려고 그런 소리를 한 것은 아닐 것이다.

남자에 대한 협박임이 틀림없다. 사나이를 완전히 자기의 포로로 만들기 위한 협박인 것 같다.

「나만 죽나? 임자두 죽지!」

그네들은 착각을 하고 있다.

초월이 대원군의 뭐냐 말이다.

초월이 누구와 무슨 짓을 하든지, 이만복이 초월을 어떻게 하든지, 대원군이 알 바 아니잖은가.

초월은 여자의 몸으론 비교적 크다.

이만복은 남자로서는 좀 작은 키였다.

「상투는 볼썽사납게도 크네!」

초월은 감탄하듯 그런 말을 했다.

「우리 대감의 상투님두 끄들렸겠군!」

이만복은 아래턱이 젖혀지자 응수했다.

삼칸 방이 좁았다.

촛불은 이따금씩 춤을 췄다.

「내가 한자리 하면 나하구 함께 임지(任地)로 도임하는 게 좋잖을까.」

「죽여 줍소사.」

아무래도 사랑의 영위가 아니라 불순한 교합이었다.

새벽이 되자 이만복은 천연덕스럽게 운현궁으로 돌아와 있었다.

사흘 후였다. 운현궁 대원군 앞에 포도대장 이경하가 나타나 경배했다.

「포장, 요새 몹시 바쁘겠군?」

천주교도들을 색출하기에 몹시 바쁘겠다고 대원군이 위로하자,

「밤잠을 못 자고 있습니다.」
대답한 이경하는 대원군에게 측근을 물려 달라고 청했다.
단 두 사람이 되자 이경하는 신중하게 화제를 꺼냈다.
「저하, 소인 어제 오늘 괴상한 투서를 거듭해서 받았습니다.」
대원군은 이경하의 눈치를 슬쩍 살피고는 물었다.
「괴상한 투서라니?」
「좀 허황한 듯도 싶습니다만…….」
「사교도들에 대한 얘긴가?」
「추선아가씨가…….」
「추선이가?」
「사교를 믿고 있었다는군요.」
「추선이가?」
「참형당한 양인 선교사한테 세례까지 받은 광신자라 합니다.」
「추선이가?」
「바로 장주교한테 세례를 받았다 합니다.」
「추선이가?」
「거듭해서 그런 투서가 들어오고 있으니 일단 조사를 안 할 수도 없을 듯합니다.」
대원군의 안면근육은 쉴새없이 경련했다.
만약 이경하의 말이 사실이라면 그는 오늘날까지 천주교에 포위된 채 지내온 격이 된다.
사실이, 정말 그렇다면 그 자신이 분격해야 할 노릇이었다.
그는 길게 생각지 않고 이경하에게 호통을 쳤다.
「그런 혐의가 있으면 포장이 단독으로 처리할 일이지, 왜 내게까지 알린단 말인가? 지체말고 조사한 결말을 내게 보하도록 하게!」
「저하, 그러하오나…….」
「국법은 만백성에게 평등해야 해!」
「하지만 추선아씨로 말하자면…….」
「더욱 흑백을 가려 둬야 하네! 포장은 투서까지 날아든 혐의자를 조사도 않고 불문에 붙일 수 있는 권한을 가졌단 말인가?」
 그렇잖아도 대원군은, 부대부인과 유모 박씨가 서교에 접근했음을 알고 있기 때문에 남의 뒷공론이 귀에 들리는 듯한 심경이었다.
 추선마저 관련이 됐단다.
 포도대장에게 투서까지 거듭해서 날아 들었다는데 덮어 두라고 지시할 수는 없다.
 대원군은 기가 막혔다.
 (요새 외로웠으니 그런 데에 마음을 의지했을지도 모른다. 여자니까.)
 대원군은 가슴이 아팠다.
 (세례까지 받았다면 추선이도 죽는 겐가?)
 죽지 않으면 남의 고장으로 유전(流轉)하면서 천한 노비 노릇이나 해야만 목숨을 부지할 수 있다.
 (죽겠구나!)
 포도대장 이경하는 만 이틀 동안을 두고 망설이다가 하는 수 없이 포졸 세 사람을 데리고 직접 추선의 집엘 갔다.
 무례한 행동은 삼갔다. 순서를 밟아 대문 밖에서 주인을 찾았다.
「이리 오너라!」
 대문이 빠끔히 열리고 찬모가 나타났다.
 대청에서 추선의 음성이 들려 왔다.
「어디서 오셨느냐고 여쭤 봐라!」
 양반집 풍습이 됐다. 좀 우습기도 했다.
 이경하가 직접 추선과의 거래를 시도했으면 맞대놓고 대화가 됐을 것이지만 '이리 오너라' 했으니까 추선도 '어디서 오셨느냐고 여쭤 봐라'가 됐다.
「포도청에서 왔노라고 여쭤라!」
「포도청에서 오셨답니다.」
「무슨 일로 오셨는지 들어 오시라고 여쭤라.」
「들어 오시랍니다.」

지극히 어색한 거래가 오고가다가 안마당과 대청 댓돌에서 이번엔 마주보고 대화가 교환된다.

「좌우포장 이경하요.」

「알아뵈었습니다.」

「어떻게 내가 포도대장인 줄을 아셨소?」

「포도대장의 관복을 입으셨는데 몰라뵙겠습니까.」

추선은 배시시 웃었다. 기품 있는 얼굴엔 까닭모를 반가움이 감돌았다.

이경하는 추선의 기품과 아름다움에 정신이 얼떨떨했다.

그러나 그는 싸늘하게 선언했다.

「안 됐소이다만, 가택을 수색해야 하겠소!」

순간 추선의 얼굴에서는 미소가 싹 가셨다.

추선은 이경하가 찾아온 것을 보자 착각을 했던 성싶었다.

그가 대원군의 심복이니만큼 운현궁의 전갈을 가지고 온 줄로 알고 반가움을 표시했던 것 같다.

「가택을 수색해요?」

추선은 쌀쌀하게 반문했다.

「해야겠소.」

「누구의 영이지요? 대원위대감의 분부이신가요?」

「왕명이오!」

포졸들은 벌써 대청으로 올라섰다.

「왕명이라뇨? 천주학이라도 믿었대나요?」

「안 믿으셨소?」

추선은 낭패의 빛을 보이지 않았다.

포도대장 이경하의 그 한마디면 목숨이 날아가는 줄을 번연히 알 것인데도 추선은 지극히 태연했다.

「집 안을 뒤져 뭣을 찾으시렵니까?」

「서학책이나 찾아야겠소.」

이경하의 그 말을 들은 추선은 고개를 끄덕이며 치마폭을 여몄다.

추선의 집에서 무엇이 나오겠는가. 포졸들이 뒤져낸 것은 성서도 십자가도 아니었다.

수많은 불상이었다. 향재목각(香材木刻)으로 된 여러 가지의 불상이었다.

안방 반침에서 수많은 목각불상을 찾아내면서 포졸들은 또다른 방들을 뒤지기 시작했다.

무식한 까닭이다. 불상이 나온 집 안에서 어떻게 성서나 십자가가 나오겠는가.

어이가 없었던 것은 안마당에 버티고 섰던 포도대장 이경하였다.

대원군을 위해선 아주 잘된 일이지만, 포도대장이 헛다리를 짚었다는 점에서 입맛이 썼다.

추선은 사람을 조롱하는 것만 같다.

어느 틈에 대청에서 사라져 있었다.

어이가 없다. 안방에서는 때아닌 가야금소리가 딩딩 당당당 흘러나오기 시작했다.

포졸들이 집 안을 뒤지거나 말거나 추선은 아랑곳없다는 듯이 가야금을 뜯고 있었다.

이런 사실은 곧 대원군에게 소상히 보고됐다.

그 다음날 밤이었다.

묵동 초월의 집에는 또 도원(桃園)의 꿈이 무르익고 있었다.

체모가 있거나 품격을 갖춘 사람은 그런 짓을 삼간다.

그러나 많은 사람들에겐 흥미가 있는 일이다. 남의 정사 장면을 엿보는 규시벽(窺視癖)말이다.

새로 온 초월의 집 식모는 청상(靑孀)이었다.

밤잠을 자지 않았다.

은은히 울려 오는 인경소리를 듣자 식모는 뒷방문을 살며시 열고 안마당으로 나왔다.

하현달은 그래도 빛이 있었다.

식모는 살금살금 댓돌 쪽으로 다가가 남자의 미투리를 확인했다. 대청으로 올라섰다.

식모는 귀를 기울여 안방의 동정을 살피다 무릎으로 기기 시작했다.

딱정벌레가 날개를 펴면 꽁무니가 세모꼴로 노출되는 것을 본다.

마루를 기고 있는 젊은 식모의 꽁무니는 딱정벌레가 날개를 폈을 때처럼 치마폭이 벌어졌다. 꽁무니의 속옷이 드러났다.

식모는 안방 미닫이 앞으로 바짝 다가서 엎드린 그 자세대로 귀를 기울였다.

식모는 빙그레 웃었다. 왼쪽 귀를 창호에 바짝 붙이니까 고개는 틀어졌다. 식모는 또 빙그레 웃었다.

식모의 얼굴은 지붕 처마끝에 걸린 하현달과 대각으로 마주봤다.

으스름 달빛은 젊은 식모의 상기된 얼굴에 지붕끝의 그림자를 던졌다.

방 안에서 새어나오는 남녀의 대화에서 식모는 진도(進度)를 상상했다. 숨소리에서 정사의 농도(濃度)를 측정했다. 여자의 말에서 유동하는 자세를 짐작했고, 남자의 요구에서 주인 아씨의 괴벽을 발견했다.

상상은 눈에 보이는 실제보다 임의로 마음에 드는 상황을 설정할 수가 있어서 아름다울 수도 있고, 집착스러울 수도 있다.

젊은 식모는 상상만으로 '어깨 너머 글공부'식이 돼버렸다. 열띤 호흡이 달그림자를 호오호 불었다.

젊은 식모는 자기의 머리쪽을 손으로 더듬었다.

손끝에 걸린 은귀개를 뽑았다. 귀개끝을 입 속에 넣고 침을 묻혔다.

젊은 식모는 귀개 끝으로 미닫이의 설주 옆을 뚫었다. 귀개엔 침이 묻어서 미닫이는 소리없이 구멍이 났다.

바늘구멍으로 황소바람이 들어 온다.

귀개구멍으로 하나의 우주가 전개될 수도 있다.

원(圓)은 원자에서부터 우주에 이르기까지 모든 것의 원형(原形)인 것 같다.

달도 별도 지구도 둥글지만 젊음도 인생도 둥근 것이었다.

귀개구멍으로는 선명한 원형의 세계가 전개됐다.

젊은 식모의 왼쪽 눈은 창호지에 밀착해 있었다. 난숙한 식모의 육체는 서서히 뒤틀려 가고 있었다.

젊은 식모는 귀개구멍으로 전개되는 원형의 세계에서 폭풍과 홍수와 그리고 투쟁을 보았다.

폭풍에는 소리가 있고 홍수에는 횡일(橫溢)이 있음을 보았다. 그리고 투쟁이란 어떤 경우거나 처절한 것임을 확인했다.

젊은 식모는 착란을 일으키기 시작했다.

귀개구멍 저쪽 세계로 자신이 뛰어든 착란에 사로잡혔다.

폭풍우의 영향권 내에 들어 있었다. 바람과 물보라에 몸을 맡긴 채 허덕였다.

젊은 식모는 귀개구멍으로 전개되는 원색(原色)의 세계에 정적과 종말이 와서 일체의 움직임이 정지(静止)되는 것을 극도로 원치 않았다.

그러나 거기 종말은 오고 있었다. 서서히 다가오고 있었다.

젊은 식모는 팔꿈치에 아픔을 느꼈다. 뻗으려다가 실수로 마룻장을 쳤다.

쿵! 소리는 숨가쁜 정적을 깨뜨리고 말았다.

젊은 식모는 쥐 죽은 듯이 엎드렸다.

귀개구멍 저쪽 원형의 세계에서는 남자의 당황하는 말소리가 들렸다.

「무슨 소리야?」

여자의 태연한 대답도 들렸다.

「내버려 둬요!」

여자는 잠깐 사이를 두었다가 퍽은 귀찮다는 어조로 말했다.

「가끔 도둑괭이가 댕겨요. 제까짓 게 훔쳐 먹지도 못할 고깃덩이를 보구 침만 흘리다가 마는 거지 뭐.」

남자 이만복은 말했다.

「고깃덩이가 부엌에 있잖구 마루에 있소?」

여자는 피식 웃었다.

「이 방에서도 고깃냄새가 나나 봐요. 가끔 창문이 찢어지는 걸 보면.」

여자 초월은 또 말했다.

「무슨 놈의 고양이가 밤에 잠두 안 잔다니까. 봄이 되니까 암내를 내는 것 같기두 하구.」
 갑자기 방문이 깜깜해졌다.
 여자가 촛불을 혹 불어 껐던 것 같다.
 마루에 엎드려 있던 여체는 꼬물꼬물 소리없이 움직였다. 오랜 시간이 걸려서 마루 끝까지 왔다. 젊은 식모는 대뜰로 내려서면서 한숨을 뿜었다. 입술에 침칠을 하고는 뒤껼 자기 방으로 들어가 누우면서 중얼거렸다.
「나더러 도둑괭이라구? 저는 화냥년이 아닌가베.」
 어디선가 정말 고양이가 목청을 뽑아 울었다.
 아침, 이만복은 운현궁 청지기방에서 늘어지게 늦잠을 자고 있었다.

 이틀이 지난 저녁 무렵이었다.
 운현궁 주변을 순찰하던 호위영 군사 한 사람이 마침 외출에서 돌아오는 안필주의 소매를 잡았다.
「이런 봉서가 뒷담 밑에 떨어져 있군요.」
 조그마한 간지봉투의 서찰이었다.
「그래? 뒷담 밑에서 주었다구?」
 안필주는 봉서를 살펴봤다. 대원군 앞으로 보내는 것이었다.
 친피(親披)라고 씌어져 있으니 뜯어 볼 수가 없는 서찰이었다.
 정당한 경로로 바쳐지는 서찰이 아니니 어느 누구의 투서가 틀림없다.
「대감마님은 계신가?」
 안필주는 호위영 군사에게 물었다.
「입궐하시구 안 계십니다요.」
「그래?」
 안필주는 그 서찰을 품속에다 깊이 간직했다.
 땅거미가 질 무렵에야 대원군은 환궁해서 아재당으로 들었다.
 대원군은 요새 며칠 사이로 퍽이나 피곤해 보였다.

천주교 금압령으로 나라 안이 어수선하고 피비린내가 바람을 타고 풍길 정도이니 그가 피로할 것은 당연했다.

안필주는 대원군이 혼자일 때를 골라 아재당 뜰아래에 섰다.

「소인 필주, 대감마님께 여쭐 말씀이 있어서 대령했습니다.」

대원군이 미닫이를 열어 젖혔다.

「네가 내게?」

「예, 소인이 대감마님께 여쭐 말씀이 있습니다.」

「무슨 말이야?」

「괴상한 서찰이 담 밑에 떨어져 있기로 가지고 왔습니다.」

안필주는 품속 깊숙이에서 봉서 한 장을 꺼내 대원군에게 바쳤다.

대원군은 심기가 사나운지 잠자코 봉서에 쓰인 글씨를 들여다 보더니 더는 말 않고 미닫이를 드르륵 닫아 버렸다.

안필주는 싱겁게 물러났다.

대원군은 봉서를 뜯었다.

뜻하지 않은 사연이 적혀 있는 바람에 그는 허리를 쭈욱 폈다. 대원군의 눈마구리는 파르르 떨렸다.

능숙한 필치는 아니지만 할 말을 하고 있다. 요지는 분명했다.

    추선이 대감의 은총을 저버리고 불륜을 저지르고 있사옵니다. 이웃에서 보기에도 딱할 뿐 아니라 모르는 체 하고 있으면 대원위대감의 체면이 더욱 깎일 듯싶사와 상달하오니 헤아려 살피시옵소서.

완연한 투서였다.

추선이 불륜을 저지르고 있으니 다스리라는 해괴한 투서였다.

대원군은 불쾌해서 입맛이 썼다. 그러나 믿지는 않았다. 그는 정체도 알 수 없는 한 장의 투서보다는 추선을 더 믿고 있다.

(추선이 그럴 리가 없다! 그럴 여자가 아니다.)

대원군은 다시 이어진 사연에다 눈길을 줬다.

순간 그의 눈총엔 모닥불이 이는 것처럼 푸른빛이 발산한다. 거기엔 좀더 구체적인 지적이 있었다.

 소인네가 자세히 관찰해 보오니, 닷새만큼씩 추선아씨의 집 담장을 뛰어 넘는 괴한이 있사옵니다. 이번 날짜는 아마도 삼월 초 삼일일 듯 싶사옵니다. 살펴 다스리시옵시오.
계동의 한 주민 상백—

대원군의 입마구리가 씰그러졌다. 안면근육이 경련했다. 눈썹이 송충이처럼 두세 번 꿈틀거렸다.
그는 노한 것이다.
(그럴 수가?)
날짜까지 지적돼 있으니 안 믿는달 수도 없잖은가. 닷새에 한 번씩이란다. 초삼일 밤이 그 닷새째 되는 날이란다.
이웃에서 더 이상 보고만 있을 수 없어서 제보(提報)하는 것이란다. 안 믿을 도리가 없잖은가.
초사흗날이면 바로 내일이었다.
(내일이라? 내일 밤이라?)
대원군의 입은 한일자로 굳게 다물어졌다. 담배를 마구 피워댔다.
기생 출신이다. 공규(空閨)를 지키고 있다. 한(限)도 있을 것이다. 반발도 될 것이다. 유혹도 있으리라. 자포하는 마음인들 없겠는가. 추선이 말이다.
「흐흠, 계집의 정절을 믿다니.」
대원군은 혼자 중얼거렸다. 투기는 말자고 그는 생각한다.
그럴 만한 신경의 여유도 없었다.
일개 아녀자를 투기하다니, 국태공의 체면이 아닐 것 같았다.
그러나 사람의 마음이란 반드시 뜻대로 조절되는 것은 아니었다.
그날 밤 그는 잠이 깊이 들지 않았다.
이튿날도 그는 아침부터 마음이 산란했다.
김응원을 불렀다.

「우리 오랜만에 난(蘭)이나 쳐 봄세!」
두 사람은 대좌해서 묵화를 치기 시작했다.
「그림 달라는 사람도 많은데 오늘은 진종일 난이나 쳐야겠다.」
정사(政事)를 쉬겠다는 말이 된다. 그는 그럴 작정이었다.
예도(藝道)란 마음이 안정되지 않고는 안 되는 것이다. 몰입(沒入)할 수도 없고 좋은 결과도 못 얻는다.
대원군은 종이 몇 장만 버리고는 붓을 던져 버렸다.
붓이 먹물을 찍어 종이에 옮기는 대로 종이에 단순한 먹물이 칠해져서는 그림이 될 수가 없다.
일묵색오(一墨色五)의 조화(造花)가 생동해야만 비로소 달인의 경지가 아니겠는가.
대원군은 김응원의 능숙한 운필을 멀거니 바라보고 있다가 말했다.
「자네 그림은 아무래도 기교위주(技巧爲主)야. 웅혼한 맛이 없고 그저 흙에 난 풀일세! 허나 낙관은 내가 찍지. 내 그림이라구 해도 그런대로 곧이 들을 테니까.」
온 한나절을 그렇게들 소일했다.
김응원은 그려내고 대원군은 낙관을 찍어댔다.
저녁 무렵이 되자 대원군은 설렁줄을 요란하게 흔들었다.
대원군은 안필주를 조용히 불러서 일렀다.
「너 오늘 밤 술시(戌時)경부터 계동 추선아씨 댁을 감시해라.」
안필주는 영문을 몰라 반문했다.
「추선아씨 댁을 감시하라굽쇼?」
「감시는 어떻게 하는 게냐?」
「남모르게 살피는 게 감시 아니옵니까?」
「힘꼴이나 쓸 만한 놈 한 녀석만 데리고 가서 감시해라.」
「감시해서 어떻게 하랍니까, 대감마님.」
「무슨 일이 있거든 내게 은밀히 보(報)해라!」
대원군은 안필주에게 또 일렀다.
「좀 있다가 나도 외출을 하겠다. 네가 배행(陪行)해라!」

날이 어둔 지 좀 있다가 대원군은 운현궁을 슬며시 나섰다.
그는 밤 출입엔 가끔 가마를 이용한다. 구종별배들도 거느리지 않는다. 천하장안 네 사람 중에서 누구 한 사람을 따르게 하는 일이 흔히 있다.
그런 경우에 그는 입는 옷도 여러 가지다.
관복은 물론 안 입는다. 도포를 입을 때도 있고 가다가는 두루마기를 입는 수도 있다.
오늘 밤엔 명주 두루마기에 갓을 삐뚜름하게 쓰고 나섰다.
「필주야!」
그를 태운 가마가 재동 네거리 못미처에 이르렀을 때, 그는 안필주를 가까이 불렀다.
「가마를 회정(回程)시켜라. 너두 일단 돌아가거라.」
그는 가마에서 내렸다.
「대감마님의 행선은 어디십니까?」
「교동 김판서댁엘 가련다.」
「배행도 없이 혼자 출입을 하시렵니까?」
「길거리에 인왕산 호랑이가 내려온다더냐!」
「소인은 대감마님을 모셔야 하겠습니다.」
「넌 이따가 네 할일이 있어!」
행인들이 그네들을 흘끔거리며 지나갔으나 그들은 그가 대원군인 줄은 모르는 모양이다.
3월이다. 밤바람은 훈훈했다. 뉘집에선가, 솔가리 때는 냄새가 구수했다.
「하오나, 대감마님께서 어느 댁엘 행차하셨는진 소인이 알아 둬야 하겠습니다.」
안필주는 빈들빈들 웃으며 그런 소리를 냈다.
「이놈아, 잔소리가 많구나! 나랏일을 의논하러 가는데 네깐놈한테 행선을 꼭 밝히고 다녀야 하느냐!」
대원군은 머리에 쓴 갓을 일부러 삐뚤어뜨렸다. 뒷짐을 졌다. 뒷짐진

손에는 담뱃대가 들려 있었다. 담뱃대는 건들건들 흔들리다가 핑그르르 돌았다.

대원군의 걸음걸이는 어린애같이 앙증맞았다. 위품을 떨어 버린 시정인(市井人)의 걸음걸이였다.

그는 혼자가 돼서 대궐 앞 큰 한길을 건너자 골목길로 접어들었다.

어디로 통해 있는 골목인 줄도 모르면서 덮어 놓고 시적시적 가고 있었다.

어떤 모퉁이에서였다. 별안간 옆길에서 대성통곡이 터졌다.

보니, 어버이와 자녀를 합해서 여덟 명의 한 가족이 오랏줄에 묶인 채로 포졸들에게 끌려 자기 집 대문을 나서는 중이었다.

천주교 신자로 몰린 사람들인 모양이다.

대원군은 눈살을 찌푸린 채 길 가운데 서서, 울부짖는 그들 한 가족의 절망적인 모습을 지켜봤다.

「비켜라! 이놈. 길을 비키란 말야!」

포졸 한 사람이 길 가운데 서 있는 대원군을 밀어 젖히며 호통을 쳤다.

대원군은 손으로 눈을 가리며 걷기 시작했다.

계절이 봄이고, 밤바람은 꽃바람이었지만 세태는 살벌했다.

이날 밤 늦게, 계동 추선의 집에선 그때나 망측한 사건이 벌어졌다.

안필주는 대원군의 지시대로 추선의 집 주변에서 뭔가 곧 일어날 사건을 기다리고 있었다.

그는 힘꼴이나 쓸 성싶은 이만복을 데리고 왔다. 추선의 집 주변을 둘이서 겉돌며, 망을 보며, 때를 기다렸다.

어떤 경우거나 기다리는 일이란 지리한 것이다.

더구나 안필주는 자기가 지금 뭣을 어떤 일을 기다리고 있는지를 알지 못한다. 단지 대원군의 그 암시적인 지시를 받고 와서 감시하고 있을 뿐이다. 이만복이 그에게 물었다.

「형님, 저 집이 뉘집인데 대관절 뭘 지키고 있는 게요?」

우직하기로 소문난 이만복은 남의 집 나뭇가리 뒤에 숨어서 안필주에게 이런 말을 물었다.
「좀 기다려 보면 알게 될 걸세.」
초승달은 천심(天心)에 와 있었다.
검푸른 하늘에는 황금가루가 뿌려져 있었다.
두 사나이는 이따금씩 긴장했다. 지나가는 행인의 발소리에 신경을 곤두세웠다.
그러나 좀처럼 무슨 일은 일어나지 않았다.
이만복은 미련하게도 입을 소쿠리처럼 벌리면서 하품을 했다.
「아아 졸리다!」
졸릴 것이었다. 시각은 해(亥)시로 접어들었다.
「형님 밤새도록 이렇게 남의 집 창 밑이나 바라보구 있을 작정이시우?」
「좀 있음 알게 된다. 무슨 일이 일어나나 말야.」
「아무 일두 안 일어남 어떡허시려우?」
「내 너 오입이나 시켜 주마. 계집맛 본 지 몇 해나 됐냐?」
「몇 해라뇨? 어허, 어허, 허허 참.」
「그럼 몇 달이 됐냐?」
「몇 달요? 어허, 어허, 어허 참.」
「그럼 며칠쯤 됐단 말이냐? 네 주제에.」
「샌님은 종만 업신여긴다더니. 형님, 이래 봬두요 계집은 아쉽지 않게 지내고 있습니다요. 어허 어허 허허.」
「경복궁 공사판에 파리 떼처럼 꾀는 색주가냐?」
「천만의 말씀을.」
「누구네 집 노비냐?」
「아 아닙니다.」
「양반집 소박데기의 치맛자락이라두 들춰 봤단 말이냐?」
「그보다 더 높은 지체지요.」
「관놈의 마누라냐?」
「그런 정도가 아니에요. 어허 어허.」

「어느 진삿집 첩이라두 되느냐?」
「그런 정도가 아니라니까요.」
「천주학쟁이의 마누라로구나?」
「그런 시시한 오입이 아니외다.」
「자식, 그래 네놈이 어떤 판서대감집 늙은 마누라라두 건드렸단 말이냐?」
「더 높습니다. 어허 어허.」
「쉬잇! 아가리 닥쳐라!」

발소리가 들렸다. 수상한 발소리였다. 쉬었다가 걷다가 또 쉬었다가 다시 옮기는 수상한 발소리가 그들이 숨어 있는 나뭇가리 앞으로 접근해 오고 있었다.

안필주는 몸을 사리면서 눈을 화경같이 떴다.

도둑인가, 자객인가, 둘 중에 하나라고 생각하며 안필주는 숨을 죽였다.

이윽고 그들 시야에 들어온 괴한은 추선의 집 담장 밑으로 몸을 찰싹 붙이면서 주위의 동정을 살피는 눈치였다.

괴한은 주변이 괴괴한 것을 확인하자, 품속에서 검정 헝겊을 꺼냈다.

복면을 했다.

복면을 하고는 다시 한번 주변을 살피더니 겅둥 뛰어서 추선의 집 담장 서까래끝을 손으로 잡았다.

날쌘 동작이었다. 몸을 날려 담장 위에 냅름 올라 앉았다.

담장을 타고 앉은 복면의 괴한은 착 엎드리더니 추선의 집 내부의 동정을 세심하게 살피는 것이었다.

잠깐 사이였다. 괴한은 사뿐 안마당 쪽으로 뛰어내렸다.

초승달은 천심에 그대로 머물러 있었다.

황금가루를 뿌려 놓은 것 같은 별들은 생기 있게 명멸(明滅)하고 있었다.

나뭇가리 뒤에 숨어 있던 두 사나이는 몸을 느릿느릿 일으켰다.

「도둑놈일까요?」

이만복이 안필주의 뒤를 따르며 물었다.
「어쨌든 도둑이겠지. 사람 도둑이거나 아니면 물건 도둑, 둘 중에 하나 아니겠냐!」
「허지만, 자객일 수두 있잖아요?」
그렇다. 사람 도둑도, 물건 도둑도 아닌 자객일 수도 있다.
안필주는 긴장했다. 상대가 추선이인만큼 물건 도둑은 아닐 게고, 필시 사람 도둑 아니면 자객일는지도 모른다.
그러나 이때 이만복은 또 한마디 씨부렁거렸다.
「하긴 도둑놈이 아닐지두 모르죠.」
「도둑놈이 아니라구?」
「여자 혼자 사는 집에 월담을 하는 놈이 있다면 내통하구 있는 오입쟁이가 아닐까요?」
그렇다. 도둑이 아니라 추선과 정을 통하고 있는 정부(情夫)일 수도 있다. 그러나,
「추선의 정부라면 당당히 대문이나 뒷문으로 드나들 일이지 왜 월담을 하겠느냐? 더군다나 복면까지 하구.」
정부는 아닐 것이라고 안필주는 단정했다.
그는 책임을 느꼈다. 대원군이 오늘 밤 추선의 집을 감시하란 것은 추선을 보호하라는 뜻이었던가.
그럼 대원군은 오늘 밤 추선의 집에 저 괴한이 나타날 것을 알고 있는 것이다. 그렇다면,
(그 서찰에 농간이 있었구나!)
그렇다. 어제 대원군한테 갖다 바친 그 투서가 오늘 밤의 일을 예고했을 것이다.
안필주의 머릿속엔 이런 몇 가지의 생각이 스쳐갔다.
그는 괴한이 뛰어 넘던 그 담 밑으로 다가갔다. 바로 그 자리에서 이만복을 땅에 엎드리게 하고는 목말을 타고 추선의 집 내부를 엿봤다.
일각의 여유도 가져서는 안될순간이었다.
복면의 괴한은 대청으로 올라 추선이 자고 있을 안방문에 귀를 대고

있는 중이다.
 그 시간도 길지는 않았다. 괴한은 안방문을 열고 서슴없이 침입하는 것이었다.
 촛불이 바람에 꺼불거리는 게 보였다.
 만약 자객이라면 정말 일각의 여유도 줄 수 없다.
 안필주는 바람같이 담장을 뛰어 넘었다.
 날쌔게 대청으로 올라섰다.
 방 안에 깔아 놓은 금침자락이 보였다.
 마침 괴한은 문을 닫으려고 뒤로 손을 내민다. 안필주는 그 괴한의 손을 잡아 낚아챘다. 낚아채면서 발로 괴한의 발을 걸었다.
 역발산 기개세(力拔山氣蓋世)의 힘을 가진 놈인들 어쩌겠는가.
 항우도 댕댕이덩굴에 발이 걸려 넘어졌단다.
 불의에 당하면 용빼는 재주가 없는 게 인간의 허점이다. 복면의 괴한은 공중제비로 마룻바닥에 나가 떨어졌다.
 쾅! 소리가 육중하게 밤의 정적을 깨뜨렸다.
 안필주는 재빨리 괴한의 목을 조르며 그 배를 타고 앉았다.
「이놈아! 너 어떤 놈이냐? 정체를 밝혀라.」
 숨도 쉬지 못하게 목줄을 조르고서 정체를 밝히라고 호통을 친들 괴한이 어떻게 말을 할 것인가.
「우 우 우 옥…….」
 숨이 넘어가는 비명과 함께 괴한은 발로 마룻장을 쾅쾅 쳤다.
 이때 바로 건넌방 문이 화닥닥 열렸다.
 추선이가 잠들어 있었을 안방문이 화닥닥 열린 게 아니라 건넌방 문이 요란스럽게 열린 것이다.
「이 밤중에 무슨 소란이냐!」
 우람한 호통이 터졌다.
 그 호통소리에 놀란 것은 안필주였다. 기겁을 할 만큼 그는 놀랐다.
 어떻게 놀라지 않겠는가. 건넌방 문을 열어 젖히면서 호통을 치고 나선 사람은 다른 이 아닌 대원군이었다. 상투바람이었다. 동저고리 바람이었다. 허리춤을 움켜잡고 서 있는 국태공의 우스꽝스런 모습이 눈앞에 있다.
 그리고 바로 그 뒤에는 추선이 서 있었다.
 저고리의 고름은 풀어져 있었다. 속치마 바람이었다. 손에는 남갑사 치맛자락을 뒤집어서 거꾸로 움켜잡고 있었다.
 여자의 요염한 자태가 갑작스런 놀라움으로 변해버린 순간은 보는 이에 따라 느낌이 다를 것이었다.
 더욱 아름답고 요염할 수도 있다.
 서릿발같이 차가워서 소름이 끼칠 수도 있다.
 추선은 아름답고 요염해 보였다. 보기 흉하도록 몸을 떨고 있지는 않았으나 치마끝을 훔켜쥔 손이 가냘프게 떨리고 있었다.
「웬 소란들이냐? 그 놈은 웬 놈이냐? 네놈들은 한 통속이냐? 이 야반에 예가 어디라고 함부로 침범했으니 네놈들의 죄, 네놈들이 알렷다!」
 대원군의 호통은 숨쉴 사이도 없게 줄줄이 쏟아져 나왔다.
「대감마님, 잠깐만 고정하십시오!」
 안필주는 침착하게 괴한의 몸을 뒤졌다. 비수나 그 밖의 흉기를 가졌는지도 모르기 때문이다.
 아무것도 나오지 않았다. 그는 괴한의 복면을 벗겼다. 물론 낯익은 얼굴은 아니다.
 안필주는 괴한을 일으켜 이만복에게 맡겨 버리고는 대뜰로 내려와 부복했다.
 부복한 채로 그는 천연덕스럽게 능청을 부렸다.
「대감마님, 황공하옵니다. 소인이 알기로는 대감마님께오선 지금쯤 교동 김판서대감댁에서 정사(政事)일에 골몰하실 줄 알았습니다.」
 대원군은 그러나 시치미를 떼고 소리를 질렀다.
「이놈, 너 필주로구나! 김판서댁에서의 정사를 마치고 보니 웬지 여기가 궁금하길래 잠시 들렀던 길이다!」
「대감마님, 하룻밤에 두 군데나 다니시면서 정사를 보시기엔 봄밤이 짧습니다. 대감마님, 소인도 까닭 모르게 마음에 지피는 것이 있어서 이곳에 와 봤더니, 이런 괴한이 월담을 해서 아씨의 규방을 침범하더이다.」

안필주는 예나 이제나 능청스러웠다.

정사(政事)와 정사(情事)를 혼용해서 대원군을 은근히 놀려 주는 그의 담보와 슬기는 오히려 그가 대원군의 귀염을 받고 있는 요인이 된다.

대원군은 그제서야 추선이 집어 주는 허리띠를 맸다. 그리고 추선의 집에 마련돼 있던 정자관으로 상투를 가렸다.

「이놈을 우선 하옥시키겠습니다. 대감마님 안녕히 주무십시오.」

안필주는 괴한의 덜미를 잡은 채 추선의 집에서 물러나려고 했다.

그러자 대원군은 그에게 분부했다.

「하옥시키기 전에 여기서 그 놈의 정체를 밝혀 내도록 하라! 그놈도 양심이 있으면 순순히 이실직고(以實直告)하리라.」

대원군은 아무일도 없다는 듯이 침실문을 닫아 버렸다. 넘어진 김에 쉬어 간단다. 이날 밤 그는 운현궁의 청지기들이 밤샘을 하며 호위하는 가운데 추선과 더불어 밀리고 쌓였던 정회를 풀기로 했다.

「너를 모함하려는 놈이 있구나. 내 그 정체를 밝혀 주겠다!」

사람이 사람을 믿는 것처럼 아름다운 것은 없다.

사실상 대원군은 추선이라는 여자를 믿었다.

비록 떳떳이 호강을 시켜주지는 못하고 있을망정, 그리고 자주 찾아 줘서 외로움을 덜어 주지는 못할망정, 추선은 절개 있고 사심(邪心)이 없는 정갈한 여자임을 믿어 의심치 않는다.

그런데 왜 거듭해서 모함의 마수가 뻗치는 것일까. 추선을 궁지로 몰아넣어서 누가 어떤 이득이 있는가. 짐작이 가지를 않았다.

「누구하고 혐의진 사람이 없느냐?」

대원군은 오른팔로 추선의 목덜미를 지그시 죄면서 물었다.

「제가요?」

반문하는 추선의 해맑은 눈을 보면 알 수가 있다. 남의 모함을 받을 만큼 남의 미움을 살 여자가 아닌 것이다.

「조심해야 되겠다. 너를 천주학쟁이로 몬 것은 죽이기 위해서야. 그게 안 되니까 이번엔 괴한을 보내 범방(犯房)을 시켜 너를 불결한 여자로 만들려 하는구나.」

그는 추선의 토실한 볼기를 다독거려 주면서, 추선을 시기하는 사람은 필시 여자일 게라고 속으로 짐작했다.

그러나 이날 밤 추선의 심경은 몹시 산란했다.

까마귀 날더니 배 떨어진다는 속언이 연상될 만큼 모두가 공교로워서 갈피를 잡을 수가 없었다. 그렇잖은가.

별안간 예고도 없이 찾아온 대원군이 온밤을 쉬어 가겠다고 한다. 그것까지야 이상하게 생각할 것은 없다.

남자야 으레 제멋대로니까 자기가 아쉬울 때 느닷없이 정부(情婦)를 찾는다는 것은 흔히 있을 수 있는 일이니 말이다.

하지만, 그 다음부터의 사단(事端)들은 아무래도 이상했다. 왜 안방을 버리고 건넌방으로 침구를 옮기게 했는지 모르겠다.

「침실을 왜 옮기시렵니까?」

추선이 의아해서 물었을 때,

「글쎄 오늘 밤은 방위를 바꿔 보고 싶구나.」

대원군은 잠자리의 방위를 핑계 삼았다.

풍수설에 예민한 그다. 뭔가 지피는 게 있어서 그럴는지도 모른다는 생각에서 두말 않고 침구를 건넌방으로 옮겼는데, 얼마 안 있다가 난데없이 괴한이 침입하고 안필주가 등장하고 했으니, 이것이 까마귀 날자 배 떨어진 격의 단순한 우연일 수 있을까.

(대원군 측근에서 나를 모함하는 게 아닌가 몰라?)

추선의 생각은 이에 미쳤으나 언동은 지극히 담담했다.

세상사 다 못 믿어도 대원군 한 사람은 믿고 싶었기 때문이다.

추선은 지극히 평온한 심경을 유지하며 모처럼 찾아 준 대원군이 흡족하게 즐길 수 있도록 온갖 정성을 다했다.

그것은 정말 틀림없는 정성이었다.

오랫동안 공규를 지켜 온 추선이다. 자신의 쾌락도 대단한 것이 아닐 수 없지만, 그러나 대원군에게 정성껏 봉사한다는 성의가 앞섰다.

대원군은 새벽 일찍 환궁해야 한다.

추선은 반침 속에서 자신이 깎고 다듬고 혼을 불러 넣은 목각불상 하나를 꺼내 대원군에게 바쳤다.

「관세음보살상이에요. 언제나 대감을 지켜드릴 것이옵니다.」

대원군도 기뻐했다.

「너를 보듯 지척에 두고 보리라.」

추선이 눈물을 글썽거리며 아미를 숙이니까,

「너를 여기 혼자 둬 두는 게 좀 불안하구나. 밤이면 군사를 보내 집을 지키게 할까.」

대원군이 진심으로 그런 말을 하는 것 같아서 추선은 오히려 입술을 깨물었다.

「싫습니다. 이제 무슨 일이 있을라구요.」

그날 새벽 대원군은 담백한 표정으로 돌아갔으나 날벼락은 내리고 말았다.

그는 운현궁에 도착하자 마자 안필주에게 분부를 내렸던 것이다.

「그놈을 어쨌느냐. 당장 포장에게 기별해서 엄중히 문초케 하라!」

추선의 집을 침범했던 그 복면 괴한을 철저히 문초하라는 것이었다.

이렇게 되면 그 괴한은 죽은 목숨이나 다름이 없다. 달리 또 죄가 있고 없고가 문제가 아니다. 단순한 도둑이거나 치한이거나 또는 자객이거나 결과는 마찬가지다.

그는 포도대장 이경하에 의해서 소리 소문 없이 죽어갈 것이다.

그런데 바로 그날 밤이었다. 운현궁엔 또 새로운 사건 하나가 돌발했다.

청지기 이만복이 까닭모르게 살해된 것이다.

밤도 깊어 자정 무렵이었다.

이만복은 언제 어딜 나갔다가 돌아오던 길이었는지는 운현궁의 아무도 알지를 못했다.

하여간 이만복은 구름재 어귀, 운현궁 담장 밑에 쓰러져 있었다.

왼편 옆구리에 칼침을 맞은 채 쓰러져 있는 것을 호위영 군사가 발견했다는 것이었다.
운현궁 주변은 발칵 뒤집혔다.
그러나 범인은 온데간데 없고 억측만이 구구했다.
날이 새자 사건은 새로운 각도로 엉클어져 갔다.
포도대장 이경하가 직접 달려와서 운현궁 청지기 이만복을 찾았던 것이다.
「이만복은 간밤에 죽었소이다!」
안필주가 그렇게 대답하니까 이경하는 깜짝 놀랐다.
「이만복이 죽었어? 간밤에?」
「간밤에 어느 놈의 칼침을 맞고 죽었소이다.」
「그래?」
포도대장은 낙망하는 눈치였다.
「이만복을 왜 찾소?」
지체가 높고 낮은 것을 가리지 않고 말을 함부로 하는 게 운현궁의 청지기들이다.
더구나 천하장안 네 사람의 말투는 안하무인 격인 것이다.
「어디서 그런 참변을 당했나?」
「운현궁 담 밑에 쓰러져 있는 것을 호위영 군사가 발견해서 끌어들였소.」
「그래?」
이경하는 직책상 우선 이만복의 주검을 검시했다.
그는 칼맞은 이만복의 시신을 뒤척여 보고는 아재당으로 대원군을 찾았다.
그는 대원군에게 보고했다.
「저하, 추선아씨를 범방하려던 놈은 단순한 도둑이 아니올시다.」
대원군은 아무런 대거리도 없이 이경하를 마주본다.
「어제 온종일 엄하게 문초해 봤습니다. 그놈은 자의가 아니옵고 열 냥 은자(銀子)에 매수되어 월담을 했을 뿐인 것 같습니다.」

어느 정사情事가 종말終末이 날 때 89

대원군은 여전히 말을 하지 않고 가볍게 고개만 끄덕인다.

「저하, 그놈은 홍제원 사는 김가이온데 무지막지한 상것입니다. 그놈 실토에 의하면 범인은 운현궁 안에 있는 듯싶습니다.」

그래도 대원군은 입을 열지 않았다.

「그 김가를 은자 열 냥으로 매수한 놈은 바로 간밤에 죽은 이만복이 올시다.」

대원군은 도끼눈으로 이경하를 흘겨봤다.

「그 이만복이 칼침을 맞은 것은 진상이 폭로될 것을 염려한 뒷 조종자의 소행임이 분명합니다」

대원군은 비로소 입을 열었다.

「그 뒷 조종자가 누구란 말인가?」

「아직 게까진 밝히지 못했습니다.」

대원군은 눈을 감았다. 깊은 생각에 잠겨 버리는 것이었다.

오랜 침묵이 흘렀다.

대원군은 좀 침통한 낯빛으로 이경하에게 분부했다.

「그 김가라는 놈은 포장이 맡아서 신속히 처결할 것이고, 그 문제는 더 이상 덧들이지 말고 종결짓도록 하오!」

그렇잖아도 나라 일이 안팎으로 시끄러운 판인데 대원군 자기 개인 주변의 일이 세상 이목에 두드러지는 것은 원치 않는다고 내비쳤다.

대원군의 이 짤막한 한마디로, 은자 열 냥에 팔려 추선의 집 담장을 넘었다는 한 사나이의 목숨은 그날로 행방불명이 되고 말았다.

두 사나이가 어처구니 없게 죽음을 당했다.

한 여자의 허욕과 투기로 해서 말이다.

그것은 한 사나이와 한 여자의 정사(情事)가 가져다 준 뜻않은 종말이었다.

이만복은 외도 몇 번 하다가 목숨을 바쳤고 초월은 정사를 미끼로 해서 엉뚱한 허욕을 채우려다가 어쩔 수 없이 두 사나이를 한꺼번에 죽인 독부(毒婦)가 되고 말았다.

초월은 심각하게 고민했다.

―비밀은 언제나 남는다. 평범한 진리를 미처 몰랐었다.
 추선을 모함하기 위해서 담장을 뛰어 넘게 했던 김가가 싱겁게 잡혔다.
 그 김가가 입을 열면 그를 매수했던 이만복이 걸려든다.
 이만복이 매에 못 이겨 입을 열면 이번엔 초월 자기가 잡혀간다.
 잡혀가면 어떻게 되겠는가.
 새남터의 귀신이 된다.
 초월은 자기 목숨을 보전하기 위해서 또 사람을 샀다. 이만복을 죽여 없앴다.
 사건은 그것으로 일단 종결이 됐는지도 모른다.
 그러나 비밀의 증인은 여전히 이세상 어딘가에 남아 있게 마련이었다.
 이만복을 죽인 놈이 언제 어디서 또 입을 열게 될는지 알 수가 없는 것이다. 불안하긴 마찬가지였다.
 초월은 며칠 동안을 두고 고민하다가 하나의 엉뚱한 착상을 하기에 이르렀다.
 (재숫굿이나 하자!)
 불안한 마음을 떨어 버리기 위해선 한바탕 뚱땅거리는 게 좋겠다고 생각했다.
 며칠 후 묵동 초월의 집은 사람이 넘쳐 흘렀다.
 기생이라고는 하지만 그다지 번잡스럽게 지내오지 않던 초월이다.
 이웃 사람, 길가는 사람들까지 모여들어 집 안이 벅적거리고 떠들썩하니까 우선 찌들던 마음이 활달해졌다.
 스무 개의 초롱불로 집의 안팎을 밝혔다.
 네 명의 무당이 번갈아 춤을 추고 여섯 명의 악수(樂手)들이 무악(巫樂)을 울려대는 가운데 초월은 손바닥이 닳도록 재수발원(財數發願) 무병무사(無病無事)를 빌었다.
 아무도 초월의 심사를 모른다. 그저 단순한 봄맞이 재숫굿으로 알았다.

굿도 병굿이면 구경꾼들의 마음이 개운치가 않다.

그러나 동네 도당굿이나 사가(私家)의 재숫굿이라면 흥겹기만 하다.

원근(遠近)의 한량들이 모여들어 신바람이 나도록 놀아났다.

여염집이 아니다.

한량들은 초월과 어울려서 덕담(德談) 흉내와 흥겨운 노래로 마치 신(神)이 들린 것처럼 깊어가는 봄밤을 즐겼다.

열두거리 굿을 제대로 하는 판이었다.

밤이 이슥해져서 굿거리는 한창 무르익었는데 구경꾼 중에 서투른 사람 하나가 끼여 있었다.

눈초리가 날카로운 사나이다.

초월은 그를 보자 가슴이 덜컹 내려 앉았다. 언젠가 한번 본 기억이 있는 얼굴이었기 때문이다.

운현궁과 관련이 있는 사람임을 들어 알고 있다.

그러나 초월은 모른 체했다. 무당 제쳐놓고 현란하게 춤을 추며 돌아갔다.

굿을 하는 집의 주인으로서 놀아났던 것은 실수였던가. 기생이라도 말이다.

주인 여자의 놀아나는 광경을 유심히 보고 있던 젊은이는 느닷없이 대청으로 올라와 초월과 어울려 버렸던 것이다.

초월은 다시 한번 가슴이 덜컹 내려 앉았다. 하지만 이번에도 모르는 체하고는 닐리리야 가락에 맞춰 엉덩춤을 추기에 여념이 없었다.

젊은이도 입을 열지 않았다. 다른 한량들처럼 그저 덩실덩실 춤만 추고 있었다.

초월과 젊은이는 이따금씩 시선이 마주쳤다.

그럴 때마다 초월은 생글 웃었다.

그럴 때마다 젊은이는 빙글 웃었다.

무악은 절정이었다.

춤도 노래도 절정이었다.

별안간 젊은이가 초월에게 말을 걸었다.

「무슨 굿이오?」
 초월은 두 팔을 벌리고 핑그르르 한 바퀴 돈 다음 대답했다.
「재숫굿이지요.」
 젊은이도 두 팔을 벌리고 한 바퀴 빙그르르 돈 다음 다시 물었다.
「왜 그동안 재수가 없었소?」
 이 물음에 초월의 얼굴에선 웃음이 사라졌다. 두 바퀴를 대답없이 돌고나서야 숨이 가쁜듯이 말했다.
「재수야 있었죠. 더 많이 있어야죠!」
 젊은이는 씽긋 웃었다. 옳은 말이다.
 재수가 없을 경우에도 재숫굿을 하지만 재수가 있을 때는 많으라고 재숫굿을 할 수도 있는 것이다. 젊은이가 또 물었다. 초월의 귀에다 대고 은밀하게 물었다.
「그동안 대원위대감은 자주 들르셨소?」
 초월은 샐쭉해진 표정으로 역시 젊은이의 귀에다 대고 대답했다.
「잊지 않으시구 다녀는 가시지만……」
「자주 안 오시구?」
「자주야 오실 수 있어요? 남의 이목이 있는데.」
「이목보다는……」
「바쁘시기두 하실 게구요.」
「바쁘시기두 하겠지만……」
 젊은이는 번번이 여운 있는 말을 했다. 초월은 더욱 숨을 헐떡이며 물었다.
「달리 또 못 오시는 이유가 있나요?」
 젊은이는 제자리걸음으로 어깨춤만 추면서 대답했다.
「있지요.」
 초월도 제자리걸음으로 어깨춤만 으쓱으쓱 추면서 또 물었다.
「무슨 이유일까요?」
「추선아씨한테 가시기에 바빠서겠죠.」
 초월의 으쓱거리던 두 어깨는 조화를 잃고 한쪽만 자꾸 위로 치켜졌다.
「추선아씨가 누군가요?」
초월은 시치미를 뗐다.
「모르시오? 추선아씰.」
젊은이도 시치미를 뗐다.
「내가 대감이 접촉하시는 여잘 어떻게 다 알겠어요?」
「그러시겠지!」
「그렇구 말구요!」
젊은이는 다시 발길을 떼어 놓았다.
초월도 다시 발길을 떼어 놓았다.
그들은 서로 등을 돌려 댄 채 제자리걸음으로 어깨춤만 추고 있었다.
제각기 제 생각에 잠겼는지도 모른다.
초월이 갑자기 홱 돌아섰다.
젊은이도 갑자기 홱 돌아섰다.
초월이 좀 쌀쌀해진 눈으로 젊은이에게 물었다.
「추선이란 여자가 누군가요? 잘 아십니까?」
「알지요.」
「미인인가요?」
「미인이죠.」
「참, 댁은 누구신가요? 성함이.」
「나요? 이상지라구 부르죠.」
이때 무악이 뚝 그치는 바람에 두 사람의 대화는 중단됐다.
초월은 몹시 불안한 표정이었다.
(운현궁에서 냄새를 맡았구나?)
그렇게 생각하지 않을 수 없었다.
운현궁의 촉각으로 나타난 사나이, 어떻게 후려잡아야 하느냐, 초월의 심경은 착잡해졌다.
다시금 해금(奚琴)이 까강깡깡 울기 시작했다. 둥탁, 장구도 울고, 챌! 하고 제금도 울었다.

그리고 닐리리리, 피리도 음색을 뽑았다.
제대로 격식에 맞는 굿은 못됐지만 그러나 원무당(元巫堂)이 백의승복(白衣僧服)으로 성장을 하고 나서는 것을 보면 제석(帝釋)을 정배(靖拜)하는 제석굿으로 접어든 것 같았다.
잠시 후에 초월과 이상지는 자연스럽게 다시 접촉이 됐다.
「몸조심을 해야겠소!」
이상지가 별안간 밑도 끝도 없이 그런 말을 했다.
초월은 그 한마디로 완전히 위축됐지만, 그러나 뭇사내들을 두 다리 사이에 끼고 희롱하던 솜씨다.
태연하게 반문했다.
「내가요?」
「그렇소!」
「왜요? 뭣 때문에?」
「대원위대감과 가까이 지내려면 몸조심을 해야 될 게요!」
「그래요?」
「추선아씨도 이번에 당했소.」
「당하다뇨?」
「천주학쟁이로 무고한 사람이 있었지.」
「어머나, 그럼 봉변이라두 당했나요?」
「본시가 독실한 불교신자니까 괜찮았지만 큰일날 뻔했지.」
「누가 그런 몹쓸 짓을 했을까. 하늘이 내려다 보는데.」
「그게 안 되니까 이번엔 괴한을 사서 범방(犯房)을 시키려구 했소.」
「에구머니! 또 몹쓸 짓을.」
「그 괴한이 잡혀서 포도청 신세가 되니까…….」
「또 무슨 일이 났나요?」
「이번엔 그 괴한을 조종한 운현궁의 청지기를 죽였소.」
「어머나, 끔찍하게.」
「청지길 왜 죽였는지 아시오?」
「엉뚱하게 왜 운현궁 청지기를 죽였나요?」

「포도청에 잡힌 놈이 입을 열면 그놈을 조종한 청지기가 잡힐 게고, 그 청지기가 잡히면 그놈을 뒤에서 조종한 원흉(元兇)의 정체가 드러날 테니까 미리 없앤 게지.」

「그런 끔찍스런 짓을 한 원흉은 누굴까요?」

「누군지 모르지만 여자일 것 같소.」

「여자요?」

「아무래도 추선아씨를 시기하는 여자의 소행이 분명하지요.」

「아무리 시기를 한들 그런 악착 같은 짓을 어떻게 할까요? 더구나 운현궁에다 대구.」

「참, 혹시 이만복이라는 성명을 들은 일이 있으신가?」

「이만복이라뇨?」

「엊그제 옆구리에 칼을 맞고 죽은 운현궁 청지기의 성명이오!」

「그래요?」

아무리 태연하려고 했어도 두 다리가 치맛속에서 덜덜덜 떨리지 않았다면 초월은 너무나 당돌한 여자다.

이상지는 잠깐 이야기를 중단하고 초월을 넌지시 흘겨봤다.

무악은 절정에 있었고, 원무당의 발은 공중에 떠 있었다.

그리고 창부무당은 노래를 쥐어짜고 있었다.

이상지는 그 무당들의 노는 꼴을 물끄러미 바라보다가 무심한 말투로 한마디 더했다.

「참, 그 이만복인 묵동에 있는 어떤 기방엘 자주 출입했다는 소문인데 모르겠소?」

초월이 그런 말을 듣고 어떻게 끝까지 태연을 가장할 수 있을 것인가.

고개를 홱 돌리면서 승무(僧舞)를 추고 있는 원무당 쪽으로 갔다.

초월은 자신의 낭패한 기색을 감추기 위해선지 원무당과 함께 신바람이 나게 춤을 추기 시작했다.

「얼씨구, 얼씨구! 씨구, 얼씨구!」

그렇다고 물러설 이상지도 아니었다. 짓궂게 굴었다. 그도 가운데로 나서며 여자들 틈에 끼여 춤을 덩실거리고 추기 시작했다.

틈틈이 이상지는 초월에게 말을 붙였다.
「이만복이 드나든 기생집을 알아낼 수 없을까?」
초월은 일부러 눈을 하얗게 흘기면서 샐쭉하게 대답했다.
「묵동에 기방이 하나 둘이래야죠.」
「그래도 기생들끼리는 서로 내통이 있을 게 아닌가?」
「아무리 연통이 된다 하더라도 끼구 잔 사내 얘기까지야 하겠소.」
「내 내일 밤에 다시 한번 올까?」
「나도 기생이에요. 한량이 놀러 오신다는데 왜 반기지 않으리까. 얼씨구 얼씨구.」
이튿날 밤, 이상지는 다시 초월의 집에 나타났다.
기방이라는데 한 사람의 술손도 없었다.
조용하기가 여염집같았다.
「어제 밤이 지새도록 재숫굿을 했는데도 왜 이리 술손이 없는가?」
안방 아랫목을 차고 앉은 이상지는 트레머리에 반회장저고리에 남갑사치마로 화사하게 단장한 초월을 보고 물었다.
「이생원 같이 젊고 늠름한 한량이 선약을 했는데 내가 누구 딴 손님을 받겠어요!」
초월은 곁눈질과 감칠웃음이 사내들의 간장을 녹이는 장기(長技)였다.
술상은 손님이 청하기도 전에 나왔다.
미리 마련돼 있었는지 신선로를 곁들인 진수성찬이었다.
「오늘은 제가 내겠어요.」
초월 자기가 술을 내겠다고 했다.
남녀는 호젓하게 술잔을 비우기 시작했다.
해묵은 송순주(松筍酒)는 기생집 술로는 고급이다.
남녀는 서로 기울지 않으려고 연방 마셨다.
「이렇게 제집을 찾아 주셔서 고마워요. 아무리 술과 웃음을 팔아야 하는 기녀의 몸이지만 마음에 드는 손[客]이 오시면, 오롯한 정인(情人)처럼 반갑답니다.」

미상불 초월은 오랜 사귐 끝에 하룻밤을 같이하게 된 정인을 대하듯 즐겁게, 싹싹하게, 그리고 요염하게 굴었다. 반드시 어떤 속셈이 있어서 초월을 찾은 이상지임엔 틀림이 없다.

그러나 그도 처음부터 텁텁하게 놀았다. 여느 한량들처럼 술이 거나해지자 여자의 허리를 껴안으면서 몽롱한 눈초리로 간절히 요구하는 게 있었다.

「첩자리지만 아주 오래된 사이같아요.」

여자가 남자의 품에 안겨서 이런 말을 했으면 뒷이야기는 뻔하다.

초월이 오히려 보챘다. 남자의 수단인지는 몰라도 사나이는 좀처럼 선뜻 결정적인 동작으로 옮겨 주지를 않아 초월은 몹시 조바심을 했다.

한번 달아오른 여심(女心)은 소나기라도 맞지 않으면 좀처럼 그 불길이 사그라지지 않는다. 더구나 남자의 동작이 지극히 완만한 경우엔 여자의 손가락이란 사나운 고양이의 발톱으로 변하기가 쉽다.

술상이 초월의 발길에 채여 윗목으로 찌익 미끄러져 갔다.

바람소리가 일고, 여자의 지체(肢體)가 마비되듯 뒤틀리기 시작하자 무슨 까닭이었던지 이제껏 안간힘을 쓰고 있던 이상지의 고집이 간단히 꺾이고 말았다.

한 사람의 사나이가 초월에게 무릎을 또 꿇었다.

그도 또한 초월에게 농락될 운명인지는 아직 모른다.

가례嘉禮날 꿈이 괴상도 했단다

세월은 세상일에 아랑곳하지 않고 한결같이 흐른다.
흐르는 거야 비단 세월뿐이겠는가. 바람도 흐르고 물도 흐른다.
그러나 그 흐름이 다르다. 바람은 장애에 부딪치면 멈추게 마련이다. 힘도 약해진다. 방향도 바꾼다. 물도 그렇지 않은가.
도도히 흐르다가 굽이치다가 잦아들다가 멈춰 버리기도 한다.
모든 흐름 중에 세월처럼 한결같은 것은 없다. 도시 구애됨이 없이 여구여일(如舊如一)하게 흐른다.
대원군이 경복궁의 크나큰 역사(役事)를 시작해서 백성들을 들볶거나 말거나, 천주교도들을 무자비하게 징벌하거나 말거나, 그의 의욕이 이 나라를 위해서 착실하거나 말거나 세월은 아랑곳없이 흐르고 있었다.
그동안 열세 살에 등극한 왕이 열다섯 살이 돼 있었다. 장가들 나이가 지난 것이다.
반명한 집안에서는 대개 열 두세 살이면 아들을 성혼시키는 게 통례다.
더구나 국왕의 보령(寶齡)이 열 다섯인데 아직 왕비를 책립하지 않은 데는 까닭이 있다.
철종의 상기(喪期)를 마치기 위해서였다.
그 철종의 대상(大祥)도 지난 12월 8일로 무사히 마쳤다.
대왕대비 조씨를 위시해서 궁중에선 왕비책립에 대한 만단준비가 착착 진행되고 있었다.

11월 10일에는 드디어 승정원을 통해서 전국에 금혼령이 내렸다.

수도 한성부는 5부 48방이다.

특히 수도 5부 48방에 사는 조신과 사족(士族)의 가정엔 더욱 엄격하게 혼인이 금지됐다.

출가 안한 딸을 가진 사람들은 이른바 처자단자(處子單子)라는 것을 바치라고 했다.

말하자면 왕비 후보로서의 명단 제출과 같은 것이다.

섣달 2,3일까지 승정원에 들어온 처자단자는 46건에 이르렀다.

이중에서 우선 추리는 것이다. 초간택(初揀擇)이다.

초간택에 뽑힌 처녀의 집에는 궁중에서 옷감 일습씩이 보내져 왔다.

옷감은 모두 일정했다.

저고릿감은 세 벌씩이다. 속저고릿감으로는 분홍빛, 중간에 입을 것으로는 노랑, 그리고 겉저고리는 초록이었다.

그리고 자줏빛 깃감과 겨드랑에 받칠 회장감도 곁들였다.

이 세 가지의 간택용 저고리를 '갈매기'라고 부르던가.

치맛감은 안팎이 다 남빛이다. 단속곳감은 순백이다. 그리고 겉옷으로 입을 당의(唐衣)는 옥색비단이었다.

이런 옷감들은 상의원에서 보낸다. 그리고 선공감(繕工監)에서 운혜(雲鞋)라는 비단신을 한 켤레씩 덧붙여 보냈다.

초간택날, 대궐 앞은 장관이었다.

궁중에서나 쓰는 덩이라는 꽃가마를 탄 처녀들이 네 명씩의 별배를 앞뒤에 거느리고 대궐로 모여드는 것이다.

초간택날 창덕궁 중희당 뜰에는 마흔 여섯 채의 꽃가마가 차례로 머무르고 똑같은 옷으로 단장한 아름다운 처녀들이 아미를 숙인 채, 얼굴을 붉힌 채 대청으로 인도됐다.

중희당 넓은 마루에는 마흔 여섯 개의 꽃방석이 질서있게 놓여 있었다.

그 꽃방석 앞머리엔 처녀들 아버지의 성명 삼자가 적힌 표지가 붙어 있었다.
  마흔 여섯 명의 처녀들이 모두 제자리를 찾아 앉았다.
  여기 대왕대비 조씨가 나인들의 부액을 받으며 근엄하게 나타나 정좌했다.
  「고개들을 들라!」
  긴장된 일순이 흘렀다.
  대왕대비의 날카로운 눈초리가 마흔 여섯 명 처녀들의 얼굴과 앉은 모습을 일일이 더듬었다. 처녀들의 호흡은 꽃향기가 되어 만당(滿堂)했다.
  대왕대비 조씨는 그 초간택에서 우선 열 명의 처녀를 뽑고, 나머지 삼십 육 명에게는 소목(蘇木) 각 열 근씩과 또 한 벌씩의 옷감을 나눠 주고 돌려보냈다.
  섭섭하게 됐다고 해서 옷감 한 벌씩 주는 것은 수긍이 간다.
  그러나 소목은 알 만한 처녀들의 얼굴을 붉히게 했다. 약재로서 특히 통경(通經)에 즉효가 있는 것이기 때문이다.
  승정원은 그 초간택에서 제외된 처녀들에겐 그날로 허혼령(許婚令)을 내렸다.
  이해 정월 초승엔 재간택이 있었다.
  재간택에선 여섯 명의 처녀들이 밀려났다. 이번엔 옷감 두 벌과 밀기름을 위시한 화장품 몇 종류와 그리고 통경제(通經劑)인 소목 열 근씩을 또 받고 물러났다.
  삼간택은 3월 6일에 있었다.
  이날은 대원군도 그 자리에 나와서 며느리이자 왕비로 책정될 처녀들을 일일이 뜯어봤다.
  드디어 왕비가 탄생했다.
  민치록은 대원군의 부인 민씨의 친정 아저씨니까 대원군의 처숙뻘이 된다. 이미 고인(故人)이다.
  그 민치록의 딸이 왕비로 간택된 것이다.
  말하자면 처제(妻弟)가 며느리로 등장하게 된 것이다.

이튿날 3월 7일에는 우선 간택된 왕비의 친정식구들에게 어마어마한 벼슬이 내렸다.

― 고 사도사 첨정(故司導寺僉正) 민치록에게 대광보국 숭록대부 의정부영의정 여성부원군(大匡輔國崇祿大夫 議政府領議政 驪城府院君)을 추증(追贈)한다.

길기도 한 벼슬이름이었다.

민치록의 초취부인 해주오씨(海州吳氏)에겐 해령부부인(海寧府夫人), 역시 이 세상에 없어서 추증이었다.

지금껏 민씨의 딸을 길러온 후취부인 한산 이씨(韓山李氏)에겐 한창부부인(韓昌府夫人)의 칭호가 내려졌다. 그러나 이 모든 절차들은 눈가리고 아웅이었다.

사실은 처음부터 내정됐던 혼사였다.

대원군이 낙백시절에 김병학과 사돈이 되기로 약조됐던 것은 널리 알려진 사실이다.

그러나 사정이 달라져 그의 아들이 국왕으로 등극한 이상 그들의 혼사 사정도 달라졌다.

― 그 떼거리 센 김가네 딸을 왕비로 삼으면 외척세도(外戚勢道)가 부활할 게 아닌가. 안될 말이다.

김병학과의 약조를 취소하기 위해서도 경국대전에 명시된 왕가의 혼인에 관한 법도를 엄격히 따르는 형식이 필요했다.

사실 김병학의 딸은 마지막 삼간택에까지 남아 민씨 처녀와 형식상이나마 겨루게 했다.

대원군과 적수인 안동 김씨네는 그런 사정을 빤히 알면서도 공개적으로 불평 한마디 못했다.

그러나 그들은 입을 모았다.

특히 김홍근은 노골적으로 대원군을 비방했다.

「그 집안두 인제 망했군!」

그의 비방은 근거가 있었다.

「양반도 삼대를 내려 민취(民娶)를 하면 패가망신한다지 않은가!」

삼대를 계속해서 상민과 혼인을 하는 양반이라면 그 문벌이 이미 땅에 떨어졌으니, 남은 것은 패가망신뿐이라는, 전해 내려오는 말이 있다는 것이다.

삼대민취(三代民娶)란 삼대민취(三代閔娶)를 가리키는 비방이었다.

대원군의 아버지는 남연군이 아닌가.

그 남연군도 부인이 민씨였다. 대원군도 민씨부인이다. 그리고 또 그의 아들인 국왕도 민씨와 혼인을 한단다.

그러니 어머니도 아내도 며느리도 같은 성씨다.

삼대민취(三代閔娶)니 삼대민취(三代民娶)와 통해서 대원군의 집안도 곧 망하게 된다는 김흥근의 비방은 있을 법한 일이었다.

누가 뭐라거나 민씨집의 딸을 왕비로 책정한 것은 대원군의 의도였다.

그는 주위에 떨거지들이 없는 외로운 집 딸이라야 그 지긋지긋한 외척세도가 생기지 않는다는 점을 첫조건으로 삼았다.

그러한 그의 의도를 익히 알고 있는 부대부인 민씨가 결국은 자기 친정 집안에서도 가장 불우하고 가난한 민치록의 딸을 천거한 것이다.

대원군도 민처녀는 잘 알고 있다.

민치록이 후사없이 세상을 등져서 민승호를 입양시킬 때도 부대부인은 남편한테 의논을 한 일이 있었다.

말하자면 대원군의 처남뻘이 되는 민승호와 민처녀는 남매지간인 것이다.

따라서 대원군 부부는 며느리 감으로 민처녀를 미리 불러서 새삼스럽게 선을 봤다.

고생으로 찌든 얼굴이었으나 바탕이 아름다웠다.

어려서부터 남달리 영리했다고 했다.

지금은 안동 감고당(感古堂)에 살고 있으나 어린 시절은 여주에서 자랐다.

「여섯 살 적에 이웃집에 가서 좁쌀을 꿔오다가 길바닥에 몽땅 엎질렀지요. 내가 야단을 치니까 글쎄 그 애가 뭐라는지 아세요? '이담엔 내

식구가 이 좁쌀알 보다두 많을는지 모를 텐데 이까짓것 좀 엎질렀다고 뭘 그리 야단이냐' 잖아요.」

민치록의 아내 이씨가 언젠가 부대부인한테 했다는 이야기를 부대부인은 대원군에게 전하면서,

「사내애처럼 너무 걱실대긴 하지만 아이는 비범합니다.」

며느리를 삼자고 퍽 적극적으로 권고했던 것이다.

민처녀는 어려서 마마[天然痘]를 앓은 일이 있다. 깨끗이 치렀다.

지금은 세상에 없는 처녀의 아버지는 어린 딸이 그런 중병을 무사히 치러내서 기특했던 것 같다.

코끝에 오직 하나 아직 떨어지지 않고 달랑거리는 딱지를 손끝으로 갉죽거려 떼어 줬단다.

그게 잘못이었다.

마마딱지는 저절로 떨어지기를 기다려야지 손을 대서 떼어 주면 그 자리가 가시지를 않는다.

민처녀의 코끝에는 오직 하나 그 마마자국이 남아 있었으나 남의 눈에 거슬리지는 않았다.

또하나의 특징은 바로 인당(印堂) 위쪽에 작은 콩알 만한 점이 있다.

아주 검으면 그것도 흠이겠으나 살빛과 얼른 구별이 안 가는 것이라, 역시 남의 눈에 거슬리지는 않았다.

2월 25일에 설치된 가례도감(嘉禮都監)은 국왕의 혼인절차를 관장하는 관부였다.

도제조(都提調), 말하자면 책임자엔 영의정인 조두순이 임명됐다.

우의정으로 있는 이경재가 왕비를 맞는 정사(正使), 그 부사로 임명된 대원군의 장인 민치구와 함께 그는 간택된 왕비에게 채단을 가지고 가게 된다.

왕비가 책봉되는 삼간택은 대조전 서온돌(大造殿西溫突)에서 있었다.

역시 여자를 보는 눈은 나이든 여자가 정확한지도 모른다.

그날 대왕대비 조씨는 마지막 남은 네 처녀 중에서 특히 김병학의 딸

과 민처녀를 비교해 보고는 대원군에게 귀띔을 한 바 있다.

「민처자는 눈에 총기가 있어 영악하긴 하겠으나 성질이 지나치게 찰 〔슴〕것 같소. 착하기론 오히려 김씨네 처녀가……」

이 말에 대원군은 대답했다.

「왕비는 국모가 아닙니까. 차분히 가라앉은 성격이라야 궁중법도에 어긋남이 없이 위로는 상감과 아래로는 만백성을 잘 보살필 것입니다.」

그날 예정대로 민처녀가 왕비로 뽑히자 대조전 뜰 앞에는 수십 명의 근장군사들이 모여들었다.

그러자, 대왕대비를 시위했던 상궁들이 일제히 민처녀에게로 접근해 갔다.

상궁들은 지체없이 민처녀를 부축해서 일으켰다. 늙은 제조상궁이 민처녀의 귀에다 대고 속삭였다.

「왕비마마가 되셨습니다. 대왕대비마마께 첫 배알인사를 드리셔야 합니다.」

민처녀가 일어나서 대왕대비 조씨에게 절을 했을 때 벌써 왕비를 태울 붉은빛 덩은 대조전 월대(月臺)에 걸쳐져 있었다.

「감고당으로 모셔라!」

대원군의 입에서 영이 떨어졌다.

처제뻘되는 한 이름 없던 열 여섯 살 처녀에게 대원군이 존댓말을 썼다.

본시 『경국대전』에 의하면 아비 없는 과부의 딸은 왕비가 될 수가 없다.

그러나 민처녀에겐 그런 금기가 무시됐다.

지금 민처녀가 어머니 이씨와 함께 몸을 담고 있는 감고당은 옛날 인현왕후가 탄생한 집이다.

그리고 그 인현왕후가 궁중에서 장희빈에게 모함을 당하게 되자 사가로 나와 살던 바로 그 사연 많은 옛 건물이다.

「감고당은 별궁이 아니지요?」

왕비를 감고당으로 모시라는 대원군의 영이 내리자 대왕대비 조씨는 대원군에게 그런 말을 했다.
 그러나 대원군은 대답했다.
「이제부터 감고당을 별궁으로 책정하고 수리도 하겠습니다.」
 앞과 뒤에 각기 열 두 명씩 모두 스물 네 명이 메는 왕비 전용의 덩을 타고 민처녀는 집으로 돌아가는 것이다.
 격식으로는 일단 왕비에 책정이 된 처녀는 사가로는 돌아가지 못한다.
 지정된 대궐 별궁으로 가서 앞으로 시종할 상궁들과 나인들한테 궁중 규제와 왕비로서의 모든 법도를 익히게 되는 것이다.
 근장군사는 근위사단의 병사다.
 그 근장군사 30 명이 앞뒤에서 호위하고 앞에는 선전관, 뒤에는 대전내시가 따르며, 가는 길엔 일체의 잡인을 금하는 왕비의 거둥이 안동 감고당을 향해서 대궐문을 나섰을 때, 장안의 남녀노소들은 돈화문 앞에 구름같이 모여서 그 영광의 좌에 오른 '하늘이 내신' 여자를 구경하려고 목을 빼고 발돋움을 했다.
「뉘집 딸이 됐나?」
「좌의정 김병학의 딸이라오. 상감이 어렸을 때부터 정혼한 사이라니까.」
「민씨네 처녀라오. 죽은 민치록의 딸이라던데.」
 소문처럼 빠른 것은 없다.
 사람들은 벌써 민씨네 처녀가 왕비로 책봉된 줄을 알고 있었다.
「곰보라는군!」
「곰보가 어떻게 왕비로 책정이 되오?」
「살짝곰보라서 얼른 보면 모른대요.」
「그래도 설마.」
 삼월 초순 화창한 날씨다. 거리엔 화제의 꽃이 피어났다.
 창덕궁에서 안동 네거리에 이르는 연도는 인산인해였다. 바람꽃과 화제의 꽃으로 공간은 희부옇다.
 행차가 감고당 대문 밖에 이르자 이씨부인은 뜰 안에서 허리를 굽혔다.

　오빠 민승호도 다른 친척들과 함께 읍을 했다.
　민처녀는 자비에서 내리자 그대로 어머니 이씨에게로 달려가 그 손을 덥석 잡으며 외쳤다.
「어머니, 내가 뽑혔어요, 뽑혔어.」
　꼭 철부지 어린애 같은 언동이었다. 기쁨을 기쁨으로 솔직히 나타내는 민처녀의 행동은 벌써 궁중법도에 어긋난다.
　제조상궁이 달려들어 민처녀를 그 어머니한테서 떼어 놓았다.
「사인(私人)으로서의 언동은 삼갑시오. 궁중법도에 이런 일이 없습니다!」
　민처녀는 당돌했다. 늙은 상궁을 보고 소리칠 만큼 당돌한 일면이 있었다.
「내가 벌써 왕비란 말요? 이제 마악 정혼이 됐을 뿐인데, 갖은 고생을 하시며 나를 길러 주신 어머니한테 오늘의 기쁨도 말씀을 못한단 말이오?」
　당황한 사람은 부부인이 된 이씨였다. 딸에게 허리를 굽혀 타일렀다.
「정혼이 된 것은 오늘이라두 그 몸은 이미 사인이 아니시오. 궁중법도에 따라야 합니다.」
　난생 처음 어머니한테 이런 존대를 받은 민처녀는 그제서야 어리둥절 주위를 둘러봤다.
　너무나 엄청나게 돌변한 주변이다.
　수십 명의 근장군사들이 주위를 에워쌌고, 왕궁에서 온 승지를 비롯해서 여섯 사람의 상궁과 나인들이 자기 앞에서 고개를 못 들고 서 있는 것이다.
　뒤뜰에 있는 민씨집 사당문이 열렸다.
　딸이 왕비가 됐다고 조상한테 고유(告由)하는 고묘제(告廟祭)가 즉시로 집행됐다.
　사흘 후에는 신랑인 국왕이 면류관에 황금빛 곤룡포로 정장을 하고 인정전에 나왔다.

예조와 왕궁의 경사를 맡은 통례원의 대소관원들이 가례도감 조두순의 인솔로 국왕 앞에 시립했다.
국왕의 손은 가냘프게 떨리고 있었다.
그는 삼색채단을 봉황이 새겨진 채단상자에다 직접 넣었다.
때는 유(酉)시 정각이니까 봄날이라 해도 저녁 무렵이었다.
채단함은 시중을 드는 내관에 의해서 붉은 보자기에 싸여졌다. 한 번이 아니라 세 번이나 싸였다. 거죽을 싼 보에는 황금빛으로 두 개의 도끼가 그려져 있었다.
아무도 못 푼다는 함(緘)자의 뜻과 같다.
채단함은 정사 이경재의 손을 거쳐서 부사 민치구의 손을 거쳐서, 대기시킨 채여(彩輿)로 옮겨졌다.
채여를 메는 사람들은 노랑빛 베로 만든 깔때기를 쓰고 있었다. 옷도 진노랑이었다. 조라치라고 부른다.
노랑빛 일색의 조라치 여덟 명이 채여를 어깨에 메고 일어섰다.
빛 중에 노랑빛은 고귀함을 상징한다. 왕궁에서는 노랑빛을 숭상했다.
채여 뒤에는 역시 노랑빛으로 칠이 된 둥근 소반 하나를 역시 노랑빛 일색의 조라치 둘이 마주들고 따르기 시작했다.
그 뒤에 채단을 나르는 책임 낭청(郎廳) 두 사람이 따르고 또 그 뒤에 채단상을 나르는 책임자로서 거안낭청(擧案郎廳) 두 사람이 따랐다.
대원군 말고는 누구도 민간인으로 대궐 안에선 걸어야 한다.
그러나 자비에 타야 할 경우도 있다.
오늘 같은 날의 행사에선 칙사의 자격인 정사는 자비를 타야 한다.

임금이 있는 궁궐 안에서 아무리 지체가 높기로 사치로운 자비에 몸을 담을 수는 없다.
볏짚으로 만든 방석이 깔린 가마를 탄다.
정사 이경재는 짚방석가마를 타고 채여를 뒤따라 궁궐문까지 나간다.
부사 민치구는 그 뒤에 보행으로 따랐다.

궁궐 밖에 나오면 사정은 달라진다.
일행이 돈화문을 나서자 정사 이경재는 평교자에 옮아 탔다.
부사 민치구는 바퀴 달려 굴러가는 초헌으로 갈아탔다.
그리고 낭청들은 말에 올라 거드럭거리게 된다.
500명의 군사가 뒤를 따랐다.
아직 날은 어둡지 않았지만 수백 개의 횃불이 감고당까지 연도를 밝혔다.
채여행차는 열 두 개의 홍사초롱이 앞뒤를 밝혔다.
「어허 장관이로세.」
이날도 장안의 선남선녀들은 거리에 쏟아져 나왔다.
안동 네거리 일대는 인파로 뒤덮였다. 남자 여자 아이 노인들, 발돋움을 하고 목을 빼고 그 근감한 왕가의 선채행렬을 구경했다.
―도깨비궁에 경사가 났다.
이웃 아낙네들은 이렇게 떠들었다.
감고당은 도깨비궁이라고 불렸었다.
인현왕후와 장희빈 사이에 얽힌 그 처절하게 슬픈 옛이야기에 유래한 감고당이기 때문에, 그리고 늘 빈집처럼 쓸쓸하고 굴뚝에서 연기조차 제대로 안 나던 감고당이기 때문에 사람들은 도깨비궁이라고 불러왔다.
인현왕후도 민씨였다. 민중전이라고 불렸었다. 말하자면 민씨 집안과 감고당은 사연도 많은 것이다.
그런데 이제 또 이 감고당에서 왕비가 난 것이다.
그 가난하고 외롭게 살던 민씨네 규수가 왕비가 되게 됐으니 역시 옛 인현왕후처럼 민비라고 불릴 것이 아닌가.
민중전이라고 불리게 될 것이 아닌가.
구경꾼들은 이야깃거리가 많았다.
「벌써 호조에서 10만 냥의 돈이 나왔다는구려.」
「그뿐이겠소. 쌀 스무 섬과 비단 스무 필과 그 밖에 혼수 준비에 필요한 물건이 바리로 실려 왔다는굽쇼.」
감고당 안팎은 수십 개의 촛불이 춤을 추고 있었다.

낡아 씰그러진 대문이 활짝 열려 있고 돗자리가 대청 섬돌 밑까지 깔려 있었다.
 승지 민치상이 승지로서가 아니라 민씨네 대표로 채단함을 영접하게 됐다.
 채여가 도착했다. 낭청이 채여의 문을 열고 채단함을 꺼내 부사 민치구에게 줬다.
 민치구는 정사 이경재와 함께 채단함을 마주 들어서 대궐에서 가지고 온 노랑소반에다 놓고 네 번 절을 했다.
 그러자 민치상이 민승호와 함께 네 번 절을 하고 색시와 모녀가 있는 안방으로 그 채단상을 가지고 들어갔다.
 신부와 신부의 어머니 이씨는 허리를 굽혀 그 채단상을 앞에 받아 놓은 다음 역시 또 네 번 절을 했다.
 모두들 눈물이 글썽거렸다.
 너무나 오랜 세월을 두고 햇빛을 등진 채 살아 온 민씨 일족이었다. 통곡을 하고 싶은 심정들이었다.
「중전마마!」
 오라버니 민승호가 농담답잖게 나직한 음성으로 불러 봤다.
「마마의 서운을 축수하오.」
 집안의 어른인 민치상도 조용히 한마디 했다.
「마마, 이제 우리 민씨 집안엔 햇빛이 찬란하외다.」
 대원군의 장인인 민치구도 한마디 했다.
 부부인이 된 이씨는 딸 앞에 묵묵히 고개를 숙이고 있었으나 뺨으로는 눈물이 주르르 흘러내렸다.
 그러나 온집안 어른들이 그토록 감격하고 있는데도 열 여섯 살 처녀는 입을 꽉 다문 채 아무런 반응을 보이지 않았다.
 너무나 차분하고 차가운 태도였다. 머리에 얽힌 족두리의 옥구슬이 가냘프게 흔들리고 있을 뿐 기쁜 빛도 걱정스러운 빛도 없었다. 어떻게 가슴이 뛰지 않겠는가.
 감개가 없을 것인가.

속마음을 남에게 보이지 않을 뿐일 것이었다.

양지가 있으면 반드시 음지가 있다고 한다.

이 무렵 다른 두 여인은 눈물과 함께 한숨을 짓고 있었다.

분하고 서러워서 몸둘 바를 모르고 방문을 첩첩히 걸어 잠근 채 울고 있었다.

아무리 울고 몸부림을 쳐도 소용이 없는 줄을 알면서도 여자이니만큼 오열하지 않을 수 없는 두 젊은 여인이 있었다.

한 여인은 창덕궁 안에서 울었다.

한 여인은 교동 자기 집에서 울었다.

총각 임금과 궁녀의 사이라 정비(正妃) 자리는 아예 넘볼 수도 없는 것임을 몰랐었던 것은 아니다. 그동안 국왕의 총애를 받고 있던 나인 이씨 말이다.

꿈보다 화려하고 꿀보다 달았던 첫정이었다.

임금과 궁녀와의 예절을 떠난 총각과 처녀의 사랑이었다.

주위에서는 법도라는 게 시끄럽고 시기의 눈초리들이 따가웠지만, 대전 침실 금침 속에 들면 원앙의 의(誼)였다.

「내 너를 끝내 잊지 않으리니 과히 섭섭해 마라!」

열 다섯 살 총각으로서는 믿도록 점잖은 언투였다. 사흘 전 밤에도 시침(侍寢)을 했다. 불이 이는 듯한 정희(情戲)였다. 숨이 막히는 손길이 가끔 위에서 노닐 때 그는 가벼운 한숨과 함께 그런 말을 했다.

「나라의 법도니, 장가는 간다만 정은 너에게 주리라.」

왕은 술회하듯 말했다.

「민규수는 내 잘 안다. 얼굴도 너만큼 아름답지 않다. 성정도 너만큼 곱지가 않다. 비록 어른들이 하시는 일이라 거역은 못한다만, 아마 내 정은 네게서 뜨지를 못하리라.」

어린 시절 민규수와는 함께 놀던 왕이다. 머리에 알밤도 맞고 볼기도 꼬집힌 일이 있다.

지금은 어떤지 모르지만 그때는 머슴애같이 거세어서 호감이 안 가던 외갓집 아줌마다.

가례嘉禮날 꿈이 괴상도 했단다 111

「나를 믿어라. 첫정은 늙도록 못 잊는다더구나. 너는 내 첫정이 아니냐.」
젊은 궁녀는 그래도 위로되지 않았다.
허탈상태에서 3월의 화사한 햇빛을 가리고 마른 눈으로 울고 있었다.
교동에서는 김병학의 딸이 우수에 잠겨 있었다.
근래, 어른들의 화제를 여러 번 들어서 성혼이 안될 줄은 알고 있었다.
그러나 몇 살 적의 일이냐 말이다. 일곱 살 때부터 어른들은 수없이 일러줬다.
「네 신랑은 홍선대감댁 둘째도령이다!」
한두 번 아니게 만나기도 했다. 어린 마음에도 처음엔 서먹했다.
아버지인 홍선대감도 초라했지만, 그를 따라 가끔 집에 온 도령도 가난냄새가 몸에 밴 것 같아서 자주 외면을 했다.
김병학은 술이 거나하면 곧잘 어린 딸을 일부러 불러서 놀리기도 했다.
「어떠냐? 홍선대감댁 도령이. 영특하게 생겼지, 귀인답지? 이담엔 귀인이 될 도령이야.」
어떠한 예견에선지 김병학은 명복이를 가리켜 귀인이 될 도령이라고 했었다.
그럴 때면 명복은 그 반짝거리는 눈으로 소녀를 보면서 방글거렸다.
기분이 좋은 모양이었다.
해마다 섣달 세밑이 되면 쌀과 피륙을 홍선대감댁으로 보내는 것도 소녀는 알고 있었다.
「그건 왜 보내요, 아버지?」
소녀는 아버지한테 물어 본 적도 있었다.
「우린 그런 게 남고, 그 댁엔 부족하니까 보내는 게다. 그리고 네 장래 신랑을 기쁘게 해 줘야잖냐?」
소녀의 마음도 흐뭇했었다.

흥선대감댁 둘째도령이 상감님이 됐을 때도 김규수는 눈물이 날 만큼 기뻤다.
　그런데 그후 안 되는 이야기라 했다.
　혼인이 말이다.
　이번엔 삼간택에까지 나간 것도 대원군의 체면을 위한 형식이라 했다.
　이제 막상 다 틀어졌다 생각하니, 몸이 팍삭 사그라지는 것처럼 허전했다. 눈물이 자꾸 쏟아졌다. 삼간택에서 밀려나 집으로 돌아오자 이불을 들쓰고 누워 버렸다. 사흘을 굶었다. 신열이 대단했다.
「저 애가 큰일났구려.」
　김병학의 내외는 딸의 심경을 알고 있다.
「얼른 시집이나 보내야겠어요.」
　부인이 근심을 하자 김병학도 침통하게 말했다.
「순직한 가슴에다 세태의 염량을 심어 줬구려.」
　어느 지붕 아래서 어떤 일이 있든지 세월은 아랑곳이 없다.
　봄은 계절 중에서 가장 창조적이다.
　싹은 나뭇가지에서도, 흙 속에서도 봄과 함께 돋아난다.
　음과 양은 생물들에게서 더욱 두드러진다. 그것은 발동하는 창조의 힘이다.
　고양이가 연방 기지개를 켜고 암탉이 알을 품고, 꽃이 피고지고, 벌나비가 방랑을 하고, 처녀가 앓고 집을 뛰쳐나가고, 피라미가 물 위로 튀어오르는 계절. 봄이면 경향을 가릴 것 없이 혼사가 성행했다.
　창덕궁 주인도령의 혼사도 만단 유감없이 그 거창한 준비가 차근차근 진행되면서 하루하루 날짜가 가고 있었다.
　감고당 아가씨도 흥분된 나날을 보내고 있었다.
　왕비에의 길이란 너무도 까다롭고 복잡한 것이다.
　창덕궁에서 나와 시중을 들고 있는 보모상궁과 나인들은 말끝마다 법도였다. 일어서고 앉고 변소엘 가는 데도 예절과 절제를 찾아대며 잔소리였다.

없던 것 같던 일가친척도 많았다. 모두가 여흥 민씨고, 누구의 몇대손이고, 오빠뻘이고, 아주머니뻘이고 대부뻘이 된다고 하면서 감격의 눈물들을 잘도 흘렸다.

혼인 전날이 되자 창덕궁과 안동 감고당 사이에는 또 한 차례의 거창한 행진이 오고갔다.

이날 국왕은 인정전에 도열한 문무백관 앞에서 민치록의 딸 민규수를 정식으로 왕비에 책봉하겠다는 교명문을 정사 이경재에게 친히 수교했다. 옥책이란다.

역시 채여에 실려 신부집으로 보내졌다.

감고당에서는 그 옥책을 받는 데도 먼젓번 납채례 때와 같은 절차를 밟았다. 책비례(册妃禮)란다.

이제 하룻밤만 자면 대혼이 치러진다.

명복이가 창덕궁의 주인이 된 지 3년째의 봄이다.

1866년 음력 3월 21일이 그해의 길일이었다.

어떤 신부가 혼인 전날 밤을 편안하게 잠을 잘 것인가. 뜬눈까지는 아니더라도 잠을 청하기엔 고생을 하는 게 당연하다.

감고당의 민규수도 예외는 아니었다.

모두 다 밤을 밝히는 판이었다.

집 안에는 황촛불이 대낮같이 밝았다. 와룡 촛대엔 촛농이 와룡처럼 꿈틀대며 굳어 가고, 녹아 흐르고 했다.

자정은 초저녁이었다.

「마마께서 눈을 좀 붙이셔야지.」

이런 소리가 민처녀의 귀에 자주 들렸다.

신부래도 좋고 색시래도 또한 좋지 않는가. 모두들 마마, 마마 하는 것이 고생스럽게 열 여섯 해를 자라난 처녀에겐 귀에 서툴렀다.

「내일을 위해서 자리에 드셔야 합니다.」

늙은 보모상궁이 신부 옆에서 떠나지를 않고 말이 많았다.

어머니 이씨는 벌써 한 치 걸러 두 치였다.

마음을 가볍게 접근을 하지 못했다.

신부는 친정에서의 마지막 밤을 자기 위해서 자리에 들었다.

무슨 꿈을 꿀 것인가. 국모가 되는데 이날 밤 꿈이 없을 수 없다.

「마마, 내일이면 온 백성의 어머니십니다. 만수무강하옵실 꿈을 보십시오.」

마침 보모상궁도 그런 말을 하면서 금침깃을 다독거리고 있었다.

신부는 조용히 눈을 감으며, 박복해서 생존한 채 부원군이 못된 아버지 민치록의 병들었던 모습을 머릿속에 떠올렸다.

어느때나 됐을까. 집 안에는 촛불이 휘황하고, 사람들은 모두 잠이 들었는지 말소리가 없었다.

건넌방의 장지문 소리가 났다.

부부인이 된 신부의 어머니 이씨가 보모상궁이 있는 건넌방으로 들어갔다.

이씨부인은 단정히 앉아 있는 상궁에게 간청했다.

「사가의 모녀 사이로는 마지막 밤이니 마지막으로 어미 노릇을 하게 해 주시오.」

보모상궁의 허락 없이는 딸의 방엘 들어가지 못했다.

이미 민처녀는 왕비의 위의였다.

감고당 대문 밖에는 네 명의 수문장이 밤낮없이 지키고 있었다.

중문에는 두 명의 왕실 별감이 드나드는 사람들의 신분을 일일이 확인하고 있었다.

대청에는 이제 허락 없이는 아무도 접근을 못한다.

안방은 이미 안방으로 불리지를 않고 지밀이라 했다.

어머니 이씨도, 오라버니 민승호도 민규수를 보려면 보모상궁의 허락을 받은 다음 대청 뜰아래에서 대화를 해야 하는 실정이었다.

「부부인의 섬정 알만합니다. 잠시 동안만 지밀로 드시지요.」

죄인들도 아닌데 어머니와 딸의 만남을 큰 생색으로 허락하는 보모상궁의 두 눈은 이푼쯤이 사팔이라 오히려 매력이 있었다.

부부인 이씨는 조심스럽게 딸이 있는 안방 장지문을 열고 허리를 굽힌 채 들어갔다.

「어머니!」
 마악 누워 있던 딸은 어머니를 보자 벌떡 몸을 일으키며 외쳤다.
 부부인 이씨는 말없이 딸의 손을 잡고 우선 눈물을 보였다.
 어머니는 오늘 밤 안으로 딸에게 마지막 가르침이 있었다.
 부인은 딸의 어깨를 감싸안고 궁중에서의 생활이 얼마나 까다로운 것인가를 간단히 이야기한 끝에 한껏 목소리를 낮췄다.
「상감도 지밀에 드시면 평범한 지아비시야.」
 이씨는 전제한 다음 딸의 귀에다 소곤거렸다.
「부부는 한몸이니 몸을 맡기는데 지나치게 부끄러워하다가는 심기를 상하게 해드리기 쉬워요.」
 얼굴을 빨갛게 물들이는 딸에게 어머니는 눈 딱감고 말했다.
「색시가 첫날밤에 즐거운 얼굴을 해서는 안 되지만, 지나치게 고통스러운 낯색을 해서도 안 되는 게요. 마음과 몸을 너무 풀지도 말고 너무 죄지도 말아야 해요.」
 딸은 어머니의 말을 알아들었다. 그러나 직접적인 반응은 보이지 않고,
「어머니, 오늘 밤만은 저를 어머니 딸로 대해 주세요. 하댓말로 말씀하세요.」
 애원하듯 간청했다.
 그래도 어머니는 하댓말을 쓰지 못했다.
「신랑께서 족도리 낭자를 풀고 벗기시느라고 너무 애를 먹으시면 다소곳이 거들어 드리는 게 좋아요. 저고리 치마를 벗기시거든 받아서 얌전하게 개켜 머리맡에 놓을 것이지, 부끄럽다고 모른 체하면 아침에 구김살간 옷을 입게 돼요.」
 새색시는 어머니 품에서 보일락말락하게 고개를 끄덕였다.
「깨끗한 삼팔수건을 준비해 뒀으니 자리에 드시기 전에 요 밑에 넣어 두면 긴하게 쓸 일이 생기리다.」
 어머니는 자꾸자꾸 시집가는 딸에게 일러줄 말이 있을 것 같았다.
「신랑보다 먼저 잠이 들어서는 안 돼요. 반드시 상감께서 잠이 드신

뒤에야 눈을 붙이도록 습관하시오.」
 밤은 삼경이었다.
 어머니가 나간 뒤에도 민규수는 고생하다가 잠이 들었다.
 꿈 같기도 하고 잠 같기도 하다는 말이 있다.
 새색시는 어렴풋이 잠이 들었던 것 같다.

 풀이 우거지고 나무들이 빽빽하게 들어선 숲속에서는 새소리가 한가로웠다. 밤인지 낮인지 빛이 없었다. 그렇다고 암흑도 아니었다.
 여섯 일곱 살의 어린 소녀였다. 두셋 또래들과 풀숲을 헤매며 뭣인가 열심히 찾고 있었다.
 수렁이 있었다. 발이 빠지며 몸이 자꾸 수렁 속으로 가라앉는 것이었다. 있는 힘을 다해서 허위적거리다가 간신히 헤어났다.
 그때 네 필의 엄청나게 큰 말이 민소녀를 향해 일직선으로 달려오고 있었다.
 가만히 있다가는 그 말발굽 아래 깔려 죽을 것 같았다. 다급하게 몸을 피하려는데 어찌된 셈인지 몸이 움직여지지를 않았다. 말들은 아주 눈앞으로 덮치듯이 달려들고 있었다. 험상궂게 생긴 사람들이 그 네 필 말 위에서 살기등등한 눈으로 민소녀를 노려보는 것이다.
「아아악!」
 말에 밟혔다고 생각한 순간 소녀는 비명소리를 질렀다.
「마마, 마마, 가위에 눌리셨나요?」
 민규수가 눈을 떴을 때 옆방에서 지키고 있었던 듯싶은 보모상궁이 머리맡에 와 있었다.
 상궁은 수건으로 민규수의 콧등을 다독거려 주면서,
「꿈을 꾸셨군요?」
 콧등에 땀방울이 솟아났던 것 같다.
「흉몽대길(凶夢大吉)이랍니다, 마마.」
 보모상궁은 벌써부터 대단한 충성이었다.
 민규수는 일어나 앉았다. 가슴이 몹시 두근거리는 바람에 한동안 가라앉혀야 했다.

「불을 더 밝혀 줘요.」

머리맡 두 개의 촛대에서는 휘황한 빛이 발산하고 있는데 민규수는 꿈에 놀란 가슴이라 불빛을 더 밝히라고 했다.

잠시후에 날은 서서히 밝아오고 있었다. 화창한 날씨일 것이다.

사실 그날은, 대롓날은, 더할 수 없이 화창한 봄날이었다.

새벽부터 서울 장안은 발칵 뒤집힌 형국이었다.

―임금이 장가가는 날.

어느 나라 인민치고 관심과 흥미가 소홀할 것인가.

모두들 거리로 뛰쳐나왔다. 동관길과 원남동 길은 아침부터 막혀 버렸다.

활짝 열린 사대문으로는 시골 사람들이 문이 메어지라고 몰려닥쳤다.

원임 시임을 막론하고 나라의 녹(祿)을 먹었거나 먹고 있는 정삼품 이상의 관원들은 창덕궁 뜰이 좁거라 하고 모여들었다.

300여 명의 젊고 아름다운 궁녀들이 품수대로 정장을 한 채 대조전과 인정전 주변에 난만히 피어 흐트러진 꽃처럼 서성댔다.

상서(祥瑞)로운 징조라고들 떠들었다.

비원(秘苑)에 숲을 이룬 나뭇가지엔 백설이 얹히듯 수백 마리의 백로가 푸르름을 덮은 채 유연히 노닐고 있는 게 여느날엔 보기 드문 광경이었다.

「친영(親迎)가실 시각은 신시란다!」

신시라면 저녁때가 아니겠는가. 그런데 인파는 새벽부터 거리에 넘쳐 흐르고 붐비다 못한 골목들은 아예 통행이 차단되다시피 됐다.

정오께부터 돈화문 주변과 돈화문에서 안동 감고당에 이르는 크고 작은 길들은 일반인의 통행이 금지됐다.

구경꾼들에겐 지루하고 초조한 시간이 더디기만 했다.

왕궁과 감고당의 모든 당사자들은 부산하고 긴장된 시간이 빠르기만 했다.

드디어 창덕궁 인정전 앞에는 오색 주렴으로 장식된 연(輦)이 등대됐다.
　사흘 동안을 연습해온 신혼길의 노부(鹵簿)가 오방기(五方旗)를 중심한 기치창검에 휩싸였다.
　문무백관 160 명이 임금신랑이 탄 보련(寶輦)의 뒤를 따랐다.
　정원 승지들과 선전관들이 앞뒤에 서고, 특별 시종 무관으로서 별운검(別雲劍) 서른 여섯 명이 보련의 전후좌우를 호위했다.
　앞길을 유도하는 것은 여섯 사람의 승전내시고, 가마를 탄 대전상궁들도 안주인을 맞기 위한 길에 올랐다.
　한성판윤을 선두로 육조판서가 앞에 서고, 그 뒤에 파초선을 앞세운 삼공이 평교자를 타고 따랐다.
　한성판윤은 군복정장을 했다. 훈련대장도, 금위대장도, 포도대장도 군복차림이었다.
　이런 반차에는 역시 기치창검을 임립(林立)시킨 군사의 수효가 많아야 더욱 근감하다.
　훈련대장은 휘하 장병 5772 명을 거느린 채 백마에 높이 앉아 거들먹거렸다.
　돈화문에서 안동 감고당까지 반차행렬은 앞과 꼬리가 닿아 있었다.
　장악원 악사들은 한결같이 노랑 옷에 노랑 초립을 써서 경축의 뜻을 표했다. 피리를 중심으로 한 취주악이었다.
　돈화문에서 안동 네거리까지 한 시간이나 걸려 신랑은 신부의 집에 당도했다.
　대문 밖에서 신랑은 얼굴을 보였다. 뚜껑 없는 옥교(玉轎)로 옮아타기 위해서 승전내시의 부축을 받고 왕은 흙을 밟았다.
　용안(龍顔)이다. 구경꾼들은 평생에 한번이라도 임금의 얼굴을 보기 위해서 소리없이 술렁였다.
　대청 앞 안뜰에서 신랑과 신부는 초롓상을 사이에 두고 마주섰다.
　신랑이지만 국왕이다. 이 나라에서는 누구한테도 공식으로 머리를 숙여서는 안 된다. 꼿꼿이 섰다.
　신부만이 네 번 절을 했다. 화관이 머리에 무겁고 적의(翟衣)가 땅에 끌리는 신부는 보모상궁의 부축으로 큰 절을 네 번 했다.
 그러나 처가댁이다.
 임금이지만 초롓상 앞에서 그대로 발길을 돌리기엔 섭섭하다.
 일단 대청으로 올라가 쉬었다.
 새로 단장한 색시방과 신랑방이 마주보고 있지만 일종의 대기실이었다.
 신랑방 장지틀 위에는 청룡과 황룡 두 마리가 마주 용틀임을 한 채 여의주를 입 앞에 띄우고 있는 채색된 그림이 생동하고 있었다.
 색시방 장지틀 위에는 일곱 마리의 백양이 평화롭게 노닐고 있었다.
 신랑이 대청에 오른 것은 순전히 형식이었다.
 이내 일어나 옥교를 타고 안마당을 나와 보련으로 옮아 탔다.
 색시는 이제 중전이었다. 역시 옥교를 타고 안마당을 건너 또하나의 연으로 옮아 탔다.
 보련에 탄 '중전마마'다.
 가례반차(嘉禮班次)에 오르는 중전의 신분이다. 어머니라고 해서 함부로 접근할 수는 없다.
 그러나 부부인 이씨는 딸이 탄 연 앞으로 서슴없이 접근했다.
 「아니됩니다!」
 보모상궁이 손을 저어 제지했다.
 「어머니!」
 아랑곳없이 왕비따님은 어머니에게 어머니라고 불렀다. 손을 내밀어 어머니의 손을 잡았다.
 기강(氣强)한 딸도 눈에 눈물을 보였다.
 「부디 금실 좋으시고, 마마의 덕이 사해에 떨치시오.」
 「어머니!」
 「성자신손(聖子神孫)이 천 년을 두고 이으시는 복된 국모가 되오시오.」
 「어머니!」
 풍악이 요란하게 울려퍼졌다.

신랑이 탄, 색시가 탄, 두 채의 보련이 동시에 땅에서 떴다.
이날 대원군 내외는 창덕궁에서 아들과 새며느리를 기다리고 있었다.
대왕대비 조씨와 함께 낙선재에서 기다렸다.
전령이 연방 가례반차의 움직이는 모습을 보해 왔다.
대왕대비와 부대부인 민씨 사이엔 이따금씩 내밀한 말이 오고갔다.
「궁인 이씨가 침식을 잃고 섭섭해 하는 모양이야.」
대왕대비의 엉뚱한 화제였다.
「상감의 총애를 받아온 아이니까 무리는 아닙지요.」
민씨부인은 여자로서 여자를 동정하는 말투였다.
「상감도 신정(新情)으로 기울기까지는 좀 허전해 할지도 모를 텐데 새색씨가 잘 살펴드려야 할 게야. 성정이 자상하지는 못한 듯 하지? 어진 사람이어야 할 텐데.」
신부 인품에 대해서 무슨 소문을 들었는지, 아니면 간택에서 그런 인상을 받았는지, 대왕대비는 좀 불안스런 화제를 꺼냈다.
「글쎄올시다. 그동안 가난하게 자라서 다소 그런 점이 없잖아 있을지도 모르긴 합니다만…….」
부대부인은 얼버무리면서 남편 쪽을 돌아봤다.
부대부인은 오늘 아침부터 남편의 기색이 마음에 걸렸다.
대원군은 웬지 아침부터 침울한 기색을 보였다. 말도 잘 안하고 뭔가 꺼림칙해 하는 얼굴이라 대궐로 들어오기 전에 조심스럽게 물어 본 일조차 있다.
「경삿날인데 왜 심기가 언짢으신 것 같으셔요?」
이 말에 대원군은 아내를 멀거니 바라볼 뿐 대꾸를 하지 않았다.
부대부인은 남편의 성미를 알기 때문에 더는 묻지 않았다.
그런데 지금 아들의 신혼 환궁길을 기다리면서도 아버지는 기쁜 낯이 아니니, 민부인은 조대비와의 그런 대화마저도 남편의 비위를 건드릴까봐 조심스러웠다.
「상감마마께서 환궁길에 오르셨다 하오.」
승전내시가 밖에 와서 전했다.

모두 일어섰다. 인정전으로 나가 대례를 보아야 하기 때문이다.
대비궁 상궁들이 대왕대비를 부액하면서 낙선재를 나왔다.
부대부인 민씨는 두 세 상궁과 함께 그 뒤를 따랐다.
대원군은 외따로 떨어져 묵묵히 걷고 있었다.
그는 아무래도 새벽녘의 그 심상치 않은 꿈이 머릿속에서 지워지지 않았다.
그는 그렇게도 집요하게 신경에 걸리는 꿈은 일찍이 꿔 보지 못했다.
아무리 잊으려고 해도 그 꿈의 장면이 역력히 머릿속에 되살아나곤 하는 것이다.
꿈이란 원래 허무맹랑한 것, 그도 그렇게는 생각한다. 꿈 따위를 믿을 만큼 심기가 허한 그가 아니다.
그런데 어쩐 까닭인지 새벽녘의 그 꿈은 자꾸 마음에 걸렸다. 그리고 불쾌했다.

(잘못한 짓인가?)

심지어는 잘못된 혼인인가 싶을 만큼 그를 우울하게 했다.
지금도 그는 꿈의 장면이 또 머릿속에 역력히 재현됐다.

「용마루에서 무슨 소리가 나는구나!」

그는 꿈 속에서 그런 소리를 외친 것이었다. 내실에 있었다.
뜰에서 누가 대꾸했다.

「고양이라두 올라갔나 봅니다.」

김웅원인지 이상지인지 그것은 분명치가 않다.

「고양이가 대청 용마루엘 올라가?」

대원군은 버럭 역정을 냈다. 고양이가 용마루엘 올라가면 상서롭지 못하다고 전해오지 않는가.
집안이 망한다는 이야기들도 하지 않는가. 고양이가 대청 용마루에 오르면 말이다.
대원군은 한달음에 내실에서 대청 섬돌 아래로 뛰어 나왔다.

「쫓아 버려야지!」

이상지가 지붕을 바라보고 있었다. 그를 밀치면서 대원군은 지붕 용마루를 쳐다봤다.
「어?」
대원군은 소스라치게 놀랐다. 입에서 거품을 토하리만큼 놀라서 두 다리가 후들후들 떨렸다. 말도, 호통도 입에서 나가지가 않았다.
노랑 저고리에 붉은 치마는 뭐냐. 고양이가 아니라 노랑 저고리에 붉은 치마를 입은 처녀색시가 용마루에서 도끼를 어깨 위로 번쩍 쳐들고 있었다.
「손각시냐!」
처녀귀신을 손각시라고 한다. 손각시인가 싶었으나 너무나 뚜렷이 보이는 살아 있는 사람이다.
「저, 저 요망한 계집이……」
대원군은 호통이 아니라 차라리 신음이었다.
기가 막혔다. 용마루 위의 처녀는 뜰에 서 있는 대원군을 흘금흘금 내려다보면서 치켜든 도끼날로 운현궁 대청의 용마루를 보기 좋게 내리치는 것이었다.
쿵! 하는 소리가 집 안을 뒤흔들고 대원군의 오장육부를 짜릿짜릿하게 울렸다.
「아, 아, 아.」
대원군은 내장에 통증을 느끼듯이 그 쿵 하는 도끼소리가 고통스러워 몸을 뒤틀었다.
용마루 위에서 여자는 배시시 웃기까지 했다. 붉은 치맛자락이 바람에 펄렁거렸다. 도끼자루는 또 여자의 머리 위로 치켜졌다.
쿵! 다시 또 쿵.
묘한 음향이었다.
여운이 길게 꼬리를 끌면서 운현궁 온집안에 메아리처럼 울려 퍼지는 '쿵'하는 도끼소리는 도저히 참을 수 없는 아픔으로 화했다.
「저 계집을 당장 끌어내려라! 육시처참을 해라!」
비로소 대원군의 호통은 소리가 돼서 입 밖으로 터졌다.
그러나 아무도 지붕 위로 올라가는 사람이 없었다. 대원위 분부가 공허하게 하늘에서 스러져 버렸다.

 어느틈엔가 주위에는 수십 수백의 구경꾼들이 모였다. 알만한 얼굴들도 많았다.

 대원군의 형인 이최응도 있었다. 민승호, 민태호, 민경호 등 처가의 젊은 패들도 거기 있었다.

「저 계집을 당장 끌어내리지 못하겠느냐!」

 대원군은 다시 한번 불호령을 내렸으나 이상하다. 아무도 그 영에 호응을 하지 않았다.

 용마루를 넘는 바람결은 세었다. 뭉게구름이 흐르고 있었다. 여자의 붉은 치맛자락은 파륵파륵 소리를 내며 펄렁거렸다.

 도끼가 또 허공으로 치켜지고, 대원군이 또 어, 어억 하고 오장을 죄는데 쾅! 소리는 좀더 크게 메아리쳤다.

「누가 저 계집을 끌어내리지 못하느냐!」

 대원군은 발을 동동 굴렸으나 사람들은 여일하게 꼼짝을 않았다.

 깨진 기왓장이 와르르 안뜰로 떨어졌다. 용마루가 패이기 시작했다. 내버려두면 대청 대들보가 내려앉을 것이 아닌가.

 누가 저 계집을 끌어내릴 수 없는가. 왜 모두 저런 요망한 불의를 보면서 한낱 구경거리로 삼는가.

 왜 모두들 내 명령에 호응하지 않는가. 패씸해서 사지가 떨렸다.

「모두들 뭣을 보구 있는 게냐!」

 대원군은 미칠 지경이었다.

「명복아!」

 명복이는 아직 어렸다. 옆에 있었다.

「네가 올라가서 저 계집을 낚아채 땅에 떨어뜨려라!」

 대원군은 둘째아들 명복에게 애원했으나, 역시 모를 일이었다.

 명복이 역시 덤덤한 표정으로 아버지를 마주볼 뿐 선 자리에서 움직이려 하지를 않았다.

 대원군은 발을 동동 구르다가 그 자리에 쓰러지고 말았다.

「누가 나를 도와 다오!」

손으로 허공을 휘저으면서 소리소리 지르는데,
「대감, 대감!」
그의 어깨를 흔드는 사람이 있었다.
부대부인 민씨가 놀란 눈으로 그를 내려다보며,
「가위에 눌리셨나요? 대감!」
몹시 근심스런 얼굴이었다.
머리맡 촛대에서는 빛 잃은 촛불이 한두 번 너울거리다가 정지했다.
영창에서 새벽이 느껴졌다.
「꿈을 꿨나 보오.」
대원군은 입맛을 뒤 번 다시고는 돌아누웠다. 돌아누운 채 그는 부인에게 물었다.
「내가 무슨 소리를 했소?」
부인 민씨는 이불깃으로 남편의 어깨를 가려 주면서 대답했다.
「도와 달라고 하셨어요.」
대원군은 눈을 감았다가 다시 떴다.
「자리끼 좀 주오.」
그는 조갈이 나서 물을 찾았다.
「무슨 꿈을 꾸셨기에 그러세요?」
대원군은 대답하지 않았다. 이야기조차 하기 싫은 꿈이었다.
그는 다시는 잠들지 못했다. 며느리를 맞는 경삿날의 꿈치고는 아무래도 뒷맛이 개운치 않았다.
아침부터 그는 침울했던 것이다.
지금까지도 그는 그 꿈에 본 장면이 자꾸 연상돼서 심기가 사나웠다.
인정전 앞 넓은 뜰에는 신랑신부를 맞이할 만반준비가 갖춰진 채 엄숙하리만큼 조용하고 한가로웠다.
500을 헤아리는 내외명부(內外命婦)들이 아름다운 몸단장을 자랑하는 듯 왼편가에 숙연히 정렬한 채 기다림에 지쳐 있었다.
화단에 늦핀 철쭉은 아직 꽃잎이 탐스럽게 붉었다.
대원군 내외는 잠시 화단 앞을 서성거렸다.

근장군사들이 그네들을 먼발치에서 호위했다.
「반차가 곧 환궁하십니다.」
승전승지 한 사람이 그네들 앞으로 다가와 허리를 굽혔다.
가례반차의 선두가 돈화문에 들어선 것 같았다. 풍악소리가 청신한 바람을 타고 궁정 안에 울려 퍼졌다.
잠시 후 인정전 넓은 뜰은 원색으로 메워졌다.
금관조복을 한 만조백관이 신랑신부를 옹위해 들어와서는 정전 앞 품계석에 따라 자리를 잡았다.
문무조신들의 관복도, 내외명부들의 치마저고리도, 근장군사들의 군복도 모두 노랑, 파랑, 빨강, 검정의 사원색의 물결이었다.
신랑집 창덕궁에서의 대례는 장엄하기 이를 데 없는 의식이었다.
이무렵 안동 감고당에서는 온집안이 발칵 뒤집히는 사단이 벌어졌다.
「부부인께선 어딜 가셨느냐?」
처음에는 양아들 민승호가 의논할 일이 있어 부부인을 찾았다.
부부인은 내실에 손님들과 함께 있는 줄로 알았는데 보이지 않는다는 것이었다.
「온 궁 안을 다 찾아도 부부인께선 안 계셔요.」
그럴 리가 없는데 그렇다는 것이다.
「이 어른이 오늘 어딜 가실 데가 있단 말이냐?」
색시 어머니가 딸의 잔칫날 집을 비울 리가 없는 것이다.
별궁 감고당은 삽시간에 발칵 뒤집힐밖에 없다.
「이 어른이 오늘 같은 날 어딜 가실 데가 있단 말이냐?」
모두들 이 똑같은 말만 되풀이하면서 우왕좌왕 수군거리다가, 떠들다가, 다시 또 온집안을 수색했으나 감고당 안 어디에도 이 중요하고 고귀한 부인의 모습은 보이지가 않았다.
민씨 일족은 적이 당황망조했다.
하인 하나가 민승호한테 와서 귀띔했다.
「반차 뒤끝에 사린교 한 채가 따라가는 것을 봤습지요. 혹시 거기 부부인마마께서 타신 거나 아닐는지…….」

「그래?」
민승호는 어머니의 행방에 대해서 짐작이 가는 듯싶었다.
「너는 모르는 체 해둬라!」
민승호는 다른 가족들한테 일렀다.
「어머니께서 가 계신 곳을 알았다. 내 모셔 올 것이니 술렁거리지들 말라!」
그는 가마를 타고 감고당을 황급히 나섰다.
그는 가마 속에서 혼자 뇌까렸다.
「……양반두. 사돈댁인 셈인데 안사돈의 몸으로…….」
민승호는 창덕궁으로 왔다.
「어머님의 심정으로는 따님의 이 영광된 모습을 몰래라두 보고 싶으셨겠지…….」
돈화문으로 들어선 민승호는 식장으로 달려가자 궁녀들과 귀부인들이 도열한 왼편가로 돌았다.
그는 그 뒤끝에서 어렵잖게 부부인 이씨의 숨어 있는 모습을 가려낼 수 있었다.
「어머님, 부부인의 지체로 이 무슨 체모 없는 짓입니까.」
민승호는 힐책하듯 이씨부인을 끌고 사람들 눈에 안 띄는 곳으로 몸을 피했다.
이씨부인은 발돋움을 하고는 인정전 쪽에다 눈을 팔면서 점잖은 아들에게 호소하듯 말했다.
「어떻게 길러온 내 딸인가. 꼭 실수를 할 것만 같아 앉아 있을 수가 없었어.」
눈에는 늘 눈물이 괴어 있는 이씨였다.
「그렇긴 합니다만 남의 눈에라도 띄시면 무슨 체면입니까. 집에선 철이 없는 것 같았어도 마마는 당신 할일 다 하실 분이에요. 돌아가시지요.」
「그래두 철없는 것 물가에 보낸 것처럼 어미의 마음은 불안하기만 해서.」

「글쎄 마음 놓으시고 돌아가시지요.」
 민승호가 부부인을 강제하다시피 해서 발길을 돌리게 했을 때였다.
 대조전 동온돌 뒤쪽에 아주 앳된 여자 하나가 홀로 몸을 숨긴 채 식장 편 쪽을 쏘아보고 있는 모습이 눈에 띄었다.
「어머니! 저 여인이 누군지 아십니까?」
 민승호가 부부인 귀에다 대고 소곤거렸다.
「누군가? 궁인인가 본데.」
「고운 여잡지요?」
「곱게 생겼군.」
「이귀인(李貴人)이에요.」
「이귀인이라니?」
 민승호는 잠깐 망설이다가 말했다.
「그동안 상감의 총애를 받았다는 이귀인이올시다.」
「그래?」
 부부인 이씨는 깜짝 놀라는 것이었다.
 처음 듣는 이야기인 모양이다.
「상감께 벌써 그런 여자가 있었나?」
「지난 봄부터인 줄로 압니다.」
 부부인 이씨는 이귀인이라는 여자를 뚫어지도록 쏘아보다가 가벼운 한숨을 삼켰다.
 딸의 시앗이다. 딸이 시집도 가기 전에 사위한테는 여자가 있었다……. 장모의 심정으로 유쾌할 까닭이 없는 것이다. 아무리 사위의 신분이 '왕은 무치(無恥)'라는 군왕의 지위에 있어도 말이다.
 부부인 이씨는 대조전 그늘에 외로이 서 있는 '그늘의 여인'한테서 시선을 떼지 않고 아들에게 말했다.
「후궁을 삼으시겠지?」
 민승호도 이귀인의 모습을 보면서 대꾸했다.
「그러실 겝니다.」
 이런 경우에도 투기는 투기다. 여자끼리의 투기가 아니라 딸을 근심하는 어머니로서 딸의 시앗에 대하는 투기다.
　부부인 이씨는 투기가 깃들인 눈총으로 대조전 그늘에서 사랑하는 남자의 혼인 예식을 지켜보고 있는 한 여자를 쏘아봤다.
「성정은 온순하다던가?」
「온순치 못하면 후궁의 신분으로 어쩌겠습니까?」
「후궁일수록 그 성정이 온순해야 사가(私家)고 궁가(宮家)고 간에 집안이 화목할 걸세.」
「그렇긴 합니다만…….」
「옛부터 민씨 집안은 궁가에 딸을 들여 보내고서 그 뒤끝이 좋진 않았어.」
　부부인 이씨의 이 말은 아마도 인현왕후 민씨와 그 시앗 장희빈과의 곡절 많던 사연을 지적하는 성싶었다.
　민승호는 말했다.
「군왕 쳐놓고 후궁 없는 분이 일찍이 있었습니까. 몇몇 예외를 빼 놓고는 다 중전과 후궁과의 법통을 지켰지요.」
「그렇긴 하지만서두.」
　인정전 저쪽에서 풍악소리가 장엄하게 울려 퍼졌다.
「상견례가 시작되는가 봅니다.」
　민승호가 그 큰키에 발돋움을 했다.
　이씨부인도 발뒤꿈치를 올리면서 입 밖에 내지는 않았으나 속으로 빌었다.
　(실수없이 의젓하게 잘 치러야 할 텐데…….)
　잠시 후에 이씨부인이 뇌까렸다.
「모든 궁인이 다 나가 가례를 축복하고 있는데 저 여자 혼자 뒤로 처진 것은 잘하는 짓은 못되는군!」
　민승호는 발돋움을 내리며 부부인을 돌아봤다.
「여자로서 있을 수 있는 일이 아니겠습니까.」
「이귀인이라고 그랬지?」
「네, 이씨랍니다.」

「뉘집 딸인가?」
「궁녀인데 뉘집 딸을 가려서 뭘 합니까.」
그렇다. 궁녀란 거개가 상민들의 딸이니 뉘집 딸인가를 가릴 것은 못 된다.
풍악소리가 그쳤다. 상견례가 끝난 모양이다.
먼발치에서 봐도 용상 뒤에는 정장한 대왕대비 조씨를 중심으로 그 양옆 한 자리 뒤 오른편엔 헌종비 홍씨, 왼편엔 철종비 김씨가 각기 두 명의 상궁들을 뒤에 거느린 채 배석하고 있는 게 더할 수 없이 근엄했다.
과부 세 여인이었다. 익종, 헌종, 철종, 삼대에 걸친 세 과부들이 궁중의 어른이니 따지고 보면 지금까지의 왕가는 집안이 흥성했던 게 못된다.
딸을 시집보내는 어머니는 딸의 시가의 전통이 몹시 마음에 걸리는 것이다. 비록 그것이 왕가라도 말이다.
(조촐한 선비의 집으로 딸을 놔서 늙도록 재미를 보려고 했었는데…….)
부부인 이씨의 소망이었다.
「가는군요.」
민승호가 눈으로 대조전 그늘을 가리켰다.
이귀인이 허전한 걸음새로 뒷뜰 쪽을 향해 가고 있었다.
숙명에 우는 여자의 초라한 뒷모습을 보는 것 같아 부부인도 민승호도 침묵했다.
비원 숲에서 백로의 무리, 그 위 하늘에는 뜬구름, 그러나 날이 이미 어두워 보이지는 않았다.

양함습래洋艦襲來, 비보飛報는 말을 타고

―개를 때려잡아라.
이상한 풍조가 떠돌고 있었다.
서울 장안뿐이 아니라 지방에서도 많은 견족(犬族)들이 불시에 희생되기도 잘했다.
―보신하는 덴 으뜸입지요. 닭고기, 쇠고기에 댈 게 아닙니다.
점잖은 사람들 입에서 이런 개고기 예찬론이 나돌기 시작한 것은 천주교도들이 박해를 받기 시작한 지난 정월 하순 이후다.
개고기 먹는 풍습이 전부터 없는 것은 아니었다.
하지만 일반 상민들은 여름 삼복(三伏) 때에 복놀이 복고기로 개를 먹었다.
농촌 농민들은 초복, 중복, 말복, 세 번 있는 복날을 개장국에 막걸리나 소주를 곁들여 먹고 여름의 탈진을 막는 풍습이 있다.
행세하는 집안에서는 먹지 않았다. 상것들이나 먹는 천한 음식으로 여겨 왔다.
그런데 최근엔 반상(班常)을 가리지 않고 천주교 신자들이 집에서 기르던 개를 때려잡았다.
―베르뇌 주교님도 순교하시던 전전날 개장국을 시식(試食)하셨답니다.
진부(眞否)가 확실치 않은 풍설이었으나 일반교도들은 제2의 구세주로 존경하던 베르뇌 주교가 개장국을 먹었다는 말을 듣고 그것도 신앙

의식(信仰儀式)의 하나인 것처럼 다투어 기르던 개를 잡아서 식탁에 올렸다.

― 로마 교황청에서도 허락이 내렸답니다.

한국에 와 있는 선교사나 한국인 신자들에게 개는 잡아서 먹어치우라는 교황청의 종용이 내렸다는 풍설이 천주교도들 사이에 전파되고 있었다. 물론 그것 역시 진부를 가릴 것 없는 풍설이었다.

단지 분명한 것은 모든 천주교 신자들의 집에서 기르던 개를 없애기 시작한 사실이다.

더우기 분명한 것은 천주교가 사교로 몰려 신자들이 무자비한 박해를 받게 되니까 낯선 사람을 보고 짖어대는 개들이 시끄럽고, 귀찮고, 자칫하다가는 온 가족의 생명을 앗아가게 하는 위험한 동물이라는 결론이었다.

그런 예는 얼마든지 있었다.

신자들이 서로 비밀연락을 갖기 위해 밤중에 몰래 내왕하다가 개가 짖어대는 바람에 이웃에 알려지고 포졸에게 들켜 크나큰 화를 입었다는 이야기는 얼마든지 있었다.

― 뱀은 에덴의 마귀였다. 개는 실락원의 마귀이다.

그들은 반대의 경우도 얼마든지 경험했다.

개가 짖어대는 바람에 집 밖에 포졸들이 접근한 줄을 알고 미리 피신을 해서 무사했던 경우도 얼마든지 경험했다.

그러나 어느틈에 천주교 신자들은 개를 없애야 하고 귀한 손님에게는 개를 잡아 대접하는 것으로 돼버렸으니, 풍습의 기원(起源)이란 어처구니없는 동기일 수도 있다는 본보기였다.

국혼(國婚)이라는 나라의 경사가 있었어도 천주교에 대한 색출 처형의 손길은 조금도 누그러지지를 않았다. 일반 수인(囚人)에게는 특사도 있었으나 투옥된 천주교도들에겐 해당되지 않았다.

또 한가지 변하지 않은 상황이 있었다.

경복궁의 중수 공사가 일손을 멈추지 않고 아직 감행되고 있었다. 농번기라 농민들의 부역만은 대원군의 명령으로 중단됐다.

그대신 서울의 유휴 노동력과 전국의 그럴 만한 계층에는 강제성을
띤 동원령이 내려져 서울의 사대문은 늘 이들로 붐비고 있었다.
 이래저래 세월은 어수선하고 대원군에 대한 세평은 잘한다, 잘못한다
로 갈려지기 시작했다.
 그러던 어느 날 운현궁엔 심상찮은 정보가 보고됐다. 이상지가 탐지
해 온 심상찮게 들리는 정보였다.
「저하, 교동 나합의 집에 김씨일문이 회집했습니다.」
 대원군은 마침 승지 조성하와 대담 중에 있다가 민감한 반응을 보였
다.
「그래? 누구누구 모였더냐?」
「김좌근, 김흥근, 김병기, 김병주가 모였습니다.」
「김병기도?」
「예, 광주에서 오늘 아침에 올라온 듯싶사옵니다.」
 김병기는 여주로 낙향했다가 대원군의 권에 못 이겨 광주유수로 와
있었다.
「그럼 지금 모여들 있단 말이냐?」
「아침부터 일시에 모인 게 수상쩍습니다.」
「누구 제삿날이라도 되는 게지!」
「제삿날이면 본댁에 모일 일이지 나합의 집으로 모일 까닭이 없는 줄
로 아옵니다.」
「으음.」
 대원군은 잠깐 생각에 잠겼다.
 오랫동안 김씨일문의 동태에 대해서는 전연 신경을 쓰지 않고 지내왔
다. 신경을 쓸 필요도 없었던 것이다. 허지만 그는 알고 있다.
 권력에 있던 사람들은 아무리 현재가 불우 무력하더라도 권력에의 집
착을 버리지 못하는 것임을 알고 있다. 모두 다 돼먹지 않았고 모두 다
저만 못한 사람으로 보이는 게 과거 권력의 맛을 본 사람들의 공통적인
자긍임을 대원군은 잘 알고 있는 것이다.
「알았다. 물러가 있거라!」

대원군은 이상지를 물러가게 한 다음 조성하를 바라봤다.
「김가놈들이 무슨 흉계라도 꾸밀 수 있단 말인가?」
조성하는 대꾸했다.
「무슨 흉계를 꾸밀 수가 있겠습니까. 죽지 잃은 날짐승들이 언감생심.」
사실이었다. 나합의 집에 모인 김씨일족은 이날 정기적인 모임을 가진 것에 불과했다.
오래전부터 한 달에 한 번 정도 모여왔다.
모여서 하는 일이란 종문(宗門)의 일이 아니면 정국(政局)에 대한 검토였다. 획책도 흉계도 아니었다.
단지 때로는 꽤 심각하게 대원군의 정책에 대한 비판이 있기도 했는데, 오늘의 모임에서는 아닌게아니라 그 화제의 뼈다귀가 전에 없이 앙셌다.
「우리가 집권할 때에 흥선은 화무십일홍(花無十日紅)이라는 노래를 만들어 퍼뜨렸는데 아마 제 세도야말로 10년을 못갈 것 같아요.」
김흥근의 의견엔 주석(註釋)이 붙었다.
「집권 불과 2년 남짓에 벌써 인심을 잃었어요. 지금 백성들은 흥선을 극도로 싫어합니다.」
「지나치게 욕심을 부린 탓이지, 위정(爲政)이란 성급해선 평지풍파(平地風波)를 일으키게 마련이니까.」
김좌근도 고개를 끄덕거리며 동조했다.
「해서 안 되는 일 없다. 백성이란 달구치면 되는 거다, 하는 따위의 사고방식으로 자꾸 긁어 부스럼을 만들다 보면 스스로 묘혈(墓穴)을 파게 되는 게 아닙니까.」
김병주의 말이었다.
김흥근이 또 수염을 만지며 말했다.
「서원철폐로 유림과 수원지간(讐怨之間)이 돼, 경복궁 역사로 농민 노동자들의 원성(怨聲)을 사, 서학 탄압으로 외국세력과 대치해, 관기(官紀)를 확립시킨답시고 상하 이원(吏員)들의 비위를 건드려, 풍속을 개량한다고 추척거린 나머지 일반 서민과 부녀자들한테까지 빈축을 받아, 당색(黨色)을 없이 하려다가 이 색도 저 색도 아닌 무색무미(無色無味)의 흐리멍덩한 잡색정권이 돼, 사사건건 두루뭉수리를 만들어 놓고 내로라 꺼떡거리니 머잖아 그 인생이 불쌍하게 되지 않을까베. 앗핫핫하.」

김홍근은 이렇게 대원군 정책을 매도하고는 좀더 중대한 발언을 하는 것이었다.

「우리가 세도를 잡았을 때는 누구도 몰락할 것을 생각한 일이 없어요. 그토록 자만하고 있을 때 한 구석에선 홍선군이라는 주정뱅이 파락호(破落戶)가 정권인수에 대한 대비책을 꾸준히 마련하고 있었지요. 천년을 두고 누릴 듯싶던 우리 안동 김씨네의 세도는 임금 한 분 돌아가신 것을 계기로 하루아침에 몰락해 버리고, 마침내 그 바보천치 행세를 하던 홍선이 데꺽 권좌(權座)를 인수한 게 아닙니까. 우린 아연실색해서 주먹질 한 번 못해 보고 홍선 앞에 무릎을 꿇었단 말이에요……그러니…….」

김홍근은 잠시 말을 끊고 또 턱수염을 쓰다듬다가 늙은 김좌근을 보고 손을 내렸다.

그의 어조는 갑자기 조용해지면서 힘을 더했다.

「우리도 두 손 묶고 허송세월만 할 게 아니라 준비를 해야 해요.」

모두들 김홍근에게 주목했다.

「준비라니?」

아무도 말로는 묻지 않았지만 눈총으로 그렇게 물었다.

「모든 싸움에는 일진일퇴(一進一退)가 있게 마련이야. 한 번 졌다고 영원한 패자(敗者)로 재기를 체념할 필요는 없는 것이야. 사실 우리는 권력을 도둑맞은 셈이야. 조대비가 임종하시는 임금 머리맡에서 권력의 상징인 옥새를 훔쳐가지고 달아날 때 우리는 그저 멀거니 보고만 있었단 말이에요. 그게 될 말입니까. 도둑이야! 소리 한 번 못 질러 보고 그 귀중한 것을 도둑맞았으니 그런 어리석은 짓이 어디 있누. 허나 그것은 다 지난 일이고 이젠 서서히 도둑 맞은 물건을 되찾을 준비를 할 때가 된 것이 아닌가 말야.」
 좌중은 심각하게 그의 말을 듣고 있었다. 잠시 침묵이 흐른 뒤에 김병기가 비로소 입을 열었다.
「어떻게 하자는 말씀입니까? 무슨 방도가 있다는 말씀인지요?」
 관심이 있다는 말투로 김흥근에게 물었다. 김흥근은 또 턱수염을 손아귀로 몰아 쥐면서 대답했다.
「힘을 길러야지.」
「역모를 한단 말씀인가요?」
「그런 위태로운 방법은 안될 걸. 아직은 이하응의 권세가 등등하니까. 그보다는 민(民)이 그군을 싫어하도록 그의 정책이 민한테 얼마나 가혹한가를 알도록 쥐도 새도 모르게 선동해서 조정과 백성을 이간시키면 돼. 그렇잖아도 지금 그에게는 너무도 힘에 겨운 일들이 중첩해 있으니까, 자기 힘으로 수습할 수가 없으면 우리에게 구원을 청해 올지도 모르는 일이구.」
「시백(時伯)이 우리한테 구원을 청해요?」
 말도 안 된다는 듯이 김병기가 반문했다.
 시백은 대원군의 자(字)다. 김씨일문은 지금도 그에게 대원군 칭호를 꺼리고 시백이라고 부른다.
 김흥근은 간단히 대답했다.
「사람이란 궁해지면 아무한테나 손을 내미는 법이야.」
 그러나 김병기는 조용히 고개를 가로젓고 있었다.
「저 생각은 좀 다릅니다.」
 모두들 김병기에게 주목했다.
「다르다니?」
 김흥근이 물었다.
 김병기는 침착하게 말했다.
「시백은 과단성 있게 잘하고 있습니다. 적어도 그가 하려고 하는 일은 진작 우리가 해 놨어야 할 긴요한 일들이에요. 단지 저 서학 탄압만은 지나치게 과격하지만, 그것도 그만의 책임은 아니구요.」

이 말에 김흥근의 턱수염이 약간 위로 치켜졌다.
몹시 비위에 거슬리는가 싶다.
김병기는 분명히 안 했어야 할말을 입 밖에 내었다.
「자네가 시백의 벼슬 한자리를 얻어 하더니 생각마저 변했네그려!」
이렇게 되면 집안싸움으로 변할 밖에 없다.
김병기의 얼굴빛은 분노로 뒤틀렸다.
그는 김흥근을 향해 언성을 높였다.
「거 못할 말씀이 없군요? 그렇습니다. 나는 흥선대원군이 주는 녹(祿)으로 구명도생(苟命徒生)을 하는 위인이기 때문에 그의 편을 안들 수 없어요. 광주유수란 대단한 감투니까요.」
천하를 손아귀에 넣고 주무르던 사람이다. 광주유수 따위는 그에게 있어서 미관말직이다. 체면으로 봐도 앉을 자리가 못 되는 것은 사실이다.
그러나 그에겐 그대로의 생각이 있었다.
모든 김씨네와 만백성이 다 그렇게 생각했듯이, 흥선군 이하응이 정권을 잡고 들어앉는 순간, 다른 사람은 몰라도 그를 누구보다도 깔쭉거려 줬던 김병기는 죽음을 각오해야 했다.
옛부터의 관례로 봐도 새로 권력을 차고 앉은 패는 먼젓세력을 꺾기 위해서 몇 사람은 없애는 게 당연한 순서였다. 미상불 그런 정보도 새어 나왔었다.
다른 사람 아닌 대왕대비 조씨가 대원군에게 특히 이르기를,
「김병기는 마땅히 죽여야 하리라.」
했다는 정보를 당일로 입수했었다.
그래 언제고 금의부의 군사들이 들이닥치면 추하지 않은 태도로 잡혀 갈 것을 각오하고 기다렸었다. 그러나 나중에 또 얻어들은 정보에 의하면 뜻밖에도 대원군 자신이 김씨네에 대한 살상을 반대했다는 것이었다.
대왕대비한테 대원군이 한 말까지도 알고 있다.
「어차피 몰락한 사람들을 죽이기까지 할 것은 없습니다. 그리고 그렇

않아도 나라의 일꾼이 부족한 형편인데 일할 만한 인재는 허물이 좀 있었더라도 개과천선을 시켜서 협력을 얻어야 나라 일을 하는데 도움이 되지 보기 싫은 놈이라고 죽여 없애기만 능수로 삼는다면 현명한 일이 아닌 줄로 압니다.」

김병기는 처음에 이런 이야기를 듣고 반신반의했다. 그러나 그후 대원군의 태도와 그 언행은 일치했다. 이쪽의 자존심을 꺾기 위해서 여러 번 망신은 줘왔지만 대단한 징벌은 주지 않았다.

여주로 낙향을 하고 있으니까 대원군은 일부러 친서를 보내서,

내 주변에 일할 만한 인재가 귀한데 도와 주시오. 비록 서로 처지는 바뀌었을망정 상감을 위하고 백성을 위해서 하는 일엔 다름이 없는 것이오.

하는 허심탄회한 권고를 해 왔기 때문에 광주유수라는 시덥잖은 자리를 개의치 않고 응낙했던 게 아니던가. 그런데 이제 종문에서는 자기가 집안 망신이라도 시킨 것처럼 비꼬고 있으니 김병기는 울화통이 터지지 않을 수 없다.

김병기는 김홍근을 보고 잘라 말했다.

「광주유수는 당장이라도 그만두겠습니다. 허, 대원군의 하는 일이 다 잘못됐다고 헐뜯는 것은 치졸한 소견(所見)이에요. 잘하는 것은 칭찬해 주고 잘못하는 일이 너무 거듭되면 경고를 하고 그래도 그군이 실인심(失人心)을 하면 그때 또 기회를 잡아 우리가 득세할 수도 있는 겁니다.」

김병기는 자기의 소신대로 항변했다.

그는 한마디 덧붙였다.

「하긴 대원군의 세도도 오랜 못 갑니다. 그러나 그가 한 일은 우리 김씨세도 60년보다도 후세에 남을 일들이 많아요.」

김병기는 서슴없이 말하고 자리를 박차면서 일어섰다.

그날 교동 나합의 집에서의 모임은 그런 정도였으나 이상지의 정보를

받은 대원군은 그런 세세한 내막까지는 알 길이 없는 것이다.
(무슨 음모를 꾸미고 있구나.)
버려 둘 수는 없다고 대원군은 속으로 다짐했다.

이튿날 대원군은 측근 안필주를 불러 분부했다.
「너 냉큼 교동 나합의 집에 가서 그 나합을 잡아 대령시켜라!」
「예이, 알아 모시겠습니다.」
이런 일이라면 덮어놓고 신바람이 나는 천하장안이다. 안필주는 후닥닥 운현궁을 뛰쳐나갔다.
나합은 마침 자기 집에 있었다.
김좌근은 마침 그곳에 없었다.
안필주는 안마당에까지 뛰어들어서 나합을 보고 이죽거렸다.
「임자가 나합이오?」
「그렇소이다!」
나합 양씨는 그가 안필주라는 것을 알고 있다. 그 서슬을 보고 가슴이 철렁했을 것이지만 태연히 얼굴에 웃음지으며,
「그래, 내가 나합이오. 댁은 뉘길래 남의 집 내실 뜨락에까지 뛰어드는 무례를 범한단 말씀인가. 천하에 배우지 못한 사람이군!」
부드러우면서도 가시돋친 힐책이 점잖다.
천하에 무서운 게 없는 안필주는 기가 막혔다.
과연 별호(別號) 그대로 나합이구나 싶어 은근히 감탄했으나 안필주가 기를 죽일 수는 없다.
안필주는 기가 막히다는 듯이 껄껄거리고 웃어젖혔다.
「에헤이, 소식이, 소식이 불통이군! 나 안필주를 몰라봐?」
마주 반말로 나갔다. 그러나 나합도 대단했다.
「세상에 이름 없는 사람이야 있겠는가. 아녀자 같으면 모르지만 사내코빼기루 이름 없는 사람이야 있나. 안필준지 필주가 아닌지 모르지만 어디 사는 사람인지 정말 배워먹질 못했네!」
안필주는 하는수없이 눈망울을 굴리며 호통으로 나갔다.

「어허, 그래 천하의 나합이 천하의 천하장안을 몰라 보나? 운현궁에 천하장안이 있다는 소문도 못 들었소?」

그제서야 나합은 고개를 끄덕이며 음성을 부드럽게 골랐다.

「아하, 운현궁에서 왔구려? 무슨 일로 왔소?」

「이제사 소식이 통하는가베, 나합을 잡으러 왔소!」

「나합을 잡으러?」

「그렇다니까.」

「그래요? 언제부터 운현궁이 금부로 바뀌었소? 사람을 잡아가는 곳은 금부나 포도청일 텐데 운현궁에서 사람을 잡으러 왔다니 알아들을 수가 없구먼!」

말로서야 아무리 안필주가 능하기로 여자 나합을 당해낼 것 같지가 않다.

안필주는 태도를 바꿨다.

「어찌됐던 나하구 지금 곧 운현궁으로 갑시다!」

나합은 그래도 아직 꺾이지를 않았다.

「아무리 급해도 운현궁에 가서 대원위대감을 뵐 텐데 여자가 홑치맛바람으로 갈 수야 없잖나. 잠시 기다리게나!」

말대로 나합은 홑치마 바람은 아니지만 옷은 갈아입어야 할 것이었다.

(정말 만만찮은 계집이구나!)

안필주는 혀를 내두르고는 기다리는 수밖에 없었다. 잠시 후, 나합은 몸단장을 하고 나오더니 하인한테 분부했다.

「가마 대령해라, 냉큼.」

잡혀가는 사람이 가마를 타고 가겠다는 바람에 안필주는 어이가 없어서 한마디 했다.

「가마 못 타오! 걸어갑시다.」

그러나 나합은 서슬이 푸르게 안필주를 쏘아보며 오히려 힐책이다.

「아무리 잡혀가는 몸이라도 아직 내가 죄인은 아니잖나? 여자의 체면도 있는데 걸어가자니 말도 안 되는 소릴.」

말도 안 된다는 데 어쩌겠는가. 구태여 걸려야 할 절대적인 이유는 없다. 안필주는 나합이 탄 가마의 뒤꽁무니를 따라가면서 중얼거렸다.

「이건 내가 나합의 구종이 된 셈이군!」

잠시 후에 나합은 운현궁 아재당 뜰앞에 꿇려 앉혀졌다. 죄인처럼 꿇려 앉혀졌다.

대원군이 직접 문초라도 할 모양이다.

운현궁 안의 모든 사람들은 나합이 잡혀왔다는 바람에 큰 구경거리라도 생긴 것처럼 안뜰로 모였다.

「과연 잘 생긴 계집이군!」

모두들 나합의 미모에 환성을 올렸다.

「천하를 주름잡던 영악한 계집이 아닌가. 저만큼이나 생겨 먹었으니 김좌근이 오금을 못 폈지.」

여기저기서 수군거리며 대원군과의 대결을 흥미롭게 기다렸다.

이윽고 대원군이 마루로 나와 좌정했다.

한동안 뜰아래에 꿇어앉은 왕년의 여걸을 말없이 바라보는 대원군의 눈에도 나합은 죄인으로서가 아니라 원숙할대로 원숙한 여체로 비친 것 같다.

「내가 왜 자네를 잡아다 꿇려 앉혔는지 아는가?」

대원군의 첫물음에 나합은 대답했다.

「모릅니다.」

「몰라?」

「모릅니다.」

「자네 죄를 자네가 모른단 말인가?」

나합은 눈을 치뜨면서 대원군을 한번 쏘아보고는 대답했다.

「과거엔 죄도 많이 진 계집입니다. 그래 대감께서 집권하시게 되자 지은 죄의 백분의 일이라도 탕감하는 길인가 싶어 제 재산은 몽땅 나라에 바친 바 있지 않습니까. 그후에는 이렇다 할 죄를 짓지 않은 것으로 아옵니다.」

대원군은 집정하자마자 나합의 막대한 사유재산을 국고에 반납시킨

바 있다. 그러니까 지금 나합의 말대로 나합은 과거의 죄를 용서받았다고 주장할 수가 있다. 대원군은 당연히 말문이 막혀야 한다.
 그러나 그는 할말이 있었다.
「자네 말대로 전조(前朝)시절의 죄과는 탕감된 것으로 나도 알고 있다. 그러나 바로 어젯밤에 진 죄는 어찌할 셈이냐?」
 이 말에 나합은 고개를 번쩍 쳐들고 대원군을 바라봤다.
「소녀가 어젯밤에 무슨 죄를 저질렀다고 하십니까?」
「내가 사실을 적시(摘示)해야 하겠는가?」
「말씀해 주십시오.」
「어제 아침부터 네 집에 김씨일족이 모여 무슨 음모를 꾸몄느냐? 역적모의를 했다면서?」
「역적모의라구요?」
「아니냐?」
「하나님 맙소사.」
「무엄하구나!」
「대감!」
「그래도 할말이 있느냐?」
「여쭐 말씀이 없습니다. 대감. 김씨네한테 아무리 인물이 없더라도 그래 저와 같은 기첩이 역적모의에 가담한단 말씀이오이까. 망령된 말씀은 거두시오.」
 대원군은 빙그레 웃었다. 하지만 음성은 더한층 높였다.
「네가 직접 모의에 가담은 안 했어도 역적모의를 하는데 집을 빌려줬으면 한통속이 아니냐?」
 나합은 기가 막히는 모양이다. 하지만 입에서 나오는 말은 거치는 데가 없다.
「대감께서 아시다시피 저는 김씨집안 제사도 참여 못하는 기첩의 신세올시다. 어제 마침 지아비 하옥대감이 와 계셨고, 그 어른을 뵈러 집안사람들이 찾아왔는데 내쫓아야 옳단 말씀입니까. 대감께서 잘 아시다시피 아녀자란 점잖은 사랑 근처에는 함부로 접근을 못합니다. 사랑에서 그 어른들이 무슨 말씀을 나누셨는지 저는 알 길이 없습니다. 그렇더라도 죄는 저에게 있다는 말씀이십니까, 대감.」

나합의 이 말에 대원군은 할말이 막혀야 한다.

그러나 그는 여전히 할말이 있었다.

「나는 진작부터 자네가 영악하다고 들어왔다. 천하의 나합이라면 제 집에 모인 사람들이 무슨 모의를 했는지쯤은 듣도 보도 못했어도 알 것이 아니냐? 역적모의를 한 것은 사실이렷다?」

그러나 나합은 꺾이지 않고 할말을 한다.

「꼭 한마디는 들었사옵니다.」

「그래? 누구의 무슨 말이냐?」

「사영 김병기가 이런 말을 하옵니다.」

「들은 대로 얘기해 보라!」

「지금 대원위대감께서 하고 계신 일들은 자기들 김씨네가 세도를 잡고 있을 때 이미 다 해 놓았어야 될 일들이라고 하옵니다.」

「김병기가?」

「또 이런 말을 하더이다. 김씨네 세도 60년은 후세에 남길 것은 하나도 없지만, 대원위대감 집정 2년 동안에 하신 일은 후세에 길이 남을 치적(治績)이라고 하더이다.」

「그래? 김병기는 만고의 충신이구나.」

「그렇잖아도 김흥근대감은 사영대감이 대원위대감한테 광주유수 한 자리 얻어 하더니 쓸개마저 빠졌다고 힐난을 하십디다.」

「그래 김병기는 뭐래더냐?」

「광주유수는 당장이라도 집어치우겠지만, 누구라도 잘하는 일엔 칭찬해 드리고, 못하는 일이 많으면 자연 실인심을 해서 화무십일홍 격으로 몰락이 올 것이니까, 그때를 기다려 세도를 다시 잡는 게 떳떳한 순서가 아니냐고 화를 내면서 벌떡 자리를 차고 일어섰습니다. 역적모의입니까, 대감?」

대원군은 이제 나합을 문초하는 게 아니라 그 청산유수 같은 언변에 홀려 버렸다.

「그래, 김병기는 나에 대해서 끝내 욕을 안했단 말이지?」
대원군이 굳었던 표정을 풀면서 묻자,
「욕도 했습니다.」
나합은 거리낌없이 그런 대답을 했다.
「어떻게 욕을 하던가, 사영이?」
「서원철폐, 관기확립, 풍속개량, 경복궁 중수 다 잘하는 일이지만 한가지만은 좀 과격하다구 하더군요.」
「천주교 금압 말인가?」
「옳습니다. 서학 탄압의 방법이 너무 가혹하다고 합디다. 허지만 그것도 순전히 대원위대감 혼자만의 책임이 아니라 여러 가지 형편이 대원위대감으로 하여금 그렇게 하도록 만들었다고 김병기대감은 말하더군요.」
대원군은 다시 한번 빙그레 웃으면서 화제를 슬쩍 바꿨다.
「내가 알기로는 합하(閤下)란 정일품 벼슬에나 붙이는 경칭인데 자네같은 남의 첩실 신세가 어찌 감히 나합(羅閤)으로 오늘날까지 행세하는가?」
나합은 대답했다.
「대감, 나합은 저에게 대한 욕설입니다. 제 고향이 전라도 나주라서 나주에서 난 조개라고 조개 합자를 써서 나합(羅蛤)입니다.」
대원군은 나합 양씨의 그런 대거리를 듣자 기가 찼다. 더불어 더 문초고 대화고 해봤자 말씨름 뿐이지 김병기를 비롯한 김문일족의 밸을 뽑아 보기는, 나합을 통해선 가능치 않다고 단정했다.
대원군은 하인들에게 소리쳤다.
「애들아, 저 나주합하(羅州閤下)를 평교자로 댁까지 모셔다 드려라.」
하인들은 대원군의 분부가 진담인지 농담인지 알 수가 없어서 어리둥절했다. 그러자 대원군은 다시 하인들에게 호통을 쳤다.
「뭣들을 꾸물대느냐! 내 평교자로 모셔다 드리라니까!」
정말 나합을 정일품관이나 타고 다니는 평교자에 태워 보내라고 영을 내린 것이다.

대원군도 대원군이다. 죽일 짓은 많이 했지만 나합의 여걸다운 풍모를 보고 자기의 평교자를 선뜻 내주는 대원군의 장난 또한 당대의 호걸이 아닌가, 측근들은 그렇게 생각했다.
대원군은 자리에서 일어나자 한마디 더 덧붙여 영을 내렸다.
「이왕이면 구종별배들도 따르라!」
구종별배들이 앞뒤에서 옹위하는 평교자에 올라앉은 나합은 속으로 혀를 내둘렀다.
(대원군은 역시 천하 제일의 호걸이구나!)
말로는 나합 자기가 이겼을지도 모르지만, 평교자를 내주고 구종까지 따르게 한 그의 엉뚱한 처사엔 이쪽이 완전히 지고 만 것이다.
(나한테 창피를 주려는 짓이지…….)
나합은 평교자 위에서 깨달았다.
아닌게아니라 거리엔 구경꾼들이 진을 쳤다.
여자가 영상급 이상이나 탈 수 있는 평교자 위에 올라앉아 구종별배를 거느리고 거리를 가는 광경이란 일찍이 누구도 구경한 바 없었던 광경이라서 사람들은 길거리에 물결쳤다.
「나합이라오!」
그 유명한 나합이라는 바람에 사람들의 관심과 흥미는 더했다.
소문이란 빠르기도 했다.
「나합이 운현궁에 잡혀 갔다가 저렇게 거드럭거리고 돌아간다오!」
사람들은 평교자 위의 여자, 나합을 우러러보는 게 아니라,
「대원위대감다운 장난이구려!」
대원군의 파격적인 장난을 화제 삼았다.
이무렵 교동 나합의 집은 초상집 같았다.
이례적으로 운현궁에서 나합을 직접 잡아간 이상 살아 돌아오지는 못하리라고 근심들을 했다.
잡아간 이상, 조작해서 죄를 덮어씌워서라도 나합을 죽이든지 하지 않겠느냐는 판단이었다.
「일은 그 정도로 그치지 않을 겝니다.」

특히 김흥근이 우려를 표명했다.
「우리 김씨한테 트집을 잡기 위한 수단일 게요!」
그러니까 누가 운현궁으로 자진해 들어가서 대원군의 뺄을 뽑아 봐야 하잖겠느냐고 공론들이 분분했다. 대원군과 대결해서 말 마디나 해 보려면 아무래도 김병기가 나서야 한다는 결론이 났다.
그렇게들 어수선한데 바깥이 떠들썩해졌다. 모두들 놀랐다. 나합이 눈에 익은 대원군의 평교자를 타고 위풍당당히 돌아왔으니 놀라지 않을 수 없었다.
「시백이 할 수 있는 짓이군!」
특히 김좌근은 이맛살을 찌푸렸다. 대원군의 속셈을 알듯 해서였다. 나합을 가리개 없는 평교자에 태워 구종별배들까지 딸려 보낸 것은 죄인 조리돌리는 것과 다름이 없는 것이다.
—이게 저 유명한 나합이니 구경들을 해라.
거리의 구경거리로 만들기 위해서 그런 짓을 한 게 분명한 것이다.
「살아선 다시 못올 줄 알았더니 탈없이 돌아왔네그려.」
모인 김씨네 문중은 전전긍긍하고 있었다.
어쨌거나 무사히 집으로 돌아온 것만이 반가워서 김좌근이 그런 말을 하자,
「대감, 말씀 삼가시지요. 다같이 평교자를 타는 정일품끼리의 처지인데 하게를 하시다니.」
나합은 웃지도 않고, 이번엔 자기집 하인들한테,
「그 운현궁에서 온 하인 녀석들 수고했노라구, 내가 그러더라구 전해라!」
아주 점잖게 이르고는 자기 방으로 들어가 버렸다. 잠시 후에 나합을 중심으로 김씨네 집안사람들이 모여 앉았다.
「무슨 일이 있었나? 운현에서.」
남편 김좌근이 물었다.
「문초를 받았지요.」
「문초라니?」

「이제부턴 이 집에 모이지들 마십시오.」
「어제 모두 모인 게 탈이었나?」
「역적모의를 했다구 하더군요.」
「역모를?」
「운현 뜰에 꿇어앉아 죄인처럼 국문을 받았어요.」
「봉변은 안 당하구?」
「중인환시리에 여자가 땅바닥에 꿇어앉아 문초를 받았음 봉변이지 또 무슨 봉변을 안 당했느냐구 하세요?」
김좌근은 고개를 끄덕이며 침묵했다.
「해명은 된 셈인가요?」
김병기가 물었다.
「사영대감이 운현대감을 극구 칭송하는 말은 들은 바 있다고 했더니 좋아하더군요. 아마 대감 벼슬이 더 높아질지도 몰라요.」
영감의 아들한테도 존대를 해야 하는 기첩의 신세, 나합은 김병기를 비꽈 주고는 별안간 울음을 터뜨렸다.
「아하아, 울긴……」
김좌근이 담뱃대로 딱딱딱 재떨이를 두드렸다.
나합은 발작적으로 늙은 영감한테 쏴붙이는 것이었다.
「생각해 보세요. 그렇잖아도 손가락질을 받고 있는 계집이 대낮에 평교자를 타고 운현궁 하인놈들의 놀림을 받아가며, 구름같이 모여드는 구경꾼들을 헤쳐 가며, 구름재에서 예까지 와야 했으니 죄있어 함거(檻車)라두 타고 종로거리를 조리를 도는 게 차라리 낫지, 그게 어디 참을 수 있는 봉변이에요.」
몹시도 분한 모양이었다. 푸념까지 했다.
「정말 대감들께서 역모라두 하셔서 빼앗긴 권세를 다시 찾든지 하세요. 이대루 목숨이나 부지한들 그게 어디 사람 사는 꼴이에요? 첩년두 대감계집은 대감계집인데, 대감 이러구서두 운현궁에 가셔서는 '국태공 저하 황공하오이다' 하시면서 그놈 앞에 머리를 숙이실 작정이세요?」
담대하고 호탕하기가 어느 활량도 따르지 못한다는 나합이다.

그 나합이 이처럼 분을 못 이겨 하는 것을 보면 비록 여봐라는 듯이 평교자 위에 올라앉아 구종별배를 몰고 돌아오긴 했어도 남의 구경거리가 됐던 그 수모가 나합으로서는 감내할 수 없는 치욕이었던 게 분명했다.

이런 일이 있은 지 불과 며칠이 지나지 않아서였다. 일단 광주로 내려갔던 김병기가 돌연히 상경해서 운현궁으로 들어갔다는 말이 떠돌았다. 이 사실은 즉각 와전이 돼서 김씨 문중으로 번져갔다.

―사영이 광주에서 잡혀 왔다오.

김병기가 잡혀 올라왔으니 아마도 김씨네는 역모로 몰리는가 싶다 해서 모두들 전전긍긍했다.

―그자가 그대나 우릴 없애려고 하는구나.

김좌근을 비롯해서 김흥근, 김병문은 뒤늦게 몰아닥친 수난을 각오했다.

김씨일족은 불안과 초조에 싸인 채 김병기가 운현궁에서 나오기를 기다리고 있는데 저녁 무렵이 되자 또 반갑잖은 소식이 들려왔다.

김흥근더러 운현궁으로 급히 들어오란다는 것이었다.

―일은 만만찮구나!

김흥근은 특히 대원군의 미움을 받고 있는 사람 중의 하나다. 성정이 깐깐해서 당장 죽어도 아첨할 줄 모를 뿐 아니라 목에 칼이 들어와도 할 말은 해 버리는 습벽이다.

「이자가 무슨 흉계를 꾸며 놓고 부르는고.」

그가 운현궁으로 들어갔을 때 김병기는 아직 대원군과 대좌하고 있는 중이었다.

「오시라고 해서 안됐소이다.」

대원군은 의외로 정중한 인사를 차리는 것이다.

김흥근은 우선 김병기의 안색부터 살폈다.

뜻밖이었다. 몹시 심각할 것으로 짐작했는데 김병기의 표정은 아주 밝고 담담한 것이었다.

(역모 운운은 지레짐작이었던가?)

김흥근은 불안했던 가슴을 쓸어내리며 대원군에게 물었다.
「무슨 일로 부르셨습니까.」
대원군은 김병기의 눈치를 보고는 김흥근에게 말했다.
「긴히 청할 일이 있어서 오시라고 했습니다. 다름이 아니라…….」
대원군의 아내 민부인이 근래에 원인 모를 신병으로 시름시름 앓고 있다고 했다.
「의원에게 보이니 약도 약이려니와 공기 맑고 수석(水石) 좋은 곳으로 나가 전지요양을 해야하겠다는구려.」
「심려가 되시겠습니다.」
그것이 사실이다. 의원의 충고가 그랬다.
김흥근은 부대부인의 병인을 알 만하다고 속으로 생각했다.
독실한 천주교 신자로 알려져 있는데 남편 대원군에 의해서 천주교가 그토록 무자비한 탄압을 받고 있으니 어떻게 병이 안 나고 견디겠는가 싶었다.
「그래 내 정자(亭子)가 있는 양주 곧은골로 나가게 해서 휴양하게 하려고 했으나…….」
길도 멀고 너무 시골이라 음식도 맞지 않겠어서 난감하다고 했다.
이때 김병기가 대원군의 의사를 대변하고 나섰다.
「사실은 우리 삼계동 별장이 풍월과 수석이 좋다는 말씀을 들으시고 한두 달 빌려 달라시는데 제가 승낙할 성질이 못 돼서 오시라구 했습니다.」

자하문 밖에 있는 김씨네의 별장은 김병기의 소유로 알려져 있으나 실은 김흥근의 소유였다. 대원군도 김병기의 소유인 줄로 알고 그에게 빌려주기를 청했다가 정작 주인인 김흥근을 부르게 된 것이다.
「그야 어려운 일이 아닙지요. 아무 때구 나가 계시도록 하십시오. 그 일로 부르셨나요?」
「아하, 고맙소이다. 그건 그렇고, 요새는 어떻게 지내시오? 좋은 소일거리라도 있으신지?」

은근히 묻는 대원군의 태도에는 분명히 타의(他意)가 있다고 짐작한 김홍근은 대답했다.

「세상이 좀 어수선해서 저 사영처럼 전원으로 묻혀 여생을 보낼까 궁리 중에 있습니다.」

대원군은 그 말을 듣자 지그시 김홍근을 노려보며 말했다.

「아하아, 그래요? 그럼 잘됐군. 광주유수 자리나 맡아 주시겠소? 그렇잖아도 사영은 그 자리를 내놓겠다구 해서 내 오늘 승낙한 바 있으니.」

김홍근은 눈을 감으면서 몸을 좌우로 흔들었다. 모욕이다. 광주유수 자리를 맡으라니 모욕이다.

김홍근은 즉석에서 거절했다.

「이제 제가 무슨 관직을 맡겠습니까. 얼룩진 여생을 조용히 보내게 해 주시면 국은이 망극하겠습니다.」

그는 말은 그렇게 했으나 대원군이 미워서 사지가 떨렸다. 분명히 망신을 시키려는 대원군의 장난임을 알고 있다. 김병기는 조카다. 조카가 앉았던 그나마 욕된 자리를 늙은 아재비더러 계승하라니 될 법이나 한 소리인가.

김홍근이 즉석에서 거절을 하자 대원군은 빙그레 웃었다. 웃으면서 이번엔 또 딴소리를 꺼낸다.

「대감, 이번 서학 금압에 대해서 항간의 여론이 어떠합니까. 들은 말이 많으시겠지요.」

김홍근은 서슴없이 대답했다.

「서학 금압은 당연한 처사이오나 그 방법이 피도 눈물도 없이 가혹하다 해서 비방하는 자가 많습니다.」

대원군의 눈꼬리는 위로 치켜졌다.

「비방을 해요? 나를 비방한단 말인가요?」

「항간엔 법국이 곧 보복해 오리라는 풍설로 해서 민심이 흉흉할 뿐 아니라 천주학쟁이도 이 나라 백성인데 남녀노소 가리지 않고 흡사 개 때려잡듯 무자비한 살상을 하고 있으니 대원위대감은 그토록 피도 눈물도 없는 분이냐고 원성이 자자한 줄로 압니다.」

일부러 대원군이 노할 만한 말만 골라서 지껄이는 것 같았다. 김홍근의 의도는 모험적이긴 했으나 단수가 높았다.

──직접 면대해 놓고 싫은 소리를 하는 사람은 뒤에서 딴짓은 안 한다.

대원군은 그런 정도의 생각은 할 수 있는 인물이라는 전제하에서 한 말이다.

역적모의의 의심을 씻어 버리기 위한 김홍근의 고차적인 수단이었다.

김홍근의 그런 의도는 결코 빗나가지 않았다.

대원군의 속이 얕다면 발끈 성을 내야 할 텐데 오히려 고개를 끄떡거리며 수긍하는 태도로 나오는 것이었다.

「나한테 바른말을 전해 준 사람은 대감이 처음이외다. 모두 내 비위를 건드릴까 두려워서 '지당한 말씀'만 연발하는 게 통례인데 대감은 역시 내게 듣기 싫은 소리를 해 주시는구려, 허허허허. 대감 그건 그렇고, 그럼 내일이라도 삼계동 정자는 내가 빌어 쓰기로 하겠소이다.」

「예, 예. 쓰시는 것은 좋지만 불편이 없으실지······.」

며칠 후 대원군 부부는 자하문 밖으로 나갔다.

신록이 눈이 아프도록 화사한 음력 4월이다.

자하문을 나서서 세검정 쪽으로 가노라면 숲이 울울하고, 바위가 적재적소에 뒹굴고, 계곡을 흐르는 물소리가 태고의 소리인 양 줄기찼다.

대원군은 쌍초선을 비낀 평교자에 올라앉아 춤추는 강산을 보면서 스스로의 영화를 만끽했다.

부대부인 민씨는 사린교를 타고 남편의 뒤를 따르며 평범한 지어미가 되어 조촐한 남편의 뒷바라지나 하면서 살고 싶은 생각이 간절했다.

뻐꾸기가 뻑뻐꾹 울어댔다.

산울림이 뻑뻐꾹 울려왔다.

햇빛은 나뭇가지 사이로 빗발처럼 쏟아지고 있었다.

동서를 뻗은 계곡 건너는 북쪽, 북쪽을 가로막은 산은 백악(白岳)인데 바위 빛이 희지가 않고 검었다.

부대부인 민씨는 사린교 속에서 혼자 눈물을 보였다. 꼭 절해고도나 심산유곡으로 귀양을 가는 사람처럼 쓸쓸하기만 했던 것 같다.

살아서 다시는 돌아가지 못할 길을 가고 있는 것처럼 마음이 아파서 눈물을 보였다.

평교자도 사린교도 멈췄다.

삼계정은 이름 그대로 옥수(玉水) 세 갈래가 한 곳에 모여 폭포를 이루는 삼계(三界)에 자리하고 있었다. 그리고 계곡 하나에 정자 하나씩이 있어 역시 삼계정의 이름 그대로였다.

중앙에는 별장다운 살림집이 있고, 별장의 별동들이 있고, 사슴과 새를 기르는 동물원의 우리가 있었다.

기화요초(琪花瑤草)가 경염(競艶)하는 식물원도 있고 뒤를 보면서 물소리를 듣는 뒷간이 바위 위에 높았다.

「과연 좋군!」

대원군은 김씨네의 60년 세도가 압축돼 있는 것 같아 불쾌하기도 하고, 갖고 싶은 충동도 있었다.

별장 안에는 고금(古今)의 이름 있는 서예와 골동이 즐비하게 진열돼 있었다.

애교로 대원군 자기의 난화도 한 폭 있었다.

그리고 마당엔 석탑과 불상이 진묘했다.

「김가놈들의 별장이었구나!」

대원군은 생각이 많았다.

그는 부인과 함께 사흘을 이곳에서 묵고 있는 동안 아무래도 체념되지 않은 욕심이 더욱 강렬해졌다.

(사자고 해도 팔지는 않을 게고…….)

주인 김흥근이 문안을 겸해서 찾아왔다.

대원군은 그에게 일단 제안해봤다.

「대감, 이곳의 수석이 이토록 좋을 줄은 몰랐소이다. 내 거금이 들더라도 사고 싶은데 파시겠소?」

김흥근이 예측대로 웃었다.

「이 별장은 나 개인의 소유만도 아닙니다. 우리 김문이 공동으로 아껴 오는 곳이라서.」

김흥근은 점잖게 거절한 다음,

「국태공께서 별장을 가지시려면 이만 정도로서 쓰겠습니까. 풍월 좋은 곳에 새로 하나 마련하시지요. 산이란 원래 은둔하는 사람이 즐길 곳이 아닙니까. 대감께서야 전망이 광활하고 지혜가 샘솟는 물가에다 별장을 지으셔야죠. 노돌강변이나 마포 근처에 명당자리가 많다는 말을 들었습니다.」

하필이면 멸망한 김문의 산간별장 따위를 탐낼 것이 뭐냐는 말투였다. 대원군은 김흥근의 뜻을 안 이상 더는 자기의 속셈을 내보이지 않았다.

그날밤도 그는 부인과 함께 시원한 물소리로 귀를 적시면서,

「한 달만 이곳에서 정양하면 부인의 병은 씻은 듯이 나을 거야. 나도 며칠 동안에 생기가 도는 것 같군, 부인……」

정겨운 음성으로 아내의 몸을 애무하는 그의 정염(情炎)은 활활 타올랐다. 잠자리를 바꾸면 시들고 늙은 부부의 정감도 새로워진다. 하물며 대원군의 나이 마흔 일곱이 아닌가.

절륜(絶倫)까지는 아니더라도 정력의 사나이다.

삼계정의 밤은 도원이 되어 무르익고, 물소리, 바람소리는 열띤 부부의 정을 부채질했다.

대원군은 아내한테서 물러나 제자리에 눕더니 뜻않는 말을 했다.

「내일은 대궐에 사람을 보내야겠소.」

부인 민씨는 물었다.

「대궐에 사람은 왜 보냅니까?」

「상감께서도 이곳에 납시도록 해야겠어.」

「상감께서요?」

「이런 좋은 곳에 와 보니 상감 생각이 나는구려. 어린 나이에 등극해서 오늘날까지 대궐에만 갇혀 있으니 좀 답답하시겠소. 오랜만에 우리한데 모여 사정(私情)이라도 나누면 부인의 병도 씻어질 것이 아니오?」

「그래 봤으면야 오죽이나 좋겠습니까만…….」

민부인은 그 말만 듣고서도 눈에 눈물을 보였다.

이튿날 아침 삼계정에서는 대궐로 사자가 뛰었다. 이것은 지극히 평범한 일 같았으나 누구도 미리 짐작 못한 대원군의 계략이었다.

그러나 대원군이 혼자 속으로 꾸민 계략은 아무도 눈치채지를 못한 채 하나의 사태가 예정대로 전개돼 가고 있었다.

비록 약식인 노부(鹵簿)였으나 국왕은 정식으로 삼계정을 찾은 것이다.

국왕은 대원군의 친서를 받고 대궐을 떠나기 전에 정원(政院)에 대해서 교지를 내렸다.

제왕도 남의 자식이니 어버이가 있다. 과인의 생모께서 환후 섭양차(攝養次) 산간으로 드셨다. 인자(人子)된 도리로 안 찾아 뵈올 수 없으니 채비를 차려라.

그날 한낮이 겨웠을 때 국왕의 거둥은 자하문을 나서 세검정으로 접어들었다.

산은 인산인해였다. 일찍이 어느 국왕이 공식으로 이런 곳에 거둥을 한 일이 있는가. 없다. 구경꾼들이 산을 덮었다.

─모든 백성은 거둥길 아랫대에서 부복한 채 용안을 우러러보게 하라.

이날 대원군은 남의 별장에서 특별분부를 내리고 아들인 왕의 도착을 기다렸다.

임금이 지나는 머리 위쪽에 백성들이 있을 수는 없다. 불경무엄한 행동이다.

자연 한쪽으로 몰린·구경꾼들로 해서 산은 녹음이 짙은데 눈이 덮인 것처럼 하얗다.

약식인 거둥반차지만 궁녀들도 따르고 별감과 군사들도 따랐다. 그리고 대신들도 따랐다.

한낱 개인의 별장인 삼계정은 하루아침에 별궁으로 변해 버렸다.
일체의 공식적인 행차는 없었다.
왕은 자연인으로 돌아가 어버이와 함께 무릎을 맞대고 일가단란의 한때를 즐겼다.
저녁 무렵이 되자 대전내시 이민화를 통해서 대원군의 담화가 또 발표됐다.
「상(上)께선 오늘밤 이곳에서 유숙하기로 하셨으니 제신(諸臣)은 일단 환소(還巢)했다가 내일 아침 다시 올 것이다.」
이 이례적인 국왕의 외박 소식을 듣자 대신들은 어리둥절 말이 많았다.
「임금이 대궐 밖에서 주무실 수는 없다!」
하물며 이런 산간초려(山間草廬)에서 쉬다니 난중의 몽진(亂中蒙塵)이 아닌 다음에야 있을 수 없는 일이라고 떠들었다. 그러나 일단 내려진 '대원위 분부'는 왕명보다 국법보다도 엄하다. 감히 선뜻 나서서 반대 의견을 개진하는 사람이 없었다.
이날 밤, 젊은 국왕은 3년 만에 처음으로 남의 자식이 돼서 어머니, 아버지를 모시고 단란했다.
「곤전의 성품이 어떻던가?」
대원군은 일부러 국왕에 대해서 경칭을 쓰지 않았다. 아들에 대한 아버지의 위치에서 새로 맞은 며느리의 사람됨을 물었다.
「아직은 모르겠습니다. 괜찮겠지요.」
아들은 탐탁잖게 대답했다.
사실상 그는 아직 아내인 왕비에 대해서 별로 아는 바가 없었다. 그만큼 관심이 적었다.
어머니 민부인이 아들의 손을 쓰다듬으면서 물었다.
「지금도 이귀인과는 가차이 지내시오?」
아들은 얼굴을 붉히면서 그러나 명확하게 대답했다.
「첫정이었습니다. 어머님.」
아버지는 모자의 대화를 못 들은 체하고 담배만 피우고 있었다. 오붓한 자리다. 아무도 보는 이 듣는 이 없는 아들과 어버이만의 은밀한 자리다.

　국왕도, 대원군도, 그리고 부대부인도 아닌 사정(私情)으로 돌아가서 어버이가 사랑하는 아들의 근황을 묻고 있는 것이다.

　어머니가 또 조심스럽게 아들의 의향을 떠본다.

「첫정이라도 이젠 끊으셔야죠?」

　새로 장가를 들어 정실을 맞은 이상 이귀인 같은 총각시절의 노리개는 멀리해야 하지 않겠느냐고 어머니는 근심을 했다.

　대원군의 귀도 아들의 대답으로 쏠리고 있었다.

　열 다섯 살 난 아들은 어머니에게 분명한 어조로 대답한다.

「이귀인은 어질고 착합니다.」

　사랑한다는 대답이 되는가. 인연을 끊으라니 안 된다는 단호한 거절로 해석해도 좋다.

　민부인은 남편의 눈치를 힐끔 엿보고는 한마디 더해 본다.

「새로이 정을 붙이셔야죠, 중전한테. 내 알기로는 중전의 부덕은 뛰어난 줄로 알아요. 아직 궁중 법도를 익히느라고 상감에 대한 모든 범절을 사양하고 있겠지만.」

　모든 범절(凡節)을 사양하고 있다는 민부인의 표현은 신부로서 신랑에 대한 섬김이 능숙하지 못하더라도 그것은 시간문제이니 어디까지나 민비를 아끼고 사랑하라는 어머니로서의 충고다.

　그러나 아들은 담대하게도 엉뚱한 대답을 했다.

「내가 사인이었다면 이귀인과 혼인을 하겠다고 했을 것입니다.」

　이 말엔 민부인도 할말을 잃었다. 아들과 이귀인과의 정이 여간만 두터운 게 아님을 짐작할 수 있었다. 아들은 어리광처럼 어머니에게 부탁을 했다.

「어머님께서도 이귀인을 귀여워해 주십시오.」

「그야…….」

　어머니는 아들의 손등을 쓸어 주면서, 그야 아들이 사랑하는 여자인데 어머니로서 어찌 귀여워해주지 않겠느냐는 표정을 지어 보였다.

침묵하고 있던 아버지가 한마디 했다.
「일국의 제왕인데 후궁 몇쯤은 당연히 있어야 하는 게요.」
그러니 심각하게 생각할 일은 못 된다는 말투였다.
그러나 그는 부연을 했다.
「단지 여자의 투기를 조심하면 되는 게야.」
이왕 여러 명의 여자를 거느릴 테면 그 수완이 능수능란해서 질투하기 쉬운 여자의 생리를 잘 조정하면 된다고 은근한 암시를 줬다.
그리고 난 다음 아버지는 갑자기 근엄해졌다.
「역대 왕가가 대개 그랬지만 근조(近朝)에 이르러 상감들은 수(壽)를 못하시고 모두 병약한 체질들이었어. 조심하시오. 황음과색(荒淫過色)이 왕가의 일상이어선 아니되니까.」
아버지는 아들을 준엄하게 타이르고는 일반 국사에 대해서 몇 마디 주고 받다가 잠자리에 들었다.
이렇게 해서 국왕이 세검정 김씨네 별장에서 하룻밤을 유숙한 사실은 실로 엉뚱한 결과를 낳았다.
김좌근이 그 소리를 전해 듣고 무릎을 쳤다.
마침 와 있는 김흥근을 보고는 말했다.
「삼계정은 대원군에게 영영 뺏겼군 그래!」
김흥근은 깜짝 놀라면서 반문했다.
「뺏기다뇨? 팔라고 하는 걸 거절했는데요.」
김좌근은 고개를 느릿느릿 가로저었다.
「차라리 돈이나 받고 팔았더면 될 걸 그대로 감쪽같이 뺏겼군.」
「남의 사유재산을 명목없이 뺏을 수야 있나요? 아무리 대원군이라두…….」
「명목이 당당하게 생겼지! 자진해서 꼼짝없이 바치도록 됐어. 어허, 시백의 간교에 넘어갔군.」
김좌근의 긴 설명이 필요없다. 김흥근도 비로소 깨닫고 팔을 뒤로 짚으며 맥을 풀었다.
「어허, 꼼짝없이 빼앗겼어! 몹쓸 사람!」

김좌근이 개탄하자,

「그러고 보니 뺏긴 것 같군요.」

김흥근도 비로소 깨닫고 입을 일자로 꽉 다물었다.

「처음부터 계략이었어. 지가 그만한 별장은 좀체로 장만할 수 없으니까.」

김좌근의 말대로 처음부터 대원군이 계략적이었던 것은 아니다.

삼계정이 병자 휴양에는 더할 수 없이 적격한 곳이라는 측근들의 말을 듣고 한두 달 빌어 쓰려는 생각이었다. 그런데 현지에 나가 보니 듣던 것보다는 돌과 물과 숲이, 그리고 새소리가 너무 좋아서 욕심이 생긴 것이었다.

대원군은 삼계정을 뺏는 방법으로 묘한 방법을 착안해 냈다.

국법에, 국왕이 한번 유숙한 곳은 일반 민간인의 소유가 금지되게 돼 있다.

따라서 삼계정에 국왕이 거둥해서 하룻밤 유숙한 이상, 그 소유주가 누구이거나 일반인은 함부로 범접(犯接)을 못하게 되는 것이다. 기한도 없다. 영원히 왕실 이외의 사람은 그 건물을 쓸 수가 없다. 원주인에게 돌려준다는 칙명이 없는 이상엔 말이다.

「어허, 참 맹랑하게 그자한테 넘어갔네.」

김흥근은 분하고 억울했으나 삼계정을 도로 찾을 아무런 방도도 없다.

「차라리 깨끗이 헌납해 버리는 게 생색이나 나겠군.」

김좌근의 의견이었다.

「너무도 아깝잖아요? 그 귀한 보물들을 고스란히 뺏기다니.」

김흥근은 단념이 안 되는 것 같았다.

「그보다 더한 것도 뺏겼는데.」

「하긴 그렇지만요.」

「그군이 눈독을 들인 이상 그대로 달랜들 안줄 수 있을라구.」

「제놈이 언제까지나 그 자리를 유지하나 두고 볼 밖에 없지요.」

분통이 터지는 바람에 김흥근은 입술을 잘근 씹었다.

이날 대원군은 국왕의 거둥반차를 따라 운현궁으로 돌아왔다. 부인 민씨를 삼계정 별장에 남겨둔 채 혼자 돌아왔다.

운현궁으로 돌아온 그는 몹시 흡족한 기분이었다. 돈 한 푼 안 들이고 훌륭한 별장 하나가 생겼으니 흡족할 밖에 없었다.

(저녁엔 오래간만에 추선이나 찾아볼까.)

부인이 집에 없으면 사내들이란 우선 그런 생각을 먼저 하게 된다.

여름이 여물어갔다. 과히 지루하지 않은 가뭄과 과히 지루하지 않은 장마가 지나가고 음력 7월 중순이 넘었다.

어느날 아침 홍제원 무악재에는 말발굽소리가 요란해서 연변의 백성들을 긴장시켰다. 통신수단인 역말이 서울의 북쪽 관문을 다급하게 통과하고 있었다.

(서북에 무슨 일이 났는가?)

서북지방이라면 황해도 평안도다. 경기도 개성인들 서북이 아니겠는가.

그러나 사람들은 웬지 더 먼 곳에서 오는 치보(馳報)라고 단정하면서 무악재를 아래로 내리더듬는 역말을 멀거니 구경들 하고 있었다.

역말은 서대문을 들어서서 곧장 운현궁으로 들이닥쳤다.

잠시 후 운현궁의 안팎은 갑자기 소란해졌다. 평안도에서 만만찮은 비보(飛報)가 말잔등에 얹혀 왔기 때문이다.

그러나 이때 대원군은 아직 기침(起寢) 전이었다.

청국에서 전래한 폐습이다.

안기(晏起)라고 하는가. 해가 중천에 떠서 이른바 일삼간(日三竿) 되도록 늦잠을 자야만 양반이다.

일찍 일어나고 일찍 자는 것은 농공(農工)을 업으로 삼는 천민의 풍습이다.

적어도 사대부나 문벌 있는 양반의 집안에서는 해가 한나절이나 돼서 침실을 나와야만 위신이 있다. 조정의 육조판서가 아문(衙門)에 등청하는 것은 으례 일몰이 가까워서였다.

자정 전에 잠을 자는 경사(卿士)는 병자거나 아니면 실세(失勢)한 집안이다.

대원군은 그런 나태를 극도로 싫어하는 사람이지만 아직 잠자리에 있었다.

「저하, 평양감사 박규수가 전령군사를 보내 왔습니다.」

청지기 김응원이 대원군의 아침잠을 깨웠다.

「평양에서?」

대원군은 공중제비로 자리를 박차고 일어나 앉았다.

「무슨 일이냐?」

그는 미닫이를 열어젖히면서 뜰아래에 허리를 굽힌 전령군사에게 물었다.

서울을 위시해서 계림팔도(鷄林八道) 예외가 없이 천주교도들을 이 잡듯 잡아죽이고 있는 판국이다.

대원군은 잠결에 조금만 바깥이 소란해도 놀라기를 잘했다.

「평양감사가 보내서 왔느냐?」

그는 전령군사에게 물었다.

「예에.」

「왜? 무슨 일로?」

「정체를 알 수 없는 양함(洋艦)이 대동강상에 나타났습니다.」

대원군은 가슴이 철렁 내려앉았다.

「양선이? 어느 나라 배냐?」

「어느 나라 밴진 모르오만 양인들이 탄 배라 하옵니다.」

「어느 나라 밴지도 모르고 550 리 길을 달려 왔단 말이냐?」

전령군사는 말문이 막히는지 허리만 꺾었다.

대원군은 노기띤 음성으로 또 물었다.

「한 척이더냐?」

전령군사의 대답은 어처구니가 없었다.

「한 척은 아닐지도 모릅니다. 하오나 여러 척이란 말은 듣지 못했습니다.」

「너는 보지 못했느냐?」
「사또의 분부가 급하기로 장계(狀啓)를 가지고 왔을 뿐이옵니다.」
 대원군은 평양감사가 보내온 장계를 받아 뜯어 보면서 눈살을 찌푸렸다. 문면이 너무 간단해서 진상을 파악할 수가 없었기 때문이다.
 그는 다시 전령군사에게 묻기 시작했다.
「정녕 여러 척이란 말은 못 들었단 말이지?」
「예에.」
「한 척이란 말도 못 듣고?」
「예에.」
「목적이 뭐라더냐?」
「말이 통하지 않아서 목적이 뭔지도 모르는 모양이올시다.」
「평양엔 양국말 하는 놈이 하나도 없단 말이냐?」
「선교사가 하나 있었는데 행방을 감췄고, 아무도 양국말을 한다고 나서는 사람이 없습니다.」
「그놈들이 총질이라도 했느냐?」
「아직 총소리가 나기 전에 소인은 떠났습니다.」
 대원군은 이 멍청한 전령군사와 그 이상 더불어 문답해 볼 필요성을 느끼지 않았다. 답답했다. 호통을 쳤다.
「이 숙맥 같은 놈들아! 어느 나라 배가 몇 척이 무슨 목적으로 와서 무슨 짓을 하고 있는지도 모르면서 평양서 예까지 왔단 말이냐!」
 평양감사 박규수도 어지간히 당황했던 것 같다.
 대원군에게 보고하는 장계에도 단순히 양함이 대동강에 나타나 주민들과 대치하고 있다는 사연을 적었을 뿐 그 이상 구체적인 내용을 밝히지 않고 있다.
 대원군은 내막을 모르기 때문에 더욱 불안했다.
 천주교 금압에 대한 보복이 벌써 양함의 습래로 나타났는가 싶어 덜미를 잡힌 심정이었다.
 그러나 사실은 다르다.
 어느날 홀연히 대동강에 나타난 배는 미국의 기선 '제너럴 셔먼'호였다. 군함이 아니라 무역선이었다.

셔먼호는 이 나라에서 천주교도들에 대한 피의 선풍이 불고 있는 줄도 모르고 안한(安閒)하게 배를 몰아 대동강 물을 거슬러 올라왔다.

운명적인 항해였다. 미국 기선 셔먼호는 한국에 와서 한밑천 잡을 속셈이었던 듯싶다. 금은붙이와 직물, 유리그릇, 가죽과 고무제품 등속을 배에 가득 싣고 대동강을 거슬러 올라왔던 것이다.

평양시민들은 그것을 보고 양함습래라고 떠들어댔다. 철선이란 것을 처음으로 목격했으니 놀랄 것은 당연하다.

누군들 그 검은 연기를 마구 토해내는 거대한 철선이 신기하게도 물 위에 떠 있는 것을 보고 놀라지 않겠는가.

— 천주학 탄압의 보복으로 왔다.

평양의 시민들은 그렇게 지레짐작을 하고 당황했다.

일본 우라가에 그런 배가 처음으로 나타났던 것은 언제던가. 아마도 철종 4년 경이니까 7년 전의 일이다.

그때 일본인들도 지금 평양시민 못잖게 놀라고 당황했었다.

바꾸후 정권은 바닷가에다 86개의 나팔꽃처럼 생긴 철종(鐵鐘)을 늘어놓고 대포인 것처럼 가장해서 이 상선을 쫓아 버리려고 했으나 미국인 선원들은 망원경으로 그런 어처구니없는 광경을 구경하면서 유유자적했다.

선주는 프레스턴이라는 사람이다. 선장은 페에치, 그리고 영국인 두 사람도 탔다.

스코틀란드 국립전도협회의 목사인 토머스와 청국인 선원들도 있었다. 말레이지아 사람인 오귀자를 비롯한 19명의 선부들이 갑판에 올라와 대안의 당황망조하는 이 나라 사람들을 구경하고 있었던 것은 비극의 직접적인 원인이었다.

— 데놈들이 이자 댕구를 놓디 않갔소?

대포알이 당장 평양시가를 불바다로 만들지 않겠느냐는 여론이었다.

평양감사 박규수가 좌시할 수는 없다. 군사를 풀고 진두지휘에 나섰다.

며칠 후 평양에서는 또 역말이 떴다. 서울 조정이 아니라 운현궁을 향해 장계가 말을 타고 나는 듯이 또 달렸다. 음력으로 7월 26일이니까 양력으로는 9월 3일이었다.
역시 역말은 이른 아침에 서울 무악재를 넘었다.
운현궁에 바쳐진 평양감사 박규수의 너무도 간단한 장계는 대원군의 표정을 지극히 착잡하게 만들었다.

양함 한 척이 함부로 강안에 침입하였기로 그 범법 용서할 수 없음을 타이르고 퇴범(退帆)을 요구했으나 오히려 그들은 불손한 언사를 농하면서 항거를 시도했으므로 군민(軍民)이 분격끝에 선체를 불사르고 선원 모두를 참하였음을 삼가 국태공저하께 아뢰나이다.

장계를 훑어본 대원군은 흔쾌한 표정으로 고개를 끄덕이다가, 미간을 찌푸리며 입맛을 다시다가, 한동안 담배를 빨면서 침묵하다 했다.
그의 생각이 착잡했음은 당연하다.
나라의 위신으로는 남의 영토에 무단 침범한 함선을 불사르고 항거하는 놈들을 참하고 한 것은 당연한 처사였다.
(그러나 후환이 없을까?)
후환이 있을 경우 대비책이 서 있는가. 꺼림칙하지 않을 수 없었다. 대원군은 평양감사의 장계를 다시 한번 훑어보다가 자리를 박차고 벌떡 일어서면서 전령군사에게 소리쳤다.
「평양감사는 정신나간 놈이구나!」
자리에 있던 모든 사람들이 대원군의 일갈로 몸을 부들부들 떨었다.
「네놈도 모르느냐?」
그는 장계를 가지고 온 군사를 향해서 담뱃대를 휘둘렀다.
「뭣을 말씀드려야 합네까?」
전령군사는 사지를 사시나무 떨듯 하면서도 담대하게 반문했다.
대원군은 한 손으로 허리를 턱 짚으면서 말했다.
「평양감사는 얼빠진 사람이 아니고 뭐냐! 두 번씩이나 장계를 올리면서 그 양함이 어느 나라 배라는 것을 밝히지 않고 있으니 도대체 박규수는 정신나간 사람이 아니냐!」
　이 호통에 평양 감영에서 온 군사는 말했다.
「사또 말씀이 대원위대감께서 물으시면 소인이 자세한 말씀을 드리라고 하지 않았습네카.」
「그래 어느 나라 배냐?」
「서양나라 배라디요.」
「서양?」
「법국 배가 아니라더냐?」
「잘 모르디요.」
「몇 놈이 탔더냐?」
「한 20여 명은 되는가 봐요..」
「그 20여 명을 모조리 참했다는 말이냐?」
「한두 놈 남겨 두면 뭘 합네까.」
「네가 그런 광경을 다 봤단 말이냐?」
「예, 봤습네다.」
　일개 군졸이지만 셔먼호 사건의 설명은 눈으로 보는 것처럼 소상했다.
　그날은 대동강에 황톳물이 범람하고 있었다.
　전날 내린 폭우로 양쪽 강기슭이 뿌듯하게 흙탕물이 소용돌이치면서 유유히 흐르고 있었다.
　미국 상선 셔먼호의 선장 페에치는 속단을 했던 것같다. 그것이 대동강의 평상 흐름으로 알고 강물을 거슬러 올라오다가 만경대와 한사정부근으로 오락가락했다.
　만경대는 평양 중심가에서 30 리나 떨어진 대동강의 하류로서 평양사람들로서는 쓰라린 기억을 가지고 있는 고장이다.
　청일전쟁 때 일본군은 이 만경대로 대거 상륙했고 노일전쟁 때는 일본군의 군용자재가 양륙(揚陸)된 곳이다.
　셔먼호가 그곳에 와서 닻을 내린 것은 음력 7월 18일 저녁무렵이었다.
 셔먼호의 선원들은 모선을 내려 보우트 세 척에 분승, 강을 거슬러 평양부중으로 올라왔다.
 얼마나 아름다운 경치인가, 그들은 강안 풍경에 정신을 잃고 평양부중에까지 들어왔는지도 모른다. 모란대 밑에는 부벽루, 을밀대 위에는 사허정이 아닌가. 어찌 취하지 않겠는가.
 처마끝은 하늘을 향해 나래질을 치고, 오색의 단청은 눈이 아프도록 선명하고, 완자창살은 정교를 극해서 동양건축의 독특한 풍류를 자랑하고 있는데 벽안의 이방인들이 어찌 심취하지 않겠는가.
 기암노송을 배경으로 누대(樓臺), 각우(閣宇), 사정(射亭) 등이 천고(千古)의 세월을 이야기하며, 강 위에 뜬 인간들을 손짓하는데, 어찌 그들이 정신을 빼앗기지 않겠는가.
 그네들이 부벽루 아래를 맴돌고 있을 무렵이었다.
 평양감사 박규수의 명령을 받은 중군(中軍) 이현익이 목선을 타고 그들한테로 접근하여 소리를 고래고래 질렀다.
「이 양귀(洋鬼)들아, 여기가 뉘나라의 어느 고장인줄로 알고 너희 멋대로 배회하느냐!」
 이 고함소리를 들은 목사 토머스가 보트 위에서 마주 소리를 쳤다.
「이놈, 양키가 뭐냐? 얻다 대고 함부로 양키라고 하느냐 말이다!」
 동양에 익숙해서 최난헌이란 이름까지 가진 토머스가 시비를 걸어온 게 처음부터 비극의 실마리가 됐다. 중군 이현익도 물론 마주 대들었다.
「양귀니까 양귀라구 하지 뭐라구 하겠냐? 네놈들 양귀가 누구의 허락을 얻어 여기까지 왔다는 게냐? 즉시로 네놈들을 포박해서 국법으로 다스리겠다!」
 이현익의 이 기고만장한 호통은 토머스의 통역으로 선장 페에치에게 전해졌다.
 그들은 잠시 동안 공론이 분분하더니, 결정을 내린 모양이었다. 이현익을 저들 모선으로 데리고 가서 자기네들의 목적을 설명하자는데 의견을 모았을는지도 모른다.

그러나 그들의 행동은 무모했다. 흥분한 군중들 눈앞에서 이현익이 타고 있는 작은 배를 끌고 저들의 모선인 셔먼호로 갔다.

이 광경을 지켜보고 있던 강안(江岸)의 구경꾼들은 격분했다. 이현익을 납치하는 것으로 판단했다.

이 급보는 즉각 평양감사 박규수에게 제보됐다. 박규수는 평양서윤 신태정에게 즉각 출동해서 이현익을 구출하라고 명령했다.

신태정은 지체없이 군사 열 두 사람을 인솔하고 셔먼호로 달려가 이현익을 돌려달라고 항의했다.

말이 잘 통하지 않는다. 서로 오해와 혼란이 뒤엉키고, 탈출하려고 날뛰는 이현익은 선장 페에치를 마구 밀어 붙이고, 저들은 이현익을 포위하고 하다가 기어코 난투극이 벌어지고 말았다.

고장이 어딘가, 평양이다. 평양사람들이다.

배를 타고, 헤엄들을 치고 해서 셔먼호로 접근한 군중은 눈에 어색한 놈은 모조리 박치기로 받아 넘기고 이현익을 배에서 구출해내는데 성공했다.

그런 일이 있은 지 며칠 후였다. 폭우로 불었던 강물이 빠지는 바람에 셔먼호는 진퇴유곡에 빠져서 움직이지를 못했다.

평양사람들을 극도로 흥분시킨 이방인들 19명은 강바닥에 완전히 고립되고 말았다. 이틀이 지났다.

그네들은 식량이 떨어졌다. 이틀을 굶었다. 이틀을 굶고 눈이 뒤집힌 그들은 단총(短銃)을 빼들고 강둑으로 상륙해서 약탈을 감행했다.

평양감사 박규수는 서윤 신태정, 철산부사 백낙연과 모의 끝에 감영 군사들을 풀어 양귀들을 모조리 잡아 죽였다.

셔먼호가 불길에 휩싸인 것은 7월 24일 밤이다. 삼국지는 이 나라 사람들에게 기묘한 화공법(火攻法)을 가르쳐줬다. 상류에서 작은 배에다 짚을 그득 쌓아 불을 질러서 하류로 하류로 떠내려보냈다. 움직이지 못하는 셔먼호는 꼼짝없이 그 불의 습격을 받고 타 버렸다. 적벽회전(赤壁會戰)을 보는 것 같았다.

평양사람들은 셔먼호가 타는 불길이 서쪽 하늘을 휘황히 밝힐 때 만세를 부르며 좋아들 했다.

「대원위대감, 우리 평양사람 일곱은 저놈들의 총을 맞고 말았쇠다.」

전령군사의 소상한 설명을 들은 대원군은 허리를 펴면서 물었다.

「일곱씩이나 죽었단 말이냐?」

「죽었는지 살았는진 모르지만 하여간 일곱 사람이 총에 맞은 건 분명합네다. 그중엔 박춘권이란 제 동생녀석두 있읍네다.」

미국 무역선 셔먼호 사건은 이것이 그 전부다. 무역선을 전함으로 알고 당황한 나머지 수장이 아니라 화장을 해 버린 것이지만, 비극의 씨는 셔먼호 자신이 뿌렸다.

「이적(夷敵)들의 시신은 어찌 처리했다더냐?」

「예, 그야 물론 물고기 밥으로 강물에 던져 버렸습니다.」

「잘했다. 평양으로 돌아가거든 평양감사 박규수에게 내가 칭찬하더라고 전해라!」

잘한 것은 사실이다. 평양사람들의 용기는 칭찬해 줘서 마땅하다. 그러나,

(저놈들은 불원 보복해오겠지?)

겁이 나서 근심되는 것은 아니다.

국방을 서둘러서 만일에 대비해야겠다고 대원군은 이를 악물었다.

집념執念은 병病, 정情은 물일레라

　의욕적인 사람은 계절 중에서 여름을 가장 좋아한다.
　사계절 쳐놓고, 봄, 가을, 겨울이라 해서 특이하게 좋은 점이 없는 계절 없지만, 그러나 젊고 의욕적인 면으로는 여름을 따를 수가 없다.
　무성하다는 것처럼 뜻있는 것은 없다. 땅 위의 온갖 생명 있는 것이 무성하는 여름은 의욕적이고 남성적인 계절이다. 작열하는 태양, 숨이 막히는 더위에 시들다가 한줄기 소나기로 춤을 추듯 소생하는 여름철의 왕성한 의욕이 없다면 일체의 생명과 사상(事象)은 정체와 조락으로 시들 것이 아닌가.
　봄은 싹을 내고 꽃을 피우지만, 정적(静的)이라 여성의 계절이다. 가을은 결실에 뜻이 있어 좋긴 하지만 시드는 꼴이 병자를 연상케 해서 서글프다.
　겨울은 그대로 동면이다.
　백설이 만건곤해서 달빛도 희고 눈빛도 희다고 그 흰빛을 찬탄하지만, 세상에 흰빛처럼 비창조적인 색채는 없다.
　파괴는 창조를 뜻한다. 사계절 중에 파괴가 있는 계절은 여름이다.
　폭풍, 폭우, 뇌성벽력을 무서워 안 한달 수는 없으나, 그리고 거칠 것 없이 밀어닥치며 삼켜버리며 상전(桑田)을 벽해(碧海)로 만드는 홍수의 심술을 기꺼이 생각할 수는 없으나 그런 파괴가 없다면 우주는 사해(死骸)다.
　창조도 생산도 필요없는 주검과 같다.

1866년의 여름은 유난히 거칠었다. 변화무쌍한 여름철이었다.

늦봄부터 초여름에 걸쳐서는 가뭄이 심했다.

6월에서 7월 초순까지는 하고한 날 불볕이 쏟아졌다. 아침저녁엔 산들바람이 불고 한낮에는 숨이 막히도록 더웠다.

그러던 날씨가 7월 중순께부터는 폭풍우로 삼천리 강산을 한바탕 뒤흔들었다.

낙동강 칠백 리가 범람해서 삼남 지방이 물바다가 됐다.

강줄기가 달라졌으니 인명과 가축은 물론 농작물의 피해가 우심했다.

한강수도, 임진나루도 황톳물이 소용돌이치는 바람에 아비규환이라는 소식이었다.

금강도, 소양강도 연안을 여지없이 파괴했다.

오로지 대동강 유역만은 대단한 피해가 없었다.

그것은 대동강의 특징이었다.

장마라고 해서 갑자기 붇지 않고, 가뭄이라고 해서 지나치게 마르지 않는 게 대동강의 특징이다.

언제나 그 흐름이 유유해서 흡사 세월의 흐름처럼 한결같은 게 대동강이다.

하여간, 온 나라가 30년래의 홍수로 떠들썩했다.

사람들은 멋대로 지껄여댔다.

「피를 그렇게 흘리고서야 하나님인들 노하시지 않겠어!」

「아무렴, 세월이 좋아야 풍우도 순조로운 게지, 사람을 그렇게 죽이고서야…….」

천주교도들에 대한 살상이 용신(龍神)을 노하게 했다고 떠들었다.

「토역두 할 때 해야 하는 걸세. 난데없이 경복궁 짓는다고 서울의 진산을 함부로 파헤쳤으니 산신인들 밸이 안 틀리겠나. 아마 이 장마끝에 염병이 안 돌면 내 손톱에다 장을 지지게!」

천재지변을 위정자의 부덕으로 몰아치는 백성들의 습성은 언제부터 비롯된 것일까.

아직 신왕이나 대원군은 일반 백성에게만은 지나친 실인심을 하지 않

집념執念은 병病, 정情은 물일레라 169

았는데도 장마가 한번 지고 나니 말들도 많았다.

그러나 장소가 다르면 화제도 다르다.

지루하던 장마가 활짝 갠 어느 날 창덕궁 비원 뜰에서는 젊은 여인들의 화제가 다채로웠다. 비원은 온통 싱그러운 녹음이었다.

가뭄끝의 장마였으니 온갖 초목은 버쩍버쩍 소리를 내면서 무성하는 것 같았다.

흙내음과 풀향기가 꽉 차 있는 것은 햇볕이 강렬한 때문인지도 모른다.

나무 그늘이 유난히 짙은 것은 태양이 너무 밝은 탓이 아닐까.

옥류천 저쪽에서는 뻐꾸기가 한가롭게 울고 있었다.

애련정이 있는 연못은 비원 북단을 흐르는 옥류천과 대조전의 중간지점이다.

그 애련정 연못가에는 늙은 목수국 두 그루가 가지가 찢어지게 탐스러운 꽃을 피우고 있었다.

세 여인이 그 앞을 지나다가 약속이나 한 듯이 발길을 멈췄다.

「좀 쉬어가!」

모두 스물이 훨씬 안 된 여인들, 손에는 백자로 만든 물항아리가 무거웠다.

수랏간 나인들이다. 국왕이 마실 냉수를 길어가는 길이다. 음료수야 궁궐 안에 어딘들 없을까.

그러나 임금 내외가 마시는 우물은 따로 있었다.

옥류천 맑은 물이 땅 속으로 스며들었다가 다시 땅 위로 솟아나는 것을 옥류천이라고도 부르고 어정(御井)이라고도 부른다.

나인 셋은 나무 그늘에 앉아 땀을 들이면서 이야깃거리가 엉뚱하게 대담했다.

「중전마마 말야, 좀 불쌍한 것 같드라.」

수랏간 나인이지만 대전 지밀상궁한테 소속된 처녀가 그런 말을 꺼냈다.

「왜?」

처녀 셋이 한데 모였다. 반응이 오죽이나 빠르겠는가.
「아직두 처녀인지두 모른다지 뭐야, 호.」
「누가?」
「요 맹추야. 중전마마지 누구겠어.」
「중전마마가 아직두 처녀란 말야?」
「글쎄 말야. 대전마마는 그저두 이귀인을 못 잊어 하시는 나머지 중전마마를 가까이 하시지 않는다지 뭐야.」
「그래? 설마…….」
처녀들의 입길로는 더할 수 없이 재미있는 화제였다.
「설마 중전마마가 그저 처녀야 아니겠지만 말야, 중전나인들두 그러는데 허구헌날 독수공방이시래. 그대신…….」
「그대신?」
「그대신 이귀인의 처소엔 사흘이 멀다구 찾으신다걸랑.」
「그러니?」
「그렇대.」
「허긴…….」
「허긴?」
「호호, 허긴…….」
「허긴 어쨌다는 거냐?」
「허긴, 이귀인이 오죽 길을 잘 들여 드렸겠어. 호호.」
「길을 들여 드리다니? 무슨 소리냐?」
「이귀인이 얼마나 영리하다구. 풋고추 길들인 건 이귀인이지 뭐야!」
처녀 셋은 서로 잔등을 철썩철썩 때리면서,
「무엄하다! 불경스럽다!」
그러나 까르르 웃는 바람에 머리 위 나뭇가지에서 울어대던 참매미도 그 소리를 뚝 그쳤다.
처녀 셋은 주위를 한번 휘둘러본 다음 다시 조잘거렸다.
「상감마마도 이귀인이 첫정이시니까 얼른 못 잊으실거야.」
「그러니 중전마마한테 쉽게 정이 가시겠어?」

집념執念은 병病, 정情은 물일레라 171

「더군다나 누가 누가 그러는데 말야……」
「뭐라구!」
「이귀인이 요새 좀 수상하다지 뭐냐.」
「수상하다니.」
「수상하다면 알조지 뭐냐!」
그러나 나머지 두 처녀는 무슨 말인지 알아듣지 못했다.
머리 위에선 다시 매미소리가 요란했다.
「이귀인이 입덧이 났대.」
처녀들은 눈을 똥그랗게 뜨고는 입을 모았다.
「그럼 왕자를 포태했단 말야, 이귀인이?」
이것은 대단한 뉴스다. 한마디씩 안 할 수가 없는 게 여자들의 생리다.
「정말야?」
「그럼 거짓말일라구.」
이렇게 되면 거짓말도 정말이 돼 버린다. 말을 꺼낸 처녀는 설명을 붙이게 마련이다.
「있을 법한 일이지 뭐냐. 속이 메스꺼워지면 벌써 두 달째로 접어드는 거래.」
언제나 그런 것이지만 소문의 출처와 진부란 분명하지가 않아도 이야깃거리로서는 재미가 있다.
열 다섯 살이 된 왕은 이미 지난해부터 궁인 이씨와 심상찮은 사이라고 해 왔다.
그러니 이제 이귀인이 왕자를 포태했다는 말은 조금도 이상하지가 않다. 기어코 그렇게 되고 만 것에 불과한 것이다.
「이귀인이 왕자를 먼저 낳아 놓으려구 온갖 재주를 다 부렸을 거야, 호호호.」
세 처녀들은 까르르 웃었다. 그리고 본능처럼 주변을 둘러 봤다.
누구 웃사람이라도 들으면 불경하다고 당장 호된 벌을 받게 된다. 하지만 웃사람들이 못 듣는 데서야 또래의 젊은 여인들이 못하는 말이란 없다.

「대전내시 이씨가 말야, 글쎄 그제밤에 말야, 호호호.」

키가 가장 큰 한 처녀가 이런 말을 꺼내면서 또 웃어 젖혔다.

나이 열 여섯, 일곱이라면 과년한 처녀들이다.

말 한마디에 까르르 까르르 웃음이 한바탕씩 따라야 다음 말로 이어지는 그네들이다.

「왜 너한테 무슨 수작이라도 걸던?」

두 다리를 뻗고 앉아 있던 처녀가 물었다.

「글쎄 말야, 그저께밤에 대조전 뒤뜰에서 만났지 뭐야, 호호. 글쎄 그 황새다리가 뒤에서 성큼성큼 달려들면서 한다는 말씀이 뭔지 너 알겠어?」

「꽃가마라두 태워 주겠다던?」

「글쎄 나더러 말야. 달도 밝은데 뒤뜰에 앉아 얘기나 하자는 거야.」

「그게 뭬 그리 우습니? 난 또 네 가는 허리라도 죄어 줬댄다구!」

「애두, 왜 우습잖아. 간밤엔 빗방울이 떨어졌단 말야. 칠흑 같은 밤에 달이 밝다구 얘기나 하자니 우습잖단 말야?」

내시 이민화가 가끔 나이찬 궁녀들을 집적거린다는 소문은 궁녀들 사이에 이미 파다하게 알려져 있다.

또 한 처녀가 물항아리를 들고 일어나면서 말했다.

「애, 나두 한번 당할 뻔했다누. 너흰 모르지? 내시는 입으로 사랑을 해요. 여자만 보면 입을 쑤욱 내밀고 덤빈대요. 수탉이 면두를 세우구 덤비는 것처럼.」

두 처녀도 따라 일어섰다.

햇빛은 쨍쨍거리고 매미소리는 한낮의 더위를 더욱 실감케 했다.

「내시한테 시집감 말라 죽는다더라.」

「잠을 못 자게 한다면서.」

「꼬집고 물어뜯고 해서 말라 죽는대.」

「거기다가 질투가 굉장하다는군.」

「방에다 가둬놓고 자물쇠를 잠그고 댕긴대.」

집념執念은 병病, 정情은 물일레라

「하느님 맙소사.」
 처녀나인들의 이런 화제는 전연 터무니없는 게 아니다.
 특히 이귀인에 대한 이야기는 더욱 그렇다.
 영리한 여자였다. 젊은 왕과의 사이가 아무리 두터워졌다 하더라도 왕비가 될 수 없는 신분이니 후궁으로서 왕비 민씨를 잘 받들어야 한다는 자기의 처지를 모를 여자가 아니다.
 그러나 이귀인은 속을 몹시 끓였다.
 어느날 갑자기 이귀인은 여러 사람 앞에서 돌아 앉았다. 배를 오므리고 목을 뺐다. 그리고 괴상한 소리를 냈다.
 ─이귀인이 입덧이 났단다.
 그날로 소문은 파다하게 퍼졌다. 대궐 안 궁녀들은 모이면 수군댔다.
 대왕대비전의 상궁은 대왕대비 조씨에게 아뢴다.
「이귀인이 입덧이 났다 하옵니다.」
 두 과숫댁 홍대비도 김대비도 그런 소리를 들었다. 그리고 상궁한테 물었다.
「몇 달째라더냐?」
 새로 시집온 열 여섯 살의 왕비 민씨도 그 소리를 들었다. 그리고 상궁한테 물었다.
「몇 달째라더냐?」
 젊은 국왕의 귀에도 그 소식이 전해졌다. 지밀상궁에 의해서 전해졌다.
「몇 달째라더냐?」
 대단한 파문이었다. 왕궁은 발칵 뒤집힌 감이 있었다. 그 반응은 제각기 다르고 착잡했다.
 국왕은 기쁜 낯빛이었다. 대왕대비 조씨는 어리둥절했다. 홍대비와 김대비는 무표정했다.
 중전 민씨는 남편의 시앗이 아기를 뱄다는 바람에 입술이 바작바작 타들어갔다.
 대전나인들은 명랑했다.

중전나인들은 입을 비쭉거렸다.
―아직 모를 일이니 말들을 내지 말라.
대왕대비 조씨의 엄한 분부가 내렸다. 그러나 이 소식은 즉일로 운현궁에 전해졌다.
부대부인 민씨는 소스라치게 놀랐다.
「그게 정말인가?」
대원군은 놀라지 않았다.
「이귀인이 포태를 했어?」
이 모두가 바로 사흘 전의 이야기다.
그날 저녁, 이귀인은 자기 처소에서 두문불출을 하고 있었다.
속이 메스껍고 가슴이 답답해서 일찍 자리에 들려고 하는데 별안간 낙선재에서 연통이 왔다.
「대왕대비전으로 드시라 하오.」
이귀인은 낙선재로 가면서 데리러 온 나인에게 물었다.
「무슨 일로 부르시는지 아느냐?」
「모르겠어요, 마마.」
이귀인은 벌서 마마로 불린다.
이귀인이 낙선재에 들자 대왕대비 조씨는 느닷없이 물었다.
「몇 달째냐?」
이귀인은 생감스러운 듯이 반문했다.
「무슨 말씀이시옵니까?」
대왕대비는 이귀인의 아랫배 근처를 쏘아보며 언성이 싸늘하다.
「듣자니, 태기가 있다면서?」
「소인이오?」
「아니냐?」
「……」
이귀인은 어리둥절했다. 가슴이 마구 뛰는지 가슴에 손을 가볍게 대면서 잠자코 아미를 숙였다.
「왕자를 포태했다면서?」

집념執念은 병병病, 정靑은 물일레라 175

대왕대비가 잼처 그런 말을 하는 바람에,
「황공한 말씀이시옵니다. 하오나 아니옵니다.」
이귀인은 분명한 어조로 자신의 임신설을 부정했다. 그러나 얼굴은 함빡 붉어져 있었다.
대왕대비 조씨는 무릎을 세웠다. 준엄한 표정으로 이귀인을 흘겨봤다.
「듣자니 네가 입덧이 났다던데?」
「제가요?」
「아니냐?」
「아니옵니다, 마마.」
「그래?」
「누가 그런 황감한 소리를 했사옵니까, 마마?」
「그럼 헛소문이란 말이냐? 헛소문이 궁중에 파다했단 말이냐?」
힐책하듯 말하는 대왕대비 앞에서 이귀인은 가벼이 입을 열 수가 없다.
마침 그때였다. 갑자기 밖에서 시윗소리가 연호되더니,
「대전마마 듭시오.」
난데없이 국왕의 출현을 연통해 왔다.
「상감?」
대왕대비 조씨는 턱을 바싹 치키면서 앉음새를 바로 했다.
이귀인은 벌떡 일어나 장지틀 쪽으로 뒷걸음을 쳤다.
드문 일이다. 왕이 예고도 없이 조대비가 부르지도 않았는데 불쑥 낙선재에 나타나는 경우란 드문 일이다. 아침저녁 문안인사 말고는 그 예가 흔치 않았다.
왕이 왔다고 해도 궁중의 법도가 있다. 대왕대비 조씨는 단정히 앉은 채로 젊은 국왕을 영접했다.
용골(龍骨)이라는 말이 있다. 왕재는 혈통과 생김새가 특출하다.
젊은 왕의 모습엔 타고난 기품이 있어 누가 뭐래도 용골이다.
귀인다운 그 품격은 꾸며서 되는 게 아니다. 비록 늙더라도 동안일 그의 얼굴은 알맞게 둥굴었다.

눈은 마음의 창이란 말이 있잖은가. 맑고 착하고 어진 눈이었다. 때문에 올차 보이지는 않았다. 약간 초점이 흐린 듯한 눈총이기 때문에 더욱 악의가 없어 보였다.

동양사람은 키가 크면 올차지가 않다. 그래선지 동양사람 중에서 거물이라는 사람들은 거개가 단구임을 본다.

왕은 생부 대원군을 닮아 키가 작았다. 그래도 대원군처럼 그렇게 작지는 않다.

다섯 자 다섯 치 정도니까 작달막하긴 하지만 보기 흉할 정도는 아니다.

그 왕이 편복차림으로 대왕대비 조씨와 마주앉았다. 심각한 표정으로 마주앉았다.

「어떻게 별안간?」

조대비가 한편짝에 서 있는 이귀인을 흘끔 보고는 젊은 왕에게 물었다.

왕도 이귀인한테 가볍게 시선을 보내면서 건성으로 대답을 했다.

「어제도 오늘 아침에도 문안을 못 드렸기로 왔습니다.」

핑계일 듯싶다. 할말이 있어서 온 것이 틀림없다.

「너 게 앉거라!」

조대비는 고개를 떨어뜨리고 서 있는 이귀인에게 말했다.

이귀인의 고개는 더욱 숙여졌다.

여자가 때깔이 희면 칠난(七難)을 막는다던가.

여자의 피부빛은 우선 희고 볼 것이다. 대궐 안에 있는 여자들 쳐놓고 얼굴빛이 검은 여자는 드물다.

타고난 검은 살갗이 아닌 다음엔 햇볕에 그을릴 일이 없으니 자연 모두 희다.

그러나 이귀인의 살갗은 그런 중에서도 남 유달리 희고 섬세했다.

명주가 부드럽다고는 하지만 옥의 감촉만큼 매끄러울 수야 있는가.

옥은 돌이다. 돌이지만 손으로 누르면 쏘옥 들어가는 것 같고 만지면 지문이 나타날 듯싶은 게 옥돌의 감촉이다.
여자의 살갗이 희고 섬세하면 백옥같다고 한다.
옥 중에서도 청옥, 홍옥을 닮아서야 쓰겠는가. 백옥같이 그 빛이 희고 섬세하고 양감과 탄력이 있어서 보는 이로 하여금 강렬한 접촉욕을 일게 하면 여자의 피부로서는 더할 나위가 없다.
이귀인은 그런저런 조건을 완전히 갖춘 이른바 백옥 같은 때깔이었다.
그리고 남에게 상상을 강요하는 신비감마저 있었다. 그것은 완만한 목덜미의 선 때문인지도 모른다. 목에서 어깨로, 어깨에서 가슴으로, 가슴에서 배로, 배에서 지체로 그 고운 살갗과 양감을 상상시키는 특이한 선의 흐름을 보이는 여자가 이귀인이다.
「게 앉거라!」
조대비가 이귀인에게 다시 분부를 내렸을 때 젊은 국왕은 타는 듯한 눈총으로 자기의 애틋한 여인을 쏘아보고 있었다.
이귀인은 귀밑을 붉히며 조신한 동작으로 한옆에 앉았다.
왼편 무릎을 세우고 치맛자락으로 앞을 감싸는 것은 여자가 어른 앞에 앉을 때의 기본자세, 거기다가 이마를 다소곳이 숙이고 아랫입술을 앞으로 지긋이 누르면 얌전한 자태다.
「이귀인이 어떻게 여길 왔습니까?」
젊은 국왕이 이귀인과 조대비를 번갈아 보면서 물었다.
「내가 좀 불렀소. 그건 그렇구, 상감도 마침 잘 왔군.」
조대비는 왕이 왜 갑자기 자기를 찾았는지 그 이유를 직감한다는 눈치였다.
「상감도 알고 있나?」
조대비가 밑도 끝도 없이 물었다.
「뭣을 말씀입니까?」
「이귀인이 왕자를 포태한 모양인데 알고 있나?」
「…….」

젊은 국왕은 가벼운 충격을 받은 것처럼 눈을 크게 뜨고는 말없이 자기의 연인을 돌아다봤다.
「모르고 있었단 말인가?」
「말을 안 하는 사람이니까.」
이귀인의 이마는 세우고 있는 왼편 무릎에 얹힐 정도로 숙여졌다.
직선으로 난 숲속의 오솔길처럼 무성한 머릿숲을 가르고 있는 가리마 자국은 여자의 곧은 정절을 상징한다.
거기 첩지가 살아 움직이는 듯 사람의 눈을 끌고 있다.
조대비는 옆에서 안경집을 집어 들었다.
안경집의 겉은 노란 공단으로 발라져 있었다.
조대비는 안경집의 아가리를 벌려서 돌안경을 꺼냈다.
「상감이 직접 물어 보시오. 내가 물으니까 대답을 않는군.」
조대비는 금으로 된 가는 안경테를 만지작거렸다. 멋대로 휘어 있는 것을 바로 잡았다.
「왕자를 포태했다면 나라의 경산데 숨길 일이 아니건만…….」
이귀인은 물어 봐도 아니라고 숨긴다는 것이었다.
조대비는 안경알을 명주수건으로 닦으면서 이귀인을 또 쏘아봤다.
「허긴 어차피 전의를 불러 진맥을 해야 하겠으니 본인이야 뭐란들 어떻겠소만.」
조대비는 안경을 쓰고 코허리를 만지작거리면서 방 안을 한 바퀴 둘러봤다.
젊은 왕은 흥분하고 있는 것 같다. 그만해도 이귀인이 임신을 했다는 사실을 확인한 성싶어 흥분이 되는 모양이다.
사실 그는 좀전에 이귀인 처소로 갈 예정이었다.
가서 이귀인의 포태설을 직접 확인할 심산이었다.
그런데 지밀상궁의 보고가 이귀인은 방금 대왕대비가 불러서 낙선재에 들었다는 것이었다.
왕은 이귀인의 처소로 갈 예정을 바꾸어 낙선재로 온 것이다.
그는 알고 있었다. 궁녀 중에서 임금의 총애를 받는 여자는 주위의 시샘이 대단하다는 것을 알고 있다.

갑자기 대왕대비한테 불려 갔다면 무슨 꼬단이 있을지도 모른다는 불안이 앞서서 곧장 옥교를 낙선재로 몬 것이다.

「안할 말이지만 만약 포태를 했다면 중전이 섭섭할 게요. 시집온 지 몇 달 되지도 않아서 그런 소리를 들으면 어느 여자 쳐놓고 마음이 볶이지 않겠나.」

조대비는 이귀인의 임신을 반가워하지 않는 말투였다.

「전의를 불러 진맥을 하도록 하시오!」

궁중의 어른으로서 조대비는 왕에게 분부했다.

이날 밤 늦게 약방기생이 이귀인 처소로 불려왔다. 용건은 자명했다.

기생도 약방기생은 상식적인 간단한 의술을 몸에 익히고 있다.

서울 출신의 일패기를 약방기생이라고 해서 한수 격을 놓아 준다.

약방기생들의 자긍은 대단하다. 궁중에서 공이 있는 사람은 간혹 당상에도 오른다.

당상기생은 사대부의 옥관자 대신에 옥으로 된 과판을 쪽에 꽂아 자기 신분을 과시한다.

그네들은 저고리 고름 매듭에다 화사한 수끈이 달린 침통을 달고 다닌다. 침통 마개에는 공작의 깃털을 꽂는다.

고귀한 부인네나 양가의 규수가 병이 나면 약방기생을 불러 간단한 진맥을 시키는 수가 흔히 있다.

죽을 병이 들었어도 외간 남자인 의원한테 여자의 속살을 보이고 만지게 하지는 않는다.

궁중에도 약방기생이 있었다. 풋나기 의원보다 나은 의술의 기본지식을 가지고 있다. 왕후의 침실에도 궁녀들의 방에도 무시로 드나들 수 있는 특권을 가지고 있는 것은 같은 여자끼리라는 점에서다.

그 약방기생이 불려서 이귀인의 처소로 왔다.

젊은 국왕 앞에서 이귀인의 맥을 짚었다.

희고 매끄럽고 오동통한 이귀인의 손목에다 희고 화사한 손가락 세 개를 얹어 놓고 구만리 저쪽 신비의 세계에서 아스라하게 들려오는 생명의 소리를 들어 보려고 오관을 온통 긴장시켰다.
 생명이란 본시가 움직임이다. 맥박의 움직임은 모든 생명의 근원이다.
 그 맥박의 강약과 급완에서 인체의 복잡한 변화를 알아내려는 진맥은 일종의 도술이 아닐 수 없다.
 긴장된 시간이 무겁게 흐르고 있다.
「어떠냐?」
 젊은 국왕이 삼십대의 기생한테 물었다.
「감축하옵니다.」
 약방기생은 물러앉으며 부복하면서 제왕에게 감축한다고 했다.
「포태했느냐?」
「그런 줄로 짐작되옵니다.」
「짐작돼? 확실히는 모르고 짐작이냐?」
「좀더 두고 보시면 아시게 됩니다.」
「그야 배가 불러오면 누구든지 알게 될 게 아니냐. 낳아 놓으면 왕자인지 공주인지도 알 수 있고.」
 아무도 웃음을 터뜨릴 수는 없다.
 열 다섯 나이의 젊은 제왕으로서는 아무래도 집요한 행동이었다. 정비도 아닌 후궁 처소에 와 앉아서 직접 태기를 확인하려고 하는 그 집념은 무엇인가. 아들을 바라는 마음이 조급해서는 물론 아니다.
 이귀인을 사랑하는 순정에서였다. 그는 여자의 출산에 대해서 버려지지 않는 위구심을 가지고 있다.
 ─여자는 사자밥을 짓고 아기를 낳는다.
 이런 속언이 어려서부터 이상하게 그를 지배하고 있었다.
 여덟 살 적이던가. 이웃 개구쟁이 동무의 어머니가 출산을 하다가 숨겨간 사실을 봤기 때문이다.
 첫아우를 보려다가 어머니의 주검을 본 개구쟁이 친구의 설움이 너무도 처절했던 까닭에 지금은 왕이지만, 당시엔 개똥이던 명복이는 출산에 대한 공포가 가슴 한구석에 자리를 잡고 도사렸던 것이다.

집념執念은 병병病, 정情은 물일레라 181

그런 왕이니 어떻게 사랑하는 이귀인의 회임설을 듣고 무심히 있을 수가 있을 것인가.

어른들이 계시지만 직접 지대한 관심을 보였던 것이다.

「내관을 불러라!」

국왕은 지밀상궁에게 분부했다.

「전의를 불러 오라!」

젊은 왕은 내관에게 분부했다. 그리고 단둘이 되자 그는 이귀인을 소중하게 안았다.

국왕은 약방기생의 그 애매한 진맥으로는 안심이 되지 않아서 다시 전의를 불러오라고 분부했다.

전의가 달려왔다. 칠십이 가까운 노의는 흰수염이 탐스럽지만 대궐 안에서 주먹코로 유명했다.

「자세히 진맥해 봐라!」

젊은 왕은 젊은이답지 않게 조바심을 했다.

진맥을 자세히 하라는 왕명인데, 전의는 미닫이 바깥에 자리를 잡았다.

진맥을 받을 상대는 방 안에 있고 진맥을 할 의원은 닫혀진 미닫이 밖에 자리를 잡았다.

전의는 주머니 속에서 명주실 뭉치를 꺼냈다. 얽히지 않도록 살살 풀기 시작했다.

설명이 필요 없었다. 임금을 따라온 대전상궁이 한쪽 실끝을 가지고 방 안으로 들어갔다.

「손을 내미시오.」

분명히 무뚝뚝한 말씨로 이귀인의 오른쪽 손을 잡아 그 손목에다 감아 매는 대전상궁의 손끝은 가늘게 떨리고 있었다.

이렇게 해서 어쩌자는 것인가. 진맥을 하겠다는 것이다. 남녀 사이의 내외도 이쯤 되면 철저하다.

실올이 팽팽하게 당겨졌다. 장지문 밖에서 전의가 실끝을 잡아당긴 것이다.

주먹코의 늙은 전의는 엄지와 검지 손가락으로 실끝을 쥐고는 배배 틀어 보다가 온 신경을 그 실끝에다 집중시켰다.

늙은 전의는 두 눈을 지그시 감고 주먹코를 간단없이 벌름거리면서 한동안씩 숨을 몰아쉬었다.

장지문을 사이에 두고 안팎이 한 올의 명주실에다 그 집약된 관심을 보내고 있다. 명주실은 이따금씩 팽팽하게 당겨졌다.

어떠한 진동이 늙은 전의의 감각에다 새로운 계시를 줄 것인가.

연을 띄워 본 경험이 있는 사람은 수긍할 수가 있다.

백 자 이백 자 저쪽 하늘에 떠 있는 연의 움직임이 한가닥 연실을 통해서 손가락에 감각된다.

눈을 감고 있어도 연의 움직임이 아무리 작은 움직임이라도 눈으로 보는 것처럼 짐작이 가는 법이다.

흐르는 물에서 훌림 낚시를 해 본 사람도 한가닥의 실줄로 진맥이 된다는 원리를 수긍할 것이다.

개천에 들어서서 얼레같이 생긴 견지에 감긴 실을 물결따라 풀어 주고 있노라면 아무리 작은 놈의 송사리가 낚싯밥을 건드려도 금방 알 수가 있다.

사람의 감각은 그만큼 진동에 예민한 모양이다.

늙은 전의는 감았던 눈을 뜨면서 실끝을 다른 손으로 옮겨 쥐고는 귀뿌리 근처에다 갖다 댔다.

무슨 소리라도 들으려는 듯이 귀를 기울이니 청진인가.

「왼쪽 맥으로 바꿔 매 주시지요.」

주먹코의 늙은 전의는 옆에 있는 상궁에게 요청했다.

대전상궁은 기다렸던 순서라는 듯이 방으로 들어가 이귀인의 오른손에서 실을 끌렀다. 또 떨리는 손끝으로 이귀인의 왼쪽 손목에다 실을 두 번 챙챙 감아 놓고는 장지문 밖으로 나왔다.

늙은 전의는 먼젓번과 똑같은 동작을 반복했다. 주먹코를 벌름거린 것도 먼젓번과 같다.

조는 것처럼 눈을 감고 호흡마저 중단한 채 실끝에 전달돼 오는 생명의 오묘한 섭리를 체험과 육감으로 알아내려는 전의의 노력은 그대로 심각한 명상이었다.

퍽 오랜 시간이 흐른 다음에야 늙은 전의는 실끝을 놓았다.

그러고는 주먹코의 코끝을 마룻장에다 대고 부복했다.

「신 아뢰옵니다.」

진찰 결과를 왕에게 아뢰겠다는 것이었다.

「아뢰옵기 황송하오나 이귀인마마께서는 식상으로 체기가 동했던 것으로 아뢰오.」

어이가 없는 진맥 결과였다.

모두들 아연실심했다.

「포태가 아니었단 말이야?」

젊은 왕은 사랑하는 이귀인의 손끝을 모아쥐고는 각장장판 바닥을 투덕투덕 했다.

「식상이 좀 심했던 것으로 아뢰옵니다.」

늙은 전의는 왜 또 같은 말을 자진해서 되풀이하는 것일까.

아마도 자기의 진맥이 틀림없다는 점을 강조하기 위해서인가 싶다.

「네 진맥을 믿어도 좋으냐?」

왕은 밝은 낯으로 장지문 밖에다 대고 물었다.

「황공하옵니다, 전하. 소신, 일찍이 이런 병에 잘못 진맥을 한 일은 없사옵니다.」

「그럼 그 체기가 이제는 뚫렸단 말이냐?」

「산약(散藥) 한두 봉이면 쾌차하시리라고 봅니다.」

「그으래?」

젊은 왕은 아이처럼 밝은 안색이 돼서 잡고 있는 이귀인의 손을 흔들었다.

그는 이귀인이 포태하지 않은 것을 기뻐하는 기색이 완연했다. 왕자 탄생을 구태여 싫어할 이유는 없지만 여자의 출산을 극도로 꺼리는 마음이 앞서는 것 같다.

「공연한 헛소문만 떠돌았었구나!」

그는 사랑하는 여자의 눈을 들여다보면서 다행이라는 듯이 그런 말을 했다.

그러나 장본인인 이귀인의 얼굴은 밝지가 않았다. 눈에 눈물이 괴는 것은 아니었으나 분명히 서글퍼하는 애상이 깃들였다.

「왜? 섭섭하냐?」

섭섭했다. 귀중한 보물을 손아귀에 넣었다가 남에게 빼앗긴 순간이라면 사람들은 지금 이귀인과 같은 눈이 되지 않을까.

말이 난 김에, 이귀인은 자기가 포태했기를 바랐다.

(왕자만 하나 낳아 놓으면······.)

세상은 이귀인 자기의 것이 될는지도 모른다. 가뜩이나 자손이 귀한 왕실이다.

무 밑동같이 실팍한 공자(孔子)나 하나 낳는다면 왕의 사랑을 독점할 수 있을 뿐 아니라 종실의 사랑도 자기 한몸에 쏠릴 것은 뻔하다.

구태여 정비가 아니면 어떠냐. 남의 정실이 못될 것은 이미 팔자소관이다.

후궁이라도 왕자의 생모라면 아들 없는 왕비가 왜 부러울 것인가?

(민비한테서 아들만 생기지 말려무나!)

꼭 꼬집어서 그런 생각을 해 보지는 않았으나 그렇게 바라는 마음이 없었던 것도 아니다.

약방기생의 진맥으로는 회임이라고 했다. 직접 손끝으로 짚어 본 맥은 '아기'라고 했는데, 명주실 끝으로 가려낸 전의의 진맥은 체기이었다고 한다.

누구 말이 옳을까?

실끝으로 어설프게 짐작해 내는 방법보다야 직접 손으로 짚어본 진맥이 믿을 수 있을 게 아닌가.

(아길 거다! 난 왕자를 뱄을 거야!)

이귀인은 스스로 이렇게 믿으려고 했다. 체기라니 체기에 웬 헛구역질을 그렇게 할라구.

전의가 물러나자 조대비가 오랜 침묵을 깨뜨렸다.

「다행이다. 네 몸에서 아기가 나오면 너 한 사람한테는 좋을는지 모르나 왕실 사정은 편편찮아질 게다. 중전은 갓 시집 온 신부니까 말야.」
 이귀인은 차라리 두 눈을 감아 버렸다. 남의 말이 이처럼 미워 본 경험은 일찍이 없다.
 아랫입술을 으스러지라고 깨물었다.
 (내 몸에서 애기가 나오면 궁중이 편편찮다?)
 이귀인은 조대비의 이 말을 듣자 속에서 열이 벌컥 났다.
 여자의 오기란 무서운 것이다. 그런 말을 듣고도 속이 편할 여자는 없다.
 (그렇다면 여봐라는 듯이 왕자를 하나 낳아야지!)
 깨문 입술이 파르르 경련을 일으켰다.
 조대비의 말이 잘못된 것은 아닌 줄 안다. 백 번 지당한 말이며 왕가의 어른으로서는 당연한 마음 씀씀이다.
 왕에겐 이제 새로 맞이한 정비 민씨가 있는데 궁인의 몸에서 먼저 아기를 낳으면 법통상으로도 여러 가지 까다로운 문제가 일어나는 것이다.
 어찌 집안의 어른으로서 그런 일에 무관심할 수 있겠는가.
 그러나 지금은 임신이냐 아니냐를 진맥하고 있는 중이다.
 그런 말까지 꺼낼 것은 뭣인가.
 같은 말이라도 때와 곳을 가려야 듣는 사람이 덜 섭섭하지 않겠는가.
 (어떻게 하든지 나는 애기를 낳아야겠다. 낳구 말테다.)
 이귀인은 싸늘한 표정이 돼서 측근에게 소리쳤다.
 「모두 물러가거라!」
 분명히 임신이 아니라고 민춤스런 진단을 내린 전의에게 한 말인 것이다.
 모두 물러갔다.
 여름밤은 깊었다.

 촛대는 쌍 와룡촛대였다. 초는 붉은 밀초, 촛농도 없이 불은 맑았다.

국왕과 단둘이 되자 이귀인은 자리에서 선뜻 일어나 쌍바라지를 활짝 열어젖혔다.
 달빛이 방 안으로 왈카 쏟아져 들어왔다.
 시원한 밤바람도 함께 방 안으로 쏟아져 들어왔다.
「마마!」
 이귀인은 왕을 불렀다. 상감도 대전도 붙이지 않고 '마마'로만 부르는 게 단둘이 있을 때 이귀인의 버릇이다. 왕도 그것이 좋았다. 마마 자체가 자기 이름만 같아서 친밀감이 느껴온다.
「달이 밝사와요, 마마.」
 달빛이라도 밟자는 것인가. 바람이라도 쐬자는 것인가.
 왕을 돌아다보는 이귀인의 눈엔 애련한 갈망이 있었다.
 젊은 왕도 일어섰다. 이귀인에게로 다가가 왼팔로 그네의 가는 허리를 감았다.
「섭섭하냐? 아기가 아니라서.」
 왕은 위로하듯 말했으나,
「두 달이 넘었어요.」
 이귀인은 엉뚱한 말로 젊은 연인을 놀라게 했다.
「그럼 포태를 했단 말이냐?」
 왕은 여자의 허리에서 팔을 내렸다.
「왜, 마마께선 싫으신가 보군요?」
 당돌한 발언이다. 국왕에 대한 궁녀의 발언이 아니라 여염 남녀가 주고 받는 모가 난 언투였다.
「싫기야 하겠느냐. 네가 왕자를 포태했다면 반가운 일이지!」
「하지만, 궁중이 편편찮을 것 아니옵니까?」
「어허, 대왕대비마마의 말씀이 섭섭했던 게로구나.」
「기꺼워할 말씀도 아니잖습니까?」
「꼭 너를 두고 하신 말씀은 아니잖으냐. 그저 어른으로서의 말씀이지. 그건 그렇구, 정말 두 달째가 됐단 말이냐?」
「네.」

「그러나 전의는 체기라고 했는걸?」
「제 몸은 제가 더 잘 알지, 외간 남자인 전의가 더 잘 알겠어요?」
일리가 있다고 젊은 왕은 고개를 끄덕였다.
「마마, 오늘 밤은 여기서 지내실 수 없으신가요? 가시지 마세요.」
이귀인의 소원은 간절했다. 이날 밤 이귀인은 젊은 연인을 독점하는 데 성공했다.
'아기'가 아니면 아기를 배면 될 게 아닌가.
(오늘 밤 안으로 꼭 아기를 배고 싶다!)
미워해야 할 여자의 간악한 욕망일까.
여자라면, 한 사나이를 사랑하는 여자라면, 당연히 가질 수 있는 순수한 욕망이 아닐까.
「오늘 밤은 네가 더 나를 사로잡는구나!」
젊은 왕은 찬탄했다.
「송구스럽습니다, 마마.」
「왜? 뭐가 송구하냐?」
「중전마마 계신데.」
「새삼스러운 소릴!」
「소인이 죽일 계집이옵지요?」
「말을 함부로 하는구나!」
새로 시집온 신부가 독수공방을 하게 하는 것은 같은 여자로서 죄스럽다. 그러나 어쩔 것인가. 여자로서 정인을 독점하고 싶은 것은 도덕 이전의 순수한 마음이다.
「마마!」
「왜?」
「…….」
「왜 그러느냐?」
「마마!」
「왜?」
「…….」

불러 놓고는 말을 못하는 여자의 심정은 뭔가 간절한 것이 있을 게다.
 이귀인의 눈마구리엔 이슬방울 같은 눈물이 맺혔다. 그리고 눈알엔 붉은 기운이 감돌았다.
「마마!」
「왜? 왜 말을 못하느냐?」
「저, 아기를 낳고 싶어요, 마마의 아기를.」
 왕은 잠깐 사이를 두었다가 말했다.
「뱄으면 낳아야지. 밴 아기는 낳게 마련 아니냐? 어디 내 만져 볼가?」
 이귀인은 머리맡 영창의 달빛을 보면서 아무래도 신기하기만 한 황홀감에 눈망울에 방울진 눈물을 주르르 흘려 버렸다.
「마마!」
「왜?」
「저를 버리지 마세요.」
「버리다니?」
「마마!」
「왜?」
「제 몸에서 태어나는 아기두 왕자는 왕자지요?」
「이를 말이냐!」
「마마!」
「왜?」
「세자로 봉할 수도 있지요?」
「이를 말이냐!」
「마마!」
「자주 부르는구나!」
「아기를 갖게 해 주세요.」
 구중궁궐 안이다. 여름밤은 깊을 대로 깊었다. 천길 물 속처럼 조용했다.
 이따금씩 촛불이 꺼불꺼불 춤을 추는 것은 풀기 빳빳한 홑이불이 일으키는 바람 탓일가.

   젊은 여자의 집념은 강렬한 소망과 함께 무르익어가고 있었다. 열병처럼 신열이 높았다.

「마마!」

「왜?」

「왜, 상감이 되셨어요?」

「어허, 낸들 아느냐?」

「필부필부(匹夫匹婦)였다면 얼마나 좋을까요.」

「네 마음 알 만하다!」

「저를 사랑하시듯 백성을 사랑해 주세요, 마마.」

「이를 말이냐.」

「저를 버리시면 백성을 버리는 거예요.」

   두 젊은이는 사랑했다.

   이날 밤 나이 열 여섯의 신부 민중전은 뜬 눈으로 밤을 지새웠다.

   누가 기나긴 겨울밤이라고 했는가.

   옛기생 황진이는 임 그리는 겨울밤이 너무도 길다 해서 한탄했지만 낮이 짧은 겨울밤은 임을 그리지 않더라도 지루하게 긴 것이 당연하다.

   임은 시앗을 찾아서 돌아오지 않고, 구중궁궐 중전의 지밀은 한없이 깊고 넓고 적요한데, 촛대는 와룡의 쌍대, 타는 불은 황밀, 그 굵기가 가는 서까래 같아서 촛농은 흘러흘러도 길이는 줄어들지를 않으니, 낮이 길다 해서 어찌 여름밤인들 짧을 것인가.

   일국의 왕비다. 손발을 움직여 밤중에 할일이 있는 것도 아니다.

   여염집 아낙 같으면야 뭣이든 할일이 없겠는가.

   바늘에 실을 꿰어서 시름을 잊을 수도 있다.

   심화(心火)가 육신을 태우면 훌쩍 밖으로 뛰쳐나가 별 하나 나 하나 별 둘 나 둘, 아랫배를 움츠리며 숨을 죽여 볼 수도 있다.

   그러노라면 치맛자락은 밤이슬에 젖고 타오르던 심화의 불길은 마당가에 지폈던 모깃불과 함께 사위어 간다.

   외로운 여름밤이 제아무리 긴들 새벽이 멀겠는가. 때 못 찾는 계명성은 한두 시각쯤 미리 들려 주는 수도 있다.
 그러나 일국의 왕비다. 유폐된 신세라고 말해서 황공할 것도 없다.
 반짇고리를 당겨 놓겠는가. 방망이를 들고 낭군의 세모시적삼이라도 다듬겠는가.
 문을 열어젖히면 달빛 교교한 뜰이 전개되는 것도 아니다. 장지를 열고 열고 또 열고 나가면 기다렸다는 듯이 보모상궁이 참견한다.
 「밤이 깊은데 어딜 납시옵니까? 아니됩니다.」
 「상감께선 오늘 밤 왜 아니드시느냐?」
 체면상 물어 볼 수도 없지만 눈 딱감고 물어 본들 대답은 정해져 있다.
 「대전마마는 밤마다 내전에 드시지 않는 게 궁중법도이옵니다.」
 단순한 '여자'가 돼서 다시 물어 본다고 치자.
 「이귀인 처소에선 돌아오셨느냐?」
 보모상궁은 넉살좋게 대답할 것이다.
 「상감마마는 으례껏 많은 후궁을 거느리시게 마련입니다. 마음을 쓰시지 맙시오!」
 마음을 도사리고 또 물으면 무슨 대답이 나올까.
 「이귀인은 왕골을 잉태했다는데 아내로서 투기도 말란 말이냐?」
 「구태여 이귀인뿐이겠습니까. 앞으로 그런 일을 거듭 겪으셔야 할 텐데 중전마마의 너그러우신 도량을 보이셔야 궁중이 두루 편안합니다.」
 넙죽넙죽 대답하는 상궁이 얄미워서 발끈 성깔을 내 보면 어찌되는 것일까.
 「나는 왕후이기 이전에 여자다. 시앗한테 너그러우라니 쓸개라도 빼 버리란 말이냐?」
 「왕후마마는 국모이십니다. 국모는 상감마마와 더불어 이 나라의 온 백성을 거느리시는 지존, 어찌 한두 여인한테 헛되이 마음을 빼앗기셔서야 되겠습니까. 덕기를 닦으시옵소서.」
 나불거리는 상궁의 입이 보기 싫어 호통을 쳐준다고 해서 이쪽의 직성이 풀릴 것 같지는 않다.

「너는 배알도 없구나! 괘씸하다! 평생 남자 없이 혼자 늙을 것아!」
왕후로서 발끈 역정을 내면,
「황감하옵니다. 마마.」
보모상궁의 이 한마디로 역정낸 쪽만 싱겁게 될 것이 뻔하다.
세 번 관문을 뚫고 간택에 뽑혀 왕비가 된 지 넉 달이 되는 민중전은 이런 생각으로 고단한 여름밤을 고스란히 지새웠다. 아침이 됐다.
새색시 민비는 문살에 아침햇살이 찬란했으나 자리에서 일어나려고 하지를 않았다.
온 여름밤을 뜬눈으로 지새워서 고단한 까닭이 아니다.
새신랑을 시앗에게 빼앗긴 채 독수공방을 했기 때문에 자기 성미를 못 이겨서 늑장을 부리고 있는 것도 아니었다.
생각이 많아서였다. 이귀인이 왕자를 낳았을 경우의 자기 처지를 곰곰 생각하고 있었다.
이미 소문대로 이귀인이 임신을 했다면 정실인 자기보다 먼저 낳을 것은 정해진 이치다.
옹주라도 낳는다면야 대수로울 게 못된다.
왕자를 낳는다면 일은 까다로워진다.
상감에게 있어서는 첫아들이 아닌가. 엉뚱하게도 세자로 봉한다는 소리가 나오지 말란 법은 없다.
새색시 민후는 생각이 이에 미치자 가슴이 답답해졌다. 몸을 뒤쳤다.
한여름 아침의 잠자리다. 촉감이 미끄럽기로는 삼팔을 따를 옷감이 없다.
얇고 매끄럽고 부드럽고 가벼운 순백의 삼팔속옷이 헤쳐지면서 삼팔의 촉감보다 못잖은 흰 살결이 드러났으나 개의하지 않았다.
(나도 애기를 갖고 싶다! 애기를.)
여자가 임신을 간절히 바랄 때처럼 눈에 광채가 빛나는 경우란 흔치가 않다.
(어떻게 하면 상감의 마음을 사로잡을 수 있을 것인가?)
젊은 왕비 민씨는 문득 운현궁의 부대부인 생각이 났다.

(그 어른은 나를 도와 줄 수 있을 게다.)
지혜를 빌고 싶은 마음이 간절했다. 상감도 생어머니인 부대부인의 충고는 들을 것이다.
부대부인이 작용하면 이귀인의 존재쯤은 약화시키기 어렵잖을 성싶어서 마음을 가라앉힐 수 있었다.
젊은 왕후 민씨는 보모상궁을 불렀다.
벌써 깨끗이 단장을 한 보모상궁이 지밀에 들었다.
「부르셨습니까, 마마.」
신랑없이 밤을 지새운 새색시는 일어나 앉았다.
두 눈이 부석했다. 그리고 핏기가 어려 있었다.
「상감마마는 간밤에 내전으로 드시지 않으셨군요?」
번연히 알고 있으면서 보모상궁은 왜 그런 소리를 하는 것인지 그 까닭이 모호하다.
「촛불을 꺼라!」
새색시는 왕비다. 어머니 같은 나이의 보모상궁한테 깔축없는 하댓말을 썼다. 촛불을 꺼요, 한들 어떨까. 그러나 꺼라, 가 열 여섯 나이 민비의 깔끔한 성품이었다.
보모상궁은 손바람으로 촛대에 조는 촛불 두 개를 껐다. 순간 촛내음이 넓은 방 안에 꽉 찼다.
「운현궁에 사람을 좀 내보내라!」
아마도 민규수가 왕비가 된 이후로 상궁한테 내린 '첫분부'였는지도 모른다. 싸늘한 그 음성엔 위엄이 천근이었다.
「운현궁에요?」
보모상궁이 반문하자,
「부대부인께 곧 입궐하시라고 전해 다오!」
침착한 새색시는 보모상궁의 도움으로 옷을 입기 시작하면서 무겁게 대답했다.
「지금 곧 말씀입니까, 마마?」
「아무도 눈치채지 못하게 사람을 보내라!」

아침부터 비원 숲속에선 뻐꾸기가 울고 있었다.
「그럼 곧 입 무거운 나인을 운현궁으로 보내겠습니다, 마마.」
보모상궁이 일어나서 왕비의 침구를 걷어치우려고 할 때였다.
「대전마마 듭시오!」
나가서 잔 신랑이 아침에 돌아와 새색시 방에 든단다. 아침에 돌아오면서도 떳떳하기 태양과 같은 게 젊은 왕이다.
보모상궁은 일어나 뒷걸음질을 쳤다.
새색시인 민씨도 황망히 일어났다. 입마구리에 가냘픈 경련이 일고 있는 것을 본 사람은 없다.
시녀들에 의해서 내전지밀의 장지문이 양쪽으로 활짝 열리고 당당히 들어선 사람은 나이 열 다섯이지만 이 나라의 제왕이다. 그 위엄이 이미 몸에 배어 있었다.
그는 비(妃)의 얼굴을 보려고도 하지 않고 일월과 쌍학과 자웅의 사슴이 수놓아진 병풍을 배경으로 보료 위에 좌정했다.
「잣죽을 올려라!」
왕비 민씨는 낭군의 피로한 낯빛을 재빨리 간취하자 보모상궁에게 나직이 분부했다.
그러고 난 다음 젊은 왕비는 왕 앞에 조신한 몸가짐으로 앉으면서 입을 열었다.
「퍽 피로하신 기색이옵니다.」
젊은 왕은 그 말에 가슴이 찔리는 눈치였다. 비의 눈치를 슬쩍 훔쳐본 다음 덤덤하게 대꾸했다.
「잠을 좀 설친 것 같소.」
왕비 민씨는 심정이 사나울 것이지만 온화한 표정으로,
「간밤엔 이귀인 처소로 납시었다구요?」
분명히 가시돋친 한마디를 했다.
「알고 있었소?」
「옥체에 해롭지 않도록 살피옵소서.」
「이귀인에게 태기가 있다기에……..」

「듣고 있어요.」
「그런데 아니라는군!」
「아니라니요? 태기가 아니란 말씀이십니까?」
「태기가 아니라 체기라는군.」
「체기요? 태기가 아니라 체기였다는 말씀이신가요?」
「그렇다는구려.」
「진맥이라도 해 봤습니까?」
「본인은 분명히 태기라고 하는데 전의는 아니라더군.」
「그래요?」

이때 분원백자 잣죽 대접이 나전칠기 붉은빛 쟁반에 받쳐져 들어왔다.

젊은 왕비는 왕에게 정력을 돕는 음식을 권하면서 온화한 음성으로 말했다.

「이귀인한테서 왕자라도 얻으셨으면 좋겠습니다.」

이 말을 곧이곧대로 들을 왕이 아니다.

「곤전도 진정 기뻐하겠소? 이귀인 몸에서 왕자가 탄생하면 말이오.」

이 말에 곧이곧대로 대답할 민후가 아니다.

「어찌 기쁘지 않겠습니까? 대전마마의 혈육이 탄생한다면.」

「곤전!」

「예!」

「투기를 하오?」

민후는 잣죽 쟁반을 들어 금봉(金封)이 박힌 은술로 걸쭉한 액체를 떠서 왕의 입에다 넣어 주고는 한참 만에 대답했다.

「어찌 투기를 하겠습니까. 여자의 칠거지악의 하나라 하옵는 투기를.」

그러나 왕은 말했다.

「투기가 없다면 어찌 여자 구실을 하겠소?」

「투기가 없으면 여자 구실을 못 한다고 말씀하십니까?」

「안 그렇소?」

「그렇긴 합니다만.」
「허나 곤전, 이귀인만은 귀여워해 주구려.」
젊은 왕비 민씨는 내리깐 눈을 핼끔하면서 말했다.
「상감께서 사랑하시는 이귀인이니 저도 그만큼 사랑하려고 합니다.」
어떻게 알아들어야 하는가, 왕은 비를 쏘아봤다.
비 민씨도 왕을 마주봤다. 지극히 짧은 사이지만 눈총과 눈총이 마주치면서 서로 형용할 수 없는 착잡한 심경이 된 채 이내 외면들을 했다.
(만만찮은 성정의 여자!)
왕은 왕비에 대해서 그런 선입관을 가지고 있다.
(철부지 같은 양반!)
민후는 남편인 왕에 대해서 손아래 동생과 같은 심정이었다.
많은 남성들이 공통적으로 가져 보는 욕심스런 생각이 있다.
― 아내란 안주인, 집안의 살림을 맡은 사람이다. 아내 말고 사랑스런 여자를 갖고 싶다.
젊은 왕도 분명하게 자기 자신한테 설명을 할 수는 없었지만 그러한 잠재적인 욕망을 가지고 있는 한 사람의 사나이였다.
따라서 비의 존재도 인정하지만 이귀인 같은 총애할 후궁도 없어서는 안 되었다.
「곤전!」
그는 민비의 손을 잡아 끌어당겼다.
「왜 이러십니까, 마마?」
어떤 아내가 싫을 것인가. 하지만 민비는 가볍게 항거하면서 말했다.
「피로하실 텐데 좀 누우시지요!」
왕은 가벼운 항거를 시도하는 비의 허리를 감아 안고는 정겨운 한마디를 했다.
「곤전도 왕자를 하나 낳아 놓구려.」
민비는 서슴없이 할말이 있었다.
「배지 않은 아기를 어떻게 낳습니까?」
「어허, 배면 될 것이 아니오..」

「언제 뱁니까?」
「지금이라도 배면 될 것이 아닌가?」
「마마두…….」
어떤 아내가 이런 경우 좋아하지 않겠는가.
왕비 민씨는 얼굴을 붉히면서 왕의 품에서 헤어나려고 했으나 토라진 마음은 좀 전보다 훨씬 풀어졌다. 그만큼 왕의 여자를 다루는 수완은 비범했다.
토라진 여자는 버려 둘 것이 아니라 우선은 그 마음을 풀어 줘야 한다는 탕아의 기질을 왕도 가지고 있었다.
「옥체에 해롭습니다!」
비원의 숲은 가깝지가 않은데 아침부터 곽공의 울음소리가 해맑게 궁중 심규에까지 들려왔다.
뻐꾹, 뻐꾹, 뻑뻐꾹.
잠시 후 운현궁의 부대부인이 들어왔다.
부대부인은 아들 내외의 금실을 보자 마음이 흐뭇했던 것 같다.
「상감이 마침 예 계시는 줄은 몰랐소.」
마음 같아서는 아들의 손이라도 덥석 잡고 싶은 모양이나 그래서는 안 되는 것이다.
「이렇게 원앙금실임을 보니…….」
부대부인 민씨는 아들인 왕의 손을 잡는 대신 아우뻘이자 며느리뻘이지만 왕비라서 대하기가 어려운 민비의 손을 큰마음 먹고 덥석 잡으면서 그런 말을 했다.
세 사람은 한동안 오붓한 대화를 나눴다.
민비는 오랜만에 대하는 부대부인한테 왕비의 체모를 벗어 버리고 극진히 굴었다. 왕이 대전으로 나가자 민비는 부대부인에게 호소했다.
「이귀인이 포태했다는 소리가 있어요.」
부대부인은 민비한테서 그 소리가 나올 줄을 알고 들어온 성싶었다.
「나도 그런 소식을 들었어요.」
왕비의 눈치를 보는 부대부인의 얼굴엔 난처해 하는 빛이 역연했다.

집념執念은 병病, 정情은 물일레라

「밴 아기는 낳아야 하지요. 그럴수록 마마는 상감의 마음을 돌리시도록 극진히 보살펴 드리시오!」

부대부인으로서는 이 말 이외는 할말이 없었으나 이날을 계기로 해서 이귀인을 적대하는 민비의 편으로 서게 됐다. 부부의 사이라고 해서 언제나 반드시 일심동체는 아니다.

그날 운현궁으로 돌아온 부대부인이 이귀인의 임신설에 대해서 몹시 꺼림칙한 듯한 말을 남편한테 비치자 대원군은 까닭없이 역정을 버럭 냈다.

「누구 몸에서 나든지 상감의 핏줄이면 왕자가 아니오? 손주를 볼 텐데 뭐가 마땅찮소?」

담뱃대의 물부리를 깊숙이 입에 물었던 대원군이 이렇게 소리치는 이유를 부대부인은 이해할 수 없었다. 여필종부라는 사상이 골수에 배어 있는 부대부인도 한마디 안할 도리가 없었다.

「그야 그렇지만 국혼을 치른지 몇 달 되지도 않아서 궁인의 몸에 태기가 있다면 중전이 가엾지 않아요? 더구나 내가 듣기에는 상감은 중전보다 이귀인만 가차이 하신대요.」

이 말에 대한 대원군의 반응은 역시 뜻밖이었다.

「다 자기 팔자소관이지!」

민비의 팔자소관이란다. 이귀인이 아기를 가진 것도 왕의 총애를 독점하고 있는 것도 새색시인 민비의 팔자소관이란다.

부대부인은 기가 막혔다. 다른 일 같으면 남편의 성미를 건드리지 않기 위해서도 입을 다물어 버릴 것이지만 민중전은 부대부인의 친정붙이다. 애당초 왕비 간택에 추천한 것도 부대부인 자신이다.

불우했던 민씨네 종가를 위해서도 민중전은 욱일승천의 세를 얻어야 한다는 소망이다.

일개 궁인 때문에 왕의 사랑을 빼앗기는 일이 있다면 어이가 없는 노릇이다.

부대부인은 아무래도 침묵할 수가 없었다.

「어떻게 그런 말씀을 하세요? 그래 혼인한 신랑이 본실에서보다 시앗의 소생을 먼저 얻어도 좋다는 말씀인가요? 그게 본실인 중전의 팔자소관이란 말입니까?」
　부대부인답잖게 대들었다.
　그러나 대원군은 끝내 빗나가기만 했다.
「그렇지, 팔자소관이지. 자기 팔자야. 왜 상감의 총애를 받도록 못했나?」
「그야 혼인한지 아직 일천하니까 그렇겠지요.」
　대원군은 딴소리를 했다.
「이귀인은 얼마나 됐답디까?」
「뭐가요?」
「포태를 했다면서?」
「그게 확실친 않은가 봐요.」
「확실치 않아?」
「약방기생의 진맥은 포태라고 하지만, 전의는 체기였다고 한대요.」
「체기?」
「체기래요.」
「체기야 체기지. 포태도 체한 거나 같지!」
「대감두.」
　부대부인은 어이가 없어서 실소를 했다.
　대원군은 두 눈을 지그시 감고 몸을 좌우로 흔들기 시작했다. 그는 아직까지는 왕비 민씨에 대해서 정이 가지 않았다.
　분명한 이유는 없다. 사람이 사람에 대해서 정이 가고 안 가는 데에는 분명하게 밝힐 수 있는 이유가 없을 경우도 있다.
　그것은 서로의 직성일 수도 있다.
　까닭없이 싫은 사람이란 있는 법이다.
　더구나 대원군은 국혼날의 그 새벽꿈이 아직껏 머릿속에 생생하다.
　운현궁 용마루에서 도끼질을 하던 여자, 그 요물과 민중전을 연관시킬 필요는 없겠는데도 웬지 중전에게는 좀처럼 호감이 가지 않는 게 대원군의 심정이다. 결국 대원군 내외 사이에도 파벌의 싹이 움트는 건가.

외침外侵이다, 한강수漢江水를 막아라

「이귀인은 포태한 게 아니었답니다.」

창덕궁에서 이런 소식이 운현궁 내실에 전해지던 날, 사랑 아재당에서는 대원군이 평양감사 박규수로부터 대동강에서 있었던 '셔먼호' 사건에 대한 진상을 보고받고 있었다.

「저하, 삼국지의 적벽회전(赤壁會戰)을 방불케 했습니다.」

물론 박규수의 과장된 전공(戰功) 자찬이다.

20명 안팎의 외이(外夷)를 몰살시킨 것이 어떻게 적벽회전을 방불시킬 것인가. 한 척의 배를 불태우고 어떻게 적벽회전에다 비기는가.

그러나 그다음 이야기는 삼국지의 연환계식(連環計式) 전법을 연상케 했다.

「놈들은 시량이 없어지니까 강도질과 약탈을 자행하며 총포를 마구 쏘아대는 횡포로 나왔습니다. 본래 목적은 상교역(商交易)이 아니라 왕릉을 파헤쳐 보물을 도굴하러 온 모양인데, 그것도 저것도 안 되고 타고 온 배는 강물에 빠져 움직이지 않고 하니까 발악을 하게 된 것입지요. 격노한 우리 군중 속에서 일곱 명이 죽고 다섯 명이나 부상을 입었으니 어찌 가만 두겠습니까? 짚과 솔가리를 실은 배 네 척을 서로 얽어매고 화약에 불을 붙여 상류에서 떠내려 보내는 화공법(火攻法)을 썼습니다. 배에 남아 있던 놈들은 아비규환 속에서 헤매다가 타죽고 완전히 소실되어, 잔해만 앙상한 배의 쇠붙이는 우리 무기고에 저장했으며, 물 속에 잠겼던 닻은 대동문 문루에 높이 달아 매어 평양 백성들의 구경거리로 삼고 있사옵니다.」

이 자리에는 몇몇 조정 요인들이 참석하고 있었다. 모두 이구동성으로 박규수의 전공을 치하했다.

대원군도 흡족해서 껄껄 웃었다.

「수고했소. 이번에 공을 세운 철산부사 백낙연과 평양서윤 신태정에게 내가 치하를 하더라고 전하시오! 그러나 중군(中軍) 이현익(李玄益)은 잠시나마 외적에게 잡힌 몸이 되었으니 이 나라 군관의 수치라고 전하고, 우리 사상자에 대하여는 내탕금을 내려 위로하겠으나 귀공도 그들의 유족과 중환자를 잘 보살펴 주는데 힘을 쓰도록 하시오..」

「황감하신 분부이십니다.」

이날 정오쯤 대원군은 평양감사 박규수를 데리고 창덕궁으로 들어가 왕에게 소개했다.

왕은 그에게 내탕금에서 금일봉을 내려 '셔먼호' 사건으로 말미암은 사상자들을 위로케 했다.

저녁에는 운현궁에서 연회가 베풀어져 박규수의 그동안 노고를 위안했다.

장악원에서 특별히 나온 악수(樂手)들에 의해서 아악이 연주되고, 뽑혀 온 기생들의 노래와 춤이 무르익고 있었다.

그러나 그럴 때가 아니었다. 그까짓 '셔먼호' 사건쯤으로 그러고 있을 때가 아닌 줄을 그들은 몰랐다.

그날은 1867년 9월 18일이었다. 음력으로는 추석절을 사흘 앞둔 8월 12이었다.

영종첨사(永宗僉使) 심영규가 보내는 전령이 이날 석양에 운현궁을 향해서 말을 급히 몰고 있는 줄을 그들은 몰랐다.

말굽소리는 서울과 제물포 사이의 가도를 요란하게 뒤흔들었다.

밤이 꽤 깊어서야 운현궁에 도착한 치보(馳報)는 연락(宴樂)에 취해 있던 고관들을 혼비백산케 했다.

「아뢰오, 영종첨사 심영규의 치보에 의하면 경기도 남양만에 정체를 알 수 없는 이양선(異樣船) 3척이 나타나 수많은 포구(砲口)를 겨누고 강화섬 쪽으로 이동 중에 있다 합니다.」

풍악이 일제히 중단되고 모두의 시선이 대원군에게로 집중됐다.

(어허, 큰일났구나!)

대원군도 속으로는 낭패가 컸으나, 그러나 여러 사람 앞이다. 태연하게 한마디 했다.

「바다에 뜬 이양선 두세 척에 영종첨사는 그토록 당황망조한다더냐?」

말은 그렇게 했으나 방비대책은 막연한 게 사실이었다.

이날 이후 조정은 발칵 뒤집혔다.

대원군은 창덕궁 중희당으로 들어가 앉아 백관(百官)을 지휘했다. 우선 통진부사(通津府使) 이공렴에게 기치수령(畿治守令)들을 인솔하고 부평 앞바다의 현장으로 직행케 해서 사정을 탐문케 했다.

현지에서는 속속 급보가 서울로 날아들었다.

　탐문한 바에 의하면 이양선 세 척은 불국의 군함 '데롤레데호'와 '프리모게' '탈티브' 등으로서, 영종첨사 심영규를 물치도 앞바다에 정박중인 데롤레데호에 상선(上船)시켜 문정(問情)토록 하였으나, 접근이 거부되어 실패하였음.

물치도는 작약도, 작약도 앞바다에서 부평과 제물포를 제압하고 있다면 저들의 목적은 침략이라고 단정해야 한다.

창덕궁 중희당에서는 연일연야 알맹이 없는 중신회의만 거듭됐다.

또 보고가 들어왔다.

　불함들은 14일 제물포의 팔미도 근처로 모여들더니 다시 방향을 바꿔 부평 앞바다를 거쳐 강화도 쪽으로 북상하다가 그중 '프리모게호'가 암초에 걸려 선창을 상하고 난지도 앞바다에 정박하였음.

음력 8월 16이 되자 제3차 보고가 중희당 중신회의장에 날아들었다.

암초에 부딪쳤던 '프리모게호'는 작약도 쪽으로 일단 후퇴하고, 나머지 두 척은 소금강[鹽江]을 통과하여 경강(京江) 어귀를 거쳐 통진(通津) 방향으로 진입하는 것을 보면 아마도 김포까지 침범할 것 같음.

조정에서는 양천현령 윤수연에게 명령해서 저들의 목적을 직접 문정, 보고하라고 호통을 했다.

18일에는 윤수연의 보고가 접수됐다.

저들의 답변은 본국의 산천구경이 목적이라 함. 즉시 퇴거를 요구했으나 아무런 반응이 없고 오히려 저들은 함선을 움직여 양화진을 통과, 고양 땅인 서강 하중리에 투묘(投錨)하였음.

놀라운 보고였다. 서강이라면 수도 서울의 턱밑이 아닌가. 만약 저들이 함선에 실은 대포라도 쏜다면 서울 한복판에 떨어질 지점이다.

저들의 목적은 모른다. 그러나 사태는 더할 수 없이 급박해졌다.

조정의 명령을 받은 어영중군 이용희는 여러 장관(將官)의 수하친병(手下親兵)인 표하군(標下軍)은 물론 동원할 수 있는 훈련도감의 모든 마보군(馬步軍)을 소집 인솔하고 경인 연안을 엄중히 경비하는 임무에 당했다. 이날(18일) 오후, 대원군은 중희당에서 열린 긴급대책회의 석상에서 장상(將相)들에게 선언했다.

「여(余)의 판단으로는 이번 불함의 침범은 서학금압에 대한 보복으로 안다. 저들의 함선은 지금 경강 하류까지 와서 무엄하게도 왕성(王城)을 위협하고 있으니 이미 아방(我邦)에 대하여 크나큰 죄악을 범했다. 죄인이 죄를 범했다고 자인하면 못하는 짓이 없는 법이다. 하물며 저들은 엄청난 위력을 자랑하는 대포를 가지고 있는 것으로 안다. 여(余)는 왕명을 받들어 제장(諸將)에게 명하노니 명심하라!」

장성들은 두 줄로 늘어섰다.

다섯 자 두 치의 대원군은 눈망울이 불거졌다.

대원군의 카랑한 음성은 중희당 높은 천장을 쩌렁쩌렁 울렸다.
「제관은 맡은 바 직무에 따라 왕성 호위에 만전을 기하라!」
그의 턱수염은 벌벌 떨렸다.
「특히 서남편의 성문 파수를 물샐틈없이 엄중하게 하라!」
적이 서울에 침범한다면 서남쪽으로 일 것이니까, 서대문, 남대문을 잘 지켜야 한다.
「한강 연안으로 통하는 길목을 철저히 경비하고 양쪽 강안을 주야로 감시하라!」
대원군은 국가 비상사태를 선언했다.
「여의 생각으로는 유언비어가 나돌 것이다. 철저히 단속해서 민심의 동요를 막아라! 혼란을 틈타서 성안 성밖의 불량도배들이 범법 행위를 자행할지 모른다. 좌우포청에 엄중시달해서 혼란을 조장하는 불량배들은 모조리 구금 투옥하라!」
그는 국방상(國防相)인 병조판서에게 명령했다.
「한성뿐이 아니라 왕국 전역은 비상사태를 갖춰야 한다. 병판은 서대문에 방을 붙여 의용군을 모집하고, 병무의 전력이 있는 자들을 점검하여 사기선양과 무비정돈에 철저를 기하라!」
그는 끝으로 다짐했다.
「제국 홍패의 위기임을 알라. 저들은 소수의 병력으로 중원마저 석권한 바 있으니 한껏 오만불손할 것이다. 온 백성은 왕명에 기꺼이 목숨을 바칠 각오를 하도록 그 사기를 선양하라!」
이날 날씨는 가랑비가 오락가락했다.
겨울에는 북서풍이 눈발을 몰고 온다. 여름에는 동남풍이 비구름을 몰고 온다. 그러나 이날은 서남풍이 회색구름을 서서히 몰고 오는 중에 있었다.
마치 외적이 서남쪽에서 쳐들어오는 것처럼 불길한 조짐을 보이는 날씨였다.
곧 이어서 인정전에는 국왕이 임어했다.
문무백관, 원임 시임의 중신들이 참집해서 국왕의 등장을 대기하고 있었다.

용상에서 좀 떨어진 앞에는 중희당 회의를 마치고 온 대원군이 정일품 관복에 기린흉배를 번뜩이며 떡 버티고 섰다.

그동안 밝혀진 불함 침범의 경위가 왕에게 보고되는 자리였다.

모두 당상관 이상의 중신들뿐이었다. 물론 현직 대신들도 빠짐없이 참집했다.

엉뚱하게도 외부대신인 예조나 병무대신인 병조판서를 제쳐놓고 좌우포장인 이경하가 조정을 대표해서 불함 내침의 경위를 왕에게 주상(奏上)하는 것은 대원군의 배려인지도 모른다.

「그동안 서학교도 중에서 세 사람의 법국인 선교사가 체포되지 않았사옵니다. 그중 린델이라는 자가 광신자 11명과 함께 충청도의 해안인 용당포에서 어선 한 척을 훔쳐 타고 탈출해서 사흘만에 서해바다를 횡단, 청국의 산동 땅 지부라는 곳에 상륙한 것이 지난 26일이었다고 합니다.」

사실 그랬다.

린델은 즉시 텐진으로 가서 그곳에 머무르고 있는 불란서의 수사제독 로즈와 회견하고 한국에서의 천주교도 대학살 사건을 전한 다음 그 보복을 청원했다.

로즈제독뿐 아니라 텐진에 있던 모든 서양인들은 놀라고 격분했다.

― 가만 둘 수 없다!

로즈제독은 주청(駐淸) 불란서공사 벨로네와 협의 끝에 즉각 행동을 개시했다.

나폴레옹 3세의 위력을 등에 업은 그들이다.

우선 청국정부에 실로 오만무례한 공한을 냈다.

블란서공사 벨로네는 청국 공친왕을 만나 우선 구두로 말했다.

「귀국의 속방인 조선왕국은 불란서인 주교 두 명과 일곱 명의 전도사를 이유없이 학살했을 뿐 아니라 천주교도 수만 명을 무참히 잡아 죽이는 만행으로 종교의 자유를 침해하고 불란서제국의 위신을 짓밟았소이다. 이제 불란서제국 나폴레옹 3세폐하의 대권을 위임받은 본 공사는 불란서제국의 수사제독 로즈로 하여금 한반도로 진격하여 무고한 천주교도들을 구출케 할 예정이외다.」

북경성에 있는 정청에서 공친왕을 협박한 그는 정식으로 항의각서를 제출했다.

공친왕은 그에 대한 답변준비가 돼 있지 않아서 각서를 받아 든 손이 마구 떨렸다고 전한다.

불란서제국 정부는 그와 같은 조선왕국을 징벌하지 않을 수 없다. 본 공사는 불란서제국을 대표하여 귀국 정부에 통고한다. 귀국의 속방인 조선왕국이 우리 불행한 동포에게 박해를 가한 그날은 즉 동왕국 최후의 날이다. 다시 말하면, 조선왕국의 국왕은 자신이 자신의 멸망을 선언한 것이라고 본관은 차제에 단연코 선언한다. 우리 불란서제국 군대는 수일 이내로 조선왕국을 정복하기 위하여 출진할 것인 바, 이제 저들의 소망대로 그 나라와 왕위를 처리할 수 있는 권리와 힘은 오로지 우리 불란서제국 황제에게 전유(專有)하는 것임을 귀국 정부에 통고하는 바이다.

이것이 개명한 나라 불란서제국의 외교문서라면 어이가 없다.

그러나 벨로네 공사는 저들 본국 정부와는 아무런 의논도 없이 그런 오만무례한 서장(書狀)을 청국 정부에 제출했단다.

그는 또 구두로 공친왕을 협박했다.

「본공사가 알기로는 오늘까지 귀국과 조선왕국과의 사이는 일의대수(一衣帶水)의 운명으로서 조선왕국에 관한 중요한 사안은 귀국 정부가 결정해 온 사실을 인정합니다. 그러나 앞으로는 조선왕국에서 어떠한 일이 발생하든지 귀국은 일절 간섭할 수 없음을 통고하는 바이외다. 그 이유는 간단하오. 귀국 정부는 조선왕국에 대한 감국(監國)을 제대로 못했기 때문이오.」

북경정부는 당황했다. 이미 지난 7월 1일 날짜로 조선 조정에 비밀통보를 해온 바 있다.

─불란서가 귀국의 천주교도 학살을 빙자해서 곧 침공할 모양이니 심사숙고해서 일을 처리하기 바란다.

대원군은 이 통보를 받고 즉각 전국 방방곡곡에 방을 붙였다.

수륙 수만 리 밖에 있는 법국이 천주교 금압에 대한 보복으로 우리 나라에 침공해 올 뜻을 청국 정부에 밝혔다 한다. 이는 국내에 남아 있는 천주교도들 중에서 외이(外夷)와 밀통하고 있는 역도배가 있음을 증명하는 것이 아니겠는가. 상하관원은 국경 경비태세에 만전을 기할 것이며, 아직 살아 남은 사교도들은 가차없이 수색해서 처단하라!

이 나라 조정에서는 불란서 군함의 침공 가능성을 이미 예기하고 있었으나 오늘날까지 아무런 대비책도 세우지 않고 있었던 것이다.

젊은 왕은 이날 비로소 저간(這間)을 어렴풋이나마 알았다.

젊은 왕은 얼굴의 핏색을 거둔 채 생부인 대원군을 보고 물었다.

「그럼 우리편의 방비책은 어떻게 되어 있소?」

대원군은 아들인 왕에게 허리를 굽히며 대답했다.

「강화포대(江華砲臺)의 수비를 끝냈을 뿐 아니라 한강 연안의 방어를 굳혀 놓았으니 전하께선 진념 마옵시오.」

그러나 이 무렵 사태는 달라졌다. 이해할 수 없는 사태였다.

한강 하류 서강 연안으로 출진했던 어영중군 이용희의 믿기지 않은 치보가 날아들었던 것이다.

8월 19일, 서강에까지 침범해 와 있던 불함 두 척은 갑자기 발묘(拔錨)하여 하류로 퇴거하기 시작하였음. 그들은 강물의 흐름과 연안의 지세를 측량하면서 물치도(작약도) 방면으로 후퇴, 그곳에 대기 중이던 다른 한 척의 함선과 합류, 즉시로 원양(遠洋)을 향해 둔주했음.

믿어지지 않는 보고였다. 서강에까지 올라왔었다면 온갖 위험을 무릅쓴 침공이었는데 신고 온 대포 한 방 쏘아 보지 않고 제물에 물러가다니, 믿어지지 않았다.

그러나 그것은 사실이었다.

침공해 왔던 불란서의 수사제독 로즈는 승산이 없었다.

아무리 조그마한 왕국이지만 군함 세 척으로 결전을 해본다는 것은 너무나 무모한 일이었다.

양화진에서 망원경으로 정찰을 시도해본 로즈는 강안에 포진한 이용희의 군세를 확인했다.

마군(馬軍) 2초(二哨), 보군이 7초(七哨)라면 우선 만만치가 않았다.

물론 대수로운 병력은 아니다. 일초는 백 명, 그러니까 기마병 2백 명과 보병 7백 명 정도의 병력이 뭐가 대단한가.

그러나 자기네는 강상함(江上艦) 두 척이다. 대적하기가 쉽지 않다.

그는 망원경이 아니라 육안으로 또 보았다.

강안 양쪽에는 수백 수천을 헤아릴 군중이 운집해서 이쪽을 주목하고 있다.

군중은 왜 모두 흰옷을 입었을까.

옷빛이 한가지로 통일돼 있는 것을 보면 아무래도 수상했다.

일반 구경꾼들이라면 모조리 흰옷으로 통일해서 입고 있을 까닭이 없는 것이다.

(조선왕국은 작은 나라라 놔서 여군(女軍)도 있나보다!)

양쪽 강 둔덕에 웅성거리는 남녀 구경꾼들을 보고 불란서제국의 수사제독 로즈는 겁이 덜컥 났다.

그는 닻을 거두고 일단 후퇴해 갔다.

그러나 그들의 그런 사정을 이쪽에서 소상히 알 수는 없다.

조정의 장신(將臣)들은 입을 모았다.

—유인전법(誘引戰法)인가 보오.

—아마 충청도 당진쯤으로 다시 상륙하려는 속셈일 게요.

서울의 시민들도 전전긍긍했다.
— 저놈들은 중원 병력을 불러 남쪽에서 다시 쳐들어올 모양이다.
민(民)은 우선 의식(衣食)이었다.
옷가지와 식량자루를 모아 가지고 피난갈 준비에 급급한 축들이 많았다.
아침마다 사대문이 열리면 먼저 서울로 들이닥치는 것은 식량과 시탄 바리다.
세상이 하도 어수선하니까 시량 바리가 일시에 뚝 그쳤다.
— 쌀이 안 들어 온다.
조정에 비축미(備蓄米)가 있을 리 없다. 유언비어를 막을 길이 없다.

서울 장안은 벌집 쑤셔 놓은 듯했다.
당장 큰 난리가 난 것처럼 시량을 사 모으느라고 아낙네들이 거리에 넘쳐 흘렀다.
무슨 물건이건 구하기가 어렵다면 집에 산같이 쌓여 있어도 아우성을 치며 수집해 대는 게 사람들의 습성이다.
더구나 서울에 보급로로는 한강의 수운을 많이 이용해 왔다.
그 한강수로가 싸움준비로 갑자기 막혔으니, 식량과 생활필수품이 귀해진 것은 사실이다. 아우성들을 쳤다.
그것이 난리였다. 민심이 흉흉해졌다. 대원군은 포도대장을 운현궁으로 불러 명령했다.
— 미곡, 시탄, 백포, 채소 등 생활필수품을 매점 매석한 장사꾼들을 내사해서 엄중히 처벌하라.
꽤 여러날이 지났으나 일단 퇴거한 불함들은 다시 나타나지 않았다. 그대로 가라앉을 것인가.
사람들의 마음은 들떠 있었다.
악질 관헌들은 다시 강화된 천주교 신자들에 대한 수사명령을 빙자해서 금품을 우려내고 개인끼리의 이해싸움에 끼여들어 악행을 마구 저질렀다.

추상 같은 대원위분부가 또 내렸다.

근래 도하(都下)에는 외세와 사학을 빙자한 유언이 퍼져 소요가 심하다.
경향의 교졸배(校卒輩)들은 천주교도 수색을 구실삼아 민촌(民村)에 작폐하는 자가 많다. 앞으로는 그런 작악한(作惡漢)들은 신분 여하를 막론하고 구금 투옥한 다음 포청에 치보하여 엄히 처벌케 하라.

오죽해야 이런 특별 유지가 내렸겠는가.
이번에 분 낙동바람은 그 상대가 포졸들이었다. 자가숙청을 한 것이다.
시국이 어지러우니까 경복궁 중건공사도 중단 상태에 빠졌다.
인부들은 어물어물, 해 기울기만 기다리다가 주변에 산재한 색주가로 몰려들어 난잡하게 놀아댔다.
경복궁 뒷숲은 들병장수 아낙네와 인부들의 거래로 풍기가 문란했다.
달빛 어른대는 숲속에서는 제법 낭랑한 목청이 흘러나오기도 했다.

불로초(不老草)로 술을 빚어
만년배(晩年盃)에 가득 부어
잡으신 술잔마다 비나이다 비나이다.
이 잔 한 잔 드시오면 만수무강 하오리다.

권주가야 누가 부르든 같은 것이 아니겠는가.
그러나 숲속에서는 권주가가 여체(女體) 거래의 후럼으로 이용됐다.
대원군은 또 포도대장 겸 훈련대장인 이경하에게 명령했다.

듣자니 근자 시국의 혼란한 틈을 타서 경복궁 중수공사가 지지부진한 것 같다. 역군들은 일을 게을리할 뿐 아니라 도망하는 자의 수효가 늘어나고 밤이면 미풍양속을 해치는 남녀의 무리들이 인근 주변에 널려 있다는 소문이다. 단속하라!

포졸들이 경복궁 뒷숲은 물론 인근 색주가촌을 뒤지기 시작했다.
그러나 위에서 옳은 명령이 연발된다고 해서 일이 모두 바로잡히는 것은 아니다.
하급관리들의 관기 자체가 문란할 경우에는 오히려 사회기강의 타락을 조장할 뿐이다. 포졸들은 밤낮을 가리지 않고 만만한 민가에 마구 침입해서 무고한 주민들을 괴롭혔다.
악화는 양화를 구축한다.
오히려 날뛰는 것은 갈보들이고 그들의 물주패였다.
금품으로 포졸들을 매수해서 전보다도 공공연한 매음행위가 성행했다.
갈보들은 몸뚱이가 현금이고 자본이고 무기였다.
포졸에게 쫓기면 역습을 했다. 육체적인 역습으로 포졸들을 함락시켰다.
왜 매소(賣笑)라고 하는가. 그것이 어디 웃음을 파는 건가.
남자란 여자가 한쪽 눈만 찡긋해 줘도 눈알이 벌개져서 입이 헤에 벌어진다.
가슴만 헤쳐 줘 보라. 성을 내고 있다가도 비실비실 다리를 휘청거리며 고양이처럼 잔등이 구부러진다.
대원위 분부가 아무리 추상같은들 그 순간마저 그들을 위하(威嚇)할 수는 없다.
낙동바람이 아무리 거세고 사납더라도 갈보들 지체(肢體)에 사로잡힌 포졸의 덜미를 일일이 낚아채기란 불가능한 일이다.
경복궁타령은 음담패설로 그 가사가 변형됐다.
백자로 된 들병과 왕골돗자리 한 닢을 옆구리에 낀 여자한테 걸리면, 대원위 분부 따위는 토란잎의 이슬방울처럼 후르르 땅에 떨어져 형적도 없어진다.
이러한 그들의 실정은 쥐도 새도 모르게 운현궁 아재당으로 보고된다.

「대감마님, 사회풍기는 말씀이 아닙니다요.」
「왜?」
「풍기를 단속하러 나간 포졸들이 오히려 풍기를 어지럽히고 있습니다요.」

안필주의 내탐 보고로 해서 대원군은 기발한 명령을 또 내렸다.
「사내놈들이 계집을 취체하니까 그런 일이 일어나는 구나. 다모(茶母)를 동원하도록 하라!」

그러자 안필주는 어이가 없다는 듯이 대원군에게 반문했다.
「대감, 다모가 모두 몇 명이나 있길래 동원하라고 하십니까?」

다모는 관비(官婢)지만 여순경의 직능을 가지고 있다.

제도는 전부터 있었으나 유명무실, 모두 몇 명이나 있는지조차 알 길이 없다.

대원군은 호통을 쳤다.
「이놈아, 모자라면 그 수효를 늘리면 될 게 아니냐? 계집은 여자가 다루도록 하라!」

매음녀들은 여순경이 그 취체를 전담하라는 명령이었다.

이 명령은 즉각 이경하에게 전달됐다.

포도청은 갑자기 다모 50 명을 모집 채용했다.

속성으로 간단한 호신술을 익혀 주고는 청치마에 붉은 겉옷을 제복으로 입혀서 홍등가를 순찰케 했다.

권력이란 행사해 보고 싶은 것이다.

다모들은 자알 잡아들였다.

우포청 옥에는 유두분면(流頭粉面)의 여자들이 꽉꽉 들어차는 기현상이 일어났다.

여자의 수치란 정조를 존중히 하는 데서 비롯된다.

몸을 파는 여자들에게 수치란 겉치레에 지나지 않는다.

잡혀 들어온 여자들은 옥졸들만 보면 육체를 과시하며 온갖 아양을 떨었다. 옥에 갇힌 것을 부끄럽게 여기지 않으니 벌받을 것을 두려워할 까닭이 없다.
 난장판이 벌어지고, 웃음과 노래와 기성이 옥을 떠들썩하게 했다. 귀찮아서 가두어 둘 수가 없을 지경이었다.
 사내들 같으면야 모조리 곤장이라도 치겠지만, 경범(輕犯)에 속하는 젊은 여자들을 너무 지나치게 다룰 수도 없다.
 정 심한 여자는 본보기로 끌어다가 곤장을 치기도 했다.
 그네들이 보는 앞에서 형틀에 엎어놓고 치마 뒷자락을 헤친 다음 볼기를 쳤다.
 그러나 장형 옥리도 사내여서는 안 되는 것이었다. 여자의 흰 볼기가 튀어나오면 곤장막대가 내려가다가도 주춤하고 멈춰지기가 일쑤였다.
 그럴 때면 동료들이 까르르까르르 하고 웃으며 노닥거렸다.
「손으로 때려라. 때릴 것 없이 슬슬 만져줘라!」
 하여간 진풍경이었다.
 사회상의 일면이 그렇더라도 그것은 극히 일부의 현상이라 과히 우려할 바는 아니었다.
 조정은 더 큰 일에 긴장하고 심각했음은 물론이다.
 내침했던 불함 세 척이 스스로 물러간 것을 안심만 하고 있을 처지가 아니었다.
 저들은 머잖아 다시 군비를 정돈해 가지고 침범해 오리라는 것을 예측해야 했다.
 대원군은 연일 창덕궁 중회당으로 조야의 요인들을 불러 그 대책을 강구하기에 여념이 없었다.
 당면한 목표는 들뜬 민심을 수습하고 사기를 고무하며 국방 대책을 굳히는 데 온갖 힘을 기울여야 하는 것이었다.
 대원군은 의용군 초모(招募)를 계속 독려했다. 강화도를 비롯한 근기 연안(近畿沿岸)의 여러 포대(砲臺)를 서둘러 수축시켰다.
 철강(鐵鋼)류를 공출시켜 군기 군물(軍器軍物)을 만들게 했다.
 미운들 어쩌겠는가.
 그는 새로 임명한 훈련대장 이경하를 불러 비밀리에 지시했다.

「총포 창검의 새로운 무기를 왜국에서 구입해 보도록 그 방안을 꾸며 보게!」

일본에서 무기를 구입하라는 것이다.

대원군은 피로했다. 그의 생각으로는 불함의 재침은 불을 보는 것보다도 더 명확한 현실이다.

(반드시 더 많은 군함과 병력이 휘몰아 침범해 올 것이다.)

오랫동안 이 나라의 국방(國防)은 잠자코 있었다.

정예군병이 있는 것도 아니고, 쓸 만한 무기가 준비돼 있지도 않다. 그리고 국민이 단결해 있지도 못하다. 어떻게 할 것인가.

연일 중신회의만 소집해 봤으나 한 사람도 특출한 의견을 내놓지 못한다.

대원군은 망설이지 않았다. 적대시하는 사이지만 안동 김씨네의 의견을 물어 보기로 하고 그네들의 두뇌인 김병기를 불렀다.

김병기가 여주에서 대원군의 부름을 받고 운현궁을 방문한 것은 음력 9월 초하루 오후였다.

대원군은 김병기를 보자 허심탄회하게 부른 이유를 설명했다.

「법국의 함정은 반드시 재침해 올 것이오. 그런 경우 우리의 방어책은 너무도 부실미미한데 대감은 어떤 의견을 가지고 있는지 듣고 싶길래 오시라 했소.」

나라의 어려운 일을 처리함에 있어서 그는 정적(政敵)을 가리지 않았다.

김병기도 대원군의 그러한 도량만은 존경하고 있는 사람이다.

「전원에 묻혀 세상 일을 등지고 살다 보니 안목(眼目)을 잃었습니다. 듣자오니 저하께선 방금 나라의 무비를 갖추기에 골몰하신다는 풍문, 심뇌가 많으실 겝니다.」

그는 야인(野人)이다. 대원군이 특히 권하는 대로 마주 담배를 피웠다.

여주 벽절강에서 낚시질을 즐긴다더니 아닌게아니라 망건자국만 남겨 놓고 얼굴이 시커멓게 그을었다.

이미 저지른 일이다. 그러나 그는 천주교 탄압의 그 잔혹했던 방법을 대원군한테 힐난하고 싶었던 것 같다.

「서학은 국제적인 종교인데 외인(外人)을 살상했으니 저들의 침범 구실을 이쪽에서 만들어 준 셈입니다.」

이 한마디로 그는 대원군의 의기를 꺾어 놓고는 다시 말했다.

「저하 말씀대로 저들은 재침해 올 것입니다. 허나 수륙(水陸)이 상거(相距)하니 육병(陸兵)으로는 못 올 것이고, 평생 함정으로 경강(京江)을 거슬러 올라와 양화진 부근에서 싣고 온 병력을 상륙시키는 도리밖엔 없을 줄로 압니다.」

「나도 그것을 예상하고 있소이다.」

「저들은 우선 강화성을 점거하려고 하겠지요. 이쪽의 무비와 겨뤄도 볼 겸, 또 저들의 보급원(補給源)도 확보할 겸 강화성을 우선 공략하겠지요.」

「나도 그것을 예상하고 있소이다.」

대원군은 끄르륵 끄르럭 담뱃대를 빨다가 거듭 맞장구를 쳤다.

「아무래도 강화성은 저들에게 함락될 것입니다.」

「그럴까?」

「저들이 만약 강화성을 점령하면 그 여세로 한강수를 단숨에 거슬러 올라와 서울의 턱밑에서 포구(砲口)를 겨눌 것입니다.」

「나도 그것을 예상하고 있소이다.」

「우선 방도는 하나뿐입니다.」

「말씀해 보시오.」

「한강수를 막아야 합니다.」

「막는다?」

「김포 어귀에서부터 저들의 함선이 올라오지 못하도록 강물을 막아야 합니다.」

「쉬운 일이 아니군.」

「저하, 원래 외국 침략을 막는다는 일 자체가 쉬운 일이 아닙지요.」

「말씀해 보시오, 방법을.」

대원군은 스스로 아둔한 사람이 되어 김병기의 두뇌를 짜내기에 심각했다.
　김병기는 오히려 반문했다.
「저하, 우리가 외침을 당했을 때 청국의 힘을 입을 수 있다고 생각하십니까?」
　대원군은 고개를 가로저었다.
「법국은 이미 북경정부를 제압하고 있는 세력이니까……」
「그뿐 아니라 제가 알기로는 청국은 이미 신유(辛酉)년에 텐진조약(天津條約)이라는 것을 맺음으로써 이 나라에 대한 감국 권리를 잃고 있습니다. 아마 법국은 텐진조약을 빙자해서 우리를 자주독립국이라는 구실로 단독 행동을 취할 것이 예상됩니다.」
　대원군은 눈을 감은 채 고개를 끄덕여 수긍했다. 그는 그런 국제정세의 판단에 대해서는 김병기를 따르지 못한다.
　신유년이라면 전조(前朝) 철종 12년이다. 1861년이다. 김병기 자신이 세도를 잡고 있을 무렵의 일이니까 그가 더 잘 알고 있다.
　대원군은 심각하게 말했다.
「청국한테 힘이 있더라도 믿을 건 못되지. 그들에겐 남의 일이니까. 어려운 일에 부딪쳐서 남의 힘을 믿는 것은 어리석어. 그건 그렇고, 한강수를 어떻게 막는다? 흙은 떠내려 갈 게고, 돌을 처넣어야겠군!」
　작전에 관한 의논이 되고 말았다.
「김포, 부평의 수로(水路)에다 돌을 넣어 강을 얕혀야 하겠군!」
「양화진에단 낡은 배들을 가라앉혀 적선의 소급을 막아야 합니다.」
　이 숙적의 두 사나이는 마주보고 빙그레 웃었다.
　김병기는 그제서야 여유 있게 담배를 피우면서 주변을 둘러봤다.
　추사(秋史)의 열두 폭 행서 병풍이 윗목에 세워져 있는 것을 보고 김병기는 한동안 거기서 시선을 떼지 않았다.
「어디서 본 것 같지 않소?」
　대원군이 좀 어색한 어조로 물었다.
「글쎄요, 눈에 익은 글이군요.」

「아하하, 그럴 게요!」
대원군은 갑자기 웃었다.
김병기는 고개를 크게 끄덕였다. 유쾌한 표정은 아니었다.
대원군은 또 다른 연죽에다 성천초(成川草)를 굳게굳게 담았다.
「삼계정에 있길래……」
세검정에 있는 김씨네의 별장이던 삼계정에서 슬쩍해다 놨다는 것이었다.
「하긴 삼계정에 둬 두긴 아까운 일품이지요.」
대원군에게 어처구니없게 빼앗겨 버린 별장이다.
김병기는 차라리 그렇게 말하는 게 속이 편한 듯 싶었다.
「대감!」
별안간 대원군이 정색을 하면서 김병기를 지그시 노려봤다.
「예에.」
「아직도 대감들의 역적 모의는 성숙하지 않으셨소?」
엉뚱한 한마디로 김병기의 오만을 눌러 버릴 심산이다.
김병기는 빙긋 웃음을 보이고는 대답했다.
「좀더 해보시다가 정 어려우시면 저희들에게 넘겨주십시오. 우리 스스로는 찬탈하지 않기로 했습니다. 아하하.」
「하하하. 그럽시다.」
「참, 상감께선 중전마마와 의합(宜合)하시겠지요!」
중전 이야기가 나오자 대원군의 표정은 약간 굳어졌다.
「그야……」
대원군의 대답은 분명히 애매했다.
김병기는 보일락말락하게 고개를 끄덕였다.
「저하, 집터엔 집이 들어서게 마련입니다.」
「무슨 말씀이시오?」
「민씨네가 외척(外戚)이 되더니 벌써부터 콧대가 대단한 모양입니다.」
대원군에겐 더할 수 없이 불쾌한 한마디를 던지고는 그는 일어났다.

외침外侵이다, 한강수漢江水를 막아라

정정(政情)은 불안했다.

군비확충에 대한 '대원위 분부'를 훈련대장 이경하가 총지휘하고 있다.

나라 안은 어수선할 수밖에 없었다.

사람들은 한마디씩 했다.

「법국 군함은 싸울 자신이 없어서 다 물러갔다는데 왜 이 야단이야!」

「누가 아누. 대원위대감은 백성들 일 시키는 게 취미라니까.」

「허긴 무비(武備)란 본시 아무 일도 없을 때 튼튼히 해 둬야지.」

「하여간 귀찮게 구는 양반야. 서원을 철폐하라, 풍속을 개량하라, 천주학쟁이들을 없애라, 경복궁을 지어라, 무비를 튼튼히 해라, 하루두 편할 날이 없구먼.」

정말 그가 정권을 쥔 뒤로는 편한 날이 없고 편할 날이 없었다.

여름도 다 갔다. 추석이 지나고 스무 날이나 돼서, 구월도 초순의 허리가 되고 보니 아침저녁 불어오는 바람은 소슬했다.

높푸른 하늘이라고 해서 감동하는 사람도 흔치 않았다.

시골에서는 마침 밭농사, 논농사의 갈[秋收]이 시작됐다.

추석절이면 신곡이 다 나돌지만, 벼는 아직 논에서 황금의 물결이 풍요로웠다.

밭에 심은 밭벼는 이미 다 베었으나 논벼는 지금이 시초였다.

밭이랑에선 늙은 메뚜기가 푸르르 푸르르 날아갔다.

방아깨비가 때까치와 노염(老炎)을 불태우는 계절이었다.

꼬리를 서로 이어 비틀고는 체소(體小)한 때까치란 놈이 방아깨비의 등을 타고 높푸른 하늘을 쳐다보는 계절이었다.

논두렁에는 메뚜기들이 늙어 맥을 못 쓰는 채, 사람들 발길에 툭툭 채는 구월 초순이다.

봄, 못자리에 모가 푸를 대로 푸르다가 그것이 자라 벼가 돼서 누우렇게 익어 가면 역시 누우렇게 보호색(保護色)으로 변하는 메뚜기도 암놈에 비해서 숫놈은 너무나 그 체구가 왜소했다.

서리를 맞아 시들어 죽기 전에 실컷…… 일까.

이 무렵이면 메뚜기들도 쌍쌍이 업혀서 논두렁을 가는 소년소녀들에게 야릇한 충동을 주기 일쑤다.

이 무렵이면 간혹 이른 벼를 벤 무논에는 황새들이 성큼성큼 그 긴 다리를 옮겨 디디면서 우렁이를 찾기에 여념이 없다.

뜸뜸뜸, 뜸북!

뜸뜸뜸 하면서 논바닥을 잽싸게 기어가 저쪽 문턱으로 쑥 올라서면 그제서야 뜸북! 하는 게 뜸부기의 습성이다.

그놈을 잡아 과먹으면 부족병에 좋다던가. 역시 9, 10이 제철이다.

초가지붕에 붉은 고추가 빨갛게 널리기 시작하면서 시골사람들은 모두 논밭으로 몰려 나간다.

마을에는 갓난아이를 등에 업은 어린 계집애들이나 서성거린다.

그리고 허리가 굽어 보행이 뜻대로 안되는 할미들이나 마당에 펼쳐진 곡식멍석 귀퉁이에 고쟁이를 드러내고 터벌썩 앉아서 이따금씩 지팡막대를 휘휘 휘젓는다.

「훠어이, 저놈에 닭이새끼들!」

그러던 9월 5일 경이던가, 저녁 무렵이었다.

김포에서 부평으로, 부평에서 노량진으로 이어닿는 길가 전원에도 그러한 농촌 풍경이 한가롭게 전개되고 있었다.

「어허!」

밭에 논에 엎드렸던 촌부촌부(村夫村婦)들이 별안간 연쇄적으로 허리를 펴고 일어들섰다.

「또 무슨 일이 났나? 역말이 뛰는구나.」

농부들은 이마 위에다 손끝을 옆으로 걸치면서 중얼거렸다.

「서울루 가는 역말인가베.」

아낙네들은 머리에 썼던 무명수건을 고쳐 매면서 넘어진 김에 쉬어가자는 태세들이었다.

먼 한길에는 먼지가 뽀오얗게 일고 있었다.

한 필의 말이 다급하게 달려가고 있었다.

관아에, 나라에, 급한 일이 있을 때는 으레 역말이 뛴다.
사람들은 그 역말이 뛰는 것을 보면 습성처럼 중얼거리게 마련이다.
「또 무슨 일이 나는가.」
대단한 일이 일어났다.
이날 로즈가 인솔하는 강화된 불란서 함대가 위세당당하게 재침해 온 것이다.
문자 그대로 대함대였다. 일곱 척이었다.
기함(旗艦)은 순양함 게리르호였다. 마스트에는 장기(將棋)가 휘날렸다.
병력도 먼젓번보다 컸다. 일본의 군항 요꼬하마에 주둔하고 있던 저들의 해병대가 합류된 정예병력이었다.
「물치도 앞바다를 섬보다 큰 전함들이 뒤덮었다!」
김포, 제물포 사람들은 바다를 뒤덮은 저들의 함대를 멀리 바라보면서 전전긍긍하고 있는 중이다.
지금 서울로 뛰고 있는 두 필의 역말이 있다. 두 곳에서 동시에 보내지는 치보. 강화유수 이인기가 왕궁으로 띄우는 말은 통진, 김포, 양진을 거쳐 양화진으로 들이닥친다.
뒤진 말은 초지첨사 조기수가 운현궁으로 띄우는 비보(飛報)로서 부평 오류동을 거쳐서 노돌로 들어선다.
두 필의 역말이 오류골 삼거리에서 우연히 합류해 함께 뛰고 있었다.
들판에 널려 있는 농군들은 그 두 필의 역말이 일으키는 먼지를 바라보며 뇌까렸다.
「또 양인의 군함이라두 쳐들어왔다는 겐가?」
초지첨사 조기수가 띄운 급편이 운현궁에 이르렀을 때 대원군은 마침 뒷간에 앉아 있다가 허리띠도 변변히 못 매고 노안당 객실로 달려오는 이례적인 당황을 보였다.
「그놈들이 기어코…….」
조기수가 보낸 장계(狀啓)를 받아 든 대원군의 두 손은 부르르 떨렸다.

겁이 나서 떤 것은 아니었다.
거듭 침범해 온 불란서군에 대한 격분이었다.
대원군은 즉석에서 지필(紙筆)을 꺼내 일필휘지했다.

　초지첨사 조기수는 시급히 적함에 접근하여 문정(問情)하라!

조기수한테서 온 역말이 다시 운현궁을 뜨자마자 대원군은 정장을 하고 창덕궁으로 들어갔다.
그는 중회당에 닿자 정원으로 기별해서 긴급 조신회의를 소집했다.
영의정 조두순을 필두로 해서 삼공육경(三公六卿)이 득달같이 모여들었다.
대원군은 여기서 이번엔 강화유수 이인기가 정원으로 보낸 장계를 접수했다. 그것은 훨씬 구체적인 내용이었다.
그는 장계에 적힌 적정을 일별한 다음 즉석에서 또 영을 내렸다.

　강화유수 이인기는 성읍(城邑)의 방비를 엄중히 하고 갑관진에 투묘(投錨)했다는 적함으로 접근해서 엄중 문정하라!

대원군은 이미 이런 사태가 올 것을 미리 각오하고 있었다.
삼공육경을 한자리에는 모이게 했으나, 새삼스럽게 문신들과 상의할 말은 없었다.
그는 전국(戰局)이 급박하여 국가 비상지추(非常之秋)라는 것을 선언하는 게 목적이었다.
「이적(夷狄)은 막강한 군력과 가공할 신식무기로 우리 영토를 이유없이 침노해 왔다. 상하관원은 모름지기 이 난국을 타개하는데 백성들과 더불어 총력을 다할 수 있도록 임전태세를 갖추라!」
대원군은 특히 강조했다.
「적은 고도로 훈련된 육전대(陸戰隊)만도 600이라 한다. 저들의 600 병력은 우리의 6천 병력을 능가한다. 그리고 저들의 함재포(艦載砲)는 우리의 2만 병력보다 무섭다! 국민을 총궐기시키라!」

대원군의 이 호통은 결코 엄포가 아니었다.

불란서군은 그날로 작전을 개시했다.

9월 5일에 작약도 앞바다에 나타난 함대는 대형전함 세 척만 남겨 놓고 네 척의 함선들이 곧바로 소금강을 거슬러 올라가 강화 갑관나루에다 닻을 내리더니 전격적인 상륙작전을 감행했다.

즉일로 강화 진해문 근처의 고지는 저들의 수중으로 들어갔다.

인조조(仁祖朝) 때의 병자호란으로 혼이 난 강화도민들은 발칵 뒤집혀서 당황망조했다.

강화유수 이인기는 대원군의 명령을 받자 수하 김재헌을 적진으로 파견했다.

김재헌이 백포(白布)를 흔들면서 불군 진영으로 접근해 가자 저쪽에서는 뜻밖에 한복을 입은 한국인 통역이 나타났다.

그 뒤에는 불란서 군복을 입은 장교가 오만하게 서 있었다.

김재헌은 떨리는 음성으로 물었다.

「강화유수의 명을 받들고 왔소이다.」

한국인 통역이 덩달아 거만한 말투로 반문했다.

「용건을 말하시오!」

김재헌은 불란서 군인을 흘끔 쳐다보면서 물었다.

「당신네가 남의 나라를 침범해 온 목적이 뭣이오?」

「몰라서 묻소?」

「모르오!」

「가르쳐 드릴까?」

「가르쳐 주시오!」

통역은 이곳이 자기 조국이 아닌 것처럼 멋대로 대답했다.

「대원군에게 전하시오! 불란서제국은 당신 나라가 무슨 이유로 선교사 아홉 명을 살해했는가를 무력으로 물으러 왔노라고 전하시오!」

김재헌은 말문이 막혀 버렸다.

그러자 통역은 한마디 더하는 것이었다.

「불란서제국은 당신 나라를 점령하고 왕에게 직접 문죄할 것이오. 하나님의 복음을 전하려던 선교사들을 이유없이 살해한 까닭을 말야. 알았으면 죽기 전에 돌아가시오!」
 죽기 전에 돌아가라는 호통이니 김재헌은 죽기 전에 돌아올 수밖에 없었다.
 이튿날 아침에는 강화유수 이인기의 둘쨋번 장계가 조정에 도착했다.

　적은 종선(從船) 아홉 척에 분승하여 갑관진으로 접근, 일제히 하륙하였는데 병력은 오륙백 명, 모두 총검을 갖고 산으로 오르므로 문정코자 하였으나 손을 저으며 우리의 접근을 저지했다. 그후 또 두 척의 함선이 병원(兵員)을 싣고 왔으나 그 수효를 알 길이 없으며, 필연코 장차 범성(犯城)할 의도이니 신은 즉시 남문으로 나가 앉아 성을 지키고 있는 중이다.

　너무도 당황한 보고였다.
 누군들 당황하지 않겠는가. 대원군도, 조야(朝野)의 정신(廷臣)들도 극도의 긴장과 당황으로 하루해를 보내면서 현지에서 계속 날아드는 장계를 앞에 놓고 사태판단에 골몰했다.
 다음날 8일 아침결에는 왕궁에서 어전 국방회의가 열렸다.
 국방회의니만큼 중신 조두순, 이경재와 좌의정 김병학을 비롯한 문신 이외는 거개가 무과 출신의 거물들이 참집했다.
 최근에 임명된 훈련대장 이경하는 참모총장격이다.
 금위대장 이주철은 수도경비사령관일까.
 군부는 삼군영(三軍營)으로 나뉘어 있었다.
 훈련도감, 금위영, 그리고 어영청이다.
 어영대장 이현직도 물론 참여했다.
 총융사 신관호의 의젓한 면모도 보였다.
 총융사는 총융청의 으뜸가는 장관(將官)이다.
 총융청는 서울의 주변인 수원, 광주, 양주, 장단, 남양 등의 진(鎭)은 물론 북한산성의 수비도 겸하는 군영이다.
 모두 기라성 같은 장성들이 한자리에 모인 것이다.
 거기다가 국방장관인 병조판서 김병왕이 참석했다.

 그리고 이경하가 훈련대장이 되는 바람에 새로 좌포장이 된 신명순도 열석했으며 그밖의 장성 수십 명의 면면이 보였으니 흡사 국가 안전회의와 같다.
 물론 이 회의는 대원군이 주재한다.
 모두들 긴장한 가운데 기다렸다. 숨도 크게 못 쉬고 기침소리도 못 내고 긴장한 채 기다렸다.
 시윗소리가 들렸다.
「상감마마 납시오.」
 젊은 국왕이 이 회의에 임석한다고 했다.
 황금색 곤룡포에다 통천관을 쓴 보령 열 다섯의 젊은 제왕이 특별 정무회의에 임어한 것이다.
 왕이 용상에 좌정하자, 병조판서 김병왕이 개회를 선언했다.
「황공하옵게도 상감마마 임어하에 이제부터 법국 함선 내침에 대한 어전회의를 열기로 하겠습니다.」
 당내의 분위기는 숨이 막힐 듯이 긴장했음은 물론이다.
 왕을 미소년이라 하면 무엄할까. 열 다섯이면 장정 나이지만 전형적인 귀골이라 문자 그대로 미소년이었다.
 왕은 장내를 한번 훑어본 다음 침착하게 입을 열었다.
「과인은 이 막중한 회집에 임하면서 아직 우리의 무비(武備)가 미약함을 걱정하지 않을 수 없다.」
 젊은 왕은 잠시 말을 끊어 장내의 분위기를 살피고 또 계속했다.
「과인이 듣건대 양이(洋夷)의 군세는 강화에 상륙하고 경강을 위협한다 하니 매우 불안하다. 제신은 이 나라 종묘사직(社稷)과 만백성과 금수강산을 온전히 지키는데 최선을 다하라!」
 지극히 간단한 발언이었으나 할말은 다하고 있다.

원로 조두순이 허리를 굽혔다.

「신 조두순 주상께 아뢰옵니다. 주상의 충용한 군병은 이미 출진승계(出陣勝計) 중이오니 성려(聖慮)를 거두시고 강학(講學)에나 일념하시기 바라옵니다.」

다음엔 병조판서 김병왕이 적정(敵情)에 대해서 간단한 설명을 했다.

다음에는 좌의정 김병학이 발언했다.

「듣기엔 적의 실제 병력은 일천을 넘지 못하는 듯하고, 또 우리의 뒤에는 상국(上國)이 보살펴 줄 것인즉, 과히 염려할 일은 못될 것으로 아옵니다.」

청국의 원조를 청원해 보자는 뜻 같지만 어쩌면 계략적인 발언인지도 모른다.

그의 말이 끝나자 언제 이 회의에 참석했는지 모를 판서 유후조가 발언을 했다.

유후조는 정사(正使)의 자격으로 청국에 가서 그곳 국정을 살피고 불과 며칠 전에 돌아온 것이다.

「상국의 원조는 바라지 않는 게 옳을 줄로 압니다. 양이는 이미 상국의 절제를 받음이 없이 북경 천하를 활보할 만큼 상국 조정은 실세한 게 사실인즉, 우리의 외환(外患)은 우리 단독의 힘으로 막아내야 할 처지에 있는 줄로 압니다.」

청국을 상국이라 불러 오는 이 나라의 모화(慕華)사상도 청국을 믿을 수 없다고 단정했다.

길게, 복잡하게 논의될 회의가 아니었다.

드디어 대원군의 쾌도난마(快刀亂麻)와 같은 지시가 떨어지기 시작했다.

대원군의 음성은 착 가라앉았다.

「각 장신들은 들으라. 왕명에 의해서 여는 양이 침범에 따르는 작전부서를 다음과 같이 결정 임명한다.」

그는 잠깐 사이를 두었다.

정원승지(政院承旨)가 재빨리 서찰을 보면서 부서와 성명을 힘주어

낭독했다.
「훈련대장 이경하를 기보연해(畿輔沿海) 순무사로 임명하오.」
총사령관이다. 대원군이 그 임무를 설명한다.
「순무사 이경하는 각영 장병으로 하여금 임전태세를 시급히 정비토록 하라! 휘하 병력 8천으로 왕성을 방위하라.」
「예에.」
이경하가 허리를 굽히고 화응했다.
정원승지가 또 목청을 뽑는다.
「순무중군(巡撫中軍) 이용희를 선봉장으로 임명하오.」
대원군이 또 임명한다.
「선봉장 이용희는 병력 3천을 거느리고 전지(轉地) 통진에 나아가 유진(留陣)하여, 5백 병력으로 좌익(左翼)을 삼아 제물포를 지키고, 1천 병력으로 우익(右翼)을 삼아 부평지구를 방어할 것이며, 좌익엔 정지현 우익엔 김선필로 하여금 지혜껏 용병케 하라!」

지휘관을 임명하면서 작전지시까지 하는 대원군이다. 기라성처럼 도열한 장신들은 대원군의 이 작전지시를 듣고 속으로 혀를 내둘렀다.
(무서운 양반!)
대원군의 작전지시는 다시 그 세부에까지 이른다.
「강화도 수비군은 삼대로 편성하여, 한성근이 문수산성을 지키고 양헌수는 정족산성을 방어할 것이며, 이기조는 광성진에 포진하여 적병을 맞으라! 병력 총수는 6천이다. 부족하면 강계포수 8백 명을 특별히 편성하여 지원할 테니 특히 정족(鼎足)의 요충을 사수하라!」
그는 모든 장신들을 믿지 않는 것 같다.
그렇지 않고서야 세부 용병까지 일일이 지적 명령해야 할 이유가 없다.
그의 지시는 다시 더 이어진다.
「총융사 신관호는 중군 이원희와 더불어 양화진에 출진하여 연강(沿江) 상하를 순찰 경비하라. 그리고 만약……」

대원군은 잠깐 말을 중단하고 입을 꽉 다물었다.

그는 미리 해야 할 지시인가 아닌가를 생각해 본 것 같다.

그러나 그는 계속해서 지시했다.

「작전은 불리할 때도 가정해야 한다. 만약 불행히도 강화성을 잃는 일이 있으면 경기중군 백낙현은 북쪽 행주목을 지키고, 양주목사 임한수는 여석현을 수비하고, 초토사 한응필은 연안부에 둔(屯)치고, 방어사 유완은 파주를, 도호사 신숙은 장단을 방수(防守)할 것이다!」

대원군의 어세는 갑자기 낮아진다.

「이렇게 배진(配陣)한다면 총병력은 이만 오천에서 삼만에 이를 것이니 제장은 결코 패인을 말하지 못할 것이다. 적의 신식무기에는 우리의 인해전술로 답하라. 저들에게 이 민족의 사생관을 분명히 보여 주라!」

대부분의 중신 현장들은 혀를 내둘렀다.

그들은 대원군의 이 작전지시가 이경하와 신관호에 의해서 미리 짜여진 내용인 줄을 알 까닭이 없다.

하여간 근세에 없었던 대동원령이다.

대원군은 끝으로 총사령광 이경하를 보고 말했다.

「작전 중 모든 장병의 인사대권은 순무사 이경하에게 위임한다.」

그는 미리 준비한 갑옷 한 벌을 국왕 앞에서 이경하에게 하사했다.

그는 순무중군 이용희에게도 말했다.

「순무중군 이용희에겐 이번 작전을 임기지휘(臨機指揮)할 수 있는 권한을 특히 부여한다. 진충보국하라.」

그는 즉흥적으로 몇 사람의 직위를 임명했다.

강화유수 이인기를 파면하고 그 후임에는 전 금위대장 이장렴을 임명했다.

중군 이용회 대신에 박희경을 발령했다.

김포군수엔 윤영하, 교하군수엔 정형기, 교동첨사엔 이지수 등으로 경질했다.

대원군이 국가 안보회의와 같은 그 자리에서 그런 전격적인 발령을 발표하는 의도를 사람들은 쉽게 알아챘다.

신상필벌의 시위효과를 노리는 것임을 알아채고 책임의 막중함을 실감했다. 이제 일전불사(一戰不辭)의 만반태세는 갖춰진 것이다.

올 것은 왔다.

강화전란은 음력 9월 8일 새벽 불란서군의 선공으로 불을 뿜기 시작했다.

약 한 달 동안의 혈전이었다.

강화성은 남문으로 밀어닥친 불란서군에 의해서 어처구니없게 함락됐다.

갑곶이나루 앞바다에 떠 있는 거대한 함정이 함포사격을 해오는 바람에 강화도민들은 혼비백산을 했다.

유수고 군민(軍民)이고를 가리지 않고 사산도피(四散逃避)를 해 버렸으니 처음부터 싸움의 결과는 정해져 있었다.

강화섬이 함락됐다는 비보(悲報)가 조정에 알려지자 대원군은 즉각 명령했다.

「한강수를 막아라! 김포, 부평강에는 돌을 넣고, 양화진에는 배를 얽어 강물을 메워라!」

적함이 서울 쪽으로 오지 못하게 하기 위해서다.

패전 보고가 속속 날아들었다.

── 강화성 안의 장령전을 비롯하여 모든 관아가 적에게 점거당하였다.

── 80여 문의 대포와 6천여 정의 총기를 비롯한 군기(軍器)를 빼앗겼다.

── 수량을 헤아릴 수 없는 금은보화와, 대량의 전곡(錢穀)은 물론 사고(史庫)와 관아 소장의 귀중도서도 적의 수중으로 들어갔다.

그러나 대원군은 실망하지 않았다.

불군의 총사령관 로즈는 9월 10일자로 정부에 협박장을 보내왔다.

── 선교사 살해를 교사한 당사자를 즉시 엄중 처벌하라!

그러나 대원군은 묵살했다.

── 전권대사를 임명하여 나에게 보내 조약을 체결토록 하라.

로즈의 이 협박장은 전승한 자의 항복권고였다.

그러나 대원군은 오로지 전력을 강화하기에 여념이 없었다.

'대원위 분부'는 하루에도 수없이 내려졌다.

― 연안 백천의 공곡(公穀)을 강화섬으로 수송해서 수비군의 군량미로 충당하라.

― 선혜청이 소관하고 있는 돈 일만 냥과 호조 쌀(戶曹米) 일천 석을 순무영(巡撫營)으로 하여금 돌려 쓰게 하라.

― 총융 중군 이원회를 기호지구 초모사(招募使)에 임명하고, 전 승지 이용직, 전 병사(兵使) 이관연을 호남지구 초모사에, 그리고 이종률, 정헌윤을 영남지구 초모사에 임명하니 즉각 현지로 출동하여 장정 징집의 실을 거두라.

말하자면 지원병을 모집하겠다는 것이었다. 물론 관서(關西), 관북(關北)지방에도 징집관인 초모사가 파견됐다.

조정에 대한 '대원위 분부'는 다시 계속된다.

― 왕실 종친들은 솔선해서 국방 헌금을 할 것이며 일반인들도 미곡, 시탄, 황소 등 군수물자를 자진 헌납케 하고, 군사방(軍士房) 승지들과 조정관원들은 출정군인 가족들을 일일이 방문 위로할 것이며, 호조는 그들의 생활대책을 시급히 강구해 주라.

그뿐이 아니라 대원군은 9월 14일, 의정부에 친서를 보내 군민들의 적개심을 고무하라고 강력히 지시했다. 그는 일일이 지적한다.

1. 어려움을 참지 못하고 마음을 풀면 매국으로 단정한다.

1. 부정인 줄을 알면서 암매매를 하면 망국의 행위다.

1. 적은 우리의 서울을 노리는데 자기 할일을 못 찾으면 나라가 위태롭다.

1. 미신이 나도는 것 같다. 잡술로서 귀신을 불러 적을 쫓을 수 있다고 생각하면 그 여폐가 클 것이니, 이는 사학(邪學)이 될 것이다.

이무렵, 강화산성을 점거하고 살인, 방화, 약탈, 겁탈을 자행하고 있던 불란서군은 문수산성을 넘나들고, 덕포진과 광성진에도 침입해서 역시 약탈과 방화를 자행했다.

특히 문수산성의 전투는 볼 만했다.

불란서군은 그곳이 무방비상태인 줄로 알고 접근했다가 미리 잠복 대기중이던 한성근, 지홍관 부대의 반격을 받고 지리멸렬했다. 그러나 강화성은 저들에게 짓밟히고 빼앗기고 불타 버렸다.

짓밟히면서 더욱 웃는 꽃은 민들레라던가.

이 나라 민족은 민들레꽃과 같이 어려움을 잘 참는 줄을 저들은 미처 몰랐다.

저들이 횡포를 저지를수록 이 나라의 인민들은 더욱 단결해 갔다.

— 온 백성은 여(余)의 뜻을 따르라. 양이는 단연코 무찔러 버려야 한다.

대원군의 이런 외침은 온 국민의 적개심을 고무하고도 남았다.

금품과 미곡과 황소 등의 헌납이 연일 늘어갔다.

한강 주변에서만도 지원병이 4천 숫자가 넘었다.

성균관 주위에서도 200명 이상이 자원 출진을 하는 형편이다.

총 잘 쏘는 포수들이 전국에서 모여들어 하루에도 몇백 명씩 일선으로 배치됐다.

— 해볼 테면 해보자!

한국민의 이러한 결심을 알아챈 불군은 초조하기 시작했다.

불군은 강화도의 남쪽 요새인 정족산성을 공략하기 시작했다.

달이 바뀌어 음력 10월 1일이다.

만산홍엽(滿山紅葉), 정족산은 단풍이 붉었다. 암석은 검고 산성 위에 펼쳐진 하늘은 더할 수 없어 높고 푸르렀다.

아름다운 산하(山河)도 전쟁터가 된다.

불군사령관 로즈는 60여 명의 정찰대를 정족산 내외로 파견했다.

그들은 전등사에 이르러 승려들을 괴롭히고 불상, 불구를 함부로 파괴한 다음 일단 돌아갔다.

그런 경우, 빈손으로 돌아가고 싶지 않은 게 외지에 온 군졸들의 심리다.

젊은 여승 두 명을 납치해 갔다.

승려들은 납치돼 가면서 발버둥치는 여승들의 그 안타까운 모습을 속수무책으로 지켜봐야 했다.
 동서양을 막론하고 여자를 보면 만져대고 싶어하는 것이 사내들의 속성인 모양이다.
 짐승의 앞발처럼 털이 북실거리는 손으로 여승들의 가슴을 더듬어대는 불군 해병대의 모습을 보고, 남자 승려들은 합장을 했다.
「나무아미타불, 나무아미타불.」
 승복이 찢어지는 바람에 불기의 흰 살결이 드러난 한 여승은 사람 살리라고 외마디소리를 질러대면서 끌려 갔다. 그 광경을 숨어서 보고 있던 여승 하나는 눈을 감고 외어댔다.
「나무관세음보살, 나무관세음보살.」
 웃고 우는 것은 상대적인 것이지만 늘 함께 있게 마련이다.
 끌려가는 여승들은 울부짖었으나 끌고 가는 불란서 해병대들은 너털웃음을 흘리며 마구 좋아했다.
 그래도 하늘은 푸르고 정족산의 단풍은 붉게 타고 있었다.
 이런 사실은 이내 조선군 측에 알려졌다.
 순무중군 이용희는 천총 양헌수에게 즉각 명령했다.
 양헌수는 별군관 이현규에게 즉각 명령했다.
 166명의 병원(兵員)이 명령을 받고 정족산으로 이동 잠복했다. 366명의 각지에서 온 명포수들이 명령을 받고, 그밤 안으로 광성진의 손돌목 여울을 건너 정족산 깊숙히 들어가 포진했다.
 하루를 걸러 3일, 이른 새벽부터 정족산의 공방전은 벌어졌다.
 불군의 지휘관은 해군대령 올리비에였다.
 그는 해병 160명과 여섯 필의 군마를 이끌고 강화성을 아침 일찍 출발해서 정오경에는 전등사 밑에까지 왔다.
 그는 점심을 마치고 정족산성의 총공격을 개시하자는 부하들의 요청을 거절하는데 당당한 이유가 있었다.
「듣거라! 여기서 오찬을 즐기기엔 미련이 있다. 이왕이면 저 산성을 점령하고 석가모니 궁전에서 승전 파티를 하자!」

그의 뜻대로 됐으면 그는 영웅이다. 그러나 그는 미리 대기중이던 조선군에 의해서 일제 사격을 받고 혼비백산했다. 뛰는 호랑이, 달리는 멧돼지를 쏘아 잡는 강계 포수 300여 명이 총탄을 퍼붓고 있다.

솜심지에 불을 붙여 느릿느릿 쏘아대는 화승포(火繩砲)면 어떤가. 백발백중이면 기관총보다 더 위력이 크다.

불군은 지리멸렬했다. 눈 깜짝할 사이에 여섯 명이 화승포탄에 명중돼 쓰러지는 것을 육안으로 확인했다. 불란서군을 유인해서 이 나라를 침범케 했던 린델 신부가 수기를 쓴 것은 바로 그 다음날 새벽 강화산성 자기네 진영에서였다.

우리가 성문 앞 백 100 미터 지점까지 이르렀을 때 돌연 조선군이 성위에 나타나더니 일제 사격을 가해왔다. 적탄이 비오듯 쏟아지는 바람에 우리는 땅에 엎드려 피신할 곳을 찾아가며 부득이 후퇴해야 했다. 우리는 군세가 혼란되어 호령이 시행되지 않았고, 퇴각하는 속도가 느려 언제나 조선군의 정확한 포화에 적(的)이 됐다. 부상자는 늘어났다. 지휘관은 군대를 정돈하여 집그늘이나 바위틈으로 피신케 하는 동시에 부상자 32 명을 천신만고 후송케 했다. 짐 실었던 말이 모조리 도망을 쳤으나 우리는 굶어가며 퇴각하는데, 조선군의 포화는 더욱 치열했다.

린델은 자기네의 전사자 6 명에 대한 기록은 왜 빼먹었는지 모른다.

이 정족산성의 전첩소식을 듣고 대원군은 총사령 이경하에게 급히 명령했다.

정족전첩을 가상한다. 그러나 적의 재침에 대비하라. 평양 해서(海西) 포수 200 명을 정족산성으로 증원 배치할 것이다.

10월 4일 불군이 침범해 온 지 꼭 한 달째 되던 날 밤이 되자 저들 패잔한 불란서군은 마지막 행동을 개시했다.

저들의 사령관 로즈는 만만찮은 전력(前歷)을 가진 사람이다.
6년 전인가, 그는 청국의 북경성을 석권한 장본인이다.
그는 북경성 안에 있는 원명원(圓明園) 이궁(離宮)에다 불을 질러 놓고 자기 군영에서 축배를 높이 들었었다.
호랑이는 가죽을 남기고 사람은 이름을 남긴단다.
로즈는 이 땅에도 족적(足跡)을 남기고 싶었던 것 같다.
그는 강화섬 강녕전에다 서슴없이 불을 지르게 했다.
그리고 강화섬 모든 관아에도 석유를 뿌리고 불을 놓게 했다.
그는 밤하늘을 밝히는 불길을 보면서 좀더 철저한 보복을 생각했다.
그는 부하들에게 명령했다.
전등사에서 잡혀와 곤욕을 당한 끝에 실신 상태에 있는 두 여승을 군영 마당에 끌어내게 한 다음 중인환시리에 윤간을 시켰다. 짐승 그대로의 행패였다.
짐승에게 당하는 것으로 친다면 여승들은 인간의 잔인성을 몰라도 된다.
그러나 여승들이 나무관세음보살을 연호하며 스스로 혀를 깨물고 죽어간 것을 보면, 그네들은 인간의 잔인성을 혀를 깨물며 실감한 것이다.
불군은 그날 밤 마지막 약탈을 감행했다. 강도 그대로의 행패였다.
왕조실록을 비롯한 귀중한 서예(書藝)와 금은보화를 모조리 군함에 싣고 5일 새벽 닻을 올렸다.
그들은 패주해 갔다. 이른바 병인양요(丙寅洋擾)는 끝났다.
10월 6일엔 이 나라의 군대도 일단 그 진용을 풀기 시작했다. 양화진, 행주, 녹번이고개[磔幡峴] 등에 배치됐던 승군(僧軍)을 비롯한 군병을 귀대시켰다.
대원군은 7일부터 신상필벌(信賞必罰) 정치원칙의 본보기를 보였다.
그는 정족산 전투에서 공을 세운 양헌수에게 한성우윤(漢城右尹)의 영예관직을 수여했다.
그는 불란서군과 밀통,첩보를 했다는 죄목으로 최수, 김인길, 김진, 김진구 등 네 명을 양화진 나루터에서 바로 목베어 말뚝에 전시하도록 했다.
　대원군은 강화도 전재민에게 내탕금 일만 냥을 내려 구휼하는 한편, 운현궁 자체에서도 쌀 2430 섬, 메밀 500 섬을 보냈다.
　영종도도 빼놓지 않고 구휼미 870 섬을 보내고 집정자로서의 온정을 보여 현지민들의 칭송을 받았다.
　병인양요를 겪은 대원군은 군비강화의 중요성을 새삼 깨달았다.
　함경, 평안, 양도의 변경 수비를 더욱 강화하도록 관찰사에게 긴급지령을 내렸고, 아울러 남해의 도서지방에도 중앙의 유능한 군관을 파견해서 그 경비를 굳혔다.
　대원군은 특히 강화전란의 수공자인 신관호에게 명령하여 국방 무기의 개발을 독려했다.
　총에 맞아도 침몰하지 않고 날 듯이 물 위를 달릴 수 있는 함선이 있다면 이상적이다.
　대원군은 불란서함대의 위용을 전문(傳聞)하고는 그런 엉뚱한 생각을 했다.
　학우조비선(鶴羽造飛船)이라는 기발한 비행선을 만들게 했다. 김기두, 강윤 두 사람이 만들었다.
　양화진 앞강에서 대원군 임석하에 진수식이 있었던 것은 1867년 여름의 어느날이다.
　이 나라에는 황새와 두루미가 많다. 그 깃털로 병선을 만들면 총탄을 맞아도 저항이 없어서 침몰하지 않을 것이고, 가벼우니 운선(運船)도 민첩하리라고 착상한 것은 재미가 있다.
　그리하여 양화진 나루터에서는 천하에도 기괴한 배의 진수식 광경이 벌어졌다. 이른바 그 학우조비선을 진수한다는 것이었다.
　대원군을 비롯한 조정 대관들이 단박 모래 사장을 메웠다.
　군중들이 구름같이 모여들어 스스로 깜짝 놀라기를 기다리고 있었다.
　배의 흘수선(吃水船)까지의 재료는 물론 목재였다.
　그러나 그 위부터는 두루미의 깃털을 더덕더덕 붙여댔으니 수십 수백 마리 두루미가 죽어 이 한 척의 배가 만들어진 것이다.

배는 마치 물오리가 물 위에 미끄러져 가듯 경쾌하게 강물 위를 달렸다.
「어허 됐구나!」
대원군은 무릎을 치며 기뻐했다.
구경꾼들은 와아 하고 함성을 올렸다. 그러나 그 함성이 그치기도 전에 물 위에 뜬 깃털배는 흐느적거리기 시작했다.
강바람이 휘익 불어왔다. 두루미의 깃털은 떨어져 흩날리기 시작했다. 배는 기울어졌다. 깃털은 물에 젖었다. 물 위에는 수많은 깃털이 하얗게 떠내려 갔다. 배는 눈 깜짝할 사이에 가라앉고 말았다.
순간 조정 고관들과 수많은 장신들은 대원군의 눈치를 봤다.
이 배를 만들어 낸 김기두, 강윤 두 사람의 얼굴빛은 사색으로 변했다.
구경꾼들은 왁자하게 웃어젖혔다.
대원군은 벌떡 일어나면서 발명자 김기두를 가까이 불렀다.
「저놈을 당장에 참하라!」
대원군의 입에선 이런 호통이 나올 줄 알고 측근들은 벌벌 떨었다.
그러나 대원군은 김기두의 어깨를 두 번 두드려 주면서 다정하게 위로의 말을 했다.
「실패한 것을 부끄럽게 여기지 마라. 요는 뭣인가 새로운 것을 만들어 보겠다는 그 기백과 자세가 중요한 것이다. 내 상금을 내릴 테니 계속해서 연구를 거듭하게나!」
신관호가 직접 만들었다는 수뢰포(水雷砲)의 시험 발사가 열린 것은 9월 중순의 어느날 하오였다.
이날은 국왕 자신이 백관(百官)을 거느리고 노량진 백사장에 나와 앉았다. 남쪽 강가에는 조그마한 배 한 척이 떠 있었다.
수뢰포는 북녘 기슭 물 속에 장치돼 있었다.
이날도 연안의 남녀노소가 강언덕을 메웠다. 그들은 믿지 않았다.
웃음거리로 그쳤던 양화진 나루의 깃털배 사건을 연상하며 멋대로들 지껄였다.

「물 속에서 놓는 대포두 있나? 망신거리를 백성들에게 두 번씩이나 구경시키다니 어이가 없군!」

그러나 사람들은 놀랐다.

펑 소리와 함께 물기둥은 열길이 넘게 하늘로 치솟은 것이다.

「어허 정말 터졌구나!」

모두들 대포의 자폭인 줄 알고 놀랐다. 그러나 사람들은 계속해서 또 놀라야 했다.

남녘 강가에 있던 배가 풍지박산이 된 것이다. 수뢰포의 포탄을 맞고 박살이 됐다는 것이다.

이보다 앞서 대원군은 무예에 능한 사람 200명을 특별 실기시험으로 정부에 채용해서 무예를 닦고 무기를 만들게 했다.

그는 함경감사 김유연의 의견을 좇아 경흥부에 포수병 160명을 상주토록 했다. 그는 또 충청도 태안에다 전함 건조소를 설치하고 정환위, 유시묵을 그 감독관으로 임명해서 수군(水軍)의 확장을 서둘렀다. 그는 전라도 가군포에서 거북선 한 척을 만들게 했다.

신지도 청산진에도 전함 건조소를 설치할 것을 명령했다. 대원군의 정치는 추상적이 아니라 실제적이었다.

병인양요를 치르고 난 대원군은 전국 방방곡곡에다 척화비(斥和碑)를 세우도록 명령했다.

양이가 침범했을 때 싸우지 않으면 화하려는 것이고 화하려는 것은 매국이다.

불란서군의 두 차례에 걸친 강화도 침범은 대원군으로 하여금 쇄국정책을 더욱 굳히게 만들었다.

누군들 외국한테 그토록 혼이 나고서 준비도 없이 개국정책을 쓸 수 있겠는가.

대원군은 국토의 모든 관문을 꼭꼭 닫아 버리고는 계속해서 천주교도들을 샅샅이 뒤져내서 처형했다.

해가 바뀌었다.

그는 그동안 전란으로 중단상태에 있었던 경복궁의 역사를 다시 서둘러댔다. 그는 병인양요를 겪은 직후인 11월부터 공사비 조달의 방법으로 만들어 사용하던 당백전(當百錢)의 주조를 중단시켜, 마구 치솟고만 있던 물가의 억제정책을 썼다.

국민에게는 검소한 생활을 하라고 외쳤다. 일반인은 사치스런 명주옷을 입지 말라고 다시 한번 제령(制令)을 내렸다.

그는 자기의 수족이 되어, 고분고분 자기의 정책을 잘 밀어 주는 김병학을 영의정에 임명하고, 군비건설과 경제 제일주의의 부국정책(富國政策)을 강력히 밀어 나갔다.

그는 영의정 김병학에게 자주 강조했다.

「우리가 쇄국을 할수록 외적들은 우리를 더욱 노릴 것이야. 도둑은 굳게 잠근 대문일수록 더욱 침범하고 싶은 게니까. 한량은 정절이 굳은 계집일수록 침을 흘리는 게구.」

그의 지론은 영원한 쇄국이 아니었다. 그는 자주 자기의 쇄국정책에 대해서 측근에게 속셈을 비쳤다.

「힘을 기른 연후엔 우리 스스로 대문을 열고 나가야지. 세상은 넓고 인간은 도처에 청산이 있으니까. 우물안 개구리처럼 언제까지나 죽지를 늘어뜨린 채 답답하게만 살 수는 없어. 고구려 시절의 판도만이라도 도로 찾고 싶군!」

그는 퍽 심각한 문제를 이야기할 때도 항용 여자와 비유하기를 즐겼다.

「가녀리고 좀스런 계집은 늘 몸을 도사리지만, 낫살이나 먹고 인생에 자신이 생기게 되면 치맛단 치켜주고 거리로 나서는 게 또한 속이 트인 여자야. 그런 여자는 그까짓 고리타분 냄새나는 정조보다는 훨씬 더 큰 인생의 무엇인가를 터득한 것이지.」

쇄국은 소극이고 개국은 적극이라는 것을 그는 알고 있었으나 쇄국을 했다.

대원군은 집정(執政)한 지 겨우 4년이 좀 못되는 데 퍽 늙었다.

마흔 여덟이다. 산삼녹용이 물려서 못 먹을 처지인데도 다섯 살은 더 늙어 보였다.

정치라는 것은, 그것을 열심히 하려면, 남보다 쉽게 늙는 것인지도 모른다.

정말 집정 이래 많은 일을 해 왔고, 까다로운 사건을 많이도 치러냈다.

그의 눈가엔 피로한 기색이 두드러졌다.

갑자, 을축, 병인, 정묘. 갑자년에 집정을 했으니까 이제 4년째가 아닌가.

10월 초순의 어느 날이었다.

그는 운현궁에 들어온 영의정 김병학을 보고 불쑥 물었다.

「근정전은 언제쯤이나 완공을 보겠소?」

김병학은 서슴없이 대답했다.

「동짓달 상순까지는 완공을 보게 됩니다.」

「그래요?」

대원군은 눈을 지그시 감았다. 병인양요를 치르고 계속해서 경복궁 공사를 강행하느라고 온갖 무리를 했던 일에 대해서 회한 비슷한 감회에 잠겼다. 지난 2월이던가? 초엿샛날 새벽이었던가? 실로 끔찍스러웠다.

새벽에 안개가 자욱했다.

한성(漢城), 중(中), 동(東), 서(西), 남(南), 북(北)의 오서(五署) 47 방(坊) 340 계(契)는 아직 짙은 안개 속에서 죽은 듯이 고요했다.

장안 4만 3천여 호 집집마다에 잠들어 있을 20만 안팎의 서울사람들은 새벽잠이 달아서 밖에 철 아닌 안개가 짙은 줄을 몰랐다. 대원군은 아재당 장지문을 왈칵 열어붙이고 어둑신한 바깥 공간을 바라보며 크게 심호흡을 했다.

그는 이날따라 새벽에 잠이 깨어 다시는 잠들지 못한 것이 웬지 마음에 걸렸다.

「어허허허, 웬 안개가……」
대원군은 뇌까리며 누(樓)마루로 나와 서성댔다.
그는 그 순간 퍼뜩 고개를 오른편으로 돌리면서 서북쪽 하늘을 쳐다봤다.
그는 또한번 뇌까렸다.
「어허허, 화재인가? 뉘집이 타는고.」
그는 불빛이 하늘로 치솟는 서북쪽 하늘을 바라보면서 다시 또 중얼댔다.
「꽤 큰 집이 타는 게로군. 이 이른 새벽에…….」
그는 대안(對岸)의 불을 보듯 그 화광(火光)을 바라볼 수는 없었다. 이 나라를 다스리는 국태공이 아닌가.
그는 소리쳤다. 게 아무도 없느냐고 소리쳤다. 그래도 조급해서 설렁줄을 요란스럽게 흔들어댔다.
눈을 비비며 달려온 사람은 몸이 재기로 으뜸인 안필주였다.
「화재가 났구나. 너 속히 나가 뉘집이 타는가 보고 오너라!」
대원군의 분부를 받은 안필주가 미처 달려나갈 새도 없었다. 큰 대문께가 떠들썩하더니 들이닥친 사람은 당시의 좌포장 이경하였다.
이경하는 대원군이 아재당 누마루에 서 있는 것을 보자 풀쑥 허리를 꺾으며 숨이 찬 말투로 입을 열었다.
「저하, 큰일났습니다.」
대원군은 즉각 반문했다.
「뉘집이 타길래 큰일났단 말인가?」
이경하는 서북쪽 하늘의 불빛을 힐끗 돌아보고는 하는 말이 다급했다.
「저하, 뉘집이 아니라 지금 바로 경복궁이 타고 있습니다.」
「뭣이? 짓지도 않은 경복궁이 탄단 말인가?」
「경복궁 전각(殿閣)이 타는 게 아니라 경복궁 공사장에 화재가 나서 타고 있습니다.」
「공사장이라니?」

「동십자각(東十字閣)에 인접한 훈국화사(訓局畫師)의 가가(假家)에서 불이 일어나 걷잡을 새도 없이 연소하고 있는 중입니다.」
「화인을 알았는가?」
「아직 화인을 알 수가 없습니다.」
「화인도 몰라? 대관절 뭐가 타고 있는 게냐? 환쟁이의 가가가 타고 있나?」
가가는 가게의 원말이다. 임시로 지은 집도 가가다. 가게가 아니라 재목을 쌓아둔 가가가 타고 있는 것이다.
「가가 수백 칸과 다듬다 쌓아둔 재목이 모조리 타고 있습니다.」
「이, 이, 이……」
대원군은 주먹을 불끈 쥐고 이 죽일놈들아! 하고 호통을 치려다가 참았다. 대원군이 직접 화재 현장으로 달려갔을 무렵에는 산같이 쌓인 목재가 모조리 숯검정으로 화해 가고 있었다.
어떻게 일어난 화재인지 진화 작업이 도통 불가능했다.
가가 800여 칸이 재로 변하고 전국에서 골라 골라다가 쌓아둔 그 좋은 재목들이 함빡 숯검정이 됐으니 어처구니없는 노릇이었다.
「경복궁 짓긴 다 글렀구나!」
사람들은 그렇게 단정하면서 오히려 속이 시원해 했다.
그러나 좌절을 모르는 게 대원군의 천품이다.
어려운 일에 부딪칠수록 더욱 강인해지는 그의 의지는 때로 너무 성급해서 탈이다.
그는 좌포장 이경하에게 물었다.
「입직당상(入直堂上)이 누군가?」
이경하는 화재 현장에 달려와 쩔쩔매고 있는 임태영을 돌아보면서 대답했다.
「훈련대장 임태영이올시다.」
「임태영?」
「예에.」
「부르게!」

이경하가 임태영에게로 달려갔다.
임태영은 입직이라는 책임 때문에 관복자락을 불길에 태워 가며 군사들의 소방작업을 지휘하고 있었다.
그 임태영이 대원군 앞으로 달려와서 굽신 하고 허리를 꺾었다.
그는 사지를 벌벌 떨었다. 훈련대장이라면 무인으로서 최고의 벼슬이다. 군대를 장악한 당상관이다. 위풍당당한 풍채였으나 대원군 앞에서는 초라하게 벌벌 떨고 있다.
「대감이 입직이었소?」
대원군이 눈을 부릅뜨고 물었다.
「예에, 황감하옵니다.」
「황감하다는 말로 끝날 일이오?」
「황감하옵니다.」
「훈련대장을 파(罷)하겠소!」
「예?」
「실화의 책임자를 오늘안으로 가려내 처형하시오!」
「예에.」
「이포장!」
대원군이 불렀으나 이경하는 소방현장으로 가서 지휘를 하고 있다.
「도제조대감은 안 왔소?」
대원군은 아쉬운대로 임태영에게 물었다.
경복궁 공사의 총지휘관인 도제조 조두순이 아직도 이 자리에 없다면 또 호통감이다.
「아직 안 보이십니다.」
「흥인군은?」
흥인군은 대원군의 형이 아닌가. 역시 제조다. 감독관이다.
「흥인군께서도…….」
「아직 안 보인단 말이오?」
「예에, 황감하옵니다.」
「대감은 남의 일에까지 황감하오? 좌상도 안 왔소?」

「좌상 김대감은 저기 오시는군요.」
좌의정 김병학이 허둥지둥 현장으로 달려오고 있는 게 보인다.
「도대체 이 무슨 끔찍한 일입니까?」
김병학의 이 말을 듣자,
「대감은 나한테 웬 일이냐고 묻소?」
대원군이 소리를 버럭 지르는 바람에 모두들 어깨를 움츠렸다.
「도대체 영건제조의 막중한 대임을 맡은 사람들이 이꼴이 되도록 모르고 있었다니 말이 되오?」
대원군은 맥이 빠져서 말도 하기가 싫었다.
그러자 이경하가 다시 그들의 앞으로 달려왔다.
「어떻게 되겠나?」
대원군이 물었다.
「전각이나 누각에는 연소되지 않을 듯 싶습니다.」
「그럼 전각까지 태울 작정이었나?」
「아무래도 어떤 못된 놈이 방화를 한 것 같습니다, 저하.」
「방화?」
「예에.」
「왜?」
「방화가 아니고서야……」
「방화래야 이포장이 할일이 생긴단 말인가?」
불길은 바람을 부른다. 바람은 불길을 꼬드긴다. 불타는 소리, 재목 타는 냄새. 대원군의 얼굴은 처절하게 일그러져 있었다. 그는 불현듯 발길을 옮겼다.
운현궁으로 돌아온 대원군은 의관을 정제하고 곧바로 대궐로 들어갔다.
그는 궁금해 할 왕과 조대비에게 경복궁 화재의 전말을 설명하고는 정원에 기별해서 중신회의를 긴급 소집했다.
영건도감의 도제조인 영의정 조두순을 비롯해서 열 여섯 명의 제조, 부제조들이 참집했다.

원임 원로들과 현임 육경(六卿)들도 물론 모였다.
 희정당(熙政堂) 안은 국상을 맞았을 때처럼 침울한 분위기에 휩싸여 버렸다. 처음부터 대원군이 발언을 했다.
 「이번 화재는 위로는 상감을, 아래로는 온 백성을 놀라게 했소이다. 뿐만 아니라 막대한 국가재정의 손실을 가져왔소이다. 따라서 이번 화재의 책임자는 직위의 고하를 막론하고 엄중 문죄할 것이니 그리들 아시오!」
 그는 계속해서 말했다.
 「이번 화재로 해서 중건공사는 대단한 난관에 부딪친 게 사실이오. 그러나 여(余)는 누가 뭐래도, 어떠한 난관이 있더라도 이 공역을 예정했던 시일 안에 마치도록 할 것이오. 듣자니 이번 화재는 공역을 방해하려는 자의 방해 같다고도 하는데 만일 불순한 의도로 왕궁건재(王宮健材)를 불태운 자가 있다면 육족구친(六族九親)을 멸해야 할 역적이오!」
 누구도 이날은 발언을 하려고 하지 않았다.
 오로지 대원군 혼자서 격렬한 언투의 발언으로 이어 나갔다.
 「영의정 들으시오! 원납전의 제도를 강화하시오. 더 많은 노역을 동원하시오. 원근을 가리지 말고 함경도나 강원도에서 목재와 석재를 반입하시오. 그래도 재정이 모자라면 원납전 일만 냥을 내는 상민에게 벼슬을 주시오. 세율도 높이시오. 서울의 사대문(四大門)을 드나드는 백성들에겐 문세(門稅)를 징수하시오.」
 너무나 과격한 방법이라서 좌의정 김병학이 한마디 했다.
 「원근을 가리지 말고 자재를 반입하라시지만 건재는 이미 원근을 가리지 않고 벌채했었습니다. 남아 있는 게 있다면 묘소의 보호림 정도이니 딱한 노릇입니다.」
 그러나 대원군은 김병학의 그 말을 기다렸다는 듯이 말했다.
 「그럼 묘소의 보호림을 벌채시키면 되지 않소? 치성터나 서낭당의 귀신 붙은 나무라도 적재라면 베어 오는 게 당연하지 않소? 능원림(陵園林)이라도 용재가 될만하면 작벌(作伐)하면 되지 않소? 다 베어서 쓰도록 하시오!」

그는 음성을 낮췄다.

「도대체 근래에 와서는 양반호족들의 묘지가 너무 넓게 자리를 차지하고 있는데 그것은 폐습이야. 그러다간 몇백 년 뒤엔 이 나라 산림은 다 묘지가 될 게 아니오? 하여간 방법을 가리지 말고 공역을 계속 서두르시오!」

대원군의 이 모든 격렬한 발언은 그대로 대원위 분부가 되고 마는 것이다. 영의정 조두순이 용기를 내어 한마디 했다.

「허나 자손들이 말을 듣지 아니하면 그것도 난감한 일입니다. 조선(祖先)을 위하겠다는데, 나라에서 벌줄 수도 없는 노릇이 아닙니까?」

대원군이 즉각 반박했다.

「그것쯤 설복할 말수단이 없단 말이오! 그런 자손들에겐 미리 통고하시오. '왕궁을 짓는데 있어서 너희 묘목(墓木)이 필요하니 만일 너희 선조에게 영혼이 있다면 필연코 기뻐하리라'라고 통고하시오!」

누가 어떻게 그의 의지를 꺾겠는가. 그의 다음 말을 들어 보라.

「승지는 여의 말을 그대로 기록해서 정원으로 하여금 전국에 방을 붙이도록 하라!」

그는 승지가 필묵을 준비하는 것을 기다리지 않았다.

「국법에 정해져 있다. 침범할 수 없는 장지(葬地)의 넓이는 능(陵)이 방(方) 10 리고, 사족(士族)이 방 100 보(白步)고, 평민은 50 보인데 오늘날의 토호(土豪)들 묘지를 보면 능의 넓이와 다르지 않으니 이러다간 온나라가 묘(墓)자리를 빼놓으면 경작해 먹을 땅마저 없어질 것이다. 따라서 앞으로는 누구나 옛법을 지켜 넓은 한지(閑地)를 만들지 말라!」

그뿐인가. 당백전(當百錢)도 만들어 썼다. 지금까지 유용되던 엽전 대신에 새로 당백전이라는 것을 주조해서 엽전 백 배로 쓰게 했으니 스스로 생각해도 무리한 방법이다.

그러나 이제 와서 어쩌겠는가.

대원군은 한마디 더했다. 경제장관인 호조판서 이돈영을 보고 한마디 더했다.

「호조는 당백전을 더 많이 주조해서 유통시키시오! 백성들이 당분간 고통스럽겠지만 참아야 하니까.」

듣다못해 이돈영이 입을 연다.

「저하, 분부대로 당백전을 유통시켰더니 물가가 마구 뛰어서 시골 서울 없이 밥을 굶는 자가 속출하고 있는 실정이옵니다. 통촉하옵시오.」

대원군은 그에게 물었다.

「그동안 결두전(結頭錢) 징수는 뜻대로 되었는가?」

결두전은 인상된 전답세다.

호조판서 이돈영은 대답한다.

「결두전도 처음 예상과는 판이합니다. 전답(田畓)의 넓이가 일정하지 않아서 애로가 많습니다.」

「넓이가 일정하지 않아서 애로가 있어? 그게 무슨 말요? 전답이란 으레 네모 반듯한 방전(方田), 길기만한 직전(直田), 활같이 휜 구전(句田), 사다리 같은 제전(梯田)이 있고, 일그러진 규전(圭田), 북모양을 한 요고전(腰鼓田)이 있는 게지, 재기 쉬운 방전만 있단 말이오? 왜 일일이 측량을 해서 과세를 못하시오?」

「알겠습니다, 저하.」

「알았으면 강력하게 징수하시오! 그리고 사대문의 문세는 잘 징수되오?」

「사대문에서 문세를 징수하니까 시골 장사꾼들의 발길이 뜸해져서 물가 등귀를 더욱 부채질하고 있습니다.」

「으음.」

대원군은 비로소 신음소리를 냈다.

그러나 그는 이내 소리를 버럭 질렀던 것이다.

「하여간 수단과 방법을 다해서 경복궁 공역을 최단시일 안에 미치도록 모든 관원이 최선을 다하시오!」

그날의 중신회의는 이렇게 해서 끝맺었다.

대원군은 경복궁의 무리한 공역으로 말미암아 국민이 얼마만큼 고통을 겪는가를 모르는 게 아니었다.

알고 있기 때문에 혼자 있을 때면 마음의 갈등으로 더욱 술을 즐겨왔다.

어떻게 하겠는가. 한번 하고자 하는 일에 대해서는 좌절을 모르는 그의 성품인데 어떻게 하겠는가.

벌여놓은 일은 매듭을 지어야 하는 것이다. 매듭만 지어 놓으면 역사에 길이 남을 일을 한 것이 된다.

이제까지 300 년 가깝게 한 나라의 왕성을 폐허로 버려둔 원인도 모두 지금 자기가 겪고 있는 난제(難題)들을 이겨낼 사람이 없었던 탓이 아닌가.

경복궁 공역은 이렇게 해서 끝내 강행되고 있었던 것이다.

(새달이면 근정전이, 경회루가 완공된다?)

대원군은 생각만 해도 감회가 무량했다. 죄인의 심경이었다.

그러나 대원군의 그런 진심을 누가 알겠는가.

그의 독재를 탄핵하는 움직임이 싹트고 있었다.

며칠 후, 아침 무렵 대원군은 소문(疏文) 한 통을 받았다.

유학의 거성 이항로가 보낸 소문이었다.

대원군은 측근을 물리고 피봉을 뜯었다.

─국태공께 사룁니다.

문면은 단도직입적이었다.

경학(經學)을 중히 여기고, 효렴(孝廉)의 인(人)을 등용하며, 무재(武才)를 발탁하고, 무리한 공역(工役)을 말며, 가렴주구(苛斂誅求)를 없애고 덕을 길러야만 어시호 양이(洋夷)가 물러가고 나라가 보전(保全)할 것입니다. 그렇지 못하면 용맹한 장재와 불세출의 모사가 구름처럼 대감을 에워싸더라도 아무런 도움이 못될 것임을 명심합시오.

대원군은 거듭해서 이 소문을 읽었다.

그는 가슴이 답답했다.

(이항로도 이제 나를 버리려는가?)

몹시 섭섭했다.

이항로는 흔히 화서(華西)선생이라고 불린다.

지금은 경기도 양주군 청화산의 서녘 계벽이라는 마을에 사숙(私塾)을 차려 놓고 100여 명의 제자들에게 주정학(朱程學)을 강론하는 것으로 소일하는 사람이지만 나라 안에서도 손꼽는 거유의 한 사람이다.

대원군이 이항로를 안 것은 인왕산 밑 누상동에 은거하고 있는 괴노(怪老) 이인서의 연줄이었다. 이인서 노인은 바로 지금 대원군이 데리고 있는 이상지 청년의 아버지가 아닌가.

이항로는 특히 배외사상(排外思想)에 있어서 대원군과 의견이 합치했다.

그래 대원군이 집정한지 얼마 안 돼서 그에게 파격의 예우를 베풀어 일약 공조참판 당상관에다 부총관을 주어 중용했던 사람이다.

그 이항로에게서 갑자기 그런 소문을 받고 보니 대원군은 배신을 당한 것 같아서 퍽 외로운 생각이 들었다.

그는 소문을 꾸겨 버리면서 혼자 뇌까렸다.

「으흠, 그 군다운 은사(隱士)의 생각, 그게 정도(正道)인 줄이야 누가 모를라구!」

그 이항로의 수제자로 알고 있는 최익현의 소문을 받은 것도 바로 며칠 후였다.

국태공께서는 지난 2년 동안에 이 나라 사(士), 농(農), 공(工), 상(商)이 한결같이 병들어 죽을 지경이며 백 가지 되는 일이 없는 줄을 왜 모르십니까. 시급히 통촉 않으시면 큰 일이 날 것입니다.

마치 협박장과 같은 내용이었다.

대원군은 견딜 수 없이 불쾌했으나 이번에는 치미는 분노를 참았다.

그는 속으로 생각했던 것이다.

(일하는 자에겐 욕하는 자가 따르게 마련이니까!)

하여간 그 많은 곤경을 겪고 드디어 신궁(新宮)의 중요한 전각들이 낙성된 것은 1867년 음력 11월 초순이었다.
 이날 대원군은 기뻐서 어쩔 줄 몰랐다.
 사람이 한평생 가장 기쁜 순간은 가장 어려운 일을 해치웠을 바로 그 순간이다.
 그는 아들인 왕과 더불어 신축된 근정전과 경회루를 샅샅이 둘러보면서 마치 아이들처럼 좋아했다.
 이날 그는 근정전에다 만조백관을 불러 놓고 그동안의 노고를 치하하는 자리에서 손수건으로 눈물을 닦았다. 그리고 울음섞인 음성으로 외쳤다.
「여러분 얼마나 좋소! 아직 안 됐으나 머잖아 만백성은 볼 것이오. 활짝 트인 육조(六曹) 앞 대로를 직선으로 해서 남대문과 서로 호응하여 북에는 북악, 남에는 남산, 얼마나 좋소!」
 그의 음성엔 차츰 짙은 울음이 섞여 갔다.
「양옆에 돌 해태를 거느린 광화문의 저 안정되고 웅장한 위용을 보시오. 그리고 동에는 건춘(建春), 서에는 영추(迎秋), 북에는 신무(神武)가 이 새 궁궐을 지키는구려. 경회루의 장관을 보셨지요? 북경성엔들 어디 저런 단려하고 웅장한 누각이 있겠소? 내 생애에 오늘같이 기쁜 날은 없어요. 머잖아 4000여 칸의 전각들이 모두 완성되는 날 우리 왕조는 천추에 그 빛을 휘황히 밝히리다.」
 순진한 사람이었다.
 그는 손수건을 꺼내 눈물을 주군주군 닦아내며 자기의 벅찬 감격을 감추려 하지 않았다.
 그러나 그는 한마디 다짐하는 것을 잊지 않았다.
「이제 남은 공정(工程)만 여러분이 만난을 배제하고 밀어 주시오!」
 이날 이후 그는 심한 피로를 느꼈다.
 연 사흘을 아재당에서 두문불출하고 누워 있었다.

나그네 반기는 강도江都 갈매기

사람은 누구나 큰일에 어떤 매듭을 지으면 심신이 허탈해진다.
모든 일을 잊고 좀 쉬고 싶은 게 사람의 상정(常情)이다.
대원군은 여러 날을 두고 정신나간 사람처럼 허탈 상태에 빠져 있었다.
(이러다간 내가 된통 앓지!)
그는 정신을 차리려고 김응원과 더불어 난초도 쳐 보았다.
그러나 헛일이었다. 모든 게 귀찮았다. 의욕을 잃은 것이다. 구미가 없어 십전대보탕(十全大補湯)을 달여 먹었다. 소용이 없었다.
풍채가 완연히 수척해 보였다. 꼬집어 아픈 데도 없건만 자리에 눕고만 싶었다.
근심이 된 부대부인 민씨가 어느날 밤 권했다.
「그러시다가 병나시겠어요. 정신이 번쩍 드실 일이 있으실 텐데 왜 그러세요?」
「그런 방도가 있으면 부인이 가르쳐 주구려.」
대원군은 심심파적으로 대거리를 했다. 부인은 빙긋이 웃으며 말했다.
「추선일 오랫동안 못 보시지 않으셨어요?」
「추선이?」
대원군의 반응은 더할 수 없이 민감했다.
「거 보세요. 추선이 소리만 들으셔도 정신이 번쩍 드시는군요. 가 보세요. 그 색시도 눈이 짓물렀을텐데.」
 부대부인이라고 여자가 아닐까. 그 말투엔 빈정거림이 전연 없을 수는 없었다.
 대원군은 부인의 눈치를 슬쩍 훔쳐보고는 솔직한 심경을 털어놓았다.
「미상불 추선이가 보고 싶군.」
「가 보세요. 지나치게 몸의 무리만 마시구.」
「부인은 내게 진심으로 권하는 것 같군?」
 부대부인은 석연히 대답했다.
「가 보세요. 너무 국사에만 골몰하셨으니 편히 좀 쉬실 겸 며칠 가 계시다 오세요.」
「그럴까?」
「착한 여자라는데 좀이나 외롭겠어요. 젊은 나이에 뎅그마니 집만 지키구 있으니.」
 대원군은 부인의 성정(性情)을 안다. 부인은 진심으로 권하고 있음을 안다.
 그는 안필주는 불렀다.
「부르셨습니까, 대감마님.」
「너 지금 계동 추선아씨댁에 좀 다녀오너라. 내가 오늘밤 들를 게라고 전해라.」
 그 소리를 들은 안필주는 웬지 의아해하는 표정이었다.
「이놈아, 뭘 그런 얼굴을 하구 있어? 냉큼 다녀오지 못하구?」
 대원군이 소리쳤으나 안필주는 더욱 못 알아듣겠다는 표정이다.
「대감마님!」
「왜?」
「저번에 소인이 말씀 올리지 않았습니까?」
「뭘?」
「아니 정말 모르시구 계신가요?」
「뭘 내가 몰라? 이놈아!」

「추선아씬 강화섬에 가 계시다구 말씀드렸잖아요?」
「강화에?」
그제서야 대원군은 고개를 끄떡거렸다. 그러고 보니 벌써 월여(月餘) 전에 안필주가 묻잖은 그런 말을 전해 준 것 같았다.
「참 네놈한테서 들었구나. 그래 아직도 돌아오시지 않았다더냐?」
「겨울을 거기서 나실 모양이라던데요.」
「겨울을?」
「예에.」
「알았다. 물러가 있거라!」
대원군이 실망을 하면서 장지문을 닫자, 그런 대화를 다 듣고 있었던 부대부인이 입을 연다.
「잘됐군요!」
대원군은 부인에게 반문했다.
「잘됐다니?」
부대부인은 정색을 하고 대답한다.
「몸도 쉬실 겸 강화섬에나 몰래 다녀오세요. 필주란 녀석이나 데리구.」
「강화섬에까지 나더러 가란 말이오?」
「오죽했으면 그런 데까지 가 있겠어요? 바다나 보면서 세월을 잊어 보려는 거겠죠.」
대원군은 보료 위에 누우면서 으음하고 신음소리를 냈다.
그는 부인의 말이 옳다고 생각했다. 추선이 가엾어졌다. 만나 보고 싶은 마음이 간절했다.
부인은 남편에게로 다가앉았다. 허리띠를 늦춰 주면서 순직한 말로 권한다.
「생각나신 김에 한번 다녀오세요. 강화섬엔 그렇잖더라도 한번 가 보셔야 해요. 양이의 침범을 받고 섬백성들이 그처럼 혼이 났는데, 대감께서 가셔서 섬사람들을 위로해 주시면 얼마나 고마워들 하겠습니까. 넌지시 다녀오세요.」

「그러고 보니 다녀올 만한 곳이군.」
「다녀오세요.」
대원군은 부인의 마음씀이 고마워서 손을 잡아 당겼다.
「정말 필주란 녀석이나 데리고 다녀올까?」
「그렇게 하시라니까요.」
부인은 남편의 힘에 끌려 몸의 중심을 잃었으나 이내 바로잡았다.
「부인은 질투도 없소?」
「대감의 그 유명한 외도를 질투한대면야 내가 오늘까지 아내 노릇을 할 수 있었겠어요?」
「어허허, 하긴 그렇군!」
결코 노염은 아니다.
이 지체 높은 부부는 오래간만에 살을 맞댔다.
「한번도 만나 본 일은 없으면서 웬지 추선이라는 색시한테는 투기가 안 생겨요.」
그럴까. 여자로서 그럴 수가 있을까. 그러나 그것은 부인의 진심인 성 싶었다.
「한번 만나 보오, 만나 보면 더욱 귀여워해 줄 수 있는 여잘 게니.」
솜이 아니라 산비둘기의 솜털로 속을 박은 금침이다. 자주 옆으로 밀려났다.
「벌써 부인이나 나나 오십 줄이구려.」
남편의 말투엔 갑자기 인생무상을 느끼게 하는 쓸쓸한 감정이 깃들었다.
「늙었어요. 대감이나 늙지 마셔야 할 텐데…….」
머리맡에 켜 놓은 밑촛불이 너무 밝다.
남편의 이마에도 부인의 이마에도 주름살이 두드러져 보였다.
호젓하게 강화섬을 한번 찾아보리라고 내정하니까 대원군은 야인(野人) 시절이 몹시 그리워졌다.
세상에 권력의 정상에 있는 사람처럼 사생활이 희생되는 경우란 흔치 않다.

사람 누구나 사생활을 희생당하고 싶지 않은 것은 순수한 욕망인 동시에 불가침의 권리다.
 그러나 권력의 정상에 있고 온백성의 운명이 자기에게 달려 있고, 그래서 뭣인가 뜻있게 열심히 일을 해 보려는 사람이라면 어쩔 수없이 자기의 사생활은 희생할 밖에 없는 것이다.
 대원군도 그랬다. 그런 생활 속에서 어언 4년이란 세월을 살았다.
 아쉬울 것도 억울할 것도 없지만 다만 며칠 동안이라도 모든 잡다한 일을 잊고 풍월을 바라보며 쉬고 싶었다.
 (내가 피로했구나. 좀 쉬는 것도 좋겠지.)
 11월 11일 아침, 그는 홀연히 운현궁을 떠났다.
 몇 사람에게만 알렸다. 대왕대비 조씨, 국왕, 그리고 영의정 김병학, 그런 정도에게만 귀띔했다.
 운현궁 안에서 부대부인 민씨만이 남편의 행선지를 안다.
 다른 사람에게는 일절 그 행선지를 알리지 않았다. 그저 몸이 피로해서 어느 절간으로 들어가 며칠 푹 쉬고 나올 예정이라는 정도로 해 두고 운현궁을 훌쩍 떠났다.
 처음엔 안필주만 데리고 떠날 예정이었으나 그래도 그럴 수가 없어서 훈련대장 이경하를 더 따르게 했다.
 세 사람이 모두 사복차림으로 나섰다.
 그러나 보행일 수는 없었다.
 대원군은 가마를 탔다. 양반이나 하급관원이면 누구나 탈 수 있는 가마를 탔다.
 훈련대장은 말을 이용했다. 훈련대장의 정장이 아니라도 도포차림으로 말 위에 올라앉았으니 남 보기에 좀 어색했으나 그런대로 세상 이목을 속이기엔 십상이었다.
 안필주는 가마 뒤를 따라 걸었다.
 가마 앞에는 길을 유도하느라고 훈련대장의 말이 가고 있었다.
 남대문을 벗어나 노량진을 지나 부평들 한길로 접어서서야 대원군은 가마 포장의 창틀을 열어놓고 바깥 풍경을 바라보았다.

전원은 쓸쓸했다. 낡아빠진 허수아비가 여기저기 논을 외로이 지키고 있는 게 보였다. 화전도 아닌 기름진 밭인 모양인데 베다가 만 조〔粟〕짚과 수숫대들이 앙상하게 남아 있었다. 제대로 자라지를 못해서 이삭이 없었을까.

(농촌이 피폐해 가는구나.)

대원군은 그런 생각을 했다.

길가에 사립문도 없는 주막이 있었다.

「얘, 필주야!」

대원군은 가마 속에서 안필주를 불렀다.

「부르셨습니까, 대감마님.」

안필주가 가마 곁으로 다가와 묻자,

「이놈아 서방님이라고 그래! 대감마님은.」

대원군은 호통을 쳐 줬다.

「예, 서방님 부르셨습니까?」

「그래, 저 주막에서 쉬어 가자꾸나.」

대원군은 오른쪽 길가에 있는 주막을 가리키며 말했다.

「예, 저 주막에서 말입니까, 대감마님.」

「이놈아, 서방님이라고 부르라니까!」

「예, 서방님 그럼 쉬어 가시죠.」

안필주는 가마 곁에서 떠나면서 교군꾼에게 소리쳤다.

「얘들아, 저 주막으로 대감마님을 모셔라! 참 서방님을 모셔라.」

훈련대장 이경하가 말고삐를 채는 바람에 우후후하고 말이 허공을 보고 울었다.

돌담이 반은 허물어지고 사립문도 없는 오막살이 주막집엔 그래도 두 사람의 술꾼이 있었다.

주모는 30 전의 젊은 여자였다. 시골아낙네 쳐놓고는 꽤다 싶을 만큼 밉지는 않았다.

「어서 오세요, 양반님네들.」

주모의 인사 소리로 해서 토방(土房)에 앉아 술사발을 기울이던 농군

두 사람이 고개를 돌리고, 엉거주춤 일어나려고 했다.
「어서들 앉아 들게나!」
대원군은 손짓을 섞어 그들에게 권하고는 반대편 또 하나의 토방에 자리잡았다.
대원군은 심호흡을 했다.
흙벽 냄새가 코에 구수했다.
그는 방바닥에 깔린 삿자리를 손으로 쓸어 보면서 그 까실한 감촉에 향수를 느꼈다.
낙백시절에 홍제원 주막엘 자주 간 일이 있다.
거기에도 이 집 주모와 같은 썩 얄팍하게 생긴 여자가 있었다. 그리고 그 주막에도 이런 삿자리가 깔려 있었던 것을 기억한다. 흙벽 냄새도 새삼스럽다.
(그 여자는 지금쯤 어떻게 됐을까.)
사람은 누구나 때로 하잘 것 없는 일에 묘한 향수를 느낀다.
마음이 한가로운 탓일까, 대원군은 홍제원 주막집의 주모가 갑작스럽게 그리웠다.
(잠자리가 꽤 쓸만 했었는데…….)
이때 이경하가 다가온 주모에게 그 꽹과리 깨지는 음성으로 술을 청했다.
「두둑히 한 상 차려 오게나! 이 집의 안주는 뭐가 좋으냐?」
행주치마에다 손을 닦고 서 있는 주모의 뒤로는 밤나무 한 그루가 높고, 그 위에는 흰 구름 한 송이가 동그마니 걸려 있었다.
「안주라군 무우말랭이허구 고치장허구 시래기무침 밖엔 없는뎁쇼.」
양반님네들한테 그런 안주가 맞겠느냐는 듯이 주모는 볼을 붉히며 대답했다.
「그만하면 됐네! 술꾼은 술맛만 좋으면 되니까.」
이경하는 그러나 그 말끝에 물었다.
「원산말뚝 같은 것도 없느냐?」
주모는 습성처럼 또 행주치마에다 손을 문대면서 대답한다.

「원산말뚝요? 이런 데선 그런 북어조차 찾는 분이 없답니다.」
찾는 사람이 없어서 북어 안주가 없다고 했다.
주종(主從)의 사이를 없애고 세 사람은 술상에 둘러 앉았다.
「약주는 얼마나 드릴깝쇼?」
「한 서너 되쯤 주려무나!」
약주가 아니라 막걸리였다. 병에 담아 들여오는 게 아니라 조그마한 오지방구리에 담아 들여 왔다.
「술은 뭘로 푸느냐?」
「쪽박을 드립지요.」
쪽박이 아니라 주모는 손때가 자르르 흐르는 표주박을 가져왔다.
잠시 후였다. 대원군은 건너편 토방에다 대고 말을 걸었다.
「젊은이들은 이 고장에 사시오?」
「예에.」
농군차림의 술꾼 두 사람이 한꺼번에 합창하듯 대꾸를 해 왔다.
「오다가 보니 밭에 서속대, 수숫대가 그대로 있는데 갈[秋收]이 제대로 안 됐소?」
한 술꾼이 머리를 동였던 무명 수건을 풀어 놓으면서 대답한다.
「상년과 올핸 농사들을 변변히 못했습죠.」
「왜?」
「왜라뇨. 상년엔 강화싸움에 쓸 만한 청년들은 죄다 징발됐었구, 올여름엔 이 동네 남정네가 모조리 그 경복궁 부역인가 뭔가에 가느라구 연사(年事)를 몽땅 잡쳤습죠.」
「그래?」
그 다음엔 대원군 욕이 나올 것 같다. 대원군은 한마디 더 물었다.
「그게 모두 대원군이란 놈의 등쌀 때문이 아닌가?」
대원군의 이 말에 우선 어깨를 추킨 사람은 훈련대장 이경하였다.
안필주는 들고 있던 술사발에서 뿌우연 막거리를 삿자리 위에다 줄줄 흘렸다.
농군의 대꾸가 건너왔다.

「하긴 그렇습죠. 그런데 양반님네, 큰일날라구 그런 소릴 허슈?」
대원군이 아주 쐐기를 박아 줬다.
「대원군이 너무 극성을 부리지?」
「허긴 그렇습죠. 사람을 그렇게 많이 죽였으니 양놈인들 안 쳐들어오겠사와요. 거기다가 몇백 년을 두구 없이두 살아온 대궐을 짓는다구 저 극성이니 백성이 살 수 있겠에요?」
그들에게서 나옴직한 불평이다.
대원군은 빙그레 웃으면서 한마디 더했다.
「거기다가 관원놈들의 행패가 심할 게구. 요새는 점점 더하다면서?」
「뭐가 말씀이오니까?」
「이방놈들의 행패 말일세.」
「말씀을 맙쇼.」
「어떤 행패들이 가장 심한가?」
「제 입이라 해서 말 함부루 씨부렁거리다간 귀신두 모르게 죽습니다.」
「여기야 우리들뿐이 아닌가?」
「하여간 양반님네 듣는 데선 마구 지껄이지 않는게 상책입죠. 우린 술이나 먹을랍니다.」
더이상 캐어물을 수도 없다. 그러자 다른 한사람이 한마디 했다.
「윗물이 맑아야 아랫물이 맑다구, 대원위대감이 그런 극성이니 졸개들이 누구 본을 받겠어요.」
모든 책임은 대원군한테로 돌아오는 것이었다.
그러니 대원군 일행은 유구무언일 밖에 없었다.
이경하도 안필주도 대원군의 심기가 사나워져 있음을 눈치채고 술도 제대로 마시지 못했다.
대원군이 마시는 막걸리니까 억지로억지로 마시는 술이다. 훈련대장이 막걸리를 마시게 됐는가. 운현궁에서 거드럭대 온 안필주가 막걸리에 구미가 당길 수는 없다.
그러나 대원군은 마셔댔다. 옛솜씨만은 못했지만 서너 사발이나 실히 마셨다.
 그는 우울했다. 민심을 잃고 있구나 싶어서 우울했다. 백성을 위해서 하노라고 했는데 그들의 여론은 자기를 싫어하고 있으니 어이가 없다.
 너무나 벅찬 일들을 해내느라고 아닌게아니라 지나친 극성을 부렸는 지도 모른다.
 (하는 일 없이 안일하게 지냈더면 민심도 얻을 수 있었겠지.)

 백성들은 관(官)의 간섭을 싫어한다. 자기네들을 위한 간섭이거나 다 함께 잘살고 잘돼 보자는 간섭이거나, 하여간 관의 간섭은 싫어하는 게 백성의 속성이다.
 대원군은 고개를 쑤욱 뽑고는 건너편 토방에다 대고 또 말을 건넨다.
「허긴 안동 김씨네가 세도를 잡았을 때는 살기가 좋았을 게요!」
 반응은 빨랐다. 물어 왔다.
「양반님네들은 안동 김씨네십니까?」
「아니오! 우린 이씨네지만 안동 김씨네 시절이 더 좋았단 말이오.」
「말씀인즉슨 옳습니다요. 그래두 그 시절엔 나두 이 근처에선 예 간다 제 간다 했지요.」
「모두들 그렇게 생각하는구려.」
 대원군은 그들이 원망스럽기까지 했다.
「뭐니뭐니해두 구관이 명관이라우. 대원위대감은 몹쓸 적악을 많이 했죠. 아, 이 집 아주머이만 하더라두 그 대원위대감 때문에 저 고생이라요.」
「그래? 왜 그렇소?」
「멀쩡한 사람이 천주학쟁이루 몰려 죽었습죠. 천주학의 천자도 모르던 사람이…… 저 아주머이의 남편 말씀입죠.」
 대원군은 그 소리를 듣자 가슴이 섬뜩했다.
 대원군은 그 얄팍하게 생긴 젊은 주모를 불렀다.
「지금 얘길 들었네. 남편이 천주학쟁이루 몰려 죽었다구?」
 그 소리를 들은 젊은 주모는 단박 입언저리가 씰그러졌다. 충격을 받은 것 같다.
「언제 그런 변을 당했나?」
「그러께 여름에 그랬어요.」
그러께는 재작년, 벌써 2년이 훨씬 넘었다.
「그래, 천주학쟁이가 아니었는데 그런 횡액을 당했단 말인가?」
「그 얘긴 지금 해서 뭘 합니까.」
여자는 숫제 화제삼기도 싫은 모양이었다. 그러나 한숨을 토하면서 말을 꺼낸다.
「고을 이방과 건답 논꼬의 물쌈을 한 지 사흘만에 천주학쟁이루 몰려 잡혀간 채 소식두 모르는걸요.」
「물싸움을 하구?」
「허긴 제게두 잘못이 있었죠.」
「무슨?」
「그 이방놈한테 봉변을 당할 뻔했어요. 읍내에 갔다 오다가.」
「자네가 꼬리를 친 게지?」
이경하가 그런 말을 하니까,
「늘 저를 노리던 녀석입죠.」
주모는 이경하에게 마땅찮은 눈총을 주면서,
「당하지두 않았는데 당했다구 동네방네 소문이 났었어요.」
묻지도 않은 말을 자진해서 꺼내는 주모는,
「그럼 자네 서방이 그 이방놈한테 먼저 시비를 걸었겠군?」
이경하가 묻는 말을 들은 체도 않고,
「약주 더 드시겠어요?」
직업적인 눈웃음을 친 다음,
「그녀석이 제발이 저려서 쇤네의 서방을 미리 없애 버린 거죠.」
또 행주치마끝을 말아쥔 다음,
「다 이년의 팔자소관이 아니겠어요?」
자기의 팔자소관이라는 것이었다.
「그럼 자네두 대원위대감을 어지간히 원망하겠네?」

이경하가 대원군의 눈치를 보고는 싱겁게 그런 말을 하니까,
「전 아무두 원망 안 해요. 대원위대감이 설마 사람을 억울하게 죽이라는 영이야 내렸겠어요?」
여자는 다시 직업적인 눈웃음을 흘리면서,
「약주 더 올릴까요? 안주가 없어서 더 드시랄 수두 없지만……」
지금까지의 화제는 싹 거두어 버리는 것이었다.
「고만 일어나 보시죠, 대감마님, 참 서방님.」
안필주가 권하는 대로 대원군은 일어나면서 이경하에게 귀띔했다.
「술값이나 후히 주고 가세나.」
돌담 밖에 매어 놓은 이경하의 말이 허공을 보고 또 울었다.
그들이 마당으로 나가자,
「어디루 가시는 길인지 돌아가실 때 목마르시거든 또 들르세요. 원산 말뚝 몇 마리 마련해 둘께요.」
과분하게 받은 술값 때문에 하는 말 같지가 않은게 주모가 풍기는 인품이었다.
대원군은 주모의 어깨를 툭 건드렸다.
「인연이 있으면 또 만나세나. 오다가다 서로 소매가 스치는 것도 인연이라니까.」
하늘엔 구름이 끼기 시작하고 있었다. 철이 철이니까 비는 안 올 것이고, 그저 한가롭게 구름이 끼기 시작했다.
일행이 강화섬에 닿은 것은 서울을 떠난 지 사흘만이었다.
대원군은 물론, 이경하도 안필주도 그곳 강화에 발을 들여 놓기는 처음이다.
눈에 띄는 풍물이야 본토에 비해 뭐가 다르겠는가. 그러나 감회가 깊었다.
추선이 이곳에 와 있대서가 아니다.
이 한두 해 사이에 입은 전화가 혹심하다 해서도 아니다.
서해의 섬, 강화는 세월을 너무도 슬프게 살아온 것을 알고서 발을 들여 놓은 나그네라면 누군들 감회가 가슴에 사무치지 않겠는가 말이다.

동서 40리, 남북 70리, 둘레 300리의 강화섬은 동북으로는 강을 이고 서남으로는 바다를 두르고 있다.

단군이 강천해서 개국한 고장이란다.

옛부터 천험(天嶮)의 자연요새로 이나라를 지켜왔다. 중원의 문물을 받아들이는 징검다리가 돼왔다. 전란을 피하는 임시수도가 된 것은 몇번인가. 외적의 시달림을 받은 일은 또 몇 차례나 되는가.

북녘으로는 풍덕, 승천포가 강물을 사이에 두고 깎아 세운 듯한 석벽단애와 마주한다.

만조 때가 아니면 배도 접근을 못하는 갯바닥이 전개된다. 성곽조차 쌓을 필요가 없었다.

동으로는 갑관에서 남으로 손돌목에 이르는 사이에는 돈대(墩臺)나 적당히 쌓아두면 고만이었다.

만약 한번 승천포와 갑관진의 두 길목만 막아버리면 날개 없이 강도(江都)에 들기란 귀신 말고는 불가능하다.

그러나 그런 천험의 요새도 지키기를 등한히 하면 보잘 것 없이 침범당한다.

비록 지각이 없는 사람이더라도 강화섬에 들면서 인조조(仁祖朝) 때의 저 병자호란을 회상치 않는다면 웃습다.

청의 태종이 10만 대병을 거느리고 쳐들어와 우리 인조를 남한산성으로 포위했던 그때, 비운의 왕 인조는 대신 김상용에게 분부해서 종묘사직과 왕후 비빈들을 비롯한 왕족들을 이 강화섬으로 몽땅 피난시켰던 게 아닌가.

그때 이름도 거만한 청장(淸將) 용골대는 이 강화섬의 대안인 통진 문수산 상상봉에 올라 갑관 쪽을 보니, 지키는 군사, 떠있는 배 한 척이 없다.

용골대는 즉시 인가를 헐어 뗏목을 만들었다. 군사를 시켜 갑관 나루로 침공했다.

귀신이 아니라도 강도는 하룻밤 사이에 함락됐던 것이다.

이것은 수비대장 김경징이 천험의 지리를 믿고 방비를 게을리 했던 결과였다.
 대신 김상용은 전사했다. 두 사람의 대군은 잡힌 몸이 되고, 수많은 비빈과 사대부들의 부녀 족친들은 바닷물을 향해서 몸을 던지는 참상이었다.
 남한산성에서 강화낙성의 비보를 전해 들은 인조는 무연히 탄식했다.
「과인이 주야로 빈 것은 강도의 보전이었다. 과인의 종속이 위해를 입어서가 아니다. 이제 이 나라의 현족백관이 모두 외지로 납치돼 갈 운명이다. 조종(祖宗)에 영이 있다면 과인을 어찌 용서할 것이냐.」
 왕은 혀를 깨물며 천추의 한을 남겼다.
 청나라의 태종이 제시한 무조건 항복을 수락한 것이다.
 배상, 할양(割讓), 신사(臣事)의 세 가지 굴욕적인 조건을 수락했다.
 한강의 동류 삼전도로 나가 세 번 무릎 꿇고 아홉 번 절하고 청태종에게 항복했다.

  짐은 그대의 나라가 교사반복(狡詐反覆)이 심하기로 이에 교시(教示)하노니……

 청태종이 인조에게 내린 항복조건을 열기한 이른바 조서의 말미 귀절이다.
 강화섬의 슬픈 역사를 들춰 보면 상거(上去) 천 년에 서글픈 이야기도 많다.
 (아아 서해의 고도였던 강화.)
 요승(妖僧) 신돈에 관한 그 패륜의 야화도 강화섬과 관련이 있다.
 고려조 말년에 왜구 후지와라 쓰네미쓰가 강화섬을 발판으로 해서 연해의 주민을 괴롭히고 송도로 가는 시량의 수송길을 막은 일이 있다.
 고려조는 피폐해서 그 일본 해적조차 몰아낼 힘이 없었다.
 그때의 왕은 비록 가짜지만 공민왕의 총애를 받았던 요승 신돈의 실자(實子)설이 있는 신우였다.
 부전자전이라던가. 신우는 아버지 신돈을 닮아 정사는 않고 연일 연락(宴樂)으로 소일하며 비빈들과의 황음으로 밤을 낮삼았다.

국정이 문란해졌다. 왕위에서 쫓겨났다. 유배돼 온 곳이 이 강화섬이다.

그의 아들 신창이 즉위했으나 역시 시원찮았고 백성이 승복하지 않았다.

그도 이내 쫓겨났다. 또한 유배돼 온 곳이 이 강화섬이다.

그 신돈의 아들 손자는 함께 이 강화섬에서 고혼(孤魂)이 됐다.

중 신돈은 공민왕의 사부가 되어 처음에는 선정도 했다.

공민왕은 애비 노국공주가 아이를 낳다가 난산으로 세상을 떠나자 후사 없음을 걱정한 나머지 여러 명의 비빈들을 열심히 상대해 보았으나 회임(懷姙)이 되지 않으니까 더욱 초조해져서 그네들을 별궁에다 뒤두고 신돈으로 하여금 밀통케 했다는 고사가 전한다.

그렇게 해서 낳은 아들 손자가 신우, 신창이었으니 부전자전이 아닐 수 없다.

연산조 때의 사람 성현의 『용재총화』에 나타난 문면(文面)은 사실일까. 과장일까.

    신돈은 처음 국정을 잡자, 기현의 집에 거처하면서 기현의 아내와 밀통했다. 그러나 기현의 부부는 그를 아첨해 받들었다. 신돈은 위권(威權)이 커지자 사람의 생살조차 마음대로 했다. 만약 사대부의 처첩으로 자색이 뛰어난 여자가 있으면 조그만 트집이라도 잡아서 그 남편을 옥에 넣고 얼러대는데 그의 아내나 딸이 나와서 용서를 빌어야만 죄를 면해 준다.

기가 막힌 사람도 다 있었다. 그러니까 그는 나중에 제명에 못죽었다.

    죄인의 부녀가 신돈의 집 대문을 들어서면 따라온 마부종복(馬夫從僕)은 그 발길을 돌린다. 중문을 들어서면 역시 따라온 계집종이 돌아선다.

그러면 신돈의 집 하인이 나와 죄인의 부녀를 안내해서 신돈이 있는 거실로 들여 보냈다는 것이다.

신돈은 점잖게 책을 펴 놓고 앉았다. 옆에는 늘 깔아 두는 비단 금침이 있다.

무슨 일이 벌어지겠는가. 마음에 드는 여자라면 며칠씩 데리고 놀다가 그 남편과 함께 방면해 줬다는 것이다.
제아무리 타고난 정력가라 하더라도 견디어 낼 재간이 없다.

그는 양기가 줄어드는 것을 겁내는 나머지, 백마의 그놈을 잘라 고아먹고 지렁이를 회로 해서 먹기를 즐겼다.

사람들은 그를 가리켜 늙은 여우의 정력이라고 했다던가.
강화섬은 세조에게 몰린 그의 아우 안평대군이 귀양 와서 사약을 받은 곳이기도 하다.
철종이 강화도령으로 나무지게를 지던 곳이다.
더는 이곳에 얽힌 잡다한 내력에 대해서 관심을 갖지 않는 게 편하다.
강화섬에 도착한 대원군 일행은 남의 눈에 들키지 않으려고 부중에는 들르지 않기로 했다.
「곧장 전등사로 가자꾸나!」
대원군은 종자들에게 일렀다.
추선이 와 있다는 전등사로 어서 빨리 가 보고 싶었다.
길은 오솔길, 바람은 바닷바람, 해는 정족산에 기울고 있었다.
「예서 몇 리나 된다더냐?」
대원군이 한가로운 섬 풍경을 바라보며 물었다.
「30리 길이랍니다.」
안필주가 들메끈을 고쳐 매고 벌떡 일어서면서 대답했다.

「갈길이 바쁘고나.」
「예, 어둡기 전엔 어렵겠습니다.」
해가 있는 동안에 전등사에 닿기는 아무래도 틀린 노릇이었다.

논은 흔치가 않았다. 밭이 많았다. 목화밭과 왕골 논이 많은 고장이지만 철이 철이라 그런 것은 눈에 띄지 않았다.
그러나 특산물인 화문석을 뚤뚤 말아 머리에 이고 오솔길을 비켜서는 아낙네들은 자주 눈에 띄었다. 여름에 부녀자들이 즐겨 입는 옷감 항라도 이곳에서 많이 난다. 나루를 건너 뭍으로 장사를 나갔다가 집으로 돌아가는 듯 싶은 옷감장수들도 이따금씩 눈에 띄었다.
일행은 물 속에 달 가듯이 남쪽을 향하여 오솔길을 가고 있었다.
그들이 전등사 어귀에 있는 정족산성 남문에 이르렀을 때는 덤불 속에서 새소리가 요란한 초저녁 무렵이었다.
송림 우거진 길을 한참 들어가서야 전등사의 처마끝이 오른쪽으로 보였다.
「말에서 내리게!」
대원군은 이경하에게 이르고는 자신은 가마에서 내렸다.
「너는 예서 말이나 지켜라!」
대원군은 안필주에게 남아 있으라고 했다.
두 사람은 완연히 피로한 걸음걸이로 절 어귀를 향해 걸어갔다.
돌층계 아래로 젊은 중 하나가 내려오다가 그들을 보고 비켜서면서 합장을 했다.
「어디서 오시는 분들이십니까?」
밤이라 수상하게 보이는 모양이다.
「부중에서 오네.」
앞섰던 이경하가 대답했다.
「말 좀 물어 보세.」
뒤졌던 대원군이 숨을 좀 헐떡이며 말했다.
「이예에.」

젊은 중은 다시 합장을 하면서 허리를 굽혔다.
「주지스님은 계시겠지?」
「이예에. 법당에 계십니다.」
「참…….」
이경하는 잊었던 일을 생각는 것처럼 참 소리를 하고는 대원군의 눈치를 봤으나 날이 이미 어둡다.
「이 절에 서울에서 아낙네 한 분 와 계신가?」
대원군이 돌층계에다 한 발을 올려놓고 물었다.
「아낙네 말씀입니까?」
젊은 승려는 반문했다.
「어디 계신가?」
젊은 중은 가르쳐 줘야 좋을지 아닌지를 망설이는 모양이었다.
밤중에 괴한 둘이 나타나서 젊은 아낙네의 소재를 물으니 함부로 대답해 줘야 할 것인지를 생각하는 눈치였다.
「수상한 사람이 아니니 가르쳐 주게나!」
이경하의 음성이 약간 높아졌다.
그의 그 음성 가지고 물으면 가르쳐 줄 것도 안 가르쳐 주기가 십중팔구다.
대원군이 말했다.
「주지스님이 계신 곳으로 우리들을 인도하여 주게나!」
「이예에. 관세음보살.」
젊은 중은 또 합장을 하고, 허리를 굽히고, 좀 전에 내려오던 돌층계를 앞장서서 오르기 시작했다.
대원군은 순진한 소년처럼 가슴이 벅찼다.
「이 안 어디엔가에 추선이 있다. 추선이가.」
방마다에 불빛이 비치고 있다.
석탑을 외로 돌아 법당으로 접근해간 젊은 중은,
「좀 기다리십쇼.」
하고는 혼자 법당 안으로 사라지더니 한참만에 노승을 앞세우고 다시 나타났다.
　젊은 승려는 연등을 들고 옆에 섰다.
　불빛에 비친 노승의 이마에는 석가여래 모양으로 인당에 검은 점이 두드러져 있어 자비의 법력(法歷)이 풍겼다.
　「어서들 오십시오. 어떻게들 오시는 길입니까?」
　음성은 낮았으나 침착했다.
　「말씀 좀 묻겠소이다.」
　이경하가 좀 거만하게 나섰다.
　「무슨 말씀이신지?」
　젊은 중에게 이미 설명으로 들었을 것이지만 노승은 시치미를 떼는 것 같다.
　「이 절에 서울서 부인 신도 한 분이 와 묵고 계시지요?」
　「부인 신도요? 언제쯤 오신 분입니까?」
　「달포 전에 오셨을 겝니다.」
　「어떻게 되시나요?」
　어떤 사이냐고 물어 오는 데는 이경하로서 선뜻 대답이 나가지 않았다.
　그러자 옆에 섰던 대원군이 대답했다.
　「이 사람의 내자요.」
　자기의 아내라고 했다.
　「아아 그러십니까? 그럼…….」
　노승은 습성인 양 합장을 하고서,
　「네가 어서 이 어른을 정사암으로 모셔다 드려라.」
　젊은 중에게 지시하는 것이었다.
　만산은 어둠에 잠기고 이따금씩 법당엔가 처마끝에 달렸을 풍경이 뎅그렁 뎅 가볍게 울었다.
　젊은 중이 연등을 밝히면서 앞을 섰다.
　「고대 무슨 암이라고 했소?」
　이경하는 중에게 묻는다.

「정사암입지요.」
「조용히 생각하는 암자라는 뜻인가?」
「그렇습니다.」
「이름이 좋군!」
「전에 도정궁마님이 지으신 이름입니다.」
깜짝 놀랐다.
「도정궁마님이?」
「이예에.」
「도정궁마님이 이 절에 와 계셨던가?」
이하응이 물었다.
「이예에, 한 1년 가까이 와 계셨습지요.」
「그래, 언제?」
「도정궁나으리께서 역모로 몰려 돌아가신 다음 얼마 안 있다가 오셨습니다. 처음엔 아무도 그 마님이신 줄을 몰랐습지요.」
「그래?」
하다가 이경하는 돌부리를 차고 그 육중한 몸을 기우뚱거렸다.
젊은 중은 뒤를 돌아다보면서 등불을 밝히다가 다시 걷기 시작한다.
「참 고고하기 학 같으셨던 마님이셨습니다. 늘 정갈하게 소복을 입으시고 정사암에서 두문불출 불경을 외우시던 모습이 지금도 눈에 선합니다, 나무아미타불.」
사실은 대원군도 이경하도 그동안 잊고 있었을 뿐이지 이하전 부인이 그 시절 강화에 와 있었다는 이야기를 알고 있었다.
젊은 중은 자진해서 지껄인다.
「월담(月譚)마님이라고 불렀습죠. 일각선사라는 노스님이 함께 오셔서 불법을 강해 드렸는데 그분은 입적하셨습니다.」
「그분이라니?」
「일각선사 말씀입죠. 그때두 원체 고령이셨으니까요. 저기 불빛 새는 곳이 정사암입니다.」
꼭 먼 하늘에 반짝이는 별빛처럼 어둠 속에서 불빛이 깜박거렸다.

「꽤 높군!」
이경하가 또 뒤뚱거리며 중얼댔다.
그러나 대원군은 침묵일관 입을 열지 않았다.
이하전 부인에 대한 이야기가 가슴을 뭉클하게 했던 것이다.
살아 있던 시절, 이하전의 그 고고하던 모습이 머리에 떠올라 일말의 애련한 감상이 그로 하여금 침묵을 고수하게 했다.
「여러 날 묵으십니까, 손님들께선?」
젊은 중이 물어 왔다.
「글쎄……..」
이경하로서는 대답할 말이 아니었다. 그래 다른 소리를 꺼냈다.
「저런 산 속에 부인이 혼자 계시면 무서우실텐데…….」
「왜 혼자십니까.」
두 사나이는 또 놀랐다.
「그럼 누가 또 계시단 말인가?」
역시 이경하가 물었다.
「두 분이 와 계시잖습니까.」
「두 분이라니?」
「아니, 모르십니까, 두 분이 와 계신 줄을?」
이경하가 말문이 막히자 대원군이 입을 열었다.
「낮이면 여기서 바다가 보이나?」
엉뚱한 말이었다.
그는 추선이 혼자서 와 있는 게 아니라면 누구하고인가를 짐작할 수 없어서 앞선 두 사람의 화제를 중단시켜 버렸다.
(설마 제가 다른 놈하구?)
별똥이 떨어지는 정도의 짧은 동안 대원군은 추선을 의심해 봤으나 이내 그럴 여자가 아니라고 혼자 고개를 저어 부정해 버렸다.
젊은 중이 대답했다.
「내일 아침 일찌감치 내려다보십시오. 송림 사이로 바다가 전개되고, 바다 위를 가는 듯 마는 듯 가는 범선(帆船)이 그림 같습니다. 해뜨는 것도 보실 수 있습니다. 온 바다가 발갛게 물이 듭니다.」
「그래? 갈매기도 날으겠네 그려?」
「날으고 말구요. 강도 갈매기는 나그네를 반긴답니다.」
「어떻게 반긴단 말인가?」
「바닷가에 나그네가 서 있으면 머리 위로 날아와 삐리릿 삐리리 인사를 합지요. 갈매기야 어디메 갈매긴들 다르겠습까만 이 고장 갈매기들은 정이 있어 좋답니다. 왜 그런지 아십니까?」
「왜 그런가?」
「옛부터 이 섬에는 뭍에서 쫓겨 온 한많은 이들이 와서 외롭게 살지 않았습니까. 그들은 자연 갈매기와 벗하면서 시름을 잊었겠습지요.」
듣고 보면 그럴 듯한 이야기도 되는 것이었다.
「젊은 스님은 뭐라고 부르면 되오?」
「소승의 법명 말씀이오니까?」
「그렇소.」
「하상(何祥)이라고 부릅니다.」
「하상스님은 이 고장 사람이오?」
「이 고장에서 나서 이 전등사에서 공부하다가 잠시 동안 양주 덕절로 가 있었습니다.」
「양주 덕절?」
「이예에.」
「홍국사 말인가?」
「이예에, 홍국사를 손님은 아시는군요?」
「좀 알지.」
대원군은 홍국사와 추선과 이하전 부인과의 사이에 얽힌 인연을 대강 들어 알고 있다.
(그럼 이 젊은 중이 이 고장으로 오는 바람에 추선도 함께?)
어쩌 여러 가지 묘하게 얽혀 있는 것 같아 대원군은 안올 곳에 온 것이 아닌가 싶기도 했다.
「이제 다 왔습니다.」

젊은 중 하상이 쭐레쭐레 암자를 향해 먼저 올라가기 시작했다.

꿈은 설익어 천년千年이란다

　낯선 고장, 산 속, 어둠 속에 우뚝 선 두 사나이는 더할 수 없이 긴장하며 숨을 죽였다.
　구름 틈으로 달빛이 쏟아지면서 어른어른 솔 그림자와 사람, 바위 그림자를 강마른 산비탈에다 늘씬늘씬 던져 줬다.
　암자 속에 추선과 함께 있는 사람이 누구냐, 관심과 경계와 노기가 한데 섞인 긴장으로 두 사나이는 암자 쪽을 응시했다.
　실제로 시간이야 얼마나 걸렸는가. 그러나 꽤 지루했다.
「어험!」
　대원군이 헛기침을 해서 인기척을 냈다.
「카악!」
　이경하는 가래침을 카악 하고 입 속에서 우려서 땅바닥에 탁 뱉었다.
　남자의 음성이 들렸다. 여자의 음성이 암자 속에서 새어나왔다.
　암자 문이 덜컥 열리더니 사람, 여자가 나왔다. 조심조심 나왔다.
　문 앞에서 아래편을 두리번거리는 것은 먼발치에서 으스름 달빛에 비쳐 봐도 추선의 모습이 틀림없다.
　사이를 두지 않았다. 여자 하나가 또 암자 속에서 밖으로 나왔다.
　분명히 여자다. 젊은 중은 처음부터 암자 밖에 서 있는데 속에서 또 나온 사람은 남자가 아니라 여자였다.
　대원군은 그제서야 빙그레 웃었다.
　이경하는 대원군을 돌아보면서 중얼댔다.

「여인이 또 한 사람이 나왔습니다.」
 밤중에 사나이 둘이 찾아왔다니 추선이 몹시 경계하는 것은 당연하다. 누구냐는 말도 먼저 물어 오지를 않았다.
 대원군이 이경하를 제쳐놓고 앞으로 나서면서 말없이 접근해 갔다.
 너무 놀래 줘서는 안 될 것 같았다. 좀 사이를 둔 위치에서,
「나요. 구름재의 이생원이오.」
 젊은 중이 눈치를 못 채도록 대원군은 구름재의 이생원이라고 자기를 밝혔다.
 지극히 영리한 여자, 추선이다.
 이내 알아보고 한달음에 달려와 대원군의 두 손을 덥석 잡았다.
 이런 경우 남의 이목을 꺼릴 얌전하기만 한 추선은 아니다.
「대감!」
 두 손을 잡아 흔들면서, 발을 구르면서, 단박에라도 안길 자세였다. 어린애 같았다.
「쉬이!」
 대원군은 추선의 입을 손바닥으로 막았다.
「이생원 행세를 해야겠네.」
 대원군은 추선의 귀에다 뜨거운 입김을 쏟으면서 소곤댔다.
 지극히 영리한 여자, 추선이다.
「당신이 어떻게 기별도 없이 이렇게 오셨어요?」
 으스름 달빛인들 추선의 눈물이 안 보일까. 두 눈에 눈물이 함빡 괴었다. 숨이 콱 막히는지 어깨가 위로 치켜졌다.
「보고 싶어서 찾아왔소.」
 대원군도 눈물이 글썽했다.
「저 이대장도 함께 왔소.」
 거짓말이란 이내 마각이 드러나는 것이다.
 대원군은 자기의 말이 어디가 잘못됐는지조차 깨닫지를 못할 만큼 흥분상태였다.
 자기는 이생원이라고 했으면서 이경하를 이대장이라고 했다.

그제서야 추선은 이경하라는 사람의 존재를 발견한 모양이다.
「오셨어요?」
그때였다. 대원군 앞으로 달려드는 또 한 여인, 땅바닥에 넙죽 무릎을 꿇는다.
「대감마님, 소녀 문안 드리옵니다.」
구름재의 이생원이라는 연극은 젊은 중 하상 앞에서 산산조각이 나 버렸다.
「오오, 자네였나?」
윤여인이었다. 손이라도 덥석 잡아 주고 싶을 만큼 대원군은 윤여인마저 반가웠다.
「엊그제까지도 궁 안에 드나들고 있는 줄로 알았는데 언제 이리로 왔나?」
「월여 전에 아씨를 모시고 왔사옵니다.」
「그래? 내 몰랐네그려.」
정말 몰랐다. 모든 것을 모르고 지냈다. 그만큼 정사에 골몰하고 있었다.
「내 너무 무심히 지냈구나.」
윤여인을 보고 하는 말이었으나 추선에게 들으라는 속셈이 있었다.
스산한 바람이 산허리를 스쳐갔다.
산바람인지 바닷바람인지 정신이 아릿하리만큼 산간은 썰렁했다.
「안으로 드시지요.」
추선은 자기가 거처하는 정사암을 돌아보며, 그저 좋아 어쩔 줄을 몰라 했다.
「법당으로 내려가시죠.」
주위의 체면을 보는 여자라면 으레 그런 말을 했을 것이지만 추선은 자기 처소로 가자고 했다.
그러자, 지금까지 그런저런 광경을 지켜보고 서 있던 젊은 중 하상이 대원군 앞으로 와서 합장을 하는 것이었다.
「몰라뵈서 죄송합니다, 대원위대감마님.」

대원군은 빙그레 웃으며 젊은 중의 어깨에다 손을 얹었다.
세상에서 대원군보다도 작은 키는 드물다. 어깨를 짚어 준 게 아니라 손을 얹은 것이다.
「여보게, 부처님의 제자, 내 이곳에 온 것을 아무도 모르네. 머무르는 동안 이생원으로 행세하고 싶으니 말을 내지 말아 줘야겠네.」
「이예에, 알아 모시겠습니다.」
하상은 또 허리를 깊숙이 굽히며 합장을 했다.
「그럼 어디로 들어앉을까?」
대원군과 추선은 암자로 들어갔다.
윤여인과 이경하는 젊은 중 하상을 따라 본사로 내려갔다.
전등사의 초겨울밤은 조용히 깊어가고 있었다.
이 달빛과 어둠에 싸인 한적한 산 속에 아무리 벅찬 인간의 감격이 있어 밤을 밝힌들 그 적요한 분위기엔 아무런 변화도 줄 수가 없다.
「새소리가 들리는구나!」
대원군은 상투 끝에서 은동곳을 뽑아 머리맡에 던졌다.
「소쩍새예요.」
추선은, 관솔불은 그을음이 심하다면서 촛불로 갈았다. 밀초냄새가 암자 안에 꽉 찬다.
「여기엔 밤마다 소쩍새가 울어요. 한많은 사람들이 많이 와서 살았고, 외롭게 죽어간 고혼들이 많아서 저렇게 소쩍새가 밤을 새우며 슬피 운대요.」
「참 한적한 곳이구나.」
「참 잘 오셨어요.」
「내가 그리웠더냐?」
「저야 평생을 두고 대감을 그리며 살라는 팔자 아녜요?」
「고것이!」
추선의 볼기에서 퍽퍽 소리가 났다.
「그보다두 잠시 쉬실 겸 잘 오셨어요. 모든 일을 잊으시구 며칠 동안 푹 쉬세요. 신관이 퍽 수척해지셨어요.」

추선의 손길은 태산같이 장엄한 언덕을 몽유의 소요처럼 거닐었다.
「그렇잖아도 좀 쉬려고 왔다. 네가 여기 와 있다길래.」
「간밤엔 꿈을 꿨어요.」
「꿨겠지, 나를 만나려고.」
「서까래 같은 구렁이가 제 몸에 칭칭 감기는 바람에 혼이 났어요.」
「그럼 내가 구렁이란 말이냐? 고것이.」
추선의 코끝이 짜부라졌다.
소쩍새가 또 울었다.
「먼 길을 오시느라고 퍽 피로하실텐데 오늘은 그냥 주무셔야 해요.」
여자의 정은 남자에게 착착 휘감기기 때문에 체온적이다.
「대관절 왜 이런 곳에 와 있느냐?」
「오늘을 기다리느라구 먼저 와 있었어요.」
남녀의 정이 정점으로 상승하기 시작하면 손끝이 바빠진다.
「아주 중이 되려고 왔느냐?」
「중은 되기 싫어요.」
「불교를 믿으려면 중이 될 작정을 해야지.」
「대감을 먼저 모시구 그 담에 부처님을 모셔야 하잖아요?」
「부처님이 질투하시라고 그런 소리를 하느냐?」
「부처님이 저한테 그렇게 권고를 하시는 걸요.」
남녀의 정이 격해지면 아무것도 보지 않으려고 한다. 눈들을 감아 버린다.
「아까 그 젊은 중놈을 따라온 게 아니냐? 양주 흥국사에 있던 녀석이라던데?」
「예, 그래요.」
「정분은 안 났느냐?」
「흥국사에서 안 중인데 이리로 옮겨 오면서, 구경삼아 오라기에 와 봤어요.」
「정분이 안 났느냐 말이다.」
「그 중은 흥국사에서 여행자(女行者)와 정분이 나서 이리로 쫓겨 왔어요.」
「그래? 가짜 중이구나?」
「진짜 중입지요.」
「그래? 여자맛을 아는 중이 진짜란 말이냐?」
「중이기 전에 인간이어야 하잖아요?」
「너두 중 되긴 틀렸구나.」
「대감!」
「이생원이라고 불러라!」
「몸이 마르셨어요.」
「내가 어디 살이 쪄본 일이 있더냐.」
「대감!」
「이생원이라고 불러라!」
「이 이마에 주름이 깊어졌어요.」
「나이가 있잖으냐.」
「이생원!」
「그래.」
「부대부인께서는 안녕하세요?」
「이놈아, 지금은 그런 말을 물을 때가 못 된다!」
「이생원!」
「그래!」
「정말 저를 보려고 여기까지 오신 거예요?」
「그럼 부처님을 보려고 내가 예까지 왔단 말이냐?」
「대감!」
「이생원이라고 불러라!」
「대원위대감이 아니라 이생원이 되셔서 이런 곳에서 이렇게 사시면 오죽이나 좋겠어요?」
「짐이란 언제고 벗어 놓을 날이 있는 게다.」
「짐은 벗으셔두 대원위대감엔 변함이 없으실 거예요. 이생원이야 되실 수 있겠어요?」

「참 이곳에선 나를 어떻게 얘기하더냐?」
「백성들이요?」
「욕이 많더냐?」
「귀를 막으려구 여기까지 왔는데 또 무슨 소릴 들으려 했겠어요.」
추선의 말에 대원군은 가슴이 답답했다.
소쩍새가 또 운다. 속속속속 솟쩍.
「추선아!」
「예?」
「이곳이 정사암이라지!」
「조용하지요?」
「이하전 부인이 이곳에 와 있었다지?」
「알고 계시군요.」
「아까 그 중녀석이 얘길 하더구나.」
추선은 대꾸하지 않았다.
대원군은 더는 입을 열지 않았다.
암자 속에는 촛내음이 더욱 짙어졌다.
마음 없는 촛불은 무엇을 지켜보고 있는지, 자주 그 빛나는 눈을 껌벅거렸다.
방 안은 냉랭한 기운이 가시고 훈훈하게 더워졌다.
한참 만에 대원군이 입을 열었다.
「암자인데 어째 보살상 하나 없느냐?」
추선이 눈을 감은 채로 대답했다.
「부처님이 옆에서 지켜보지 않으시길 다행이죠.」
대원군은 피로를 느끼며, 서까래가 그대로 드러나 있는 천장을 쳐다봤다.
「뭘, 부처님두 빙그레 웃으신다더라.」
남녀의 사랑을 보면 말이다.
「이 암자는 타처에서 오는 여신도들의 거처라는군요.」
「나도 여신도의 대우를 받고 있구나.」

「대감!」
「이생원이다.」
「며칠이나 이곳에 계실 작정이세요?」
「글쎄, 오래야 있을 수 있겠느냐?」
「주지스님은 제가 과부로 알고 있는데…….」
「과부라고 버티려무나!」
「이렇게 대감을 모시구두요? 낼 아침이면 다들 알텐데.」
「과부가 오랜만에 생원 영감을 하나 얻었다고 하면 되잖겠는가.」
「대감두…….」
「이생원이다.」
「처음에 여기 와서 뭘 생각했는지 아세요?」
「과부가 영감 생각을 했겠지.」
「그 다음엔요?」
「뭣을 생각했느냐?」
「도정궁마님이 암자 속에서 얼마나 골똘하게 이별한 영감님을 생각하셨을까 싶어서 괜히 맘이 언짢데요. 저 촛대서껀 그 마님의 손때가 오른 거래요.」
「이 암자는 영감 생각하는 여인네만 오는 곳인가 보구나.」
  말은 그렇게 했으나 대원군도 마음이 아팠다.
  그 부인은 이하전이 생존해 있을 때 여러 번 본 일이 있다. 참 조촐하고 품위 있는 부인인 줄 알고 있다.
  종친 중에서도 이하전 부인만큼 고귀한 얼굴과 착한 마음씨를 가진 여인이 드문 줄 알고 있다.
  (그 부인 얼굴에 어디 그런 박복한 숙명이 깃들어 있었던가?)
  남편이 역모로 몰려 철종에게 사약을 받은 후, 부인 신상에 대해서 어쩌니 저쩌니 하는 풍문을 듣기는 했으나, 그것은 그 여자 스스로의 행위는 아닐 것이었다.
「절을 좋아한다지?」
「누가요?」

「이하전 부인 말일세.」
「제가 부처님을 받들게 된 것두 바로 그 마님 때문인 걸요.」
「추선아!」
대원군은 별안간 몸을 뒤치면서 체온 있는 베개를 머리맡에 받쳤다.
추선은 그것이 고마워서 눈에 눈물이 글썽거렸다.
「너두 아들이나 하나 낳으려무나!」
대원군은 왜 이런 소리를 꺼냈는지 모른다. 이하전 부인의 이야기를 하다가 갑자기 추선에게 아이를 낳으란다.
추선은 이빨 사이로 부르짖었다.
「정말 낳구 싶어요. 꼭 하나만 눈에 넣어두 아프지 않을 생원님의 애기를.」
여자는 사랑하는 사람의 아기를 낳고 싶은 것이다. 전부터 그게 소망이지만 복이 없는 것일까.
이튿날, 대원군은 늦잠을 자고 있었다. 퍽으나 고단했을 것이었다.
해가, 찬란한 해가, 중천에 와 있을 무렵에야 자리에서 일어났다.
추선이 옆에 지키고 앉아 있다가 말했다.
「내려가셔서 주지스님도 만나 보셔야죠. 절에 오면 누구나 주지스님을 찾아보는 법이에요. 세숫물 들여올까요?」
「아아, 내 나가 하지.」
대원군이 주섬주섬 손수 옷을 입고 밖으로 나왔을 때였다.
주지라는 노승이 암자를 향해 허위단심 올라오고 있었다.
「안녕히 주무셨습니까?」
대원군은 늙은 주지를 보고는 먼저 깍듯한 존댓말로 인사를 했다.
그러자 주지승은 펄쩍 뛰듯 놀라면서 이마가 땅에 닿도록 합장 국궁을 하는 것이었다.
「대감마님, 소승 늙은 눈이라 몰라뵈었습니다. 이런 누지에 오셔서……나무아미타불.」
이제 이생원 행세하기는 다 틀린 노릇이다.
「아하아, 내 신분을 감추고 며칠 쉬러 왔더니 다 틀렸소그려.」

대원군이 웃으니까 주지는 비로소 큰 죄라도 사해지는 것처럼 노안(老顔)을 구기며 또 합장이다.
「어떻게 그러실 수가 있습니까. 지존이신 어른께서 이런 누지에 왕가하신 것만도 황공무지온데……나무아미타불.」
그 말에는 대원군도 언성을 높였다.
「말 삼가시오, 지존이라니, 지존은 상감 한 분이신 줄을 모르오?」
노승의 얼굴에 핏기가 싹 가셨다. 두 손을 모아 쥐고 몸둘 바를 모른다.
「예, 예, 황공하옵니다. 지존이나 다름이 없으신 대원위마마가 아니십니까. 소승 그저 황공해서, 나무아미타불.」
이때 추선이 옆에서 대원군의 옆구리를 가볍게 쩔렀다.
떠들썩하지 않는 것이 좋지 않겠느냐는 추선이의 의사 표시였다.
「아하하, 괜찮소. 그건 그렇고 병인양요 때 이 정족산에서 가장 심한 격전이 있었는데 그 전적(戰跡)이나 좀 구경시켜 주시겠소?」
「살펴보시겠다면야 이를 말씀이옵니까. 소승이 행차길에 앞장을 서겠습니다. 여기서 과히 멀지 않은 곳에 강계 포수들이 매복했었습지요.」
「그거 잘됐구려. 가봅시다.」
이경하, 안필주도 합세했다.
추선, 윤여인도 한몫 낀 일행이 주지를 따라 산길을 탔다.
「스님은 그때도 이곳에 계셨소?」
칠십이 가까울 듯싶은 주지는 막상 산을 오르려니까 발길이 풀풀 날으는 것 같았다.
숨을 헐떡이며 따라가던 일행 중에서 이경하가 그런 말을 물었다.
「아암요. 소승은 그때도 이곳 주지였습니다. 양이(洋夷)가 전등사에 쳐들어오기 직전에 강계 포수 10여 명이 지나면서 하던 말이 지금도 귀에 선합니다.」
「뭐라 했길래?」
「말씀 마십쇼. 그 얘기 소리만 듣고도 마음이 놓였으니까요.」
「뭐라고 합디까?」

꿈은 설익어 천년千年이란다 281

「한 사람이 말하기를, 양이의 갑옷투구에는 총알이 안 받더라고 하니까 말씀이에요. 또 한 사람이 뭐래는지 아세요?」

「뭐래던가요?」

「글쎄 다른 포수가 하는 말이, 그놈들은 눈깔에도 갑옷을 입었느냐고 묻더군요.」

「무슨 소리요?」

「무슨 소린지 모르시죠? 모르실 겝니다.」

주지는 '모르실 겝니다'에다가 유별나게 힘을 주는 것이었다.

「눈깔에도 갑옷을 입었느냐라?」

이경하가 어디서 주웠는지 막대기를 단장삼아, 돌멩이를 툭툭 치면서 모를 소리라는 듯이 말하자,

「예, 한 포수가, 그놈들 몸에야 물론 갑옷을 입었을 게고 머리엔 투구를 썼을 것이겠지만 눈깔만은 그대로 내놨을 게 아니냐고 하면서 갑옷투구에 총알이 안 들어가면 눈깔을 쏴 맞히면 될 게 아니냐고 호언장담을 하는데, 그게 글쎄 강계 포수들의 말이고 보면 터무니없는 큰소리가 아니었지 뭐겠습니까. 사실 실제로 강계 포수들이 아니었던들 정족산성도 어떻게 됐을지 모릅니다.」

주지의 강계 포수 예찬은 입에 침이 마르도록 장황했다.

마치 강계 포수들이 쏜 총알이 불군(佛軍) 해병대들의 어디를 맞혔는지도 알고 있는 것처럼,

「화승총이야 한참 만에 한 방씩 탕 탕 쏘게 마련 아닙니까. 글쎄 화승총 소리가 산 위에서 탕! 하고 한 방 나기가 무섭게 바위 틈에 숨어 있던 양이가 영락없이 한 놈씩 픽픽 쓰러지는 걸 보니까 정말 그놈들의 눈깔만 겨냥해서 맞히는 모양이더군요.」

노승은 실감있게 설명을 하고는,

「이거 소승만 애길 해서 죄송스럽습니다요. 그런데 말씀이에요. 적병이 눈깔만 영락없이 맞았다는 건 사실입니다. 왜냐 말씀이면 양이들은 총알에 맞아 쓰러진 제놈들의 시체를 둘척둘척해 보더니 저희들 상관한테 뭐라고 하더군요. 그러니까 상관 녀석이 그 시체들을 하나하나 들여

다보더니 좀 있다가 일제히 후퇴하기 시작하더군요. 아마 죽은 사람은 모조리 눈을 맞았으니까 겁에 질려서, 남은 병력이 아직 수백 명인데도 패주해 버린 게 아닌가, 그런 말씀입니다.」

늙은 주지는 산도 젊은이 못잖게 잘 타지만 입심도 여간이 아니었다.

이경하가 물었다.

「그럼 주지스님은 그런저런 광경을 다 구경하셨다는 겐가요?」

주지는 천연덕스럽게 대답했다.

「아무리 중이라두 목숨 잃기는 싫어합니다. 양이가 쳐들어오구 총알이 비오듯 하는데 어느 하가에 어디서 구경합니까?」

이경하 아무래도 놀림을 당한 성싶어 언성이 자연 높아졌다.

「아, 노인장이 다 본 것처럼 얘길 하지 않았소?」

그러나 주지는 역시 천연덕스럽다.

「소승인들 그런 걸 눈으로 보기야 했겠습니까만 강화사람들은 모두 그런 얘기들을 해옵니다. 나무아미타불.」

대원군은 빙그레 웃으며 뒤따르는 추선을 돌아다봤다.

추선도 해사하게 웃고는 숨을 몰아쉬었다.

「주지스님 참 재미있는 어른이시죠?」

추선의 말에,

「세상에, 중 쳐놓고 말 못하는 사람 있어요? 한참 지껄이다가 말문이 막히거나 하면 나무아미타불로 얼버무리면 되거든요.」

뒤따르던 안필주가 오랜만에 한마디 끼여들었다.

그들은 산성 밑에까지 올라가 눈 아래에 전개되는 바다를 내려다봤다.

날씨는 더할 나위 없이 청명했다.

바다에 점점이 떠 있는 고기잡이배들은 돛을 올려 놓고 그림같이 정지해 있었다.

섬이란 바다에 뜬 바위가 아니면 산봉우리였다. 남쪽으로 특히 많았다.

「저어기 보이는 곳이 제물포랍니다.」

주지가 대원군 옆에 서서 손가락질을 하는데 머리 위로는 솔개 두 마리가 날았다.
　전화(戰禍)를 치른 산성은 몹시 거칠어진 채 아직 손을 보지 못하고 있었다.
　대원군은 훈련대장 이경하를 돌아보고 은밀하게 지시했다.
「강화유수는 뭘 하고 있어! 이 산성을 시급히 수축하라고 하시오!」
「알겠습니다, 저하.」
　이때 주지가 또 지껄이기 시작했다.
「잘 알고 계시겠지만, 이 산은 원래 전등산이라고 불렀답니다. 4천 200년 전 우리 성조(聖祖) 단군님께서 세 아드님을 거느리시고, 이 산에 강림하셔서 이곳에 성을 쌓으셨던 연유로 삼랑성(三郞城)이라고 부르던 아주 옛이름도 있구요. 또 보시다시피 저렇게 삼봉(三峰)이 정립해 있다는 뜻으로 정족산성입지요.」
　주지는 손짓 고갯짓을 섞어 가며 신바람이 난다.
「훨씬 후세로 내려와 고려조 충렬왕 때에 천축국의 도승이 이 산 서쪽에 있는 석적사에 와서, 손에 들었던 오색의 연화(蓮花)를 바람에 날려 그중 백, 청, 적 삼색꽃이 떨어진 곳에다 각각 절을 짓고 백련사, 청련사, 적련사로 명명했다는 설이 전합지요.」
　줄기찬 입심은 다시 계속된다.
「대감께서 이번에 여러 날 유하시면 가보시겠지만 백련사는 절경입니다. 동, 서, 남 삼면이 산으로 둘리고 북녘으로만 황해바다에 면한 절경에다 자리를 잡고 있습니다. 서련사에도 한번 행차해 보시는 게 좋겠습지요. 서련사는 창건 이래 역대의 주지가 한결같이 여승인 점에서 유명합니다. 나무아미타불.」
　주지는 손수건을 꺼내 눈을 닦았다.
　시야가 너무도 넓게 틔어 있기 때문에 늙은 눈에는 오히려 눈물이 질척이는 모양이다.
　그는 지금까지의 이야기에다 마무리를 한다.
「이 강화섬 일대의 고적들도 1천 년의 서러운 꿈을 가지고 있습니다.

몰라서 그렇겠지만 서울사람들은 흔히 경상도 경주엔 구경을 가도 엎드러지면 코닿을 데에 있는 이 강화섬은 잊고 있습지와요. 보면 감탄하면서, 예, 나무관세음……」

주지가 말을 마치고 합장을 하는 바람에 일행은 강화 천 년의 꿈에서 비로소 깨어난 느낌이었다.

그러자, 대원군은 특히 서남으로 펼쳐진 일망무제의 바다에다 시선을 던진 채 또 은밀하게 이경하를 보고 말했다.

「외적은 바다로 온다. 외적의 침범에서 나라를 지키려면 뭣보다도 철통 같은 수군을 가져야 하겠어. 수군이 필요해.」

그가 동서양 외국의 움직임을 잘 모르고 있는 것은 이 나라를 위해서 불행한 일이다.

유럽, 미주 사이엔 전신(電信)이라는 것이 개통돼 있는 줄도 그는 모른다.

칼 마르크스가 국제노동협회를 창설해서 지배계급과 피지배계급을 집단적으로 대립시키게 하고 있는 현실도 물론 알고 있을 리가 없다.

인접한 일본의 바쿠후(幕府) 정권이 저들의 영토인 죠슈(長州) 정벌에 실패해서 혼란에 빠져 있는 작금의 그들 실정도 들은 바 없다.

알고 있다면 청국의 이홍장(李鴻章)이 증국반(曾國藩)을 대신해서 득세한 사실 정도가 아닐까.

「고만 내려갑시다!」

대원군은 주지에게 일렀다.

「내려가시지요. 참 너무 피로하실텐데, 진작 아래로 모실걸.」

역시 앞장을 서서 쭐레쭐레 내려가는 주지, 칠십이 멀잖은 나이라니 탄복할 건강이다.

이날 한낮이 훨씬 지났을 무렵 뜻밖의 사태가 벌어졌다.

늦점심을 치르고 있는데 느닷없이 나타난 것은 강화유수의 일행이었다.

「소인, 강화유수 이장렴 저하께 문안 드리오.」

헐레벌떡 달려온 모양이다. 법당 섬돌 아래서 인사하는 품이 침착성을 잃고 있었다.
「자네 내 이곳에 온 줄을 어찌 알고 찾아왔나?」
전등사의 남녀 승려들이 삥 둘러서서 호기심 가득히 구경을 하고 있었다.
승려들은 비로소 그 작달막한 사나이의 권위를 실감했다.

강화유수라면 이곳 섬에서는 제왕과 같은 존재다. 생살여탈권을 가진 것은 아니지만 가진 거나 마찬가지로 그의 권력이 섬을 지배하고 있다.
그러한 유수가 헐레벌떡 달려와서 땅바닥에 무릎을 꿇고 문안을 드린다.
그러한 유수에게 그 작달막한 사나이는 다짜고짜로 자네다.
강화유수 이장렴이 고개를 못 들고는 대답한다.
「저하께오서 이런 고도(孤島)에까지 왕림하신 줄을 미처 모르고 있었던 소인의 허물, 마땅히 문책받아야 할 줄로 아룁니다.」
대원군은 껄껄거리고 웃어 젖혔다.
「……아하하, 쥐도 새도 모르게 왔더니 다 알려지고 말았구나. 어떻게 알았는가?」
「이곳 주지가 기별해 왔기로 알았습니다.」
「주지가?」
「예에.」
대원군은 늙은 주지를 돌아봤다.
주지는 빙그레 웃으며 합장하고 연신 머리를 조아린다.
「황공하옵니다, 나무아미…….」
뜰아래의 구경꾼 승려들은 피식피식 웃었다.
대원군은 강화유수 이장렴에게,
「올라오게나!」
일행이 자리잡고 있는 법당 큰정으로 오르기를 권했다.
대원군의 낙백시절에, 술집에서 그에게 주먹질을 해준 인연으로 금위대장에까지 발탁됐던 그 이장렴이다.

그후 오랫동안 그 막중한 자리를 유지하지는 못했다.

작년, 병인양요 직후, 이인기의 대신으로 강화유수로 임명되어 현직에 와 있는 그였다.

이장렴은 돌층계를 오르기 전에 한마디 더 해야 할 말이 있었다.

「더구나 죄스러운 것은, 가회동 작은마님께서, 진작부터 이곳에 와 계신 줄을 모르고 있었던 소인의 허물 지극히 크옵니다.」

「그 소린 또 누가 하던가.」

「전갈 온 중에게서 듣고 알았습니다.」

「도대체 이 절의 중들은 모조리 입이 헤프구나, 아하하하.」

얼굴을 발갛게 물들인 추선은 아미를 다소곳이 숙인 채 미소짓고 있었다.

이장렴은 일어서면서 이경하를 보고 정면으로 쏘아 또 한마디 했다.

「낙동대감께도 문안 드립니다.」

이경하는 오만한 자세로 고개를 끄덕였다.

「올라오시오!」

구경꾼 승려들은 또 한번 놀랐다.

기껏 운현궁의 청지기 정도로 알았는데 그가 저 유명한 낙동대감 이경하라니 놀라지 않을 수가 없었다.

「어허, 낙동대감이셨구려. 소승 몰라뵈서 송구스럽습니다.」

주지가 합장을 하자 이경하는 앉은 몸이 뒤로 젖혀지며,

「허허허, 괜찮소!」

대원군보다 더 거드럭댔다.

대원군이 시킨 일은 아니다.

이튿날 밤 강화 전등사에는 1천 개의 연등이 휘황찬란하게 밝혀졌다.

「오늘 밤에는 전하와 저하의 송수(頌壽)를 빌고 국태민안을 축원하는 예불을 올리기로 했습니다.」

강화유수 이장렴의 발안인 것 같았다.

강화도민은 아직 잊지 않고 있다.

전왕 철종 말년에 왕의 성수무강을 이 절에서 빈 일이 있다.

이하전 부인이 정사암에서 홀로 남편의 억울한 죽음을 통곡하며 극락 왕생을 축원하고 있을 무렵이었다.

부인은 남편에게 억울한 죽음을 준 왕의 만수무강을 비는 축재(祝齋)가 들던 그날 아침, 1년 가깝게 있던 이곳 정사암을 훌연히 떠났다.

지금 여기 와 있는 윤여인만은 그때도 내외명부들을 따라 이곳에 와서 그 축재를 구경한 일이 있다.

그때는 연등 3천 개를 밝혀 전등사는 물론 정족산 전체가 대낮처럼 휘황찬란했었다.

오늘은 1천 개의 연등이 절 안팎을 밝히고 있다.

법주(法主)는 주지였다.

개식(開式), 삼귀의(三歸依), 독경(讀經), 찬불가(讚佛歌), 입정(入定), 설법(說法), 헌공(獻供), 축원(祝願), 퇴공(退供) 등이 순서대로 끝나면 폐식(閉式)이 되는 것은 그때와 다름이 없다.

그러나 이번에는 장악원 악사들을 동원할 길이 없기 때문에 찬불가의 차례 때는 국악 대신 목탁을 두드리는 것으로 어물쩍 넘겨야 했다.

대웅전 본존불 정면에는 법주로서 주지가 자리를 잡고 그 오른편에는 대원군이, 왼쪽에는 수행원들이, 그리고 그 뒤편에는 추선과 윤여인이 앉았다.

축원예불은 조용한 가운데 소박하게 진행됐다.

정신통일을 위한 묵념이 입정이다.

설법은 말 좋아하는 주지였기 때문에 적잖이 장황했다.

법주의 행선축원(行禪祝願)이 시작됐다.

　　　상래소수 공덕해(上來所修功德海)
　　　회향삼처 실원만(回向三處悉圓滿)
　　　국왕전하 만만세(國王殿下萬萬歲)
　　　대원위저하 천만세(大院位邸下千萬歲)
　　　감당세류 위익고(甘棠細柳位益高)
　　　영각금헌 가일품(鈴閣琴軒加一品)

우순풍조 민안락(雨順風調民安樂)
천하태평 법륜전(天下泰平法輪轉)

축원은 법주의 낭랑한 음성으로 줄기차게 외워졌다.
대원군은 눈을 지그시 감은 채 진심으로 민안국태를 빌고 있었다.
추선은 감은 눈마구리에 눈물이 맺힌 채, 진심으로 대원군의 천만세를 빌고 있었다.
남자의 발원과 여자의 발원은 으례히 그토록 다른 것이었다.

마하반야바라밀
나무서가모니불
마하반야바라밀
나무서가모니불
마하반야바라밀
나무서가모니불

삼설불심(三說不審)으로 축원이 끝나자 목탁이 따그르르 따그르르 대웅전 넓은 공간을 뒤흔든다.
어떻게들 알았는지 인근에서 모인 구경꾼 아낙네들이 꽤 많았다.
모두 합장축원을 하고 있는 것을 보면 불교신도들인 모양이다.
대원군이 강화섬을 뜬 것은 사흘 후였다. 아무도 몰래 조용히 쉬려고 왔다가 강화섬을 떠들썩하게 해놓고는 예정을 앞당겨 귀로에 올랐다.
그는 마지막 날 강화유수를 앞세우고 전몰 유가족 몇몇 집을 직접 찾았다. 위로를 주고 금일봉씩을 전했다.
추선도 함께 떠났다. 올 때는 슬쩍 갈 때는 떠들썩이다. 나루터엔 그들 일행을 전송하는 주민들로 뒤덮였다.
그날, 대원군 일행이 강화섬을 떠나 서울길에 오르던 그날 그 무렵, 서울에서는 그를 위하여 상서롭지 못한 사건이 싹트고 있었다.
창덕궁 낙선재 별실에, 네 사나이가 은밀히 회합을 하고 있었다. 대원군의 중형인 흥인군 이최응이 연장자로서 상좌에 앉고, 동갑연배들인 민승호, 조성하, 그리고 그의 아우 영하가 자리를 함께 했다.

이날 그 무렵 서울의 날씨는 찌뿌둥하게 흐려 있었다. 눈이 내리기는 이르고 비가 오기엔 철이 아닌데 구름이 낮게 가라앉아 흐리멍덩한 날씨였다.

그들의 이야기는 지금 중간이다.

조성하가 단연 열을 올리고 있었다.

「……생각해 보시오. 그것은 효종대왕의 뜻을 거역한 불충망국의 행패가 아니고 뭣이오?」

화제가 대단히 거칠고 심각했다.

「역대의 국왕이 아무리 어려운 일이 있어도 거기만은 손을 안 댔어요. 효종대왕께서도 분명히 유언하시고 계십니다. 그 은괴는 반드시 북벌할 때의 군자금으로 쓰되, 국왕도 조정과 합의 없이는 손을 못 댄다고 말입니다. 생각해 보십시오. 오늘날까지 200여 년을 두고 나라에 아무리 어려운 일이 있어도 그것만은 신성불가침이었지 않습니까. 그런데 대원군께선 조정과 의논도 없이, 상감의 윤허(允許)도 없이, 독단으로 마구 그것을 꺼내다 경복궁 조영비로 써버려? 효종대왕의 피눈물나는 한이 응결된 게 그 은괴 아닙니까. 그것을 집 짓는 데 써요? 대원군의 횡포가 그쯤 돼도 모두 꿀먹은 벙어리처럼 말 한마디 못 하고 얼굴만 쳐다보는 게 신자된 도리란 말씀이오?」

조성하의 흥분은 대단했다.

이최응은 눈만 껌벅거리고 있고, 민승호는 이미 조성하와 짠 일이기 때문에,

「안 될 일입니다. 보고만 있을 일이 아니예요!」

이최응을 꼬드겨 주면 되는 것이다.

사실 궁중과 조정은 그 문제로 여론이 분분했다.

대원군은 강화로 떠나기 며칠 전에 창덕궁 안 주합루의 마루 밑장을 뜯어 냈다.

그곳에 묻혀 있는 은괴 수천 근을 파내서 완공이 멀잖은 경복궁 조영

비에 보태 쓰라고 영건도감에다 넘겨 줬다.
 사실 대원군은 그것을 묘의(廟議)에 부치고 국왕의 윤허를 얻은 다음에 파냈어야 한다.
 그러나 그는 하루아침에 그것을 결심하고 하룻밤 사이에 단독으로 파냈다. 이경하를 시켜 파내도록 하였다.
「저하, 그것을 파내도 괜찮습니까?」
 이경하조차도 대원군의 명령을 받고는 주저하면서 반문하니까,
「묘의에 부치고 주상의 윤허를 얻으란 말인가? 그렇게 하면 반대 없이 그 땅 속에서 썩고 있는 보화를 파내 쓸 수 있단 말인가? 군사를 풀어서 오늘 밤 안으로 파내!」
 대원군은 거침없이 명령을 했던 것이다. 그리고 그들은 며칠 후 서울에서 이유 모르게 자취를 감춘 것이다.
 여론이 분분하지 않을 수 없었다.
 민승호가 이최응의 턱수염을 옆눈으로 흘겨보며 말했다.
「내가 알기로는 대원군과 이경하는 지금 강화에 가 묻혀 있답디다. 도둑이 제 발 저리다는 격이에요. 빗발치는 비난을 잠시 피해 있자는 속셈이 아니고 뭣입니까. 이런 때 잠자코 있는 것은 신하된 도리도 아니고 종묘사직에 대한 불충도 이만저만이 아닙니다. 그러니······.」
 어떤 비상대책을 강구하자는 것이었다.
「그래 어떻게 하자는 겐가?」
 이최응이 몸을 흔들거리며 볼멘 소리로 민승호에게 반문했다.
 이번에는 조영하가 한마디 했다.
「홍인군나으리께서 상감께 간하셔야 합니다.」
「상감께?」
「예, 상감께 말씀드려야지요. 그래서 대원위대감의 그 방자하신 행동을 탄핵하시게 해야 합니다. 그게 어떤 은괴입니까. 역대 제왕이 종묘사직 다음으로 위해 온 보화가 아닙니까? 지금 왕실이 거리에 나앉게 됐습니까? 왕궁 짓는 게 뭐 그리 급하다고 그것을 마구 도굴해 낸단 말이에요?」

이최응은 자기가 동생대신 억울하게 몰리고 있는 기분이었다.

「도굴?」

부지중에 반문했다.

「도굴이죠. 도굴이 아니고 뭡니까. 아무도 몰래 파냈으니 도굴이지요!」

홍인군 이최응은 고개를 끄덕였다. 야무지지 못한 그런 위인이다. 더구나 아우 대원군에 대해서는 불만이 대단한 사람이다.

큼직한 감투 한자리 안 준다는 불만이다.

그는 별수없이 수긍했다.

「하긴 그래, 도굴이지! 그게 어떤 거라고 맘대로 파내누!」

하긴 그게 어떤 것인가.

효종대왕은 16대 왕 인조의 둘째 아들이다.

병자호란이 그 굴욕적인 종말로 끝나자 그는 청태종(淸太宗)에 의해서 인질로 끌려갔었던 비운의 왕자였다.

1637년 섣달 열 이틀이었던가.

청의 태종은 십만군을 거느리고 저희 나라를 떠난 지 불과 열흘 만에 서울 북방에 육박해 왔다.

당황한 인조는 두 왕자 봉림대군과 인평대군을 비롯한 비빈 종실을 우선 강화로 피난시켰다. 자신은 길이 막혀 세자 소현과 조정백관을 거느리고 남한산성으로 피했다.

그러나 남한산성의 군세는 불과 1만 2천여고, 여축된 식량은 50일분도 못 됐다. 어쩔 것인가.

포위된 지 불과 50일 만에 왕은 삼전도에 설치된 수항단에 나가 청태종에게 항복했다.

그때는 이미 강화섬도 적에게 함락돼 있었다.

어떤 경우거나 항복에는 치욕적인 조건이 따르게 마련이다. 더구나 무조건 항복이 아닌가.

1. 조선은 청에 대하여 신(臣)의 예를 행하라.

1. 조선은 명(明)의 연호를 폐지하고 그리고 단교하라.
1. 조선은 왕의 장자와 제2자, 그리고 대신들을 인질로 보내라.

여기서 제2자가 강화로 피란 갔던 봉림대군이며, 나중의 효종이다.
이밖에도 그 많은 굴욕적인 조건들은 상기하기조차 부끄럽다.
결국 심양(瀋陽)으로 끌려갔던 봉림대군은 온갖 고초와 치욕을 참고 견디다가 부왕이 세상을 버린 뒤를 이어 등극, 효종이 됐다.
그는 북이(北夷)에 대한 보복을 결심하고 북벌계획을 꾸준히 세우다가 허망하게 좌절되고 만 실로 한많은 임금이다.
그가 후세에 남기면서 아무 때고 북벌에 대한 군자금으로 쓰라고 엄격하게 유언한 것이 비원 주합루 마루 밑에 묻어 놓은 수천 근의 은괴다.
그것을 대원군이 마음대로 파내 썼으니 어찌 말이 없겠는가.
「나는 대왕대비를 맡겠습니다.」
오랫동안 구수밀의 끝에 조성하가 말했다.
「저는 중전을 맡지요.」
민승호는 누이 민비를 맡겠단다.
「그럼 나는 상감을 찾아뵈야겠군!」
그들은 심각한 얼굴로 낙선재 별실을 나섰다.
대원군이 서울에 도착한 그 이튿날이다.
한낮이 겨워 있는데 날씨는 어제에 이어 여전히 흐리멍덩했다.
대원군은 마침 영의정 김병학을 운현궁의 노안당으로 불러 강화성 수축에 대한 의논을 하고 있었다.
「……우리나라는 삼면이 바다예요. 외적은 바다로 옵니다. 연해 방비를 게을리해서는 안 됩니다.」
이 말을 끝내고 연죽에다 담배를 담고 있던 대원군은 별안간 뜻않은 사태의 보고를 받았다.
대전내시 이민화가 느닷없이 나타났다.
「무슨 일인가?」

「대감, 큰일 났습니다.」

대좌하고 있던 대원군과 김병학은 눈이 둥그래졌다. 그러나 대원군은 이내 침착해졌다.

「뭐냐? 큰일이.」

「큰일 났습니다, 대감.」

「밑도 끝도 없이 뭐가 큰일이야? 자네 똥구멍에 불이라도 났단 말인가?」

대원군은 다급할 때 곧잘 엉뚱한 농담을 잘한다.

이민화는 윗방에 넙죽 엎드린다.

「농담을 하실 때가 아니와요, 대감. 상감께서 곡기(穀氣)를 끊으셨습니다.」

「곡기를 끊으셔?」

대원군은 정색을 하고 허리를 쭉 폈다.

「예에, 간밤부터 곡기를 뚝 끊으셨습니다. 물 한모금 안 드십니다.」

대원군은 손에 들었던 연죽을 방바닥에 팽개쳤다.

「물 한모금 안 드셔?」

「단식을 하고 계십니다.」

「단식을 하고 계셔? 왜?」

「열성조(列聖祖)한테 불효막심하신 몸, 욕되이 사셔서 뭣하겠느냐고 하시면서 단식을 하고 계십니다.」

「열성조한테 불효막심하셔? 왜?」

내시 이민화는 대원군을 똑바로 쳐다봤다.

「그래도 못 알아들으십니까, 대감?」

대원군은 답답해서 버럭 역정을 냈다.

「못 알아듣겠다! 얘기를 똑똑히 해야잖느냐.」

그러자 영의정 김병학이 이민화에게 말했다.

「침착하게 자초지종을 소상히 말씀드리게나!」

이민화는 두 손을 장판바닥에 짚은 채 조심조심 말한다.

「대감께서 주합루에 있던 보화를 묘의에 묻지도 않고, 상감마마의 윤허도 없이 종묘에 고유도 않으시고, 무단히 파헤쳐 쓰셨으니 조종 누대에 대한 씻을 길 없으신 불효라고 한탄하시며 갑자기 곡기를 뚝 끊으셨습니다.」

대원군은 그 소리를 듣자 눈을 부릅뜨는 대신 실눈이 돼서 잠깐 생각나는 표정이다.

그리고 나서는 길게 생각하지는 않았다.

「그래 곡기를 끊으셔서 어떻게 하신다더냐?」

「국태공께오선 생부이시온데 그런 일을 저지르셨으니 대신 속죄를 하실 도리밖에 없으시다고 탄식을 하시는 듯싶사옵니다.」

「내대신 속죄를 하신다?」

「예에.」

대원군은 김병학을 보고 말했다.

「어떤 놈들의 간계가 뒷받침하고 있을 게요.」

「그럴지도 모릅지요.」

애매한 대답이지만 김병학으로서는 달리 대꾸할 적당한 말이 없다.

그런데 이야기는 그것으로 끝나지 않았다.

대전내시 이민화가 발 뒤꿈치를 돌리고 나서, 이내였다.

밖이 또 수런거렸다.

「무슨 일이냐?」

대원군이 밖에다 대고 소리치자 청지기 김응원의 음성이 들려 왔다.

「우승지 조성하영감이 오셨습니다.」

「조성하가? 들어오시라고 하게!」

대원군은, 자기 집 청지기면서도 김응원에게만은 하댓말을 삼간다.

조성하가 들어왔다.

「영상께서도 여기 와 계시군요.」

조성하는 김병학을 힐끔 노려보고는 대원군 앞에 꿇어앉는다.

대원군은 그의 태도에서 심상찮은 예감을 간취하고는 태연스럽게 물었다.

「어쩐 일인가? 한동안 못 보겠더니.」

그러나 젊은 조성하는 팽팽한 얼굴로,
「저하, 큰일 났습니다.」
그도 큰일이 났다고 우선 한방 터뜨리는 것이다.
「뭐가 또 큰일이 났나?」
대원군은 자기의 큰아들 재면과 동갑인 조성하를 지그시 노려봤다.
「대왕대비마마께오서……..」
「대왕대비마마께오서?」
「어젯밤부터 곡기를 뚝 끊고 누워 계십니다.」
대원군은 김병학과 눈길을 마주치고는 조성하를 또 노려봤다.
「곡기를 끊으셔?」
「예에.」
「왜? 왜 곡기를 끊으셨나?」
「저하께는 말씀드리기 황송하오나…….」
「조정선열에게 죄를 지셨다고 단식을 하셨나?」
「예? 예에.」
오히려 조성하가 낭패의 빛을 나타냈다.
대원군은 잼처 물었다.
「주합루의 은괴를 꺼내 썼다구 그러시나?」
「예? 예에.」
「내가 저지른 죄를 대신 속죄하시겠다는 겐가?」
「그런 줄로 듣고 있습니다.」
「그래, 자네는 만류해 봤나?」
「예? 예에. 극력 만류해 보았으나 한사코 고집을 부리시고 계십니다.」
「그래? 그럼 자네의 수고가 컸군 그래. 내가 어떻게 했으면 좋은가? 어디 자네 의견을 들어 보고 싶네.」
「우선 친히 예궐하셔서 사과의 말씀을 올리시는 게 도리인 줄로 압니다.」
「그래도 끝내 고집을 부리시면?」

조성하는 대답을 못 한다.
「알았네. 내 곧 예궐하지.」
조성하가 돌아가자 이번엔 안필주가 나타나 밖에서 아뢴다.
「대감마님, 부대부인께서 잠시 안으로 드시라는 전갈이십니다.」
대원군은 김병학을 돌아보고는 씽긋 웃었다.
「내가 오늘은 유난히 바쁘구려.」
대원군이 내실로 드니까 부대부인은 얼굴빛이 해쓱하다.
「큰일 났어요, 대감.」
대원군은 짜증이 났다.
「이번엔 또 무슨 큰일이오?」
「중전에서 안상궁이 나왔는데, 글쎄……」
마음이 약한 부대부인 민씨는 말도 제대로 하지 못한다.
「중전도 단식을 했다오?」
「네? 네. 그런데 그뿐이 아니라…….」
「그뿐이 아니라 또 뭐요?」
「저녁엔 세 분이 모두 탕제를 드신대요.」
「탕제? 약을 드신단 말요?」
「벌써 약국에 탕제 준비를 시키셨대요.」
「그럼 독배(毒杯)를 드신단 말요? 조정선열께 내 대신 사죄하기 위해서 세 분이 함께 독약을 드시겠다오?」
대원군은 웃음이 터질 지경이었다.
「내 관복 내놓으시오!」
그는 대궐로 들어갔다.
대원군은 창덕궁으로 들어갔으나 왕한테도 조대비한테도 가지 않았다.
그는 자기의 집무실에 앉았다.
조성하가 궁금해서 달려와 그의 동정을 살폈다.
그는 조성하에게 일렀다.
「조승지, 약국에 기별해서 내가 마실 독배도 시급히 마련하라고 하게

!」
　이번엔 조성하가 놀랐다.
「예? 무슨 말씀이신지?」
「못 알아들었나? 내가 마실 독배 하나를 더 준비시키라니까.」
「저하!」
「대왕대비마마보다 늦으면 안 되니까 속히 준비시켜 주게나!」
「저하, 일을 그렇게 다루실 게 아니라……」
「상감도 중전도 독배를 드시기로 하셨다네.」
「소인도 그렇게 듣고는 있습니다만.」
「그러니 내가 죄를 진 장본인으로서 어찌 구구하게 딴소리를 할 수 있겠나? 내 그분들보다 먼저 죽으면 될 것을.」
「저하, 우선 고정하시고 차근하게 사태를 수습하셔야 될 줄로 압니다.」
　대원군은 역정을 버럭 냈다.
「자네는 승지야! 내 분부대로 시행만 하면 돼!」
　소리를 꽥 지르는 바람에 조성하는 몸을 벌벌 떨면서 물러갔다.
　이 소문은 즉각 온 궁중에 퍼졌다.
　조성하에 의해서 득달같이 대왕대비 조씨의 귀에도 들어갔다.
　민승호에 의해서 중전 민씨한테도 전해졌다.
　젊은 국왕은 정말 두세 끼를 굶었다. 몹시 탈진해 있었다.
　손으로 눈을 가리며 심각한 생각에 빠져 버렸다.
　중전 민씨도 더는 어떻게 하자고 왕에게 권하지를 못했다.
　오라버니 민승호의 권고대로 대원군의 폭거를 견제하기 위해서 취한 행동이었는데 이제 다음에 취할 수단이 막연했다.
　한참 만에 국왕이 입을 열었다.
「섭정공은 과인의 생부시오. 그 어른의 전횡을 견제하려다가 그 과격한 성정대로 무슨 일이라도 나면 인자(人子)된 도리로 우선 불효막심이고, 또 그런 불효가 조정선열에 대한 속죄도 되지는 않을 것이오.」
　국왕은 소리쳤다.

「내관 게 있느냐?」

그는 이민화에게 분부했다.

「섭정공께 전하라. 주합루 은괴사건은 이미 저지르신 일, 과히 심뇌 마시라고 전하라!」

이 사실은 곧바로 낙선재에 알려졌다.

대왕대비 조씨는 조성하를 보고 말했다.

「상감께선 현명하신 처사를 하셨네. 자네가 국태공께 가서 여쭙게나. 그 문제에 대해서는 나도 잘한 일로는 생각지 않으나 이제 와서 어쩌겠느냐고 하더란 말을 전하게!」

대전에서는 내시 이민화가 대원군한테로 허겁지겁 달려갔다. 낙선재에서는 승지 조성하가 대원군한테로 급히 달려갔다.

어디에 있었는지 흥인군 이최응도 아우에게로 쫓아왔다. 민승호도 얼굴을 보였다. 영의정 김병학도 나타났다. 조정대신들도 모여들었다. 훈련대장 이경하도 나타났다.

모두들 대원군 앞에서 대죄(待罪)하듯 숙연했다.

대원군은 무거운 침묵에 잠겨 있었다. 그는 누구도 거들떠보지를 않았다.

침묵으로 그는 사람들을 제압하면서 한동안 미동도 하지 않고 있다가 벌떡 일어났다. 무연히 밖으로 나가 버렸다.

다음해는 무진(戊辰)이다. 1868년이다.

유월까지 경복궁은 드디어 완성됐다.

한여름, 음력 7월 2일, 국왕과 왕실은 새로 준공된 경복궁으로 옮겨갔다.

이날 근정전에서는 문무백관이 도열한 가운데 신궁에서의 시무식이 거행됐다.

왕은 이날 문무백관에게 한마디 황공하옵신 '말씀'을 내렸다.

「오늘 이렇게 호화웅장한 신궁으로 들게 되니 과인은 그동안 이 궁궐을 조영(造營)하느라고 온갖 애로를 극복해 낸 섭정공의 노고와 영건도감의 모든 관원과, 재정 노역을 부담한 온 백성에게 충심으로 치하하는 바이다.」

왕이 퇴장하자, 대원군도 치사를 했다.

그는 장중한 음성으로 입을 열었다.

「성은을 힘입고, 온 백성의 충성이 결집하여, 이렇듯 웅대한 신궁의 낙성을 보았으니, 여(余)는 물론, 그동안 모든 고난을 극복해 낸 온 백성과 조정백관의 피로는 하루아침에 무산했소이다.」

대원군은 좀더 음성을 높였다.

「이 경복궁은 왕조 창업 오백 년래의 꿈이 서려 있으며, 앞으로 오백 년 또는 오천 년의 꿈이 서리고 서릴 이 나라의 대궁전이외다!」

그는 이어 선언했다.

「다들 들으시오! 그러나 여는 이것으로 만족하지 않소. 궁전은 지었으나 종묘(宗廟)가 허술하오. 종친부(宗親府)가 곁방살이요. 육조는 물론 모든 관아가 헐어 있소. 사대문은 기울고 도성은 쓰레기통과 다름이 없고 북한산성은 유명무실이오. 남한산성, 강화산성도 비바람에 형해가 앙상한 참상입디다. 우리는 설익은 과거 천 년의 꿈도 소중하지만 자손만대에 이어줄 앞으로의 천 년 꿈이 화려해야 하는 게요. 제관은 여를 따르시오. 내일부터 다음 일을 시작합시다!」

갑자기 쏟아지는 소낙비처럼 줄기차게 내리뽑아 사람들의 간담을 서늘케 하는 대원군의 선언은 일단 그 어세를 죽였다.

「여러분은 지금 아연실색한 얼굴을 하고 있소이다. 여는 여러분이 지금 무엇을 생각하고 있는가를 짐작할 수 있소. 여도 사람이외다. 사람인 이상 일에 지칠 때도 있소이다. 사람인 이상 이제 안한하게 인생을 즐기고도 싶소이다. 허나 이제 여가 지치고 여러분이 지치고 또 백성이 지친다면 마악 건설을 시작한, 개혁을 시작한, 힘의 축적을 시작한 그동안의 모든 노력은 수포로 돌아가는 것이오. 우리는 쉴 사이가 없어요. 더구나 중단해서는 아니 되오. 끈기있게 일을 밀고 나아가야만 이적(夷敵)은 우리를 넘보지 못할 것이며, 설혹 무모하게 침범해 오는 외적이 있다 하더라도 겁낼 것이 못 되오. 농번기에 힘이 든다고 하루를 쉬는 농군은 엄동설한에 열흘을 굶주리게 되는 것이 아니겠소?」
 대원군은 말을 마치고 오연히 조정백관의 면면을 훑어본다.
 '내 명령에 불만을 품은 자는 나오라'라는 태도였다.
 누가 입이 없을까. 할 말이 없을까. 불평불만이 없을까. 그러나 모두들 함구무언이었다.
「끝으로 한마디 하겠소이다. 어려움을 극복하는 자에겐 반드시 복이 와요. 하늘은 스스로 돕는 자를 돕는다 하지 않소. 자손들에게 든든한 유산을 남겨 주려면 여를 따르시오!」
 그의 이 오만과 열의를 사람들은 달게 받아들이지 않는다. 그 기백이 좌절되기를 바란다.
 그의 모든 역량을 그가 하고 싶은 일에 집중하게 하지를 않는다.
 하여간 세상은 그를 그대로 둬 두려 하지 않았다.
 대원군은 일을 하느라고도 정적(政敵)을 많이 만들었지만, 그의 거만한 성품과, 즐기는 장난으로 해서도 많은 사람에게 미움을 받았다.
 그러던 중에 그는 또 뜻않은 일로 해서 아들인 국왕과 석연치 않은 감정의 대립이 싹트고 있는 것을 깨달았다.
 국왕이 즉위한 지도 벌써 5년이다.
 1868년은 무진년이다.
 봄에 왕실에는 경사가 났다.
 중전을 제쳐놓고 국왕이 사랑하던 이귀인이 그태나 왕자를 낳았다.
 왕자란 배기도 힘들고 태어나기도 힘드는 모양이다. 그동안 이귀인은 두 번이나 유산을 하더니 드디어 아들 하나를 뽑아 놓은 것이다.
 왕도 이제 열 일곱 살이다.
 여자를 사랑할 줄 안 것은 벌써 3년 전부터고, 이제는 자기의 소중한 분신이 태어난 데 대해서 더할 수 없이 기뻐하는 청년이 돼 있었다.
 완화군(完和君)이라고 봉군을 했다.
 매일 이귀인 처소에서 어린 아들을 얼러대며 지냈다. 그리고 더욱 이귀인을 사랑했다.
 이 완화군 탄생을 계기로 해서 왕실과 운현궁 사이에는 묘한 분위기가 싹트기 시작했다.
　당연하다. 청년왕의 본실 아내인 민비는 극도로 긴장했다.
　민비는 지극히 현명했다. 왕의 속셈을 짐작했다.
　(세자로 책립할지도 몰라!)
　만약 완화군을 왕세쟈로 책립한다면 민비 자기는 이귀인한테 밀려나는 신세가 될지도 모른다.
　그러나 미련한 짓을 해서는 안 된다. 보살의 마음을 가장해야 한다. 너그러운 왕비가 돼서 궁중의 동정과 운현궁의 호의를 자기 한몸에 모아야 한다.
　그것은 민비 자기가 왕비의 지위를 지킬 수 있는 유일한 길이라고 단정했다.
　민비 민중전은 자주 시녀를 거느리고 이귀인 처소를 찾아가 본부인으로서 너그럽고 인자한 마음씨를 이귀인에게 보여 줬다.
　비가 억수같이 퍼붓는 어느날 밤이었다.
　중전 내실에 혼자 시름에 젖어 있던 민비는 견딜 수 없는 마음의 갈등으로 눈알마저 벌겋게 충혈이 돼 있었다.
　그네는 등신대(等身大)의 체경 앞에 섰다. 얼굴을 매만지고 옷을 갈아입었다.
　「안상궁 게 있느냐?」
　민비는 불현듯 안상궁을 불렀다.
　「부르셨습니까, 마마.」
　안상궁이 들어왔다. 오라비 안필주를 닮은 갸름한 얼굴이 남달리 예쁜 안상궁은 운현궁의 첩자로 중전에 배치된 눈 위의 가시지만 그러나 표면으로는 안상궁 안상궁 해준다.
　민비는 다 알고 있다.
　운현궁의 잡놈들, 천하장안 네 녀석의 네 누이년들이 궁중에 배치돼서 온갖 정보가 운현궁으로 새고 있는 줄을 알고 있다. 상판들은 모두 돼 먹었다. 모두가 상궁이 돼 있다.
　가끔, 그 배치가 이동되기도 한다.

지금 대전에는 천상궁, 하상궁이 딸려 있다. 거기다가 내시 이민화가 운현궁의 촉각으로 붙어 있다.
중전에는 눈치빠른 안상궁이다.
낙선재 조대비궁에는 영악한 장상궁이 도사리고 있다.
그밖에도 수를 알 수 없는 운현궁의 정보원들이 궁중에 배치되어 거미줄 같은 조직망을 펴고 있다.
따라서 왕과, 왕비와, 조대비와, 그리고 그들 주변의 움직임은 시시각각으로 운현궁에 제보되고 있는 줄을 왕비 민씨는 누구보다도 잘 알고 있다.
「비가 저렇게 억수같이 퍼붓는데 옷은 왜 갈아입으십니까, 중전마마.」
안상궁이 의아해서 그런 말을 물어 올 것을 민비는 미리 알고 있는 것이다.
「완화군이 갑자기 보고 싶구나. 하도 귀여운 아기라서.」
「마마, 그저께 밤에도 가 보셨는데 벌써 또 그리우세요?」
「그저께가 2년 전 같다. 어서 앞장을 서라.」
「하지만 비가 저렇게 쏟아지는데요?」
「비가 대수냐! 옷이야 젖으면 말리면 되는 게지.」
민비는 보따리 하나를 안상궁에게 건네 줬다.
「이것을 가지고 가자!」
「뭣입니까, 이게?」
「비단이다. 이귀인 옷이나 한 벌 해 입으라고.」
「어머나, 중전마마께선 참 착하시기도 하십니다.」
「무엄하구나!」
여름비라 우비 우산이 배겨날 비가 아니었다.
「마마, 옷이 젖습니다.」
「글쎄, 젖으면 대수냐!」
민비는 옷이 젖는 것을 도통 개의하지 않았다.
「물구덩에 빠지셨네요, 마마?」

물구덩이에 발이 빠져 버선이 젖었다.
「빠지면 대수냐!」
두 여인은 서로 다른 생각을 하면서 어둠 속 길을 가고 있었다.
등이라도 밝힌다면 앞길이 이토록 어둘 것인가. 허나 비를 택하고 어둠을 택해서 시앗의 아이를 보러 가는 민비는 이따금씩 이를 악물었다.
불의의 습격이었다.
「중전마마 듭시오.」
안상궁의 간드러진 음성엔 중전에 대한 충성이 뚝뚝 떨어졌다.
자주 있는 일이라 해서 놀라지 않을 수는 없다.
이귀인의 처소는 수런거렸다.
「대전마마께오서 납셔 계십니다.」
밖을 지키고 있던 무예청 별감이 그런 귀띔을 안 해준들 민비가 모를까.
날이면 날마다 밤이면 밤마다 이귀인한테 와서 붙어 있는 왕이다. 이 비오는 여름밤에 대전을 비웠으면 간 곳이 어디겠는가. 이귀인의 무릎이라도 베고 있을 것이 분명하다.
「어떻게 비를 저렇게 맞고…….」
왕은 옷이 함빡 젖은 중전을 보고 과히 반갑지도 않은 말을 걸어 왔다.
「완화군이 불현듯 보고 싶길래 왔어요.」
열 여덟 살 왕비는 우선 잠들어 있는 왕자를 들여다봤다.
「이 잠든 모습 귀엽기도 해라.」
민비는 남편인 왕에겐 신경을 쓰지 않으려는 태도였다.
「마마, 감기 드시겠어요. 잠시라도 옷을 갈아입으십시오.」
송구해 하는 이귀인에게,
「괜찮아, 이귀인은 날마다 예뻐지는군. 아기의 유도(乳)는 여전한가?」
민비는 큰마누라답게 의젓했다.
「예에.」

아내 있는 사나이를 사랑하는 것은, 아내를 가진 사나이의 사랑을 받는 것은 죄란다. 사랑하고 사랑을 받는 게 죄란다.

이귀인은 민비 앞에만 서면 죄인의 위축감으로 언동이 굳어진다. 베풀어 주는 친절에도 위축이 된다.

「감기 드실텐데 옷을 갈아입으셔야죠?」

옷을 꺼내려 옷장 있는 쪽으로 몸을 돌리는 것으로 해방감을 느끼는 이귀인이다.

「괜찮아. 우리 아기를 봤으니 곧 돌아가야지. 그건 그렇구.」

방 안에는 가벼운 긴장이 감돌았다.

중전 민씨 앞에서는 이귀인뿐이 아니라 왕도 위축이 된다.

그것은 민비라는 여자의 직성인가 싶다. 사람을 위압하는 직성이 있는가 싶다.

더구나 시앗의 방에서 본부인을 만났다. 왕이라도 몸과 마음이 위축되는 것은 인지상정이다.

민비는 그런 분위기를 잘 이용해서 자신을 두드러지게 할 줄 안다.

「……상감마마를 잘 모시게.」

왕은 꿀먹은 벙어리처럼 덤덤했다.

민비는 가지고 온 보따리를 방바닥에 슬며시 밀어 놓는다.

「청국 공단일세. 여름 것은 아니나 뒤 뒀다가 옷이나 해 입지.」

이런 경우 오래 앉아 있으면 왕의 미움을 살 우려가 있다.

「그럼 난 가네.」

민비는 일어섰다. 남편인 왕을 향해 가볍게 머리를 숙였다.

「마마, 편히 쉬십시오.」

민비는 밖으로 나왔다.

「웬 비가 이렇게 줄기찬가.」

민비의 이 말은 국왕도 듣고 이귀인도 들었다.

(모를 여자! 저토록 너그러울 수가 있는가.)

왕의 혼자 생각이었다.

「나도 곧 가리다.」

왕은 일어나서 말했다. 빗속으로 뛰어들려는 아내를 보고 말했다.
아내는 단연코 만류했다.
「여기서 쉬세요. 비가 이렇게 쏟아지는데. 못 다니십니다.」
다시 비를 맞으며 어둠 속을 가고 있는 왕비는 눈앞이 흐렸다. 눈물인지 빗물인지 눈에 물이 괴어 시계가 자꾸 흐렸다.
(이귀인한테서 상감을 떼놓아야 한다!)
민비는 이를 악물고 잇사이로 부르짖었다.
「안상궁!」
뒤따르는 안상궁을 불렀다.
「예에?」
안상궁이 옆으로 바싹 붙어섰다.
「상감마마를 모신 지 오래됐지?」
안상궁은 대답을 하지 않았다.
「꼭 한번 성총(聖寵)을 입었던가?」
「예에.」
「바보군!」
「예?」
「바보야 안상궁은.」
「……왜요?」
「한번 시침(侍寢)해 드리기가 어려운 게지, 왜 그후로는 없었어?」
안상궁으로서 어떻게 대답을 할 수 있을 것인가.
「한 번은 열 번 백 번으로 통하는 게 아냐? 바보.」
「황공합니다, 마마.」
민비는 그 이상은 화제삼지 않았다.
대조전으로 돌아온 민비는 서글픈 심정이었다. 옷은 쥐어짜게 젖어 있었다.
처음 생각은 아니지만 운현궁의 대원군이 갑자기 미워졌다.
대원군은 이귀인이 완화군을 낳은 것을 누구보다도 기뻐한다는 소식이다.

(그 양반과는 왜 직성이 안 맞을까?)
그러나 들리는 소식으로는 그 대원군이 꼭 한번만은 고마웠다.
얼마 전에 남편은, 왕은, 자기 아버지에게 의논했다는 것이다.
「완화군을 세자(世子)로 책립할 수는 없나요?」
왜 안 되겠는가. 왕의 힘으로는 안 되는 일이 어디 있겠는가.
그러나 대원군은 대답했다는 것이다.
「아직 서두르지 마시오. 만일 중궁의 몸에서 경사가 있으면 어떻게 처하시겠소? 창졸히 서두르실 일은 아니외다.」
그러나 그후에도 이야기는 많다.

뭣인가 잘못돼 가고 있다

민비라고 궁중에다 촉각을 펼쳐 놓지 말란 법은 없다.
아주 안 그러는 체하면서 알 만한 일들은 알아내고 있다.
어느날 왕은 관상 잘 보는 술객(術客)을 만났다는 것이다.
대원군이 주선해서 들여보냈을 거라는 이야기도 있고, 왕 자신이 그 술객을 불렀다는 소리도 있다.
어떻게 해서 만났거나 하여간 왕은 이귀인 처소로 그 술객을 불러들였다는 것이다.
박유붕이었다. 어린 시절의 상감을 보고 왕상(王相)임을 선언했다는 그 애꾸눈의 박유붕을 후궁 처소에까지 불러들였다.
대원군에 의해서 남양부사를 거쳐 전라도의 수군절도사까지 지낸 바 있는 박유붕을 국왕의 첩실에까지 부른 것은 마침 왕자로 태어나서 국왕 자신과 대원군의 귀염을 독차지하게 된 어린 완화군의 운명감정을 시키기 위해서였다.
「네가 내 관상을 잘 봤다. 그 솜씨로 이 아기를 봐다오!」
열 일곱 살의 젊은 국왕은 이귀인이 안고 있는 어린 아기를 가리키며 말했다.
「예에, 황공하옵니다.」
으례 전제해야 하는 '황공하옵니다'를 전제한 박유붕은 포대기 위에 눕힌 아기에게로 다가앉았다.
「자알 봐라!」

국왕의 기대는 컸다. 이귀인의 기대도 컸다.
「어떠냐? 제왕의 상이지?」
국왕이 궁금해 했다.
(물론 임금님의 상일 거예요.)
말은 하지 않았으나 이귀인도 마음 속으로는 그런 단정을 하고 있었다.
「그 눈이 큼직하고 시원하잖으냐? 귀도 좋고.」
국왕은 아기 옆으로 바짝 다가앉으며 박유붕과 함께, 손발을 허우적 대며 놀고 있는 자기의 귀여운 분신을 바라봤다.
「어떠냐? 답답하구나!」
그러나 박유붕은 아기한테서 눈을 떼지 않고 그림같이 앉아 있을 뿐이다. 답답해진 것은 왕만이 아니라 이귀인도 마찬가지였다. 국왕 옆으로 붙어 앉았다. 역시 함께, 눈에 넣어도 아프지 않을 성싶은 자기의 혈육을 바라봤다.
어버이는 더욱 조급했다.
「어떠냐? 세자감이지? 속시원하게 말을 해라!」
젊은 왕의 음성은 약간 높아졌다.
그러자 박유붕은 아기한테서 그 외눈의 날카로운 시선을 거둬들였다. 그리고 물러앉았다.
박유붕의 이마에서는 진땀이 송알송알 맺히기 시작했다.
외눈인 까닭에 세상을 보는 게 일목요연하다고 스스로 말한 일이 있는 박유붕은 그 외눈을 수없이 껌벅거릴 뿐 좀처럼 입을 열지 않았다.
어떤 어버이가 조급해 하지 않겠는가.
어떤 어버이가 불안해 하지 않겠는가.
국왕은 더욱 조급해졌다.
「세자로 책립할 용골(龍骨)이지?」
이귀인은 불안해졌다.
「어서 시원하게 그렇다고 말씀을 올리시오!」
이귀인은 눈으로 그런 말을 하고 있었다.

그러나 박유붕은 자꾸 진땀을 흘렸다.

그는 다시 한번 아기의 얼굴을 들여다봤다. 손바닥도 펴봤다. 발바닥까지도 살펴봤다. 그리고 다시 물러앉았다. 그리고 더욱 진땀을 흘렸다.

「곧 세자로 책립할 작정이다!」

국왕은 앞질러 말했다.

박유붕은 방바닥에 넙죽 부복을 했다.

국왕은 부복한 박유붕을 칸칸하게 비예(脾猊)하면서 다짐하듯 같은 말을 되풀이했다.

「세자로 책립할 작정이다!」

박유붕은 그제서야 입이 열렸다. 비록 부복은 했으나, 진땀은 흘렸으나, 그의 입에서 나온 말은 똑똑했다.

「조금만 기다리소서.」

국왕은 그 말을 듣자 몸을 뒤로 젖혔다.

사람은 누구나 놀라든지 충격을 받든지 하면 몸이 저절로 뒤로 젖혀진다.

「뭐라고 했느냐?」

국왕은 박유붕의 똑똑한 발음을 분명하게 들었을 것이지만, 물었다.

이왕 한번 꺼낸 말이다.

거북한 말이란 한번 꺼내기가 어렵지 일단 입 밖에 낸 이상엔 열 번 백 번인들 못할 것이 없다.

박유붕은 몸을 일으키려다가 말고 다시 부복했다.

「조금만 기다리소서.」

국왕의 얼굴에는 핏기가 가셨다. 그 귀인다운 얼굴에 노기가 어렸다. 입술이 경련했다.

「다시 한번 말해라!」

다시 한번 말할 수밖에 없는 것이 박유붕의 처지다.

「조금만 기다리소서.」

더욱 견딜 수 없었던 것은 이 귀인인 것 같았다.

역시 핏기가 싹 가신 얼굴이 단박 살벌해졌다.

생김새가 아름다운 여자가 얼굴에 노기를 띠면 그것은 살벌이다.
「뭣을 기다리라는게요?」
이귀인의 음성은 얼음장같이 냉랭했다.
「뭣을 기다리란 말이냐?」
국왕이 애인의 말을 흉내내서 반문했다.
「세자책립을 조금만 기다리십시오.」
국왕의 얼굴도 살벌해졌다.
귀인이 참을 수 없는 심경에서 얼굴에 노기를 띠면 그것은 살벌이다.
「왜 기다리라는게냐?」
「당분간 기다리시는 게 좋겠습니다.」
「왜 기다려야 하느냐?」
「기다리시는 게 좋겠습니다. 전하.」
「왜?」
「기다려 보시면 아시게 됩니다.」
「뭘 알게 된다는게냐?」
「아시게 됩니다, 전하.」
「뭘 알게 된단 말이에요?」
참다 못한 이귀인도 서슬이 푸르게 나섰다.
「기다리시면 아시게 됩니다, 마마.」
「뭘요? 뭘 알게 돼요? 속시원히 말을 하시오! 상감마마께서 친히 물으시는데 그렇게 대답을 피하면 무엄하오!」
「황공하옵니다, 마마」
「정녕 네놈이 바른 대로 말을 못 하겠느냐?」
국왕이 벌컥 역정을 냈다.
「조금만 기다리시면 아시게 됩니다, 전하.」
박유붕은 한결같이 조금만 기다리라는 대답만 반복했다.
잠시 무거운 침묵이 흘렀다.
국왕은 뭔가 불안감에 싸였다. 새삼스럽게 천진난만, 사지를 허우적대며 놀고 있는 자기의 분신을 바라봤다.

착한 사람일수록 자기 자녀를 사랑하지 않는 사람은 다른 아무도 사랑하지 않는다.

 국왕의 성품은 더할 수 없이 착했다. 때문에 어린 완화군을 더할 수 없이 귀여워했다.

 한참 시간이 흐른 다음에야 국왕은 부복하고 있는 박유붕에게 말했다.

「물러가거라!」

「예에, 황공무지로소이다, 상감마마.」

 박유붕은 비로소 고개를 들었다.

 그 얼굴에는 이미 사신(死神)의 그림자가 어른거리는 것 같았다.

 그후, 박유붕이 어떻게 됐는지 민비는 알지 못했다.

 그러나 적어도 몇몇 사람들은 박유붕의 말로를 짐작하고 있을 것이었다.

 대원군은 모르는 체하고 있을지도 모른다. 이경하나 의금부에서는 알고 있을지도 모른다. 그리고 국왕도 짐작하고 있을 것이다.

 단지 분명한 것은 그가 천명(天命)을 다하지 못했다는 사실이다.

 임금의 서자인 어린 완화군의 관상 한번 본 것을 마지막으로, 거짓말을 못 한 죄로, 그의 최후가 참혹했다면 누군가 또 잘못을 저지른 것이다.

 그것이 누군가의 잘못이었다는 것은 이내 밝혀졌다.

 완화군은 얼마 못 살고 요절했다.

 그러니까 박유붕은 완화군의 그 단명을 예언한 것에 불과했다.

「곧 세상을 버릴 아기이니 세자책립 따위의 번거로운 일은 삼가십시오.」

 왕에게 이런 말을 했다면 박유붕은 살아날 수 있었을까. 마찬가지였을 것이다.

「분명한 왕상(王相)이로소이다. 세자책립을 서두르시옵소서.」

 그의 강직한 성품으로는 이렇게 허튼 말을 못 했을 것이다.

 결국 박유붕은 남의 관상은 잘 볼망정 자기의 운세판단엔 오류를 범했다.
 한쪽 눈을 멀게 하여 외눈이 돼야 관운이 트이겠다고 스스로 눈을 찔러 애꾸가 된 데까지는 맞았다. 맞았잖은가. 수군절도사라는 당상관에까지 올랐었으니 맞았잖은가.
 그는 완화군의 관상을 보러 왕궁에 불려 들어가지 말았어야 한다. 들어간 이상엔 이미 운명은 결정된 것이다. 그것을 그는 알았을까, 몰랐을까.
 완화군은 열병에 걸렸었다. 유행하는 홍역이라고 했다.
 상약으로 가제 생즙을 내서 먹였다. 물론 좋다는 고귀한 약도 썼다.
 고비를 넘겼다. 발반(發斑)도 잘되고 숙집도 져갔다.
 착잡한 생각에서 민비가 어린 환자를 가 봤다.
 그날의 일을 민비는 잊을 수가 없다.
 모든 사람들이 귀엽게 보는 천사와 같은 어린 아이는 다른 누가 봐도 귀여운 것이다.
 귀여운 어린 아이를 보는 눈이란 비록 이해나 감정이 개재된다 하더라도 근본적인 면에서 대차가 있는 것은 아니다.
 그 혹독한 열병을 치르고 난 어린 완화군은 마침 쌔근쌔근 잠들어 있었다.
 며칠 사이에 그 토실거리던 살은 훨씬 빠졌지만 그래도 귀여운 모습이었다.
 이 세상에서 가장 순진무구한 모습은 어린이의 자는 모습이다.
 어린이의 무심히 자고 있는 모습을 보고 간악한 마음을 일으킬 수 있는 사람은 근본적으로 모질고 간악한 사람이다.
 민비는 이제 열 여덟 살의 푸른 나이가 아닌가. 가장 마음이 약한 나이다.
 이귀인은 미웠지만 잠들어 있는 어린이를 보고는 미운 마음을 가질 수가 없었다.
「전의는 뭐래던가?」
 이귀인에게 물었다.

「이젠 다 나았다고 합니다. 뒷조리만 잘 시키면 아주 깨끗이 치렀다고 합니다.」
이귀인의 대답은 홀가분하게 들렸다.
「그래? 그것 참 잘됐군. 깨끗이만 끝냈다면야 미리 치러 버린 게 잘된 셈이야. 뒷조리나 잘 시켜요.」
정말 진심으로 친절하게 말해 주고는 돌아왔다. 그것으로 끝났다면 아무 탈도 없었다.
그러나 때로는 지나친 친절이 엄청난 화근으로 변할 수가 있다.
누가 뭐래도 민비는 처음부터 고의는 아니었었다.
오히려 너그러운 자기의 인품을 보여 주기 위한 행동이었다.
남아돌아 가는 산삼이 생각났다. 원기회복에는 으뜸가는 영약이 아닌가.
어린 체력으로 탈진해 있는 완화군에게 먹이면 빨리 회복될 것이라고 생각했다.
「안상궁 들어오너라!」
선심은 생각난 김에 베풀어야 한다.
민비는 약상자에서 산삼 세 뿌리를 꺼내 백지에 고이 싸서 안상궁에게 줬다.
「이귀인 처소에 갖다 줘라. 산삼이니 아기에게 백삼탕(白蔘湯)으로 달여 먹이게 하라구 전해라.」
안상궁이 이귀인 처소에 다녀왔다.
「갖다 전했느냐?」
「예에. 갖다 드렸더니 너무너무 고마워서 어쩔 줄을 몰라 하더군요. 그렇잖겠어요? 그 구하기 어려운 산삼이니.」
「곧 달여 먹인다고 하더냐?」
「곧 달여 먹일 것입니다. 물에 삼만 넣고 푹푹 달이라고 일렀습니다.」
「잘했다.」
아무것도 잘못한 일은 없다.
좀 지나서였다.

민비는 문득 생각이 났다. 혼자 뇌까렸다.
「가만 있자, 홍역은 열병인데 삼을 먹여도 괜찮을까?」
삼은 열을 돋우는 약이란다. 열병에 열을 돋우는 삼을 먹이면 해롭다는 말을 들은 것 같다.
(괜한 짓을 했나?)
그러나 젊은 민비는 생각을 달리했다.
(다 나았다니까 괜찮겠지!)
지금 한참 앓을 때라면 안 되겠지만 발반도 다 숙정이 진 뒤니까 괜찮을 성싶었다.
(그렇지만 만에 일이라도…….)
다소는 불안했다. 마음이 놓이지를 않았다. 괜한 짓을 했는가 싶다.
민비는 턱에다 손을 댔다. 바로 앞에는 경대가 있다.
거울에 비친 자기 모습을 우두커니 바라봤다. 인당에 두드러진 흑점을 손끝으로 가만히 만져 본다.
그 순간 그런 생각이 다시 머리에 떠올랐던 것은 하나의 마지막 기회였다. 수습할 수 있는 유일한 기회였다.
(열병에 삼든 약을 먹으면 죽는다던데…….)
민비는 밖에다 대고 소리쳤다.
「안상궁 게 있느냐?」
「예에.」
안상궁이 들어왔다.
민비는 들어온 안상궁을 거울 속으로 멍청하니 바라보면서 말을 하지 않았다.
「부르셨습니까, 마마.」
그러나 민비는 미동도 하지 않고 경대와 마주 앉아 있었다.
「마마, 부르셨어요?」
「………….」
햇빛이 장지문살에 화사한 오후였다.
새소리란 사람의 소리보다 아름다운 것이었다.

뻐꾹, 뻑뻐꾹.
「부르셨습니까, 마마.」
「나가 있거라!」
「마마, 안색이 퍽 좋지 않으시네요, 어디 불편하세요?」
「아니다!」
「그래두 안색이 좋지 않으십니다, 마마.」
「말이 많구나! 물러가 있거라!」
안상궁이 장지문을 열고 뒷걸음질을 치면서 나갔다.
뻐꾹 뻐꾹 뻑뻐꾹.
(삼을 먹으면 죽을지도 모른다!)
수습할 수 있는 기회는 가고 있었다.
(죽으면 대수냐! 그까짓 첩년의 핏덩이.)
거울 속에 비친 민비의 얼굴에는 살기가 감돌았다.
눈에 핏발이 서는 것은 무슨 까닭일까.
(죽으면 죽으라지!)
수습할 수 있는 마지막 기회는 점점 흘러가고 있었다.
(죽으면 죽으라지!)
여자의 시샘이 고개를 들고 있다. 서서히 고개를 들고 있다.
시앗에 대한 시샘이다. 시앗 소생에 대한 시샘이다. 그리고 왕비로서의 자기 지반(地盤)에 대한 막연한 불안이 무서운 여자의 시샘으로 변해 가고 있다.
거울 속에 있는 열 여덟 살 여자의 눈까풀은 간단없이 경련했다.
설마 죽을라구, 죽을테면 죽으라지, 보약 먹고 죽는다면 제 팔자가 아닌가베, 기운 회복하라고 보낸 약이 아닌가, 당장 먹이라고는 안 했으니까 당장 먹여서 제 자식을 죽인다면 내 탓인가, 제 탓이지, 거울 속에 있는 여자의 두 눈에는 자꾸 핏발이 짙어 가고 있었다.
민비는 두 손으로 얼굴을 가렸다. 초조한 시간은 자꾸 흐르고 있었다.
(이젠 늦었을거야! 벌써 먹였을거야. 별일이야 있을라구.)
바깥 동정에 자꾸 신경이 쏠렸다.

이귀인 처소에서 당장 사람이 들이닥칠 듯만 싶어 견딜 수 없이 불안했다.
(내가 살인을 하고 있는 건가?)
무서웠다. 사람을 죽이다니, 죽게 하다니, 무서운 노릇이다.
민비는 거울 앞에서 벌떡 일어섰다. 넓은 지밀 안으로 서성거리다가 보료 위에 풀썩 주저앉았다.
「안상궁 들어오너라!」
음성은 예외 없이 날카로웠다.
「부르셨습니까, 마마.」
민비는 안석에다 몸을 뉘이며 말했다.
「나 어째 몸살이라도 날래는지 신열이 나구 기운이 없구나.」
「글쎄, 안색이 퍽 좋지 않으십니다, 마마.」
「나두 그 삼이나 좀 달여 다오. 백삼탕으로.」
「곧 달이도록 하겠습니다. 마마.」
「좀 진하게 달여라!」
「이왕이면 진하게 드셔야죠, 마마.」
민비는 일어나서 이귀인 처소에 보낸 것과 같은 상자에서 산삼 한 뿌리를 꺼내 안상궁한테 내줬다.
「열이 대단하십니까, 마마?」
안상궁이 민비를 쳐다보며 물었다.
「글쎄 꽤 있는 것 같구나.」
심뇌란 무서운 것이다. 민비는 다리가 자꾸 허청거렸다.
「안정(眼精)까지 벌거십니다, 마마. 열이 대단하신가 보지요?」
「얼른 나가 탕제나 달이도록 해!」
탕제는 궁중용어, 약이다.
「상감마마께선 어디 계시냐?」
민비는 나가려는 안상궁에게 물었다.
「동온돌에 계십니다.」
「그래?」

「이리 드시라고 전갈할까요?」
「아니다!」
그러나 눈치 빠른 안상궁이다.
잠시 후에 왕이 서온돌로 돌아왔다.
「왜 몸이 편치 않소?」
왕은 이미 무슨 말을 전해 들은 것 같다.
「아닙니다. 신열이 좀 날 뿐입니다.」
「전의를 부르지?」
「아니옵니다. 탕제 준비를 시켰으니 곧 괜찮겠지요.」
이때 장지 밖에서 안상궁의 음성이 들렸다.
「중전마마, 탕제 올리랍니까?」
민비는 대답했다.
「무엄하구나. 상감마마께서 계신데.」
왕이 말했다.
「괜찮다. 들여 오너라!」
안상궁이 약탕기를 쟁반에 받쳐 들고 들어왔다.
「무슨 탕제요?」
왕은 대수롭지도 않게 물었다.
민비는 거침없이 대답했다.
「삼입니다. 신열이 좀 있고 기운이 없길래 산삼을 달이라고 했습니다.」
민비는 자기 말에 대한 왕의 반응을 조심스럽게 관찰했다.
「내게도 좀 달여 주지 그랬소!」
왕은 몸을 뒤로 뉘이면서 그런 말을 했다.
민비는 안상궁에게 즉각 명령했다.
「탕제를 더 달여라!」
민비는 자기가 먹으려던 약을 왕에게 바치면서 말했다.
「어차피 같은 약인데 먼저 드십시오.」
왕은 고개를 옆으로 저었다.

「어서 들구려. 나야 천천히 먹지. 식기 전에 어서 드시오!」
민비는 더는 사양하지 않았다.

왕이 보고 있는 앞에서 무명지로 약의 더위를 확인하고는 발딱발딱 마셨다.
잠시 후에는 새로 달인 왕의 약도 들어왔다.
왕도 민비가 보는 앞에서 마셨다. 그러고는 이내 지밀에서 나가 버렸다.
민비는 다시 혼자가 됐다. 정말 몸이 더워 오는 것을 느낄 수 있었다.
―똑같은 약을 셋이서 마셨다.
민비는 아까보다 마음이 훨씬 안정됐다.
그러나 너무도 교활한 자신의 즉흥적인 행동에는 스스로 놀랐다. 속된말로 지나치게 깜찍하고나 싶어서 유쾌하지 않았다.
그러나 후회는 되지 않았다. 이제 무슨 일이 일어나도 발뺌을 할 구실과 증거는 마련돼 있다고 생각했다.
(결국은 내가 살인을 하는 건가? 아주 간교스런 방법으로…….)
자신이 무서워졌다. 그러나 이내 돌려 생각했다.
(내가 살기 위해서는 무슨 짓이든지 해야 한다.)
당장 절박한 상황에 놓인 것처럼 위기의식을 느꼈다.
민비는 자신도 놀랄 만큼 침착할 수가 있었다.
(먹였을까?)
이귀인 처소의 일이 궁금했다. 알아볼 수도 없는 일이다.
이제는 오히려 완화군에게 그것을 안 먹였을지도 모른다고 생각하니까 초조했다.
아까보다 전연 다른 마음이었다. 아직 안 먹였으면 어서 빨리 먹이기를 바랐다.
여자는 남자보다 더 심하다. 마음이 한번 빗나가기 시작하면 걷잡을 사이가 없는 것이다.
먹였는데도 죽지 않으면 어떡하나 싶을 만큼 이미 그네의 마음은 독해져 있었다.

초조한 시간이 간단없이 흐르고 있었다.

민비는 얼굴이 화끈화끈 달아올랐다. 산삼의 영향인 듯싶었다.

밤이 돼도 대궐 안은 일상과 같이 조용하기만 했다. 아무런 소식도 들려오지 않았다.

(안 먹였나? 먹였지만 괜찮은 것이었던가?)

안심도 되고 미흡하기도 했다. 괜히 지레짐작으로 엉뚱한 신경을 썼다고 생각하니 우습기도 하고 맥도 빠졌다.

왕은 이날 밤에도 지밀에 들지 않았다. 아내의 존재를 전연 잊고 있는 성싶어서 민비는 다른 날보다 더 서운했다.

산삼의 약효 때문일까, 좀처럼 잠이 오지 않았다. 얼굴이 달아오르고 몸이 자꾸 뒤치여져서 개구장이의 잠자리처럼 침실은 마구 어지럽다.

이튿날 아침에도 들려오는 소식은 없었다. 결국 아무 일도 아니었구나 싶어 일단 그 일은 잊기로 했다.

그러나 그날 저녁 무렵이었다. 기어코 일은 터지고 만 모양이다.

왕비가 거처하는 대조전 서온돌 뜨락에 발자국소리가 서성거렸다.

서녘에서 동쪽으로 길게 뻗은 복도에도 오가는 발소리가 잦았다.

민비는 바깥 분위기로 봐서 무슨 일인가 기어코 터졌음을 직감했다.

앉은 자리에서 꼼짝도 않고 바깥 동정에다 온 신경을 모았다.

아무도 불러들이지를 않았다. 오히려 책을 펼쳐 들었다.

『춘추좌씨전』(春秋左氏傳)을 의젓하게 펼쳐 들었으나 늘 읽는 대목이면서도 하나도 눈에 들어오지 않았다.

일국의 젊은 왕후다. 누구도 그의 가슴을 들춰볼 수는 없다. 국왕 이외의 사람은 그네의 가슴 근처에 손을 못 댄다.

그러나 반드시 들춰보지 않는다고 해서 모를까. 민비의 가슴은 마구 뛰고 있을 것이다.

열 여덟 젊은 나이다. 남자의 살을 안 지가 불과 다섯 해다. 아직 한번도 출산의 경험이 없다. 그리고 성숙할 대로 성숙한 늘씬한 체구다.

이 모든 조건으로 미루어 본다면 어떤 결론이 나오는 것인가.

상상이라고 해서 무엄하지 않은 것은 아니지만 민비의 젖무덤은 풍만할 것이다.
그 풍만한 젖무덤이 마구 뛰고 있는데 『춘추좌씨전』 같은 딱딱한 책이 읽혀질 리 없다. 어깨로 숨을 쉬고 있었다.
드디어 무슨 기별이 오는 것 같다.
복도가 콩콩콩 울려 오기 시작했다. 점점 가까이 오더니 장지 밖에서 뚝 그치고는 느닷없이 들려오는 음성이 있었다.
「중전마마, 큰일 났습니다.」
안상궁은 벌써 장지를 열고 안으로 들어섰다.
「왜 호들갑이냐?」
나이는 중전 자신보다 위다.
그러나 어린애를 나무라듯 꾸짖는 중전 민씨의 얼굴은 근엄했다.
「큰일 났습니다, 마마.」
「뭐가 큰일이란 말이냐? 말은 않고 덮어놓고 큰일이 났다니.」
민비는 들고 있던 책갈피에다 적시(摘示)를 끼우고는 앞에다 놓았다.
「글쎄 완화군 아기가…….」
「완화군 아기가 어쨌다는게냐?」
민비는 벌써 다 알았다. 그러나 시치미를 떼고 딴청을 부렸다. 오히려 좀 전보다 마음이 안정됐다. 가슴도 평온해졌다.
「세상을 버렸사와요.」
「뭐라구?」
민비는 펄떡 자리에서 일어섰다. 서릿발같이 차가운 기품이다.
「세상을 버리다니, 무슨 그런 방정맞은 소리를 하느냐?」
안상궁은 보기와는 달리 마음이 약한 여자였다. 눈물이 마구 쏟아지고 있었다. 주먹으로 훔쳤다.
「글쎄, 마마께서 보내신 산삼을 달여 먹였더니 펄떡펄떡 뛰다가 기어코 세상을 버렸다지 뭐예요.」
이 말을 들은 민비는 온몸에 열이 왈카 올랐다.
음성은 칼날처럼 날이 선다.

「무엄하게 네년이 별안간 무슨 소릴 지껄이고 있느냐? 산삼을 먹였더니 세상을 버려? 산삼이 독약이냐? 산삼은 만병통치, 기허탈진(氣虛脫盡)한 데 먹는 영약이어늘 네년이 무슨 그런 무엄한 소리를 함부로 지껄이느냐!」

민비는 한바탕 호통을 쳐 놓고는,

「너도 네 눈으로 똑똑히 봤잖으냐. 그 산삼은 상감마마께서도 그리고 나에게도 네 손으로 달여 올렸지 않으냐? 그날 나는 신열이 대단했는데 그것을 마셨더니 싹 내리더라. 네 눈으로 봤잖으냐.」

안상궁은 말문이 꽉 막혀서 더는 울지도 못했다. 그것을 본 민비는 정말 또 무서운 말을 하는 것이었다.

「그럼 안상궁, 네가 중간에서 다른 약을 갖다 줬단 말이냐?」

사람 잡을 소리다.

안상궁도 열이 벌컥 나는 모양이었다. 악을 썼다. 분명히 악이었다.

「마마, 무슨 그런 억울한 말씀을 하십니까?」

억울한 것이다. 터무니없는 말이다. 중전 민씨도 그것을 잘 안다.

그러나 민중전의 입에서는 또 무서운 말이 나왔다.

「네년이 감히 나를 모함하려고 그런 맹랑한 허언을 퍼뜨리느냐? 하늘이 내려다보거늘 네가 나를 어찌 모함할 수가 있느냐!」

민비는 복도가 몹시 술렁거리고 있는 것을 알아챘다. 중전나인들이 몰려든 모양이다.

민비는 왕후로서의 위엄을 가다듬었다.

「네 손으로 똑같은 삼을 달였지 않으냐? 상감마마도 드시고 나도 들지 않았느냐? 그 산삼을 이귀인 처소로 전한 것은 바로 넌데, 그 산삼이 동티가 났다니 말이 되느냐? 여봐라, 내 이귀인 처소에 가보겠다. 부액들을 해다오. 다리가 떨리는구나!」

장지문이 와르륵 열렸다. 두 명의 상궁이 젊은 민비를 양쪽에서 부액했다.

대조전 뜰에 나섰다. 따가운 햇볕이다. 어디선가 말매미소리가 한가롭게 들려 왔다.

「옥교(玉轎)를 타시지요.」
부액한 제조상궁이 권했다.
「옥교가 다 뭐냐! 걷겠다!」
민비는 겅둥거리며 걸었다. 발이 땅에 닿지 않을 만큼 허둥댔다.
두 궁인은 땀을 뻘뻘 흘리며 젊은 왕비의 급한 걸음을 도왔다.
이귀인 처소 주변에는 벌써 많은 사람들이 에워싸고 있었다.
궁인, 내관, 별감, 무예청 군사들이 침울한 표정으로 모여 섰다가 왕비의 거둥을 보고 일제히 허리를 굽히며 길을 텄다.
민비는 대청으로 거침없이 올라섰다. 방문이 열렸다.
왕이 거기 앉아 있었다. 얼굴이 눈물투성이가 된 채 앉아 있었다. 아내인 민비가 나타나도 못 본 체 외면을 하는 그의 안면근육은 심한 경련을 일으키고 있었다.
이귀인의 얼굴도 눈물투성이였다. 이미 시신이 된 어린 아기를 가슴에 안고 그 얼굴에 얼굴을 비벼대고 있다가 들어선 민비와 시선이 마주쳤다.
민비는 가슴이 섬뜩했다. 이귀인의 그 적의에 찬 시선을 보고 민비는 눈에 한껏 슬픔을 나타냈다.
「이게 어찌된 일이오?」
여자의 눈물이란 필요에 따라 쏟아지는 것이다.
민비의 두 눈에서는 눈물이 펑펑 쏟아졌다.
이귀인은 목놓아 슬피 울 수도 없는 처지였다. 푸념은 입 안에서 군침이 됐다. 칵칵 숨이 막혔다.
「대관절 이게 어찌된 일이오? 오호호.」
민비는 슬픈 비명을 입 밖에 내면서 싸늘한 아기 시신 위에다 눈물을 마구 뿌렸다.
대왕대비 조씨도 들이닥쳤다. 모진 여자였다. 말 한마디 없이 아기 가슴에다 손을 대보고는 슬픔에 잠겨 있는 왕의 손을 덥석 잡았다.
「그렇게도 짧은 천명이었다면 차라리 태어나지 말걸.」
겉으로는 아무렇지도 않은 것 같았으나 대비도 오열하고 있다.

「윤사월생이더니 사람 구실 못하네그려.」

완화군은 윤사월 초열흘이 생일이었다. 잠시 후에는 운현궁에서 대원군 부부도 달려왔다.

민비는 대원군의 시선과 마주치자 또 한번 전율을 느꼈다. 대원군의 그 적의에 찬 눈총, 민비는 은근히 몸서리를 치면서 뒤로 물러섰다.

영악한 여자다. 순간적으로 깨달았다.

(대원군은 나의 적이 될거다. 대원위대감은 넘겨짚어 단정하고 있는 게 틀림없다. 완화군을 내가 죽였다고 말이다.)

젊은 민비는 이렇게 단정했다. 너무나 큰 적이다.

(시리를 얻어야 한다!)

열 여덟 살 왕비는 속으로 뇌까리며 그러나 단박 슬픔에 잠겨 버렸다. 이귀인보다도 더한 슬픔이 그 갸름한 얼굴에 온통 번져 나갔다.

이튿날부터 운현궁의 엄격하고 치밀한 내사가 진행됐다.

안상궁이 불려가 사흘 낮밤을 두고 문초를 당했다.

중전에 소속된 궁인들은 모조리 불려가고 호된 국문을 받았다.

그러나 운현궁은 누구의 범증도 밝혀내지 못했다.

처음부터 경위는 명백하다. 열병을 앓고 난 어린 아이에게 열을 돋우는 산삼을 먹였다.

완화군이 죽은 원인은 바로 그것이다.

산삼을 달여 먹인 장본인은 정녕 아기엄마인 이귀인이다.

물론 범의가 있을 수 없다. 있다면 실수다.

산삼을 갖다 준 사람은 안상궁이다.

민비가 갖다 주라니까 심부름을 했다. 그것뿐이다. 더구나 안상궁은 누구의 사람인가, 운현궁의 사람이다. 범의가 있을 수 없다.

산삼을 보낸 사람은 민비다. 민비에게는 명확히 범의가 있을 수 있다. 있었으리라 단정도 된다.

그러나 어린것이 열병을 앓고 난 뒤끝임을 보고 가서 산삼을 보냈다. 탈진한 기운을 회복시키는 데는 산삼이 으뜸이라면서 보냈다.

그리고 자기도 달여 먹었다. 열이 있다고 하면서 정말 눈에까지 열이 올라 벌겠는데 달여 먹었다. 자기 혼자만 달여 먹은 게 아니라 남편인 왕도 기운이 없다니까 역시 같은 삼을 달여서 바쳤다.

어떻게 꼬집어 탓하겠는가. 완화군을 죽이려고 해서 죽였다 하더라도 꼬집어 탓하기는 민망하다. 자기도 신열이 있는데 그것을 달여 먹었다니까 그 무식은 탓할 수 있더라도 완화군을 고의로 죽게 했다고는 할 수가 없다.

완전범죄인 줄로 심증이 가지만 어쩌는 도리가 없다.

하나의 기묘한 사건은 끝났다. 그 원인은 밝혔으나 무식에서 오는 실수였다고 판단하는 길밖에 달리는 방법이 없었다.

이 일이 있은 후, 민비는 밤잠을 자지 않았다.

오빠 민승호를 자주 지밀로 불러들여 밤이 깊도록 밀담이 진행되기 일쑤였다.

민승호의 접촉범위가 차츰 두드러져 가고 있었다.

모두 대원군에 대해서 불만을 품고 있는 인물들이 민승호와 잦은 접촉을 가졌다.

대원군의 중백인 홍인군 이최응, 조대비의 친정조카인 조성하, 조영하 형제, 대원군에 의해서 실권 없는 영의정까진 지냈으나 불만이 대단한 조두순, 대원군 정치에 노골적으로 반기를 들고 나선 최익현 등이 민씨네 문중이며 민비의 근친 오빠 뻘인 민규호, 민겸호, 민태호의 패와 갑자기 친해졌다.

그리고 함경감사 시절엔 대원군에게 돈바리까지 실려 보내 아첨을 했으나, 그후 좌의정자리를 준대도 받지 않고 양주땅 시골에 파묻혀 있는 이유원도 그 민씨네 문중과 급속도로 접근되고 있었다.

운현궁의 정보망은 잠자고 있지 않았다.

민비와 그 오라비들의 동태는 물론 거기 부화하고 있는 사람들이 누구누구인가도 대강은 알고 있었다.

대원군은 불쾌하긴 했으나 이렇다 하게 잡히는 꼬리가 있는 것도 아니니 버려둘 수밖에 없었다.

제까짓 것들이 설사 입을 모은들 누구를 어쩌겠는가 싶어 대수롭게 여기지를 않았던 것이다.
 행운이란 한번 찾아들면 거듭되는 수가 많다. 반면에 불운이나 불쾌한 일 역시 잇달아 일어나기 쉬운 것이다.
 집권 이래 대원군의 뻗어나는 기세는 문자 그대로 승승장구의 호조였다.
 외우내환이야 좀이나 많았는가. 하지만 뜻대로 다 잘 해결을 한 셈이다. 그런 복잡한 일이 많았기 때문에 오히려 일하는 보람을 느껴온 그다.
 대원군 개인에 있어서의 불행이거나 불쾌한 일일 수는 없었다.
 첫 왕손으로 정을 쏟았던 완화군의 갑작스런 변괴는 대원군 개인 신상문제로서 몹시 불쾌한 일이었다.
 더구나 중전의 투기가 작용한 줄은 번연히 알고 있으면서 명명백백하게 밝혀 내지 못한 것은 두고두고 마음에 걸릴 노릇이다.
 중전 측근을 모조리 문초하고도 말 한마디 못 하고 손을 들었으니 그 영악한 중전이 속으로 얼마나 비웃었을 것이며 그 마음이 얼마나 토라져 있겠는가.
 아직 나이 스물도 못 된 '계집'한테 만좌 중에서 희롱을 당한 것만 같아 대원군은 불쾌한 감정이 좀처럼 삭지를 않았다.
 봄 이후 벌써 두번째의 불쾌한 일이었다.
 그보다 앞서 지난 사월달이 아닌가.
 오펠트라는 서양 해적이 충청도 구만포에 상륙했던 일 말이다.
 유대계 독일인이었는데 아라사군병이라고 사칭한 그들은 처음부터 강도행각이었다.
 총을 쏘고 칼을 휘둘러 지방관헌이나 주민들을 협박 전율케 하고는 야음을 이용해서 접근한 곳이 바로 덕산이었다.
 그들은 처음부터 덕산 가동에 있는 남연군(南延君)의 무덤이 목표였다.
 누구의 무덤인가. 바로 대원군 아버지의 무덤이다. 어떻게 쓴 못자리인가. 대원군이 열 여덟 살 때에 귀신과 싸워 가며 쓴 묘소다.

해적들은 그 남연군 묘를 도굴하기 시작했다.
덕산군수 이종신이 급보를 받고 현장으로 달려갔다. 백여 명의 마을 사람들을 동원해서 그 도굴작업을 제지하려고 했다.
그러나 해적들은 총포로 동민들을 위협하면서 작업을 강행했다.
날이 밝아올 무렵에는 봉분을 다 파헤쳤다. 하지만 어림도 없는 수작이었다.
관곽(棺槨) 위에는 1만 근의 무쇠를 끓여 굳혔던 것이 아니냐 말이다.
그들은 실망한 나머지 아우성치는 동민들에게 행패만 하다가 도망쳐 갔다. 민가를 습격해서 약탈을 자행하다가 이틀 만에 사라져 갔다.
대원군이 이 불쾌한 급보를 접한 것은 그들이 하리후포(下里後浦) 일대에서 약탈을 감행하고 있을 무렵이었다.
대원군은 충청감사 민치상에게 명령해서 일등 포수를 동원해 그들을 잡도록 했으나 불가능한 일이었다.
대원군의 분노는 극에 달했었다.
「서양 해적떼가 내 선친의 묘를 어떻게 아느냐! 이는 국내의 잔존한 천주학쟁이들과 내통이 된 만행이다!」
그래도 며칠 후에는 그가 그 분통을 삭일 수 있었던 것이 다행이다.

오펠트라는 독일인은 상해(上海) 일대를 본거지로 하고 국제통상을 빙자해서 동양 연해국들을 괴롭히는 악질 정상배였다.
그는 남연군 묘의 도굴에 실패하고도 조선땅에 미련이 남았던 모양이다.
모선(母船) 차이너호를 북쪽으로 회항시켜 돌연 영종도 앞바다에 나타나 닻을 내렸다.
자라에 놀란 가슴은 솥뚜껑에도 놀란다.
영종첨사 신효철은 즉각 운현궁으로 장계를 올리고는 문정관(問情官)을 차이너호 선상으로 급파했다. 문정관은 대원군에게 전하라는 그들의 서찰을 받아가지고 무위하게 돌아왔다.

역말은 또 서울로 뛰었다.
서찰은 대원군에게 전달됐다. 대원군은 그 문면을 들여다보면서 온몸을 부들부들 떨었다.

덕산묘소를 침범하려던 것은 무력충돌을 피하면서 조선의 천주교도 학살에 대한 보복을 하려던 것이다. 그러니 귀하는 속히 귀하의 전권을 나에게로 보내 선후책을 의논하는 것이 좋을 것이다. 만일 이에 불응하고 시일만 천연시킨다면 조선은 반드시 위국의 환난을 피하지 못할 것임을 각오하라.

대원군은 이를 부득 갈고는 외마디 소리로 고함을 쳤다.
「훈련대장 이경하 듣거라! 영종첨사 신효철에게 명해서 해적 일당을 여(余)의 눈앞에서 효수하도록 하게 하라!」
가능한 명령이 아니었다.
그러나 그것은 신기하게도 가능했다.
4월 25일 저녁 무렵이던가. 오펠트는 수십 명의 무장한 부하를 영종진에 상륙시켰다. 총검을 휘두르며 성문으로 육박했다.
영종첨사 신효철이 지휘하는 백여 명의 수비대와 충돌했다. 육탄전이 벌어졌다.
전투는 두 시간 만에 끝났다. 그들은 시체 둘을 버린 채 여섯 명의 부상자를 이끌고 도망쳐 갔다.
이튿날 훈련대장 이경하의 명에 의해서 해적 오펠트 일행이 버리고 간 전사자의 잘린 목이 서울로 압송돼 왔다.
이경하는 이 사실을 운현궁에 알렸다.
「저하, 저하의 분부대로 영종첨사 신효철은 양추(洋醜) 수급(首級)의 목 두 개를 서울로 압송해 왔습니다. 어찌하오리까?」
대원군은 이경하의 보고를 받고는 지시했다.
「새남터에 효수해라!」
「저하께서는 가보시겠습니까?」

「내 선친 묘를 파헤친 웬수들이다. 가보지 않고 어쩌겠느냐!」
대원군은 집정 이래 처음으로 새남터 현장엘 갔다.
군사들과 민중이 운집해 있었다.
두 개의 모가지는 효수돼 있었다.
세 개의 말뚝을 세워 서로 교차된 부분에다 달아 놓는 게 효수다.
대원군은 새남터에 이르자 모여 있는 군중에게 이례적인 담화를 발표했다. 훈련대장 이경하가 대원군대신 군중을 향해 '대원위대감의 말씀'을 전했다.
「……여(余), 이 자리에까지 나온 것은, 우리나라를 침범해 오는 모든 양이는 모조리 저런 운명에 처해야 한다는 것을 만백성과 함께 두 눈으로 똑똑히 봐두려는 의도에서다.」
대원군은 훈련대장 이경하를 오른쪽에, 총융사 신관호를 왼편에 거느리고 직접 효수 현장을 점검했다.
만족해 하면서도 적개심으로 눈이 이글거리는 대원군은 눈살도 찌푸리지 않은 채 효수된 두 개의 인수(人首)를 보고는 말했다.
「서양놈의 얼굴이 아니잖으냐?」
이경하도 신관호도 대답을 못 했다.
대원군은 순간적으로 누구한텐가 속았구나 하는 생각이 들어서 다시 한번 소리쳤다.
「내가 알기로는 이번에 침범해 온 놈들은 덕산에서 도총(盜塚)을 하려던 바로 그 양이로 알고 있소. 그런데 이렇게 생겨먹은 양이도 있는가?」
분명히 서양사람의 생김새가 아니었다.
당황한 이경하는, 영종에서 그 자른 모가지를 말잔등에 달고 온 군사를 불렀다.
키가 대원군보다 조금 큰 군사 한 사람이 그들 앞으로 불려 나왔다.
「네 이놈아, 이것이 어디 양이의 목이냐?」
이경하가 노기 띤 음성으로 묻자,
「네, 양이는 아니옵고, 양이의 부하로 따라와 우리와 싸운 놈들인데

국적이 어딘지는 모르겠습니다.」
 땅딸보 군사는 똑똑한 말투로 대답했다.
「그래? 청인도 아니고……?」
 말라야사람(馬來人)이었다. 해적선 차이너호에는 여덟 명의 백인과 스무 명의 말라야사람과 조선인 천주교도 약간 명, 그리고 백여 명의 청국인 등 대부대였던 것이다.
 대원군의 서양인 배척사상은 이 사건을 계기로 더욱 굳어졌다.
 이 나라 사람들만의 풍습은 아니다. 어느 민족이든지 도둑질 중에서도 남의 무덤을 파서 시체를 모독하는 행위는 가장 치사하고 더러운 짓으로 알고 있다. 더구나 누구의 무덤인가. 남연군의 무덤이다.
 대원군은 망신살이 뻗친 것 같아 꺼림칙했다.
 멀지도 않은 바로 선대의 묘가 외이한테 파헤쳐지더니 몇 달 안 가서 첫 왕손이 비명으로 갔다.
 대원군은 불길한 예감이 머릿속에서 자리잡고 있었다.
 (중전은 어느때고 내 발등을 찍을 발칙한 여자일지도 몰라.)
 국혼(國婚)날 새벽에 꾼 꿈이 5년이 지난 오늘날까지도 머릿속에 생생했다.
 운현궁 용마루에 올라서서 도끼를 휘두르던 푸른 치맛자락의 여자, 웬지 자꾸 중전 민씨와 연관이 있는 것처럼 느껴지니 야속하기도 했다.
 정말 불쾌한 일이란 한번 일어나면 꼬리를 물게 마련인 것 같다.
 완화군의 어린 시신을 마포강 하류에 있는 아기능에다 묻어 준 지 불과 한 달도 못 돼서 이번에는 이귀인이 덜컥 넘어갔다.
 그 젊은 나이에 그렇게도 허무하게 죽을 수가 있는 것일까. 몸져 누운 지 사흘 만에 눈물만 잔뜩 흘려 놓고 세상을 버렸다.
 이귀인은 완화군을 잃고 나자 거의 실신상태에서 나날을 보냈다.
「우리 더 예쁜 아기를 낳자꾸나!」
 왕은 실의에 빠진 이귀인을 더욱 극진히 사랑했다. 하루빨리 아기가 생겨나기를 원하면서 주야로 이귀인을 사랑했다.
 그런데 이귀인은 그처럼 너무도 허무하게 죽어간 것이다.

이번엔 왕이 실의에 빠졌다.
대원군은 속으로 생각했다.
(아무래도 중전은 살망살이 낀 여자야.)
그러나 부대부인의 생각은 달랐다.
(상감도 이제는 중전한테로 돌아가야 할텐데.)
부대부인의 소망대로 왕은 차츰 중전 민씨한테로 정이 옮아 갔다.
민비는 대단한 여자였다. 일단 자기한테로 돌아온 서먹한 남편을 불과 며칠 사이에 완전히 사로잡았다.
젊은 왕은 새로이 진짜 여자를 발견한 것처럼 아내한테 빠져 버렸다.
어느날 밤 젊은 왕은 비(妃)를 둥둥 안고 이런 말을 했다.
「내 오늘날까지 눈이 멀어 있었소그려. 왜 몰랐었는지 답답하오. 중전의 그 후덕과 그 지혜와 그 안목과 그 너그러움을 왜 몰랐었는지 답답하오. 그리고, 잠자리의 능란한 기교도.」
민비는 얼굴이 붉어졌다. 잠자리의 기교를 칭찬하는데는 얼굴이 붉어지지 않을 수 없다.
일국의 제왕도 곤룡포만 벗으면 별수없는 한낱 사나이다.
여자를 말함에 있어서 그 잠자리를 빼놓을 수는 없는 모양이다.
어쨌거나 왕은 민비의 차마폭으로 싸여 들기 시작한 것이다. 이 젊은 부부의 금실은 왜 진작 서로의 진가를 몰랐었던가 싶을 만큼 원앙이 부럽지 않게 됐다.
아들은 자라 성년이 되고, 성년이 되면 인생이 즐거워진다. 아버지는 아들이 크는 동안에 늙어 가고, 늙으면 인생이 외로워진다.
국왕은 요새 와서 눈에 띄게 활달해졌다. 모든 일에 의욕을 갖기 시작했다. 슬기로운 아내 민비 때문에 사물에 대한 관찰과 세상을 보는 눈이 밝아지는 것 같았다.
그러나 그토록 자신만만하고 의욕적이던 대원군은 차츰 무서운 고독에 빠질 때가 잦기 시작했다.
주위에서조차 대원군 자기를 적으로 돌리는 듯한 눈초리를 자주 느껴야 했다.

아내인 부대부인마저도 이따금 서먹하게 생각될 때가 있었다.

민씨네 패거리들이 웅성거리는 게 눈에 띄기 시작했다.

부대부인 민씨와 민비는 같은 통속으로 얽혀서 대원군 자기에 대한 험담을 하고 있는 것 같았다.

결국 아들도 아내도 물론 며느리도, 그리고 동기간도, 믿었던 측근들도, 종장에는 남이라는 것을 느끼게 됐다.

귀에 들리지는 않지만 대원군 자기에 대한 비난이 날로 팽배하고 있는 것도 같았다.

사실 그랬다. 그가 믿고 아끼던 이항로 같은 선비는 제자 최익현과 더불어 대원군을 험담하는 극언을 하기도 했다.

이항로는 어느날 양주 청화산록(靑花山麓)으로 문병을 간 최익현에게 격한 어조로 말했다.

「이 나라가 이렇게 가다가는 앞으로 백 년을 더 지탱 못하고 망할 것이다.」

대원군은 열심히 하고 있는데 그는 뭣을 보고 그런 말을 하는지 모르겠다면 그 말도 옳다.

한 사람의 위대한 위정자가 아무리 나라를 바로잡으려고 하더라도 국민이 그와 호흡을 함께 해주지 않으면 별수가 없는 것이다.

선비는 정치의 실제적인 어려움을 모르기가 쉽다. 개탄, 비난이 앞서는 경우가 많다. 그러나 정도와 원칙을 일깨워 주고 잘못을 지적한다. 그러니만큼, 정치가는 그것을 약으로 삼아야 한다.

정치에는 민중의 저항이라는 게 따른다. 협조, 비협조라는 것이 있어 부작용도 있고 위정자의 마음대로 되지 않을 경우도 많다. 오해도 생기고 모함도 따른다. 그리고 정적이 있다.

정치가치고 비난을 안 받는 사람이란 있을 수가 없다. 그 비난이 타당하거나 말거나 말이다.

그러나 선비의 이론은, 비판은, 개탄은, 그리고 경고는 그 이전의 논리이고 원칙인 까닭에 중요하다.

이항로는 당대의 거유(巨儒)다. 그는 대원군을 아끼던 사람이기 까닭에 그를 누구보다도 극렬하게 비난하고 있는지도 모른다. 사랑과 미움이란 백지 한 장 차이라니까.

그는 병석에서 제자 최익현을 보고 비분강개했다.

「흥선군(興宣君)인지 흉선군(凶鮮君)인지 그 사람 아무래도 이 나라를 망쳐 놓겠네.」

「아닌게아니라 큰일 났습니다.」

최익현이 맞장구를 쳤다.

「천하장안 같은 무뢰배들이 콧대를 세우고, 내시 이민화를 대전에 넣어 내탕금을 빼내고, 사교를 금압한답시고 양민들을 마구 학살할 뿐 아니라 그로 인해 외이의 침입을 받고, 변비(邊備)가 더 시급한데 나라의 재력을 기울여 궁궐이나 짓고, 무명 열 세 겹을 겹쳐 갑옷을 만들면 총알을 막는다거니, 새의 깃털로 전함을 만들어 불침이라 떠들다가 수장(水葬)을 지내고, 당백전을 만들고, 사대문의 문세를 받고……도무지 그가 한 일이란 미치광이의 장난 같아 어이가 없습니다.」

사물이란 보기에 따라 뜻도 형태도 다를 수가 있다. 최익현의 말은 옳다.

그러나 대원군의 입장에서 보면 옳지 않다.

이항로가 말했다.

「그는 요새 또 해인사 대장경을 중각(重刻)한답시고 백성한테서 수만금을 거둬들이기 시작했다지? 큰일일세. 나라의 중신들은 그의 눈치 보기가 바쁘고, 삼사는 말을 아니하는 게 직책이 되고, 이른바 '대원위 분부'라는 것은 국법보다도 앞서는 모양이니 한심한 노릇일세. 인수(人壽) 50년 만에 명분에 살고 대의에 죽는 인품이야 몇 분이나 되겠냐만, 불의를 보고 피를 끓이지 않고 죄악을 보면서 수수방관하는 자는 역(亦) 동류동죄(同類同罪)야.」

이항로는 숨을 헐떡거리며 최익현을 그 형형한 눈총으로 쏘아봤다.

「면암(勉庵)!」

면암은 최익현의 아호다.

「예, 선생님.」

「면암은 싸워야 하네. 한 권력자의 횡포와 싸우고, 애애무고(哀哀無告)하는 백성들을 위해 싸우고, 중용을 빙자한 안일과 싸우고, 권세에 아첨해서 욕된 인생을 사는 무리들과 싸우고, 자손들한테 물려줄 자랑스런 유산을 남기기 위하여 면암은 싸워야 하네.」

이항로는 눈을 감으면서 술회하듯 말했다.

「나는 그것을 못 했네. 불의를 보면서도 싸우지를 못했네. 나는 대원군이라는 사람을 아껴 왔어. 지금도 그를 아끼기 때문에 자네더러 그와 싸우라고 권하는 것이야. 주먹 센 자는 주먹을 휘두르고 싶은 게지. 총을 가진 자는 살상을 하고 싶은 게야. 권력을 쥔 자는 그 권력을 마구 휘둘러 보고 싶은 걸세. 지금 대원군의 세력을 견제할 자가 없어. 대원군에겐 그것이 불행이야. 인간 홍선군은 영웅호걸의 기질은 있는 사람이야. 그러나 영웅이란 본시 자신의 야망을 견제할 줄 모르기 때문에 말로가 참혹한 법일세. 면암은 대원군을 위해 싸우는 게 아냐. 백성을 위하고 상감을 위해 그와 싸우게. 그러면 그를 위해서 싸우는 것도 되지. 우리 후손들에게 흉한(凶漢) 대원군을 남겨 줘서는 후손들이 불쌍해요. 나라 망하고 산하만 남았다는 후손들의 개탄이 있어서는 우리 모두의 죄야. 알겠나?」

이런 일이 있은 지 얼마 안 돼서 이항로는 세상을 떠났다. 대원군은 특히 왕의 윤허를 얻어 이항로의 빈소에 영의정 김병학을 파견하여 그 고고했던 생애에 경의를 표하게 했다.

대원군은 이항로가 자기한테 얼마만큼 혹독한 욕을 하고 있었는가를 잘 안다.

그러나 그는 일체 모르는 체했다.

그는 굳은 신념이 있었다.

(누가 뭐래도 나는 해야 할 일이 너무 많어!)

정말 그에게는 일이 너무 많았다.

1871년, 그가 집정한 지 8년째다.

신미(辛未)년이다. 2월 중순이 넘어서였다.

조정은 북경(北京)정부로부터 뜻않은 통첩을 받았다.

북경정부는,

　　귀방(貴邦)은 왜 미국 상선들에 대해 피해를 입혀 국제적인 말썽을 자초하는가.

점잖게 타이르는 투의 문면(文面)과 함께 북경주재 미국공사 로우의 항의서를 동봉해서 보내 왔다.
대원군은 정원(政院)에서 가지고 온 그 항의서를 펼쳐 들었다.
「이건 꼬부랑글씨가 아니냐?」
그는 승지 조성하를 보고 까닭없이 짜증을 냈다.
조성하는 예사인 것처럼 태연하게 말했다.
「그 뒤에 우리말 역문(譯文)이 있습니다.」
대원군은 안면근육이 몹시 씰그러졌다.

　　병인년(丙寅年)간에 미국 상선 두 척이 이어 귀국 경내에 이르게 된바, 그 중 한 척은 풍파를 만나 구호를 입었고, 그 한 척은 해를 입어 사람도 화물도 배도 다 없어졌으니 본 미국은 아직도 귀국이 미국의 국기를 아는지 모르는지 미심하다. 그리고 한 척은 구하고 한 척은 해를 입힌 그 당착된 처사의 까닭을 이해알 수 없다. 그러므로 본 관과 북미합중국의 수사제독(水師提督)은 병선(兵船)을 이끌고 귀국에 가서 교섭 상의(商議)할 것이다. 앞으로 미국선박이 귀국 경내에서 조난할 경우에는 어떻게 설법하여 서로 구하고 화목할 것인지 조속히 결정짓고 싶다.

고자세의 문면이다.
대원군은 한동안 말이 없었다.
(어허, 이번엔 미국의 차례인가?)
역사는 얕지만 강국이란 말은 들어 알고 있었다.
그러나 두 번에 걸쳐 침범해 온 불란서군도 이미 격퇴해 버린 바 있다.
「이 오만무례한 문면은 뭐냐!」
대원군은 엉뚱하게도 조성하를 보고 호통을 쳤다.
그것은 그에 대한 잠재적인 미움의 발로였는지도 모른다. 그는 또 무연히 소리친다.
「회답을 보내되 내 뜻을 밝히도록 정원에 철저히 이르게!」
대원군은 청국정부에 보낼 문안의 골자를 구술했다.

우리나라는 삼면이 바다다. 조난 내박(來泊)하는 다른 나라의 선박이 있을 때에는 언제난 구휼 호송하기에 힘써 왔다. 미국 조난선에 대하여도 여러 차례 그러한 조처를 취하였거늘 미사(美使)의 봉함에 일구일해(一救一害)한 그 이유를 모르겠다는 이유를 이해할 수 없다.

「알았나? 내 말대로 전제한 다음…….」
대원군은 잠시 눈을 감고 있다가 또 지껄이기 시작했다.

병인년에 평양에서 생긴 사건은 저들 선박이 스스로 멸몰(滅沒)한 것이 명백한 사실이다. 당시의 실정은 여러 번 설명한 바 있는데 이제 와서 또 무슨 해명이 필요한지 알 수 없다. 앞으로는 조난 선박에 대하여는 전례대로 구휼 호송할 것이고, 통상 요구에 대하여는 교역하고 싶은 물화(物貨)가 없으니 협상할 필요도 없다. 이 뜻을 미국 당로자(當路者)에 전하여 아무 일 없도록 해주기 바랄 뿐이다.

아무 일이 없을 수 없었다.
북경주재 미국공사 로우는 이미 저들의 수사제독 로저스와 함께 직접 함대를 이끌고 상해를 출발했다. 그들은 일본의 나가사키(長崎)를 거쳐 황해를 거슬러 올라와 남양만에 나타났다.

1871년 4월 3일 아침 무렵이었다.

또다시 전화(戰火)는 서해를 낮밤없이 밝혔다.

강화해협, 손돌목 광성진, 덕포, 덕진, 그리고 작약도 연해 일대와 그 해상이 주전장이 됐다.

싸움은 처음부터 서로 만만치가 않았다.

20일을 두고 싸웠으나 미군의 맹렬한 함포사격과 보병대 육전대의 연이은 연해안 상륙작전은 끈덕지게 시도됐다.

미군사령관 로저스는 작약도 앞바다에서 외쳐댔다.

「서울까지 진격하라! 그리하여 조선이라는 맹랑한 이교도들에게 북미합중국의 위력을 과시하라!」

한편, 광성진에 유진(留陳)한 신임 진무중군(鎭撫中軍) 어재연도 휘하 장병에게 외쳤다.

「조국의 존폐를 좌우하는 싸움이다. 적은 만만치 않다. 허나 그들에게 가르쳐 주라. 해동국 조선땅에는 어떠한 외이도 발을 못 들여 놓는다는 것을 똑똑히 가르쳐 주라!」

전후 40여 일 동안이나 백병전이 거듭됐다.

처절한 전투였다.

미군 중의 매키를 위시한 10여 명이 그 백병전에서 조선대군의 창에 찔려 죽고 상했을 정도였다.

─남북전쟁 때도 그처럼 작은 장소와 그처럼 짧은 시간에 그처럼 치열한 전투는 없었다.

미군들은 혀를 내두르며 당황했다.

─우리는 승리했다. 그러나 누구 한 사람, 그다지 자랑할 것이 못 된다. 누구 한 사람, 이 소전쟁을 기억에 남겨 두고 싶지도 않았다.

그들은 억지로 저들의 승리를 주장하면서 기억에 남겨 두고 싶지도 않다고 했다.

끝장 날 싸움이 아니니 화해하자고 해오기도 했다.

그러나 조건은 있었다. 그러니 이쪽 군병이라고 지치지 않을 수는 없다.

대원군의 척화론(斥和論)이 발표됐다.

수천 년의 예의의 나라로서 어찌 견양(犬羊)의 무리와 상화수호(相和修好)할 것이냐! 우리는 앞으로 몇 해를 더 버티더라도 저들과는 통척절연(痛斥絶緣)할 뿐이다. 만일 화평을 주장하는 자는 매국률(賣國律)로 엄하게 다스릴 것이다.

병인양요가 비교 안 된다.
이 나라 전사(戰史) 중에서도 특기할 만한 처절한 혈투였다.
텍사스의 기질을 가진 미군이 아닌가. 육전대들이 아닌가. 우리를 만만히 보고 온 그들이 아닌가. 무서운 신무기를 자랑하는 그들이 아닌가.
뭣으로 보거나 결정적인 승리 없이 그대로 물러갈 그들이 아니었다.
그러나 저들도 지쳤다.
그들의 사령관 로저스는 자기네한테 잡혀 있는 조선군 부상포로 20여 명을 돌려보내겠다고 광성진 군영에 통고해 왔다.
이 사실이 대원군에게 품신됐다. 대원군은 현지 지휘관에게 명령했다.
──우리는 죽지 못하고 적에게 잡힐 만한 군대를 가진 기억이 없다고 적장에게 통고하라! 마음대로 처리하라고 통고하라!
그들은 기가 막혔던 것 같다.
부평부사 이기조에게 통보해 왔다.

귀국이 끝내 우리와 화목하려 하지 않고, 통상하려 하지 않음은 유감천만이다. 만약 앞으로도 우리 미국 인민이 귀국 경내에서 조난을 당할 경우에는 다른 말 말고 구원해서 호송하기 바란다. 우리의 이 경고는 북미합중국의 권위를 배경으로 한다.

그들은 5월 16일 아침을 기해서 전 함대가 상처만을 안고 물러갔다.
일찍이 일본에 쳐들어와서 같은 방법을 썼던 '페리'는 성공해서 일본을 개국시켰다.

그러나 조선에서 똑같은 방법을 시도한 로저스는 돌아가면서 스스로에게 뭐라고 변백을 했을까.

— 지독한 이교도들이구나!

대원군은 더할 나위 없이 통쾌했다.

거듭 세 번이나 침범해 온 세계에서도 막강이라는 외적들을 번번이 물리쳤으니 집권자로서 그 이상 통쾌한 일은 없었다.

그러나 민비를 중심으로 해서 차츰 그 윤곽이 뚜렷해지고 있는 반대 세력에서는 그를 노골적으로 비방 비난했다.

결론은 재수없는 사람이라고 했다.

그가 집정을 하더니 하루도 편할 날이 없게 백성들이 피를 흘려 온다는 것이다.

그것은 부인할 길이 없는 사실이다. 정말 많은 피를 흘려 왔다.

그리고 나라 살림이, 백성들이 사는 꼴이, 더욱 말이 아니라고 했다. 그것도 부인할 길이 없는 사실이다. 정말 나라 살림이 말이 아니었다.

전쟁을 두세 번씩이나 치렀다.

경복궁의 그 방대한 역사(役事)를 해냈다.

그뿐인가. 앞으로는 더욱 국방에 힘을 써야 한다.

그러기 위해서는 재정이나 양곡이나 그밖에 모든 힘을 여축해 둬야 한다.

어떻게 여축을 하는가. 국민한테서 긁어모아야 한다. 뜯어내야 한다.

누가 좋다 하겠는가. 대원군 좋다고 할 사람 없다. 대원군은 그러한 여론의 움직임을 천하장안 네 녀석을 비롯한, 잠입해 있는 천하장안 네 궁녀들을 비롯한, 전국에 널려 있는 정보관원들을 비롯한 모든 세포조직에 의해서 어렴풋이나마 파악하고 있었다.

그러나 어쩌겠는가. 국민이나 정적들의 비평, 비난은 그런대로 옳기도 하고 일리도 있다.

그러나 반면에 대원군 자기는 자기대로 해야 할 일과 하지 않으면 안 될 의무가 있는 것이다.

그는 신미양요 이후에 이완된 민심을 다그쳐 결속시키기 위하여 특별

담화를 발표, 전국 방방곡곡에다 게시했다.

　누차에 걸친 외침을 능히 막아 내서 이 나라의 종묘사직을 보전하고, 온 백성이 제 나라 제 고장에서 제 가족과 함께 살 수 있는 권리를 확보한 것은 오로지 금상전하께 충성을 다한 만백성의 공로다. 이제 또 들리는 소식에 의하면 인방(隣邦) 일본의 몰지각한 무리들이 우리나라를 넘보는 나머지 소위 정한론(征韓論)을 주장하고 있는 모양이니 이는 또 우리가 겪어야 할 불가피한 숙명이다. 상하 관원은 물론 일반 백성은 차제에 더한층 보국제민(保國齊民)의 결심을 굳혀서, 머잖아 당면할지도 모를 새로운 외침에 대비함으로써 조선(祖先)이 물려주시고 영원히 자손한테 물려주어야 할 이 민족, 이 강토의 번영을 쟁취하는 데 힘쓰기를 바란다. 지금은 우리 주변이 어둡다. 그러나 내일은 밝은 태양을 볼 것이다. 지금은 우리 모두 고초를 겪고 있다. 그러나 오늘의 고초란 노력 여하로 극복할 수 있는 까닭에 보람으로 알라.

　사실이다. 일본인들의 정한론은 이미 오래전부터 싹터 왔다.
　야노에 준슈쿠(八戶順叔)는 큐슈(九州) 출신의 외국 유랑자다. 홍콩에서 신문기자에게 공언하기를 일본은 조선을 침략할 준비를 착착 진행 중이라고 했다.
　대원군은 이미 국서를 보내 일본을 꾸짖은 일이 있지만 그들은 바쿠후(幕府) 정권이 무너지고 왕정을 복고한 다음 그 세력을 해외로 뻗치기 위해 조선을 호시탐탐하고 있었던 것이다.
　그들의 범국민적인 지도자로 알려진 사이고 다카모리(西鄕隆盛)가 더욱 열렬한 정한론을 주장하고 있다니 사태는 급박한 것이다.
　─내가 전권(全權)으로 조선엘 가겠다. 대원군이란 자는 나를 죽일 것이다. 그러면 일본은 조선을 치라!
　이것이 사이고의 주장이라니 사태는 급박하다.
　그에 대해서 대원군은 청국정부의 비밀통고를 받은 지도 이미 오래전의 일이다.

　　청국정부가 입수한 정보에 의하면, 일본군은 현재 80여 척의 화륜선(火輪船)을 제조해서 미구에 조선을 침공할 계획이라는바, 그 시기는 아마도 꽃 피고 날씨 따뜻한 봄철이 될 것이다.
　　경계와 준비를 게을리하지 않기를 바란다.

　　사실 일본은 지난 1868년 초에 명치유신(明治維新)이라는 국제변혁을 해냈다.
　　그들이 이 사실을 조선한테 통보하기를,
　　―시세일변하여 대정(大政)이 귀일황실(歸一皇室)하였다…….
라는 정도로, 부산에 주재하고 있는 일본담당 관헌이 훈도 안동준에게 통고해 온 바 있었던 것이다.
　　그후로 몇 해를 두고 일본과는 많은 알력이 계속되고 있는 중이다.
　　구실은 좋다. 그리고 그것은 분명히 생트집이다. 불란서나 미국과의 불화를 자기네가 중재해 주겠다는 것이다. 참견할 필요가 없다고 계속 거절을 하니까, 그럼 자기네와 통상을 공식적으로 하자고 나섰다.
　　싫다니까, 왜 자기네 물건을 안 사주느냐고 시비해 왔다. 필요 없다니까, 그럼 일본인이 조선에 와서 살겠단다. 안 된다니까, 그럼 자기네 실력을 보여 줘야 알겠느냐고 위협이다.
　　그들과는 다른 많은 논쟁이 파생되고 있었으나 결론을 따지자면 그런 골자였다.
　　―임진왜란 같은 싸움이 또 일어난다.
　　조선의 민심은 흉흉해지고 있었다.
　　―모두 대원군의 쇄국주의의 탓이다.
　　정적들은 입을 모아 그런 루머를 퍼뜨리면서 대원군의 입장을 고립시키기에 여념이 없었다.
　　민비를 중심으로 한 민승호, 민겸호, 민태호, 그리고 처음엔 중용됐다가 지금은 대원군 정권에서 밀려나 있는 김병국을 필두로 해서 조성하,

조영하, 최익현, 이유원, 또 있다. 대원군의 형 이최응도 그 세력의 핵심 멤버다.

그들은 국왕에게 노골적으로 지적한 일도 있었다.

「섭정공이 그 자리에 앉아 계속 쇄국을 주창한다면 이 나라는 미구에 또 다른 임진왜란을 겪어야 할 줄로 아룁니다.」

그럴 때마다 젊은 국왕은 잘라서 말했다.

「경들은 섭정공을 험담 말라! 섭정공은 과인의 생부이며 이 나라의 국태공이다.」

국왕은 이제 지각 있고 혈기방장한 이십 세의 청년이다. 아버지인 대원군에 대해서는 불만도 많지만 신하들과 어울려 비방을 할 수는 없다.

그는 대원군에 관한 화제만 나오면 괴로운 표정을 감추지 못했다. 그도 정정(政情)이 어지럽고 민생고가 심해졌다는 것을 알고 있다.

8월에는 진주에서 민란이 일어났다.

(어허, 나라 안팎이 소연하구나!)

이런 판국에 대원군에게는 더할 수 없이 불행한 사태가 도발했다.

그것은 경사로부터 시작된 사건이다.

드디어 왕비 민씨가 아기를 낳았다.

별로 소리소문도 없는 듯하더니 봄부터 배가 불러졌고 열 달이 되니까 아기를 낳았는데, 왕자였다.

정통의 왕자다. 곧 세자로 책립될 것이고 크면 이 나라의 국왕으로 등극할 경사스런 왕자탄생이니 뉘 아니 기뻐하겠는가.

음력 12월 4일 한낮에 민비는 해산을 했다.

궁중에서는 경종이 울려댔다.

대원군 내외는 동시에 자비를 준비시켰다.

「빨리 입궐합시다!」

궁중은 경축 일색이었다.

대원군은 왕이 있는 동온돌로 가서 축하의 말을 올렸다.

「주상의 홍복(鴻福)이시오. 태자를 얻으셨다니 이 몸은 물론 만백성과 더불어 경축하오.」

국왕은 싱글벙글하면서 대답했다.

「열성조의 감은이며 섭정공의 손복(孫福)이시오.」

부대부인 민씨는 왕비 민씨가 산후 조섭을 하고 있는 서온돌로 달려가 하례의 말을 올렸다.

「옥 같은 왕자가 탄생하셨으니 중전의 복이시며, 상감의 덕이시며, 만백성의 서운(瑞運)이시오.」

스물 한 살의 민비는 반듯하게 뉘었던 몸을 옆으로 약간 틀면서 대답했다.

「우리 민씨 집안의 경사지요.」

국왕의 말대로 열성조의 감은도 아니고, 섭정공 대원군의 손복도 아니고, 그리고 상감의 덕도 아니고, 만백성의 서운도 아니고, 여흥 민씨 집안의 경사라고 대답하는 이 젊은 왕비는 소견이 좁아서 하는 말은 아닐 것이었다.

부대부인은 측근 상궁들이 듣기에도 좀 민망할 것 같아 말머리를 돌렸다.

「산후 조섭을 잘 하셔야지요, 마마.」

왕비는 대답했다.

「출산은 고통이라더니 낳으려 드니까 대단치도 않았어요.」

미상불 산모는 지극히 건강해 보였다.

「첫번째가 어려운 법인데 그토록 순탄했으니 제2 왕자 제3 왕자를 쑤욱 쑥 뽑으셔야죠.」

부대부인은 상대가 왕비라는 것을 잊고, 흡사 동생한테, 며느리한테 하는 말투를 썼다.

사실 동생이자 며느리이니까 허물이 될 것도 없다.

이날 대궐에서 나온 대원군은 정원에 통고해서 광범한 특사령을 내리도록 했다.

―2년 이하의 죄질이 가벼운 옥수(獄囚)들은 이번 특사령의 혜택을 입혀 왕은에 감복토록 조처하라.

그러나 그가 정원에 보낸 '대원위 분부'에는 단서가 붙었다.

── 단 서학(천주교)에 관련된 자와 공곡전(公穀錢)을 착복한 자는 제외되어야 한다.

그는 천주교도와 사복을 채운 오리(汚吏)를 가장 미워했다.

그러나 이튿날 오후 궁중에서는 상서롭지 못한 이야기가 흘러나왔다.

중전 소속 궁인인 안상궁이 운현궁 부대부인 앞에 나타났다.

「웬일이냐? 바쁠텐데.」

부대부인이 웬지 심상치 않은 예감이 들어 첫마디를 물었다.

「큰일 났습니다, 대방마님.」

안상궁은 좀 호들갑스런 편이라 첫마디가 '큰일 났습니다'였다.

「왜? 뭐가 큰일이란 말이냐?」

「글쎄, 아기마마가 아직까지두 변이 안 통한대요.」

「변이 안 통하다니!」

「전의가 아침부터 와서 온갖 수단을 다 써도 영영 불통이지 뭡니까.」

「그거 큰일이로구나. 그게 웬 변괴냐.」

「그래 그런지 어째 그런지 아기마마의 얼굴은 노랗지 뭐예요. 갓난아기는 이내 변이 잘 통해야 한다면서요?」

이때 대원군이 있는 노안당에는 대전내시 이민화가 불쑥 나타났다.

「웬일인가, 바쁠텐데?」

대원군은 왠지 심상찮은 예감이 들어 첫마디를 물었다.

「글쎄 좀 해괴한 일인 듯싶사와……」

내시 이민화는 좀 느린 편이라 느릿느릿 어정쩡하게 '좀 해괴한 일인 듯싶사와' 했다.

「뭐가 해괴한 일이란 말인가?」

대원군은 정색을 하면서 다그쳐 물었다.

「아기마마께서 변이 불통이십니다.」

대원군은 고개를 바짝 치켰다.

「변이 불통이야?」

「예에, 전의가 와서 아침부터 갖은 방법을 다 써보는 모양입니다만 아직까지……」

「그래?」
대원군은 적잖이 심각했다. 그는 들어 알고 있다. 출산 아기가 변이 불통이면, 하루 이틀만 불통이면, 살기 힘들다는 것을 들어 알고 있다.
「변이 불통이라? 변이 불통이라…….」
상서롭지 못한 이야기였다.
대궐 안은 술렁대기 시작했다.
젊은 궁녀들은 모여 서면 그 이야기였다.
「똥 못 누는 애기가 어딨지?」
「맥혔나? 거기가.」
「숨쉬는 게 벌써 이상하대요.」
「별일두 다 있다.」
별일도 다 있었다. 그날이 다 가도 무슨 수가 나지 않았다.
대원군은 왕궁에 들어가 앉아 전의를 지휘해서 온갖 방법을 다 쓰게 했다.
약도 여러 가지를 다 먹여 보았다.
정말 해괴한 일이었다.
만 이틀을 간신히 산, 이 고귀한 생명은 안간힘을 다 써보다가 맥없이 숨을 거뒀다.
궁중은 경조(慶弔)가 겹쳐서 정신들을 못 차렸다.
덕분에 덕을 본 것은 특사령으로 놓여난 수많은 죄수들뿐이었다. 이 예기치 않았던 불행한 사건은 예기치 않은 부작용을 불러일으켰다.
민비는 아기를 잃은 슬픔에 앞서 이를 뽀드득 갈았다.
「이건 필연코 꼬단이 있어요.」
마침 들어와 있는 오빠 민승호 앞에서 노골적으로 말했다.
「무슨 말씀입니까, 마마?」
민비는 거침없이 말했다.
「아기는 비명에 간 거예요.」
민승호는 침묵했다.
민비는 눈을 부릅뜨면서, 허공을 보면서 뇌까렸다.

「보복을 당한 걸거요. 운현궁한테.」

민승호는 고개를 번쩍 들면서 반문했다.

「보복이라뇨, 마마?」

「운현궁은, 먼저 이귀인이 낳았던 완화군을 내가 투기해서 죽인 줄 알고 있어요. 열병에 열을 돋우는 산삼을 보낸 것을 내 고의라고 생각하고 있어요.」

「대원군으로서는 생각할 수 있는 일입지요, 마마.」

「이번엔 그 보복을 내가 당했어요. 전의의 약을 먹였더니 아기는 숨결이 더 높아지더니 운명합디다. 전의는 섭정대감과 한통속이고 또 함께 있었다니까…….」

「그러고 보면 그가 할 만한 짓입니다, 마마.」

이렇게 해서 한 여자의 무서운 집념은 비끝에 죽순처럼 줄기차게 자라나기 시작했다.

이날 이후 궁중 지밀에는 삼자회담이 자주 열렸다.

국왕 내외와 민승호가 은밀한 대화를 빈번하게 교환했다.

민비도 민승호도 젊은 왕 앞에서는 절대로 대원군을 비난하는 말을 삼갔다. 그러나 오누이가 번갈아 가며 왕에게 권하는 말은 하나로 집약됐다.

「상감, 보령 이십이 넘으셨습니다. 언제까지나 실권없는 위(位)에 계시렵니까. 친정(親政)을 하셔야 합니다. 하늘로 머리를 둔 백성들은 한결같이 전하의 친정을 학수고대하고 있습니다. 열성조에 일찍이 없던 일입니다. 어느 제왕이 보령 이십이 넘으시도록 섭정에게 정사를 위임하신 일이 있습니까.」

열 번 찍어 안 넘어가는 나무가 없다던가. 여자에게만 비유될 말은 아니다.

청년왕은 고민하기 시작했다.

그러나 대원군은 눈앞에 쌓아지는 벽을 의식했지만 무시했다. 운현궁과 창덕궁 사이에 보이지 않는 벽이 차곡차곡 쌓여져 가고 있었다.

—이 이상 대원군한테 정권을 맡기고 있다간 나라가 망한다.

―나는 이제부터 일을 해야 한다. 인생은 오십부터가 아니냐. 인재가 귀하구나. 나를 보좌해 줄 인재가.

대원군은 화무십일홍(花無十日紅)이라는 말을 까맣게 잊고 있었다.

십년세도가 드물다는 것도 물론 생각지 않았다.

그저 해야 할 일들이, 타개해야 할 난제들이, 너무나 많기 때문에 그는 오히려 의욕이 부푸는 것이었다. 그는 주야로 골몰했다.

(저 왜인들의 발호를 어떻게 막느냐. 이제부터는 그들과의 싸움이다.)

그는 당면한 정적을 생각지 않았다.

민비 일파의 암세포처럼 자꾸 커가는 그런 조직 따위는 안중에도 없었다.

실책이다. 돌이킬 수 없는 실책이었다.

●제5권에서 이어집니다.